Die Oaknight-Chroniken
Vampirjagd liegt im Blut

Für meine literarischen Hebammen
Anja und Rosi

5 4 3 2 1
ISBN 978-3-649-64685-3

Text: A. E. Leinkenjost
vermittelt durch Agentur Brauer & Kern
Illustrationen: Helge Vogt
Umschlaggestaltung: Frauke Maydorn unter Verwendung einer Illustration von Helge Vogt
Lektorat: Anja Fislage
Satz: Sabine Conrad, Bad Nauheim
Printed in Slovakia
www.coppenrath.de
Das ebook erscheint unter der ISBN 978-3-649-65108-6.

A. E. Leinkenjost

Die Oaknight-Chroniken

Vampirjagd liegt im Blut

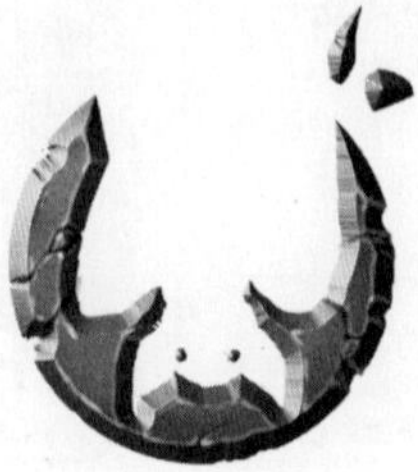

Mit Illustrationen
von Helge Vogt

COPPENRATH

Vorwort

Die Welt, in die du nun eintauchen wirst, hat ein Geheimnis. Sie mag aussehen wie unsere – wie im Jahr 1799 –, doch sie ist nicht dieselbe. Sie birgt Gefahren, die nur diejenigen überleben, die wagemutig sind. Sie beheimatet Rätsel, die nur du lösen kannst. Ihre Schatten sind so dunkel, so kohlrabenschwarz, dass sie dir lauschen können – also überlege dir gut, wem du von dieser Welt erzählst. Denn wer von den geheimen Chroniken der Oaknights weiß, der muss von diesem Augenblick an gemeinsam mit dir das gefährlichste Abenteuer bestehen, das du dir vorstellen kannst. Wenn du hier also sonderbaren Worten oder längst vergessenen Namen und fremd klingenden Orten begegnest, so lasse dich davon nicht aus der Ruhe bringen. Wenn du allerdings ein Heulen im Wind hörst oder ein scharrendes Kratzen an deiner Tür, dann lauf – und nimm dieses Buch mit dir, wenn du überleben willst.

Genug der Worte.

Du wurdest gewarnt.

Willkommen in den Oaknight-Chroniken!

Teil I

Das Geheimnis der Roten Pforte

Oaknight Manor, Nova Caledonia

Am Morgen des 13. Novembers 1799 trug sich auf dem Anwesen von Oaknight Manor ein ganz und gar rätselhaftes Ereignis zu.

Es hatte nichts damit zu tun, dass hinter den zahlreichen Gemälden im Speisesaal geheime Zugänge existierten, die in ein Labyrinth aus hochgefährlichen Katakomben unter dem altehrwürdigen Familiensitz führten. Ebenso wenig mit der märchengleichen Sammlung präparierter Werwölfe oder der obskuren Kollektion kupferverzierter Waffen, die man darunter gewissenhaft vor den Augen der restlichen Welt verborgen hielt.

Es formte sich des Weiteren ebenfalls nicht aus der Tatsache, dass die hohe Lady des Hauses, Scarlett Oaknight, sich in unregelmäßigen Abständen und zur verständlichen Unbill des Küchenpersonals in eine fellüberzogene Bestie verwandelte, wenn ihr Appetit überhandnahm, oder dass ihr bibliophiler Zwillingsbruder, Lord Scott Oaknight, sich allmorgendlich mit der hauseigenen Wahrsagerin, Madame Zavah, in einer Debatte darüber wiederfand, ob der Schicksalsfaden eines Stückes Kandiszucker nun festgelegt sei oder nicht – oder gar überhaupt existiere.

Wer die exzentrischen Gepflogenheiten jener illustren Persönlichkeiten über eine adäquate Spanne verfolgte, stellte schon bald fest, dass sich zuvor erwähntes Mysterium aus zahlreichen Einzelteilen zusammensetzte, die jedoch allesamt auf einen gemeinsamen, unverneinbaren Punkt hinausliefen: Hamish Balthazar Porter, der stets zuverlässige Butler der Familie, war vollkommen spurlos verschwunden.

Scarlett

Die *Scriptura* war eine nach altem Papier und gehärtetem Leder duftende Bibliothek, in der man alles finden konnte, was mit Werwölfen zu tun hatte. Der surrende Schein schwacher Lichter tanzte auf zahllosen Vitrinen voller lykanthropischer Ungeheuer. Er glitt über die durchgebogenen Sprossen der meterhohen Leiterschlitten, dann hinweg über die antiken Tribünen voll drohender Buchrücken und zauberte schließlich einen flackernden Rahmen an die düsteren Wände hoch oben über den prasselnden Kaminen.

Es war kein Ort für angenehme Träume und doch schlief Scarletts Zwillingsbruder hier. Auf einem Ledersessel, der vor einem der Studiertische stand, war Scott vor Erschöpfung mit dem Kopf auf das Tagebuch vor ihm gesackt. Scarlett konnte sein Herz leise und unruhig in seiner Brust schlagen hören. Sie konnte die Gänsehaut auf seinen blassen Unterarmen sehen und den verkrusteten Blutstropfen an seinem Daumen riechen, den er sich wahrscheinlich wieder einmal an einer Buchseite geschnitten hatte.

Vorsichtig nahm Scarlett eine der von ihrer Haushälterin, Mrs Devonshire, bestickten Decken, strich ihrem Bruder das maikäferbraune Haar aus dem eingefallenen Gesicht und deckte ihn zu.

Hoffentlich wärmt dich das wieder ein wenig auf, dachte Scarlett und zog den schweren Sessel einhändig in Richtung Kamin, immer darauf bedacht, ihren Bruder nicht aufzuwecken. Seine Haut strahlte eine sonderbare Kälte aus, und die dunklen Ringe unter den Augen, die er nun schon seit einigen Monaten hatte, schienen seit den unerklärlichen Vorkommnissen des Tages noch tiefer geworden zu sein. Besorgt betrachtete Scarlett ihren Bruder noch einen Moment lang, dann drückte sie seine Hand und wandte sich um, um tiefer in die Scriptura hineinzugehen.

Ich muss dieses Chaos in mir doch irgendwie ordnen können, verdammt, dachte sie. *Mich irgendwie ablenken.* Ehe sie weitersuchte. Nach Hinweisen. Antworten. Irgendetwas.

Wie auf einer geisterhaften Allee aus Museumsstücken wurde ihr Weg von Schaukästen gesäumt, in denen furchterregende Geschöpfe lauerten. Einige davon kaum mehr als ein wild aussehender, stark behaarter Mensch:

GARWAL-KLASSE
Der klassische Mondwandler, weitestgehend intakte menschliche Morphologie.
Verbreitung: Westliches Terra Europa.
Extrem gefährlich – sofortige Erlegung.

Andere waren majestätische Albträume aus stromlinienförmigem Fell auf zwei Beinen, wie zum Beispiel der berüchtigte *Reißer* der Schattenläufer-Klasse, wohingegen andere wiederum mehr Ähnlichkeit mit einem typischen Wolf aufwiesen:

ARCANIS-LUPUS–KLASSE
Die sogenannten »unechten« Lykanthropen.

Verbreitung: Siehe Untergruppen.
Gefahr variabel – Experten empfehlen dennoch sofortige Erlegung.

Der größte aller Schaukästen jedoch, ein mit schimmernden Kupferornamenten geschmückter Gigant aus finsterem Ebenholz, thronte auf einer Tribüne über allen anderen und war leer. Sein Glas war derart auf Hochglanz gebracht, dass man sich darin spiegeln konnte. Auf dem fein gravierten Goldschild, das man daran angebracht hatte, las Scarlett:

BESTIA ENIGMA-KLASSE
Seltenste Lykanthropenart der Welt (?)
Verbreitung: Nicht nachvollziehbar.
Existenz umstritten.

Scarlett musterte ihre Züge im polierten Glas.

Eigentlich dürfte es mich also gar nicht geben, flüsterte eine Stimme in ihrem Kopf. Sie sah ein scharf geschnittenes Gesicht, in dem bernsteinbraune Augen leuchteten, fast so hell wie die feine Narbe auf ihrer linken Wange. Vor Kurzem hatte sie damit aufgehört, ihr wildes Haar offen zu tragen, doch ihr zartgliedrig geflochtener Zopf schien hoffnungslos überfordert zu sein. *So sieht also ein Ungeheuer aus.*

Kaum hatte sie den Gedanken beendet, tauchten die wütenden Echos der Stimmen ihrer Eltern aus den Schatten der Scriptura auf.

»*Glaubst du, irgendjemand will sich um dich haben, wenn du ständig so aus deiner Haut fährst?*«, hörte sie ihre Mutter. »*Wundere dich ja nicht, wenn du irgendwann mutterseelenallein bist!*«

Schnaubend atmete Scarlett aus. Ihr kondensierter Atem zauberte eine feine Nebelschicht auf das Glas des verwaisten Schaukastens. Als sie sich wieder auflöste, so kam es Scarlett vor, schien für einen kurzen Moment lang sein Inneres zum Leben zu erwachen: Für einen Wimpernschlag lang sah sie einen hochgewachsenen Mann in nachtschwarzem Mantel und abgewetztem Dreispitz, der ein blitzendes Rapier und eine rauchende Steinschlosspistole von sich schleuderte – dann warf er sich mit gefletschten Reißzähnen gegen das Glas, loderndes Feuer in seinen aschefarbenen Augen.

KNACK!

Scarlett atmete scharf ein und machte einen halben Schritt rückwärts, dann verschwand das unheimliche Trugbild wieder – so viel zum Thema, Schlafmangel mache ihr nichts aus.

Sebastien Denneval, wiederholte sie seinen Namen in Gedanken. Jede Silbe jagte ihr einen Schauer über den Rücken. *Die Bestie von Bisclavret. Und genau wie ich eine Bestia Enigma.* Scarlett kaute auf der Innenseite ihrer Wangen. War das ihr Schicksal? Früher oder später so zu werden wie er? Ein Monster, dessen menschliches Gesicht die wahre Maske war? Jemand, der seine Seele in seinem inneren Feuer verloren hatte …

Plötzlich spielte Scarletts aufgewühlter Geist ihr erneut einen Streich: Ein in Gemütlichkeit gealterter Mann mit wissenden Augen und Hakennase erschien in dem Schaukasten, verschränkte die Arme hinter seinem Rücken und schenkte ihr ein vielsagendes Nicken, dann lächelte er warm, herzlich – und verschwand.

Reynard Berger, hörte Scarlett ihre innere Stimme sagen. *Der gelernt hatte, mit seinem Erbe zu leben, um anderen Menschen zu helfen. Und genau wie ich eine Bestia Enigma.* Die letzten Worte, die der Werwolf kurz vor seinem Tod an sie gerichtet hatte, waren tief in ihr Gedächtnis gebrannt.

Ich bin hier, um dir den ersten Schritt zu zeigen.

Scott, diesem Buchwurm von einem Bruder, war ihr innerer Zustand in der letzten Zeit nicht verborgen geblieben – natürlich nicht –, und in seiner typisch nervigen Oberlehrer-Art hatte er erklärt, dass den Helden in seinen Büchern früher oder später immer ein Mentor begegnete, jemand, der älter und erfahrener war als der Neuling und ihn auf seinem Weg in die richtige Richtung weisen konnte.

Schön wär's.

Scarlett schüttelte übermüdet den Kopf und presste die Lider fest aufeinander. Reynard konnte ihr nun nicht mehr helfen. Ebenso wenig Denneval. Es gab niemanden mehr, der ihr erklären konnte, was es bedeutete, eine Bestia Enigma zu sein. Oder, und das mochte vielleicht noch viel wichtiger sein, was es bedeutete, *Scarlett Oaknight* zu sein …

Hamish war der einzige Mensch, der ihrer Vorstellung von einem Mentor nahekam. Eines Beschützers. Dem Rest von etwas, das man eine Familie nennen konnte. Plötzlich stellte Scarlett überrascht fest, dass sich wieder einmal Zornesfalten zwischen ihren Augenbrauen gebildet hatten. Sie versuchte, ihr Gesicht zu entspannen. Es funktionierte nicht. In ihr brodelte es, und es wurde mit jeder Minute, in der sie sich nicht erklären konnte, warum Hamish sie verlassen hatte, schlimmer.

Erst Mama und Papa … und jetzt auch noch Hamish?, dachte Scarlett. Er hatte in Bisclavret geschworen, dass er sie niemals wieder allein lassen würde. Niemals wieder allein mit sich selbst, allein mit der Bestie in ihr. Scarlett wollte – konnte sich nicht vorstellen, dass der Familienbutler einfach so verschwunden war, ohne ihnen auch nur irgendeine Nachricht zu hinterlassen. Mit mühsam zurückgehaltener Wut blickte Scarlett ein letztes Mal in den Schaukasten hinein, doch nur sie selbst sah zurück. Es wirkte fast wie eine Herausforderung. Vielleicht sollte sie einfach –

Ein kühler, kaum wahrnehmbarer Luftzug ließ sie innehalten.

Prickelnd stellten sich die feinen Härchen in ihrem Nacken auf. Ihr Magen zog sich zusammen.

Was zum Henker …?, fuhr es Scarlett durch den Kopf.

Ihr Magen zog sich zusammen.

Instinktiv wanderte ihre Hand an den Griff ihres Rapiers.

Irgendetwas stimmte nicht.

Mit weit ausladenden Schritten lief Scarlett zurück ins Herz der Scriptura.

Die Schaukästen zischten an ihr vorbei. Pranken. Klauen. Schatten.

»Scott?«, rief sie, ihre Stimme hallte vor Panik und Sorge. »Scott?! Wo …?«

Die bestickte Decke lag auf dem Boden.

Das Tagebuch halb geöffnet vor dem sterbenden Feuer im Kamin.

Scarletts Atem beschleunigte sich. Kälte breitete sich in ihren Innereien aus. Ihr scharfes Gehör vernahm keine Schritte. Und als sie alle Konzentration zusammennahm –

Scarlett zuckte zusammen und stieß einen erschrockenen Laut aus.

Nein. Nein!

Doch es bestand kein Zweifel.

Der Herzschlag ihres Bruders war *fort.*

Scott

Es begann genau wie in jenen unheimlichen Nächten der letzten Monate, in denen Scott schweißgebadet hochgeschnellt war. Panisch hatte er nach dem Schatten gesucht, der noch vor wenigen Augenblicken an seinem Bett gestanden hatte – dieses kalte Etwas, das ihn aus den Tiefen des Traumreichs in die Wirklichkeit gefolgt war, um ihm aus der Finsternis seines Zimmers heraus anzustarren … doch dieses Mal war es anders.

Scott war nicht in seinem Zimmer, so viel stand trotz der stockfinsteren Umgebung definitiv fest. Das Gefühl, beobachtet zu werden, verschwand allerdings nicht wie gewohnt mit seinem Erwachen und ebenso wenig schlug sein Herz ihm bis zum Hals. Im Gegenteil. Es schien überhaupt nicht mehr zu schlagen.

Gedankenverloren legte er die flache Hand unter sein aufgeknöpftes Hemd und auf sein Brustbein. Seine Fingerspitzen fuhren über die schwarze, verdickte Narbe, die der Stich eines Amantius-Dolches hinterlassen hatte.

Kein Puls.

Scott kniff sich.

Nichts.

Ein Traum, ganz eindeutig, dachte er. *Ja, keine andere Erklärung ergibt Sinn – aber wo zum rabenhaften Kuckuck befinde ich mich hier?*

Aus der Dunkelheit vor ihm erwuchs mitten aus dem Nichts plötzlich ein hölzerner Rahmen – ein großzügiges Familienporträt, wie es den Anschein hatte. Und Scott kannte es.

Das Familiengemälde in der Haupthalle, schoss es Scott durch den Kopf. *Aber warum ist es so viel größer und ... finsterer?*

Fünf Personen zierten die Leinwand: Da waren zum einen ein edel gewandeter Mann auf der linken und zum anderen eine vornehme, in Hosen gekleidete Frau auf der rechten Seite. In der Mitte erhob sich, wie ein alles überragender Schatten, die penibel geordnete Gestalt von Hamish, mit den markanten, von bretonischer Adelsblässe betonten Zügen und dem distinguierten Silber im Haar seiner Schläfen.

Seine Augen, fiel Scott jedoch auf. *Nicht graublau, wie auf dem Original, sondern auffallend fahl und leblos.*

Von den drei Figuren wie in einem behütenden Dreieck eingeschlossen, standen in ihrem Zentrum zwei Händchen haltende Kleinkinder, die einander bis auf das zerfurchte Kleid und den strengen Frack zum Verwechseln ähnlich sahen: Scott und Scarlett Oaknight.

Die Gesichter seiner Eltern, Connor und Elizabeth Oaknight, waren für Scott nur schwerlich auszumachen. Warum, wusste er nicht. Es war ohnehin lange her, dass er das Gemälde in der Haupthalle eines Blickes gewürdigt hatte – zumindest seit dem ... dem Abschied seiner Eltern. Erneut erkundete Scotts Blick die Darstellung seiner Mutter und seines Vaters, auf der Suche nach ihren vertrauten Zügen, ihrer Nähe, der Erinnerung an ihre Stimmen. Ihr Lachen. Ergebnislos. Eine Art wabernder Schleier lag über ihren Gestalten, der es sonderbar schwer machte, sie anzusehen.

Plötzlich erklang eine Stimme. Es war Scarlett.

Fühlst du denn überhaupt nichts mehr?, hallte ihre Stimme mit mühsam zurückgehaltener Wut, ein blasses Echo aus der Vergangenheit. Ehe Scott antworten konnte, durchbrach ein scharfes, knackendes Geräusch die Finsternis.

Was zum ...

Eine pechgleiche Flüssigkeit lief von der oberen Rahmung des Gemäldes auf die Leinwand hinunter und trieb feingliedrige, knisternde Eiskristalle vor sich her. Langsam, aber sicher verschlang sie die Gestalten seiner Eltern.

Mama!, hauchte Scott. *Papa! Bitte, ihr –!*

Die Luft um Scott herum wurde eiskalt.

Für den Bruchteil einer Sekunde wollte Panik in seiner Brust explodieren, doch noch ehe er Luft für einen verzweifelten Schrei holen konnte, griff etwas in seinem Inneren danach, zerrte es davon und ließ ihn fröstelnd zurück.

Sie sind fort!, flüsterte seine eigene Stimme scharf in seinem Kopf. *Du kannst nichts mehr daran ändern. Verschwende deine Herzschläge nicht an unnötiges Trauern!*

Die Ränder des Gemäldes lösten sich auf. Die Finsternis brannte sich kalt von beiden Seiten weiter auf die Mitte des Porträts zu und schien für einen unheimlichen Moment vor den breiten Schultern Hamishs innezuhalten. Scott atmete erleichtert auf.

Dann verblasste die Form des Butlers wie eine schwächer werdende Erinnerung. Ein beinahe triumphierendes Zischen und Knacken ging von der Finsternis aus, ehe sie ihren hungrigen Weg fortsetzte.

»Nein«, hauchte Scott hilflos. »Bitte, ich kann nicht ...«

Auch nicht an andere Gefühlsduselei, die dir deinen Verstand vernebelt!, mahnte die Stimme erneut. *Konzentriere dich! Denk an deine Schwester! Scarlett braucht dich! Scarlett braucht dich* intakt. *Nicht zerbrochen, hörst du! Nicht zerbrochen …*

Scotts Blick grub sich in das ruinierte Gemälde. Die Finsternis machte sich genüsslich über die Leere her, die Hamish hinterlassen hatte.

»Hamish«, hörte sich Scott sagen. »Wo bist du?« Er streckte die Hand aus, doch schien unendlich weit von dem Bild entfernt zu sein. Scott verdoppelte seine Anstrengungen. Er musste sich und all seine verbliebene Energie auf dieses Ziel richten, koste es, was es wolle. »Ich muss dich finden … muss dich zurückholen … zurück zum Anfang …«

Irgendetwas … *geschah.*

Als hätte die merkwürdige, dunkle Welt, in deren Inneren Scott erwacht war, seinen Ruf vernommen und würde nun – egal, ob sie es so wollte oder nicht – *antworten.*

Auf einmal schien es an den Rändern seiner Wahrnehmung, als würde sich eine Wand aus Nebel nähern, um ihn in eine Umarmung zu schließen. Als Scott jedoch seinem Verstand, der seit jeher sein Anker und sein Kompass war, weiter durch die unwirkliche Wand folgte, fand er sich schließlich in einer Nebel-Version der Empfangshalle seines Familiensitzes wieder, umringt von seiner Schwester und den Angestellten Oaknight Manors.

Das Ganze kam ihm merkwürdig bekannt vor.

»Die Gärten?«, hörte Scott sich selbst abwesend fragen und rieb sich das Kinn. Bei dem Gedanken daran, Hamish könne etwas zugestoßen sein, schloss sich eine eiserne Faust mit jedem Herzschlag enger um seine Brust. »Die Stallungen? Der Pfad zum Moor?«

»Keine Spur von ihm, Sir«, antwortete Archibald, der Gutsverwalter. Er führte Bellerophon und Perseus, zwei uralte Bassetts, noch immer an der Leine. »Und diese Tiere lieben Mr Porter mehr als ihr Frühstück.« Er fuhr sich mit zitternden Händen durch das schüttere Haar. »Eine Ungeheuerlichkeit, wenn Sie mich fragen! Er hat sich bei niemandem auch nur abgemeldet!«

»Wir haben auf den Gütern nachgesehen und jede Seele befragt, die uns über den Weg gelaufen ist, Sir«, ergänzte Geraldine, hinter der Theodore und Maryanne sich in den Arm nahmen und einander zu beruhigen versuchten. »Ohne Erfolg.«

»Das ganze Haus habe ich auf den Kopf gestellt«, beteuerte Mrs Devonshire. Ihre sonst stets so beschwerte Miene hatte einem Ausdruck außerordentlicher Besorgnis Platz gemacht. Immer wieder rieb sie sich ihre Hände, auf dass die Knöchel kalkweiß wurden. »Als ob er vom Erdboden verschluckt worden wäre!«

Scott tauschte einen ernsten Blick mit seiner Schwester.

Nicht das ganze Haus, dachte er.

Ein helles Licht umhüllte die gespenstische Szenerie, dann fand sich Scott in den rußgeschwärzten Katakomben von Oaknight Castle wieder. Scarlett atmete immer wieder stoßartig durch die Nase ein. Auch hier, in der Halle mit den verbotenen Pforten, schüttelte sie nur abgehackt den Kopf.

»Und?«, fragte Scott nervös und schwenkte die flackernde Laterne hin und her. Sein Schatten tanzte über die gewaltigen Torbögen, so als wolle er in alle Richtungen zugleich vor etwas davonrennen. Etwas daran ließ Alarmglocken in Scott klingeln, doch in seinem Kopf rangen bereits ein gutes Dutzend immer verrückterer Theorien und Hypothesen miteinander und übertönten alles andere.

Einbruch? *Keine Kampfspuren in seiner Kammer.*

Überfall? *Keine Schwarzpulverrückstände.*

Unfall? *Kein Blut.*

War Hamish tatsächlich einfach so mir nichts, dir nichts gegangen? Ohne ihnen auch nur eine Ahnung zu hinterlassen, wo er sich aufhalten würde? Das ergab keinerlei Sinn! Erst recht nicht, wenn man bedachte, was sie gemeinsam in Bisclvaret erlebt hatten.

»*Irgend*etwas Auffälliges?«, hakte Scott nach.

»Natürlich riecht es hier nach ihm«, sagte Scarlett verärgert und sah sich mit zusammengekniffenen Augen um. »Er hat hier mehr Zeit verbracht als wir alle zusammen.«

»Blut?«, fragte Scott. »Angstschweiß?«

Scarlett deutete auf Scotts Daumen. »Nur Eures, Euer Durchlaucht.«

Scott nahm verwirrt die freie Hand vor die Augen.

»Hm?«, machte er. »Oh, ja. Ein papyrischer Hinterhalt, fürchte ich.«

Scarlett verdrehte die Augen. »Von wegen, Bücher sind ungefährlich.«

Scott rang sich ein übermüdetes Lächeln ab. »Bücher sind nur dann gefährlich, wenn man sie nicht liest, Schwesterherz.« Er räusperte sich. »Hier ist sein Geruch am stärksten?«

Seine Schwester nickte schulterzuckend. »Ja.«

»Der Lichtschacht dort drüben« – Scott deutete auf eine der seltenen Spalten im alten Gemäuer, die über einen antiken Kaminschacht an die Oberfläche führte – »führt zum Wassergraben, richtig?«

Was zum –

Tief durch das Gemäuer wandelte eine geisterhafte Melodie,

so klar wie der blutrote Faden im mythischen Labyrinth des Minotaurus. Sie war sehnsüchtig, lockend und so kalt wie das Herz eines Grabes – und so schnell verschwunden, wie sie gekommen war.

»Hast du das gehört?«, fragte Scott und hielt inne.

Seine Schwester reagierte nicht.

Das hast du sie an dieser Stelle nicht gefragt, hörte Scott verblüfft seine eigene Stimme in seinem Kopf sagen. Dabei hatte er doch –

Da, schon wieder!

Woher kommt diese Melodie?, dachte Scott und sah sich verwirrt um, doch wo immer sie auch hergekommen war, sie war abermals wieder verschwunden. Verwirrt sah er zu seiner Schwester herüber, die ihn einfach nur musterte.

Was ist das hier? Ein Traum? Eine Erinnerung? Etwas dazwischen?

»Denke schon«, sagte Scarlett und holte Scott damit aus seinen Gedanken.

»Was?«, gab er perplex zurück.

»Der Lichtschacht«, wiederholte Scarlett. »Der führt tatsächlich zum Wassergraben, glaube ich.«

Scott verengte die Augen zu Schlitzen und seine nächsten Worte kamen ihm wie von selbst über die Lippen. »Lassen wir einmal vollkommen außer Acht, dass Hamish nicht fliegen kann – würde sich seine Spur nicht in einem Gewässer verlieren?«

»Denke schon!«

Scott hob schulmeisterlich den Zeigefinger, verzog jedoch dann die Lippen und schüttelte den Kopf.

»Nein, nein«, murmelte er erschöpft. »Selbst wenn ... wir haben nirgendwo am Ufer Fußspuren im Schnee gefunden.«

Er straffte sich, dann richtete er seinen Kragen. »Ist Zavah noch immer auf ihrem Zimmer?«

Scarlett hob eine Augenbraue. »Ja. Und?«

Scott verzog einige Male die Lippen, ehe er antwortete. »Hm. Dann hat sie also dieses Ritual, von dem sie gesprochen hat, noch nicht beendet.«

»Nein«, sagte Scarlett. »Aber in *ihrem* Zimmer haben wir noch nicht nachgesehen.«

Scott runzelte die Stirn. »Red? Was willst du damit sagen?«

Seine Schwester verschränkte die Arme. »Ich meine ja nur. Wer weiß, was sie da macht.«

»Ich tippe auf eine Kartenlegung«, erwiderte Scott. »Wir sollten froh sein, dass man sie so gut aufgenommen hat.« Sein Ton wurde kühler. »Es war schon schwer genug, Mrs Devonshire und den anderen schonend beizubringen, was mit dir … in welchem Zustand du aus Veta Gallia zurückgekehrt bist.« Er räusperte sich und verschränkte die Arme hinter dem Rücken. »Wir alle haben es im Moment nicht leicht. Uns gegenseitig für irgendetwas zu verdächtigen, hilft niemandem.«

Scarletts Augen funkelten gefährlich auf, dann ließ sie ihre angespannten Schultern sinken und presste seufzend die Augenlider aufeinander.

»Ist ja schon gut«, sagte sie. »Tut mir leid, in Ordnung? Es ist – ich bin wütend auf Hamish.« Scott wusste nicht, was er darauf antworten sollte. Seine Schwester schüttelte den Kopf. Ihr Blick suchte nach etwas in seinem. »Du nicht?«

»Nun, von Wut kann wohl kaum die Rede sein«, erwiderte Scott mit gehobener Augenbraue. Er nickte nachdenklich. »Wir müssen *rational* vorgehen.«

»Enttäuschung?«, schlug Scarlett stattdessen vor.

»Kalkulativ.«

»Verbitterung?«

»Analytisch.«

»Hunger? Durst? Müdigkeit?«

Scott zog die Stirn kraus. »Verwirrung. Ich will herausfinden, was geschehen ist.«

Verständnislos kaute seine Schwester auf ihrer Unterlippe herum und warf müde die Arme in die Luft. Sie schien ursprünglich zu einer weitaus vorwurfsvolleren Geste angesetzt zu haben.

»Meine Güte, das will ich doch auch – aber – ich meine, fühlst du denn gar nichts?«

Scott öffnete den Mund, als diese Worte etwas in seinem Inneren berührten – eine Erinnerung. Für eine Spanne lang gab es nur noch die fühlbare Schwere der Schwärze um sie herum. Das leise Knistern der Laterne, die tapfer der Finsternis trotzte. Die Kantate der Winterluft auf ihrem Raubzug durch die Gewölbe der Katakomben. Und das Echo einer Frage, die sich Scott schon manches Mal selbst gestellt hatte, wenn er mit der Dunkelheit in seinem Zimmer allein gewesen war.

Abermals zuckte ein helles Licht über das mitternächtliche Schauspiel – und Scott fand sich allein in der Galerie des Treppenhauses von Oaknight Manor wieder.

Merkwürdig, dachte Scott und ließ den Blick durch das Gemäuer gleiten, über das sich die Stille wie ein Seidentuch gesenkt hatte. *Daran kann ich mich gar nicht erinnern.*

Nein, nein – es hatte an diesem Abend ganz entschieden keine kleinen Schwärme aus glitzernden Schneeflocken gegeben, die um Scott herumgetanzt waren. Keine davon hatte sich auf seine Haut gesetzt, ihn eisig gebissen und war kurz darauf für immer verschwunden. Hatte jemand etwa den Haupteingang offen stehen gelassen, während draußen der Winter Einzug hielt? Unerhört! Als Scott seinen Arm hob, der aus dem hochgekrempelten Ärmel seines maßgeschneiderten Schlafanzuges schaute, konnte er die Härchen darauf dabei beobachten, wie sie sich der Reihe nach aufstellten.

Er erzitterte und der Atem vor seinem Gesicht verwandelte sich zu Nebel.

Es bestand keinerlei Zweifel.

Er war hellwach.

Vorsichtig, wie gebannt, stieg Scott die Stufen hinunter. War er etwa hierher *geschlafwandelt*? Die Sohlen seiner nackten Füße ließen die feine weiße Schicht aus Puderzuckerschnee sachte knirschen. Je tiefer er hinabstieg, desto mehr schien ihn etwas Unsichtbares weiter und weiter zu sich zu ziehen.

Scott hielt inne.

Wenn er nun wirklich wach war –

… warum hörte er dann schon wieder diese Melodie?

Komm zu mir, schien sie zu flüstern. *Komm zu mir in die Finsternis …*

Alles in Scott schrie ihm zu, umzukehren. Wegzulaufen.

Doch seine Beine gehorchten ihm schon längst nicht mehr.

Zavah

Es war wie bei einer jeden Legung, nach der kurz darauf etwas Schreckliches geschehen würde. Zavah überkam eine Welle aus prickelnder Gänsehaut, während sie ihre Karten in einer fließenden Bewegung auffächerte.

Ich hatte recht, dachte sie. *Der Schatten, der jetzt seit Monaten über Oaknight Manor schwebt, ist nah.*

Es war eine gute Entscheidung gewesen, einen Teil ihrer Armbänder, Ringe und Ketten an die Anwohner des Anwesens zu verschenken. Ein jedes der Schmuckstücke war ein gesegneter Talisman, den Zavah noch in der ersten Nacht, die sie in Oaknight Manor verbracht hatte, mystisch an eine *Nimmerkerze* gebunden hatte. Jede von ihnen, einmal entzündet, brannte an einer windgeschützten Stelle ewig, solange es der beschenkten Person mehr oder minder gut ging.

Etwa ein Dutzend davon, zwei von ihnen für die wundervollen Seelen von Perseus und Bellerophon, züngelten leise auf dem Sims vor einem großen Fenster, von dem aus man bei Tage das nahe Moor und die Wälder unter dem Schnee sehen konnte. Die Kerze von Hamish, des geheimnisvollsten Bewohners dieses Ortes, hatte in der vergangenen Nacht angstvoll geflattert und gefaucht, doch sie war, den Lichtern sei Dank, nicht erloschen.

Zavah streckte ihre Hand danach aus …

KSSS!

– und schreckte zurück.

Die Nimmerkerze des Butlers brannte eisig kalt.

Jegliches Gefühl war aus Zavahs Fingerspitze verschwunden. Genau wie in der vergangenen Nacht. Ernst runzelte die junge Seherin ihre Stirn. So etwas hatte sie wahrlich noch nie gesehen. Ein Mysterium.

Zwölf weitere Kerzen, grob und bunt und eine für jede der reisenden Familien ihres Volkes, spendeten weiteres Licht. Aus den Winkeln der alten Kammer warfen sie wild schaukelnde Umrisse an die verzierten Wandteppiche und hauchten den Jagdmotiven darauf ein neues, unwirkliches Leben ein, so als erwache ihre Geschichte aus einem tiefen, märchengleichen Schlaf.

Neun zusätzliche Kerzen, symbolisch für die verwobenen Welten des Lichts, bildeten einen schützenden Kreis in der Mitte des Raumes, in dessen Zentrum Zavah nun stand.

Achtsam und offen, so wie es ihr ihre Ebrâm beigebracht hatte, mischte sie die im Mondlicht aufgeladenen Karten. Ihr Herz hoffte zutiefst darauf, eine Antwort auf das Mysterium um den armen Hamish zu finden, doch ihre innere Stimme flüsterte von einem Spiel, das weitaus größer war als nur das Verschwinden eines guten Freundes. Ein Schauer lief abermals über ihre Schultern.

Ein Spiel. Wie immer, wenn sie in Ereignisse hineinlauschte, deren Schicksalsfäden miteinander verknüpft waren, überkamen sie Worte wie von den Lippen einer anderen Person. *Eine wirklich beunruhigende Art, solch etwas Furchtbares zu beschreiben.*

Sorgfältig breitete Zavah das Kartendeck vor sich aus, öffnete ihr rabengefiederschwarzes Haar und tauchte mit ihrer Aufmerksamkeit tief in die Energie der Frage hinein, die sie stellen wollte.

Niemand auf Oaknight Manor hatte in den letzten Wochen ihre Vorahnung geteilt oder die schlechten Omen gesehen – die Zeichen für Mitternacht und Blut in den Teesätzen, die Formen für Unheil und Gräber in den vorbeiziehenden Wolken oder Scotts rätselhaften Schlafmangel, den er zuverlässig wie ein Uhrwerk verleugnete. Zavah fand ein warmes Schmunzeln in ihrem Gesicht, wie immer, wenn sie an den jungen Lord dachte, doch dann fühlte sie abermals die nagende Sorge um ihn.

Mein fantastischer Zu-viel-Denker, hörte sie in ihrem Inneren. *Mein todesmutiger Zu-viel-Leser, mein unverbesserlicher Auf-Alles-eine-Antwort-haben-Müsser. Was verbirgst du vor uns?*

Ein Knistern begann, sich leise von den verdeckten Kartenrücken zu erheben.

Zavah wischte die aufkommende Energie temperamentvoll mit dem Handrücken aus der Luft – zweimal, dreimal – und atmete laut durch die Nase aus.

Bei den Lichtern! Was tat sie denn hier? Sie sollte doch eine Frage über Hamish stellen, nicht über Scott!

Erneut fokussierte sie sich.

»Ein guter Freund ist verschwunden«, sprach sie laut aus. »Ich bitte um Führung aus der ätherischen Welt … was ist mit Hamish Balthazar Porter geschehen?« Abermals schob sich Scott in ihre Aufmerksamkeit. Zavah schüttelte sich. »Wo ist er? Was –«

Zavah verdrehte die Augen. Aus irgendeinem Grund, der hoffentlich nicht das war, wovor ihre Ebrâm sie so oft gewarnt hatte, drängte sich immer wieder ein äußerst ablenkender Adliger nach vorn …

Die Ränder der Karten blitzten auf – ein ätherisches, gespenstisches Blau – und ließen nach ihrem Verschwinden tanzende Punkte in Zavahs Augen zurück.

Kein gutes Zeichen, schoss es ihr durch den Kopf. Es sei denn …

»Ist das, was mit Hamish geschehen ist, mit Scott verbunden?«, fragte Zavah und wappnete sich.

Wieder Gänsehaut.

Wieder blitzten die Karten auf.

Beherzt ließ Zavah ihre Hand über den Halbkreis aus verdeckten Kartenrücken wandern, immer aufmerksam darauf lauschend, ob sie Wärme oder ein Kribbeln spürte, die das Zeichen dafür waren, dass diejenige Karte gezogen werden wollte. Doch alles, was sie fand, war eine überraschende Kühle. Eine unangenehme, beißende Kühle. Eine, die sich unendlich langsam, aber unaufhaltbar in den Knochen ihrer Hand einnistete …

Scharf sog Zavah die Luft zwischen den Zähnen ein.

Bei den Lichtern!

Das war keine einfache Kälte, die sie hier fühlte, es war …

»… *Grabeskälte*«, hauchte Zavah erschrocken – und alle zwölf Lichter der Familien erloschen mit einem Schlag. Die erste Schutzbarriere gegen das Böse war gebrochen. Mit wild pochendem Herzen sah Zavah sich um, stellte mit Entsetzen fest, dass der zweite schützende Zirkel wild zu flackern begann. Es blieb nicht mehr viel Zeit. Zavah nickte entschlossen.

»Was befindet sich im Herz unserer Reise?«, rief Zavah und spürte, wie ihr Haar von einem unsichtbaren Wind erfasst wurde. Die Temperatur im Raum fiel schlagartig. »Welche Energie hat die Herrschaft über dieses Rätsel?«

Sie drehte die ersten beiden Karten um – und ihre Augen weiteten sich.

Finsternis sammelte sich in den Ecken des Zimmers. Der Wind wurde drohender, wütender.

»W-wer sind die wichtigen Spieler in diesem Spiel?«, rief sie über die tosende Luft hinweg und zog weitere Karten, eine davon eisiger als die nächste. »Wer steht auf unserem Weg?« Wieder zuckten die Augen der Seherin über die Symbole, schnellten voller unheilvoller Erwartung hin und her. Ein Fauchen zischte durch den Raum – der Schutzkreis knackte, knisterte, kämpfte gegen eine unsichtbare Macht – Zavahs Atem wurde zu Nebel – der Wind wurde beinahe sturmgleich, zerrte, riss an ihren Haaren, an den kleinen, tapferen Kerzenlichtern.

»*Was ist der letzte Zug des Spiels?!*«, keuchte Zavah. Kalt, so kalt! »*Was müssen wir tun, um zu gewinnen?!*« Mit bebenden Fingern überschlug sie die letzten beiden Karten, zwang sich, hinzusehen –

Schlagartig herrschte Stille.

Das Heulen war fort, als ob es nie existiert hätte.

Die Kälte war verschwunden, hatte der leicht holzigen, aber warmen Luft des Zimmers Platz gemacht.

Ungläubig blinzelte Zavah sich ihre zerwühlten Strähnen aus dem Gesicht.

Das … hat ein besseres Ende genommen, als ich befürchtet habe, dachte sie.

Dann fiel ihr Blick auf die Nimmerkerzen und ihr Herz setzte für einen Schlag lang aus. Ein leichter, kaum wahrnehmbarer Hauch von glimmendem Docht verwehte in der Luft. Ein einzelner Tropfen Wachs lief auf eine Fensterbank aus finsterem Holz, der letzte Funken Wärme darin verloren.

Zavah schlug eine Hand vor den Mund.

Scotts Nimmerkerze war soeben erloschen.

Scarlett

Scotts Fährte verlor sich im Treppenhaus von Oaknight Manor.

Scarlett ignorierte ihr schnell schlagendes Herz, sprang von einem der großen Geländer und landete dumpf mit beiden Händen und Füßen auf dem darunter, ohne auch nur zu wanken. Sie hatte das Gefühl, ihr Magen würde ihr in die Füße fallen.

Nein – nein!, flehte ihre Stimme in Gedanken. *Nicht auch noch ihn!*

Sie schüttelte sich. Konzentriert hielt sie die Nase in die Luft und nahm erneut Witterung nach ihrem Bruder auf. Nach dem feinen Schweißfilm auf seinen Fingerspitzen. Dem Geruch von altem Papier. Der Mischung aus Scriptura-Staub und Frackseife. Dem vertrauten Rauschen in seinen Adern.

Doch alles, was sie fand, war kaum mehr als ein allerletzter Hauch seiner Wärme, genau unter ihr, auf einer der letzten Stufen in Richtung Haupthalle.

Er kann sich doch nicht einfach so in Luft aufgelöst haben!

Tief lauschte Scarlett in das Erdgeschoss hinein, rief Scotts Namen, hechtete zum Haupteingang, öffnete ihn, sah hinaus – keine Spuren im Schnee –, schloss die schwere Tür wieder, damit der Frost nicht in das Treppenhaus wehen konnte. Dann fiel ihr der feine Nebel auf, der von einem der uralten Gemälde im Flur ausging.

»Was zum Geier …?«, murmelte Scarlett und legte ungläubig den Kopf schief. Schnurstracks lief sie hinüber, hievte den in eine verborgene Schwungangel eingehängten Rahmen beiseite – und wurde von einem Schwall aus dichter Nebelsuppe willkommen geheißen.

Geheimgang Nummer XVIII, fiel es ihr ein. Der mit der Sichelfalle … nein, nein, es war der mit den Zermalmsteinen – oder war es der mit dem rutschenartigen Tunnel? So oder so, Hamish hatte ihnen das Betreten strengstens verboten, da er stets befürchtete, sie könnten sich bei der Nutzung der älteren Gänge verletzen. Scarlett sah zurück ans Ende der Treppe. Dann wieder in den Gang mit der undurchsichtigen Suppe. Kein weiter Weg von dort drüben. Und das mit dem Nebel war garantiert kein Zufall.

Wahrscheinlich müsste mir dieser unheimliche Nebel jetzt irgendwas sagen, dachte sie schnaubend, ehe sie eintrat und das Gemälde sich hinter ihr wieder in die ursprüngliche Position schaukelte. *Bestimmt habe ich bei genau der Lektion von Hamish wieder mal irgendetwas mit meinem Rapier aufgespießt, anstatt zuzuhören …*

Unter ihr versank sie mit den nackten Füßen bis zum Knöchel in einem schnell fließenden Bach aus milchweißer Luft. Der darunter verborgene Boden fühlte sich abwechselnd glitschig und morastig zwischen ihren nackten Zehen an. In den dicken Wänden hörte Scarlett vereinzelt ein Schnarchen, leise Worte oder ein aufgebrachtes Schnüffeln, erhaschte aber noch immer keinen Hinweis auf Scott. Plötzlich wurde der Boden unter ihr abschüssiger. Schiefer. Rutschiger. Scarlett verzog das Gesicht.

Der moderige Gang Nummer XVIII war nun stockfinster, doch das kümmerte sie nicht besonders. Ihre Augen sahen hervorragend im Dunkeln.

Genau wie die von Denneval, flüsterte es in Scarletts Hinterkopf. Sie verscheuchte den Gedanken grimmig und konzentrierte sich auf ihre Umgebung. Wohin *führte* dieses Ding überhaupt? Und was war das für ein merkwürdiger Laut?

Der Nebel, dachte Scarlett. *Er ... flüstert?*

Mit jedem Schritt wurde es eisiger. Scarletts Füße wehrten sich gegen die aufkommende Kälte mit einer Fähigkeit, die sie ihrem Erbe als Bestia Enigma zu verdanken hatte: Sie spürte, dass sich die feinen Gefäße in ihren Beinen weit stellten und damit begannen, das dadurch heranströmende Blut aufzuheizen. Es wurde immer schwerer für ihre Zehen, Halt zu finden, und nach und nach kamen sie trotz aller Achtsamkeit ins Rutschen. Scarlett musste sich auf die Seite fallen lassen – so ein Mist, die sauberkeitsbesessene Mrs Devonshire würde ihr die Hölle heißmachen, wenn sie ihren bematschten, feinen Zwirn zu sehen bekam! – und schlitterte immer schneller ins Dunkel hinein.

Der Boden verschwand.

Scarlett verschluckte vor lauter Überraschung ihren eigenen Aufschrei, flatterte wild mit den Armen in der Luft und sah einen weiß wabernden Boden auf sich zurasen. Im letzten Augenblick drehte sie sich um ihre eigene Achse und knallte so hart mit dem Rücken auf, dass es ihr den Atem aus der Lunge prügelte.

»In Ordnung«, stöhnte Scarlett, pustete sich den ruinierten Zopf aus dem Gesicht. »Geheimgang Nummer XVIII ist wirklich eine blöde Idee.« Knackend kreiste sie mit den Schultern und richtete sich auf, um sich zu orientieren – dann hielt sie schlagartig inne. *Hierhin* führte XVIII also. Aber das war nicht unbedingt die größte Überraschung.

»Oh«, machte Scarlett, als sie verstand, woher der mysteriöse Nebel kam.

Dann zog sie ihr Rapier.

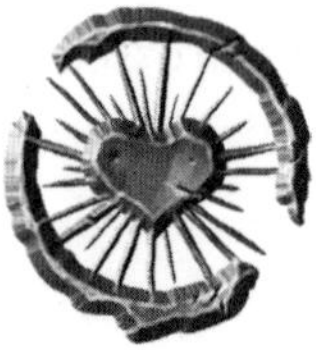

Zavah

Zavah warf den dicken Schemel zur Seite, der an der östlichsten Wand ihres Raumes stand. Sie würde den armen Gärtner Theodore und die insgeheim schwangere Maryanne aufwecken, doch darauf konnte sie jetzt keine Rücksicht nehmen. Wieder und wieder glühten die Bilder der Legung in ihrem Geiste nebeneinander auf.

Der Tod.

Das Rad des Schicksals.

Ihr Herz schlug ihr bis zum Hals. Panisch zerrte sie am Eckzipfel des Wandteppichs, griff mit der freien Hand in eine faustgroße Lücke zwischen zwei Steinen und suchte mit den Fingerspitzen nach einem metallenen Ring. Es gab nur einen Ort, an den sich Scott jedes Mal zurückzog, wenn er sich auf die Suche nach Antworten begab – sein Heiligtum, den Büchertempel in der versunkenen Burg unter Oaknight Manor.

Was befindet sich im Herzen unserer Reise?

Der Tod – das Symbol von Anfang und Ende.

Das Rad des Schicksals – ein sich immer wiederholender Kreislauf.

Zavah fand den Mechanismus und zog. Ein Ruck ging durch die Wand hinter dem Teppich, dann schob sich ein Haken aus seinen Angeln und die verborgene Tür öffnete sich einen Spaltbreit. Sie zwängte sich rücklings hinein, fand mit ihren

Stiefelabsätzen die ersten Sprossen einer eisernen Leiter und begann den Abstieg.

Meine Ebrâm hat mich vor dem gleichzeitigen Auftauchen dieser Zeichen gewarnt, dachte Zavah und hörte die knorrige Stimme ihrer Großmutter in ihrem Geist, während sie tiefer und tiefer in den Geheimgang hinabkletterte. *Wer ein Rad des Schicksals betritt, wird für immer seinen Zyklen unterworfen sein, Kind. Also überlege dir gut, ob du es betreten willst, wenn es von Neuem beginnt.*

Zavah spürte nicht, welche Weisheit die Karten ihr damit mitteilen wollten. Doch eines wusste sie, so klar und deutlich wie das Licht eines Sterns: Scott war in höchster Gefahr. Denn die letzten beiden Karten, die Zavah gelegt hatte, erschienen stets nur gemeinsam, wenn –

Zavah presste ihre Augenlider und ihre Lippen aufeinander. Nein. So etwas durfte sie nicht denken. Es gab einen anderen Grund, eine andere Energie, die diese Kombination hervorgebracht hatte.

Das Gericht.

Die Sonne … aber umgedreht.

Zavahs Stiefel fanden festen Boden unter sich, dann atmete sie erschrocken ein – die Katakomben waren zur Heimat eines stummen Meeres aus Nebel geworden, der hoch genug stand, um den Saum ihres bunt bestickten Flickenkleides zu verschlingen.

Das Gericht – ein Symbol für Wiederauferstehung.

»Scott?!«, rief Zavah und stürmte vorwärts. »Scarlett!?«

Die nassen schwarzen Wände glitten an ihr vorüber. Ihr eigenes Echo wiederholte sich in den Hallen der uralten Festung und blieb ihre einzige Antwort.

»Umgedrehte Karten bedeuten stets das Gegenteil der Essenz einer

Karte«, raunte die Stimme der Ebrâm. *»Alles auf dieser Welt hat ein Widerspiel, Kind. In unserem Inneren und in der Welt außerhalb von uns.«*

Das scharfe Klacken von Zavahs Stiefeln hallte durch die labyrinthartigen Gänge der Katakomben von Oaknight Castle. Ihr schneller Atem schuf einen bedrückenden, ungleichen Rhythmus in ihren Ohren.

Die Sonne. Umgedreht.

»Scott!«, rief Zavah verzweifelt.

»Zavah?!«, rief eine Stimme in der Ferne. Es war Scotts Schwester.

»Scarlett?«, antwortete Zavah erleichtert und rannte um eine Abzweigung, die tiefer ins Herz der Katakomben führte, weiter zur Quelle des Nebels: in den Saal der verbotenen Pforten. »Wo ist Scott? Ich muss euch unbedingt etwas –«

»Du hast nicht zufällig gerade eine Ahnung, was hier vor sich geht, oder?«, fragte Scarlett, die mit gezogenem Rapier in der Mitte der gewaltigen Halle stand. Zavahs Augen weiteten sich. Ihr Mund öffnete sich, um etwas zu sagen, aber sie brachte kein Wort heraus. Alles, was sie tun konnte, war, das kolossale Portal aus Rotbuchenholz anzustarren, unter dem der Nebel in wabernden Wellen hervorkroch. Es besaß kein Schlüsselloch. Es hatte keine Scharniere. Es gab keinen Hebel, der es aufsperrte. Mit einem Schauer erinnerte sich Zavah an den Spitznamen, den Scott diesem Ungetüm geschenkt hatte. *Die blutrote Pforte.*

»Ich glaube, er ist dadrin«, sagte Scarlett trocken und deutete mit der Spitze ihrer silbern aufblitzenden Waffe nach vorn. »Und ich habe nicht die geringste Ahnung, wie wir dieses Ding öffnen können.«

Scott

Das Erste, was Scott wahrnahm, war allumfassende Finsternis.

Dann das sterbende Echo eines ohrenbetäubenden Knalls, so als wäre nur wenige Momente zuvor etwas Gewaltiges in einer Kirche umgestürzt. Überall roch es nach trockenem Papier und altem Stein. Es war so kalt, dass Scotts Zähne klapperten. Mühsam versuchte er, sich daran zu erinnern, wie er hierher gelangt war. Wie lange war er schon hier? Seit Minuten? Seit Stunden? Er hatte jedwedes Gefühl für Zeit verloren.

STIEFEL.

SCHWERE STIEFEL AUF SCHNEE.

BEISSENDER WIND.

Ich friere, verstand Scott. *Ich sollte den Fellkragen hochschlagen ...*

Er wusste nicht, woher er überhaupt *wusste,* dass er einen Fellkragen trug. Aber er half nicht im Geringsten. Die Kälte nistete tief in Scott, in seinen Rippen, seinem Brustbein, seinem Herzen.

GEDÄMPFTE STIMMEN.

GEDÄMPFTE MUSIK.

KNARZENDES HOLZ.

Scotts Hand ging instinktiv an seinen Gürtel. Seine linke Hand fand überraschenderweise den Griff eines ihm fremden

Säbels, seine rechte jedoch das vertraute Gewicht seiner grob gefertigten Steinschlosspistole. Erleichtert wollte Scott aufatmen, doch schon allein der Versuch, die klirrende Nachtluft in seine Lungen zu saugen, schien zu einer vor Ewigkeiten vergessenen Erinnerung zu gehören, wie ein Wort aus einer verlernten Sprache.

Das alles hier fühlt sich zu echt an, um ein Traum zu sein, meldete sich Scotts sonderbar gedämpfter Verstand. Der Gedanke erschien ungewöhnlich laut in seinem Kopf. *Aber es ist auch keine Erinnerung von mir. Was also geschieht hier?*

GELÄCHTER.

GESANG.

FANFAREN.

Scott blinzelte. Wieder und wieder kämpfte er damit, seine Konzentration zu sammeln, aber jeder Anlauf war wie das Fangen einer mit Öl übergossenen Seife.

STAUNENDE RUFE.

TIEFE BEWUNDERUNG.

UNVERHOHLENE VERACHTUNG.

Somnambulismus, spuckte Scotts geistiges Wörterbuch aus. *Ich schlafwandle. Das ist die einzig vernünftige Erklärung … Ich muss unbedingt aufwachen!*

Kaum hatte er die Worte in seinem Verstand vollendet, kam ein unheimliches Rauschen und Flüstern auf. Ätherischer Schimmer stieg aus der Dunkelheit empor, tanzte in einer Wirrnis aus Rauch und Nebel durch einen gewaltigen Ort, der direkt vor Scotts Augen Wirklichkeit wurde. Es bildeten sich Wände, Marmorböden und festlich geschmückte Säulen. Um Scott herum entstand ein majestätischer Tanzsaal, aus dessen Umrissen Gestalten in prachtvoller Gewandung hervortraten und damit begannen, um ihn herumzuwirbeln. In der Ferne spielten die Saiten einer unsichtbaren Harfe einen schläfrigen, traumgleichen Walzer. Aus Nebel wurden Seidenkleider, Gänsebraten, erlesener Wein. Aus Rauch wurde Lachen, Gesang, gehobene Konversation. EINSAMKEIT.

SEHNSUCHT.

VERLOREN.

Ein Ball des Adels?, kam es Scott in den Sinn.

Plötzlich spürte er eine merkwürdige Form von Dankbarkeit in sich aufsteigen – *endlich* etwas, das er erkannte, verstand. Sofort stellten sich die über Jahre hinweg ausgefeilten Etikette-Reflexe bei ihm ein: Seine Haltung wurde erhaben, seine Nase rutschte ein Stück höher in seinem Gesicht und seine Lippen pressten sich leicht aufeinander. Als er kurz darauf an sich hinuntersah, erkannte er sich kaum wieder. Er trug die brachialen Stiefel einer fast mittelalterlich anmutenden Kampfrüstung, eine prunkvoll verzierte Hose mit drei verschiedenen Gürteln und ein mit Goldfasern durchwebtes Hemd mit einem tiefen Ausschnitt. Auf dem spitzen Kragen des rabenschwarzen Fellmantels, den er noch immer darüber trug, schmolzen die letzten Überreste von Schneeflocken. Erstaunt rollte Scott seine Schultern, fühlte das ungewohnte Gewicht des Stoffes auf sich liegen.

»Was geht hier vor?«, hörte er sich sagen – und stutzte.

Hatte er das mit den Schultern gerade tatsächlich selbst getan? Zum Test hob er seinen Arm. Inmitten von umeinander wirbelnden Paaren hielt Scott seine Hand in die Höhe und betrachtete, wie zwischen seinen Fingern die goldgelben Spiegelungen zahlloser Fackeln von kristallenen Kronleuchtern eingefangen und wieder freigelassen wurden.

»Hm«, machte Scott. »Anscheinend ist zumindest meine motorische Feinfunktion intakt.«

Was auch immer soeben geschehen war, Scott fühlte sich wach und präsent, wie ein lebendiger Teil dieses Traums. Auch wenn er – zugegebenermaßen – noch immer nicht ganz davon überzeugt war, dass es sich hierbei wirklich um einen Traum handelte. Doch als ihn die Augen eines ganz bestimmten Menschen trafen, erschien ihm das kaum noch von Bedeutung.

Die Zeit schien sonderbar langsam zu verrinnen: Adelige Männer in langen, pelzbesetzten Überröcken und mit hohen Stehkrägen an den engen Jacken verneigten sich theatralisch und bildeten dabei vor Scott eine sich öffnende Allee, die den Blick auf eine Blüte aus wirbelnden Röcken und geschlitzten Ärmeln freigab.

Tappert, Schauben, Schecken – all diese Dinge sind doch schon seit über zweihundert Jahren aus der höfischen Mode, flüsterte es irgendwo aus Scotts Hinterkopf, doch schon einen Augenblick später zollte er der Stimme keine Aufmerksamkeit mehr. Denn aus dem Kreis der sich drehenden Adelsfrauen trat, so opulent und majestätisch gekleidet wie eine wahre Fürstin, *Zavah* … und machte einen übermenschlich schnellen Schritt direkt auf ihn zu.

Scarlett

»Scott?«, rief Scarlett, lauschte – nichts – und schlug abermals gegen die Pforte. »*Scott!?*« Knurrend ergriff sie einen der gewaltigen Knäufe mit beiden Händen und warf sich mit aller Kraft rückwärts. Splitter sprangen über dem Metall aus dem Holz. Scarletts Kleid riss zwischen ihren Schulterblättern auf. Nichts tat sich – als wäre da eine Hand auf der anderen Seite, mit viel mehr Kraft, als Scarlett in ihrer menschlichen Gestalt aufbringen konnte.

»Geh auf – *geh auf* – komm schon!« Neben ihr sah Zavah immer wieder verzweifelt zwischen ihr und der Pforte hin und her. »Was stehst du da so blöd rum? Wir müssen da irgendwie rein! Hilf mir!«

Die Seherin zögerte, blinzelte schnell und schien plötzlich etwas im Nebel unter ihnen zu suchen.

»Das – das wird nicht funktionieren!«, sagte sie, dann suchte ihr Blick den Scarletts. »Was auch immer ihn dahinter festhält, sperrt uns gleichzeitig aus!«

»Denkst du, ich bin blind?!«, schrie Scarlett und musste sich zusammenreißen, nicht nach der Seherin zu schnappen. Stattdessen presste sie die Lippen aufeinander, schnaubte und ließ den Türknauf los. »Was geht hier vor? Was weißt du darüber?«

»I-ich bin mir nicht sicher!«, antwortete das Mädchen.

»Spuck es aus! Wir müssen ihn da rausholen – *jetzt!*«

Zavahs Mund öffnete und schloss sich mehrere Male. Ihr Blick zuckte panisch hin und her – dann hielt sie inne und ihre Augen leuchteten auf.

»Ein Bann!«, rief sie. »Ich kann einen Bann auslegen!«

Scarlett beäugte das hölzerne Ungetüm vor ihnen. *Viel zu groß, um von zwei Mädchen aufgestoßen zu werden. Aber lange nicht groß genug, um eine verwandelte Bestia Enigma aufzuhalten ...*

Ein kraftloses, dumpfes Stöhnen erklang hinter der Pforte. Der Laut setzte Scarletts Blut in Brand. Wer oder was auch immer ihn darin festhielt, sobald dieses Tor offen war, würde sie alles und jeden darin in Stücke reißen, zerfetzen – !

»Scarlett?«, rief Zavah alarmiert. »Deine Augen!«

Scarlett kniff die Lider zusammen, biss die Zähne aufeinander und schüttelte abgehackt den Kopf.

»In Ordnung – in Ordnung!«, sagte sie. »Mach dieses – diesen Bann!«

»Dafür ... ich brauche Zutaten –«

»*Was* brauchst du dafür?«

»Salz!«

»*Salz?*«

»Eine Menge Salz!«

»Was?«, machte Scarlett verwirrt. »Aber –«

Zavah zog die Augenbrauen zusammen. »Verdammt noch mal, vertrau mir einfach!«

»Schon gut, schon gut! Ich – ich denke, es ist genug Salz oben in der Küche!«

Die Seherin fuhr herum. »Bin schon auf dem Weg!«

Scarlett hielt inne. »Nein, warte!«

»Was?«

»Warte! Scott – Scott hat die Schubladen neu sortieren lassen!«

»Was meinst du damit?«

»Er – er hat sich immer aufgeregt, dass es keine speziellen Schubladen für Dinge mit kristalliner Struktur gibt – das Salz ist – es ist links unten in der letzten Schublade vom mittleren Schrank!«

»Ach, Scott!«

»Du kennst ihn – ich hoffe, es ist genug da!«

»Ich bin sofort wieder hier – halte durch, hörst du? Versuch es weiter! Vielleicht schaffst du es im Notfall auch ohne mich!«

Scarlett nickte zögerlich, dann noch einmal abgehackt und entschlossen.

»Ich komme schon klar.«

Für den Bruchteil eines Moments musterte die Seherin sie noch einmal besorgt, dann nickte sie ebenfalls und verschwand.

Gut.

Sie sollte nicht mit ansehen, was jetzt geschehen würde.

Scarlett wandte sich erneut der Pforte zu.

Ihre Hände ballten sich zu Fäusten.

Reynard hatte es ihr vorgelebt – irgendwie hatte er es zustande gebracht, seine Werwolfsgestalt immer so anzupassen, wie er sie gerade brauchte: Manchmal waren es nur seine Hände oder seine Augen gewesen, die sich transformiert hatten, manchmal nur seine physische Kraft. Nie zu viel, aber auch nie zu wenig. Stets kontrolliert.

Ich kann es also auch irgendwie schaffen, dachte sie. *Einfach nur die körperliche Kraft der Bestia Enigma manifestieren, ohne die Kontrolle zu verlieren …*

Mit mehr Dickköpfigkeit als Können konzentrierte sich

Scarlett auf das dichte Gewebe in ihren Beinen. Dann auf ihren Rücken. Auf ihre Arme. Sie spürte, wie heißes Blut und wilde Stärke in jede einzelne Muskelfaser hineinschossen, ihr Wille kaum mehr als ein notdürftig zusammengehaltener Staudamm für einen brüllenden Fluss. Das Monster in ihr wollte sich *vollständig* manifestieren – hier und jetzt – und sich nicht nur mit einem lächerlich kleinen Stückchen zufriedengeben.

Scarlett knurrte auf, als rotbraunes Fell auf ihren Unterarmen zu sprießen begann. Ihr Kiefer bog sich nach vorn, ihre Schneidezähne zogen sich in die Länge. Tief aus ihrem Bauch brach ein dunkles, machtvolles Dröhnen hervor.

So weit, so gut, dachte Scarlett und blinzelte Schweißtropfen fort. *Ist doch gar nicht so schwer – ZU REISSEN, ZERRUPFEN, ZERFETZEN!*

So aufglühend wie ein einschlagender Blitz brannte das grauenerregende Bild Dennevals vor Scarletts innerem Auge auf – gewaltig, gnadenlos und in seiner vollen, monströsen Pracht. Die Transformation musste höllische Qualen für ihn bedeutet haben, doch dasselbe glorreiche Feuer im Körper des Jägers brannte in diesen Augenblicken auch in Scarletts Adern. Ihre Fingernägel verformten sich zu rasiermesserscharfen Krallen, ihre kleinen Hände wuchsen zu mächtigen Pranken heran, ihre Rippen pumpten sich auf – und ein roter Schleier, den Scarlett mehr als alles andere zu fürchten gelernt hatte, sank über ihre Welt. Im allerletzten Augenblick riss sie ihr schwelendes Herz aus dem drohenden Inferno und stoppte die Verwandlung. Mit einem spitzen Aufkeuchen sank sie auf die Knie und versuchte verzweifelt, ihre Atmung zurück unter ihre Kontrolle zu bringen. Zeit verlor jegliche Bedeutung. Jedes Einatmen war qualvoll, jedes Ausatmen ein Kampf. Ihre Sinne überschlugen sich, eine Kakofonie aus Fährten, Gestank und Düften überfiel ihren Geist. Um sie herum schien die schwarze Burg zu vibrieren. Jeder Windzug an der Oberfläche und jedes Raunen im alten Gebälk Oaknight Manors schienen sich durch das Gemäuer zu übertragen wie die Kreise eines Steins, der auf die stille Oberfläche eines Sees fiel. Ein Teil dieser Wellen – polternde, bebende Schritte – bewegte sich gerade direkt auf Scarlett zu.

»Ich hab's! Ich habe alles!«, rief eine keuchende Stimme. »Einen Beutel Salz, Kreide und getrocknete Königskerze und – *bei allen Lichtern!*« Scarlett schluckte schwer, kämpfte sich mühsam zurück in ihren Körper und versuchte zu antworten, doch außer einem tiefen Grollen brachte sie absolut nichts zustande.

»Brauchst du Hilfe?«, sagte Zavah. Das Mitgefühl in ihrer Stimme machte Scarlett aus einem Grund, den sie nicht verstand, schlagartig wütender. »Was kann ich tun?«

»Kümmer – rrrgh! – kümmer dich nicht um mich!«, presste Scarlett hervor und streckte die Hand von sich. Ihre Nase rang mit ihrer Umgebung, drückte den seltsam ätherisch duftenden Nebel beiseite, zwang die süßlichen Noten von Zavahs mitgebrachter Pflanze von sich … und fand den entfernten Geruch von Scotts Blut.

Bitte … bitte nicht!

»Bist du sicher?«, antwortete Zavah besorgt, hin- und hergerissen zwischen Scarlett und der Pforte.

»Ja!«

Kreide scharrte hastig auf feuchtem Stein. Scarlett schüttelte benommen den Kopf. Vor ihr zeichnete ein Umriss, der nur Zavah sein konnte, einen Halbkreis auf den Boden, dessen Enden an der Pforte mündeten. Hastig, aber konzentriert entleerte die Seherin einen Beutel mit Salz über die Kreidelinie, dann steckte sie sich einen Strauch Kräuter in den Mund und kaute darauf herum.

»Und was soll das bringen?«, krächzte Scarlett und kämpfte sich schwer atmend wieder in ihren bebenden Menschenkörper zurück. Wie um ihr zu antworten, ebbte der stetige Fluss aus Nebel ab – und zog sich langsam hinter die Pforte zurück.

»Zeit – hoffentlich!«, erwiderte Zavah schmatzend, nahm sich das grüne Knäuel aus dem Mund und presste es auf den Halbkreis aus Salz. »Hach, ich wünschte, ihr hättet mehr Salz gehabt!«

»Hast du eine Ahnung, wie schwer es ist, dieses Zeug zu kriegen?!«, knurrte Scarlett.

Die Seherin antwortete aufgebracht und kopfschüttelnd in einer Sprache, die Scarlett nicht verstand, doch dann riss sie die Augen auf und vollführte eine merkwürdige, abwehrende Geste mit zwei Fingern. »Sieh nur!«

Scarlett blinzelte angestrengt. Die Seherin deutete auf den Halbkreis. Die Enden, die an der Pforte abschlossen, begannen, so wild zu zischen wie die angezündete Lunte einer Sprengladung, dann färbten sich die Kristalle darin so schwarz wie flüssiges Pech.

»Äh, ist das was Gutes?«, rief Scarlett und verzog das Gesicht.

»Was? Nein, natürlich nicht!«

»Hätte doch sein können!«

»In welcher der neun Welten ist heranschleichende Dunkelheit etwas *Gutes?*«

»Keine Ahnung, sehe ich aus wie eine Expertin für Übernatürliches?!«

»Wenn dieser Bannzirkel sich verdunkelt hat, *müssen* wir hinter dieser Pforte sein!«, mahnte Zavah.

»Und was, wenn wir das nicht hinbekommen?«, gab Scarlett zurück.

Die Seherin fixierte sie mit funkelnden, feuchten Augen.

»Wenn es das ist, was ich fürchte … dann willst du meine Antwort auf diese Frage nicht hören, Scarlett Oaknight.«

Scott

Scott stockte der Atem.

Mit einem warmen Lächeln streckte Zavah ihm eine Hand entgegen, mit der anderen winkte sie Scott zu sich, als hätte sie schon eine Ewigkeit auf ihn gewartet.

Es war in genau diesem Moment, als die unheimliche Melodie wiederkehrte.

Sie war schleichend, verborgen, lauernd. Zuerst erahnte man sie nur im Schatten der Harfenklänge, dann so eng im Gleichklang mit ihnen, dass sie beinahe verschwand, nur um sich schon einen Augenblick später wieder von ihnen zu lösen und anstatt eines Instruments nur ein leeres, verblasstes Gefäß zurückzulassen. Jedes Mal, wenn Scott versuchte, sie zu *hören*, schien sie einfach eine neue Gestalt anzunehmen – von schwingenden, gläsernen Tönen zu ineinanderfließenden Harmonien bis hin zu einem rasiermessergleichen Schlängeln. Doch ihr Herzstück blieb immer dasselbe.

»Schenkt Ihr mir diesen Tanz, mein Lord?«, sagte Zavah, doch wenn sie sprach, schienen ihre Lippenbewegungen überhaupt nicht zu ihren Worten zu passen.

Weil sie nicht in meiner Sprache gesprochen hat, erkannte Scott abwesend. *Aber warum kann ich sie dann dennoch verstehen?*

Scott verbeugte sich, eine Geste gefangen zwischen Höflichkeit und Unterwürfigkeit, dann nahm er die Hand der jungen Seherin, so als hätte er sein ganzes Leben auf nichts anderes gewartet. Seine Füße begannen eine strenge Abfolge von Schritten – ein sogenanntes *Burgundia Stelldichein*, erkannte Scott –, schon seit mindestens zweihundertfünfzig Jahren von keiner Menschenseele mehr so getanzt. Er wollte Zavah fragen, was hier geschah, was all das hier zu bedeuten hatte – doch ehe er sich's versah, ließ das Lächeln seiner besten Freundin seine Gedanken verblassen, und die unheimliche Melodie drehte sich gemeinsam mit ihnen auf der sich spiegelnden Marmortanzfläche.

Der Boden, kämpfte sich ein Gedanke bis hinter Scotts Stirn, als sein Blick nach unten sank. *Warum kann ich Zavah darin nicht –*

»Sorgt Euch nicht, mein Lord«, flüsterte Zavah, nahm eine Hand an seine Wange und zwang ihn, ihr in die Augen zu sehen. »Denn Ihr seid schon bald wieder bei mir, nicht wahr?«

»Was – was bedeutet das?«, hörte Scott sich sagen. Wie schlaftrunken versuchte er, nach seiner Pistole zu greifen, doch Zavah hielt seinen Arm in einem eisernen Griff gepackt. Vehement schüttelte Scott den Kopf, wollte den Morast abschütteln, durch den seine Gedanken waten mussten. »Du musst mich loslassen.«

»Wehrt Euch nicht, mein Lord«, flüsterte Zavah. »Es geschieht bereits … nichts kann es jetzt noch aufhalten.« Ihr Gesicht strahlte vor Glück, dann funkelte sie Scott aus neugierigen und sonderbar beseelten Augen an. »Die Ewigkeit erwartet uns bereits, Geliebter.«

»D-die Ewigkeit?«, keuchte Scott und schluckte schwer. »*G-geliebter?!*«

Das hier war kein einfacher Traum, auf gar keinen Fall! Irgendetwas stimmte nicht – da war ein *Flackern* in Zavahs Augen, wenn sie sprach, so reflektierend wie die Pupillen einer pirschenden Katze, die sich bei Finsternis im Lichtkegel einer Friedhofslaterne wiederfand. Jeder Schlag von Scotts Herzen spiegelte sich in der Iris seiner besten Freundin in einem immer wiederkehrenden, rhythmischen Aufleuchten.

»Aber ... ein Problem wäre da natürlich noch«, seufzte Zavah, dann begann sie, leise zu lachen. Es klang scheußlich und hoch, als zöge jemand eine Glasscherbe über eine Violine. »Die Tatsache, dass du noch *Leben* in dir hast.«

Blanke, nackte Panik platzte in Scotts Brust.

»Lass mich los!«, presste Scott heiser hervor.

Zavah lachte nur noch lauter, hässlicher, wirbelte mit ihm wieder und wieder im Kreis, die Welt ein verschwimmender Sog aus ermattenden Farben und sterbenden Lichtern. Scotts Körper zuckte unter den Händen der jungen Seherin auf, wollte kämpfen, wollte fliehen, doch all seine Mühe war vergebens. Denn Zavahs Lachen, der unendliche Tanz und die unheimliche Melodie waren nun vollends miteinander verschmolzen, eins geworden. Und alles, wozu seine Kraft nun noch ausreichte, war ein letzter, verzweifelter Schrei.

Scarlett

Scotts Schrei ließ Scarlett das Blut in den Adern gefrieren. Ein Stoß blinden Schreckens betäubte ihre Haut, als die Ränder des Zirkels schlagartig schwarz wurden.

»*Scott!*«, hörte sich Scarlett schreien. Ohne zu wissen, was sie tat, trat sie wieder und wieder gegen die Pforte. Staub regnete auf sie herab. Zavah sagte etwas, das nur gedämpft zu ihr hindurchdrang. Wieder roch Scarlett das Blut ihres Bruders und schob die Bedeutung dieser Tatsache von sich, bevor sie sich die dazu passenden, schrecklichen Bilder ausmalen konnte.

Die Bestie in ihr zerrte geifernd an ihren Ketten. Warf sich wild gegen ihren bebenden Käfig aus Haut und Knochen.

Wenn ich die Verwandlung jetzt zulasse, verstand Scarlett erschrocken, *werde ich sie nicht aufhalten können, wenn wir Scott erreichen. Ich würde ihn einfach fressen und danach Zavah, dann alle auf Oaknight Manor …*

Erneut zerrte ihr überempfindlicher Geruchssinn die Witterung von Scotts Blut in ihre Aufmerksamkeit, als ob er ein Eigenleben hätte. Dieses Mal überbrachte er seine Botschaft, bevor Scarlett ihn aus ihrer Wahrnehmung verjagen konnte.

Nicht frisch, schien er zu flüstern. *Nicht von hinter der Pforte …*

»Es – es tut mir leid!«, sagte Zavah reuevoll. Ihre Züge waren gequält. Der Bannzirkel war nun fast vollkommen verdunkelt, das Kräuterhäuflein darauf verweste in just diesem Augenblick wie unter einem Pesthauch. Kaum mehr als eine Handbreit war noch von ihm übrig. »Scarlett, ich kann nicht mehr tun – aber mein Gefühl sagt mir, dass wir deine Bestie brauchen!«

»Nein!«, fuhr Scarlett sie an. »Ich kann – ich darf nicht –«

Zavah riss die Augen auf. »Vielleicht musst du dich gar nicht verwandeln!«

Scarlett blinzelte Wuttränen fort. »Wie zur Hölle meinst du das?«

»Was sagen dir deine Sinne?«, hielt Zavah sie an. Die Seherin hob ihre Hände, als wollte sie etwas in Scarlett beschwören. »Was verraten dir deine Ohren? Was zeigt dir deine Nase?« Zavahs Blick war verzweifelt. »Was haben wir übersehen? Wo ist der Schlüssel zu dieser Pforte verborgen?«

Die Schwärze fraß sich in das Ende des Bannzirkels. Ihnen blieben vielleicht noch drei, zwei Fingerbreiten.

»Ich – für so etwas ist normalerweise Scott zuständig!«, rief Scarlett und warf frustriert ihre Arme in die Luft. »*Er* löst die Rätsel, *ich* trete die Türen ein!« Hilflos deutete sie zur Pforte. Die letzte Fingerbreite. »Ich meine, wie ist er da überhaupt hineingekommen, ohne sich seine zarten Handgelenke zu bre…«

Gar nicht, schoss es ihr schlagartig durch den Kopf. *Es sei denn …*

Scarletts Blick heftete sich auf den Türknauf, dann bohrte er sich in den der Seherin.

Ein Ruck ging durch Scarletts Körper, als sie endlich verstand, was ihre Sinne ihr schon die ganze Zeit hatten mitteilen wollen. Die einzig verbleibende Möglichkeit –

»Ich weiß, wie wir die Pforte öffnen können!«

Scott

Die Welt hatte sich aufgelöst.

Finsternis und Kälte hatten die Luft zum Atmen ersetzt. Ein bittersüßer Geschmack lag schwer auf Scotts Zunge und überall an seinem Körper fühlte er feuchte Erde.

Alles, *hallte es durch Scotts Verstand,* alles und überall auf der Welt, aber nicht wieder zurück in die Umarmung dieser schrecklichen, grauenerregenden Version von Zavah …

Als er die Augen endlich wieder öffnen konnte, glühte weit über ihm ein perfekter Ring aus Kupfer in einem rabenschwarzen Himmel, aus dem Asche regnete. Am Rande seines Sichtfelds wuchsen uralte Steine in die Höhe, deren Spitzen von Kristallen aus schwarzem Eis überwuchert waren. Irgendwo in der Ferne hallte unregelmäßig erstickter Donner wider, ansonsten herrschte absolute Totenstille. Nichts davon kam Scott auch nur ansatzweise bekannt vor. Für einen kurzen Moment suchte sein Verstand nach bekannten Sternbildern, Gebirgsformationen oder sogar Gerüchen, um sich zu orientieren, doch noch bevor er den Kopf anheben konnte, erschien ein ekelerregend grelles Licht hinter dem kupfernen Ring am Himmel, und Scott konnte nicht anders, als aufzuschreien. Er musste hier fort! Das Licht durfte ihn auf keinen Fall erreichen, sonst wäre das sein sicheres Ende!

Brüllend riss Scott die Hände schützend vor das Gesicht – –

und die Welt um ihn herum zerschellte wie eine Glaskonstruktion. Staubige, sonderbar warme Luft füllte seine erstarrten Lungen und vertraute Stimmen riefen voller Sorge seinen Namen. Kraftvolle Hände zerrten ihn mühelos auf seine noch immer wackligen Beine.

»Bistduinordnungbistduinordnung?«, rief Scarlett und presste ihn so fest an sich, dass seine Rippen knackten. »Es tut mir so leid – wir wussten nicht, wie wir – was ist passiert? – Wer war das? – Wie bist du hierhergekommen? – Bist du verletzt?« Seine Schwester packte ihn an beiden Schultern und schüttelte ihn mit jeder weiteren Frage so sehr durch, dass eine Antwort unmöglich wurde, dann sah sie ihn mit Tränen in den Augen an und umklammerte ihn abermals mit all der Gnade einer Schraubzwinge und hob ihn mühelos an.

»Schon gut, Red«, krächzte Scott heiser zwischen den Armen seiner Schwester hervor. »Ich bin – war bis eben weitesgehend intakt, schätze ich.«

Sie ließ ihn unsanft fallen.

»Mach so was nie wieder!«, schimpfte sie und schlug ihm den Handrücken so wuchtig gegen die Schulter, dass Scott die Luft ausstieß und auf die Knie sank. Kopfschüttelnd verschränkte sie ihre dünnen Arme. »Sind Euer Durchlaucht wieder mal munter drauflos geschlafwandelt oder was?«

Scott hob schulmeisterlich den Zeigefinger, räusperte sich – und erstarrte.

»H-hallo, Zavah«, sagte er und sprang auf. Die Seherin neigte mit gerunzelter Stirn den Kopf.

»Ist … ist wirklich alles in Ordnung bei dir?«, fragte sie. »Es war … schwer, dich zu finden.« In ihrer wohlklingenden Stimme schwang noch eine weitere, bedeutsamere Frage mit, doch Scott wusste beim besten Willen nicht, wie er darauf antworten sollte. Die Augen der Seherin flackerten besorgt. Sie machte einen Schritt auf Scott zu und hob fürsorglich die Hand, und als er unwillkürlich vor ihr zurückwich, erstarrte sie mitten in ihrer Bewegung. Scott räusperte sich, straffte seine Nachtgarderobe wie einen Frack und nickte Zavah höflich zu. Sie ließ unsicher ihre Hand wieder sinken und erwiderte dann zögerlich das Nicken mit einem hilflosen Lächeln, aber für den Bruchteil eines Moments huschte ein beinahe verletzter Ausdruck über ihr Gesicht.

»Was ist das überhaupt für ein Teil hier unten?«, fragte Scarlett laut, schnupperte in der Luft und kniff die Augen zusammen.

»Nun – ähm – wir scheinen uns in den Katakomben zu befinden«, schloss Scott in akademischem Ton und drehte sich übertrieben zur Orientierung um sich selbst. »Und das hier ist nicht das Tor in die Scriptura, wie mir scheint.« Er hob eine Augenbraue, als er verstand. »Die blutrote Pforte?« Er wandte sich zurück zum Eingang, in dessen Schwelle sie noch immer gemeinsam standen. »*Hier* war ich die ganze Zeit über? Kurios – wie habt ihr sie geöffnet? Hamish hat sich unvernünftigerweise stets geweigert, mir den Mechanismus zu erklär…«

Ein tiefliegendes Dröhnen, gefolgt von einem bellenden Krachen und einem scharfen Surren, schnitt ihm das Wort ab. Ein knisterndes und zappelndes Meer aus Lichtern erwachte stoßweise vor Scott, Scarlett und Zavah – eine Heerschar elektrischer Glühbirnen, die nun freigaben, was die Finsternis bisher in ihrer Umklammerung verborgen gehalten hatte.

»Lasst mich raten«, sagte er staunend und blinzelte erfolglos seinen Unglauben beiseite, als er seinen Blick vom Boden hob. »Der Mechanismus, er – er benötigte keinen Schlüssel, er –«

Mit einem Ausdruck, gefangen zwischen Verwunderung, Ehrfurcht und mühsam zurückgehaltenem Schrecken, trat seine Schwester neben ihn und blieb mit offenem Mund stehen.

»Blut«, hauchte Zavah hinter ihnen und Scott lief ein eisiger Schauer über den Nacken. »Er brauchte Blut.«

Teil II

Die Symphonie des Blutes

Scarlett

Scarlett blinzelte das heftige Déjà-vu fort.

In was zur Hölle sind wir jetzt wieder hineingeraten, dachte sie und ließ ungläubig ihren Blick über das unheimliche Innere der neuen Welt schweifen, an deren Schwelle sie nun standen:

Die Modelle der Lampen hier unten schienen weitaus älter zu sein als die der benachbarten Scriptura, denn ihr Schein war schwächer und von einem derart dunklen Orange, dass es beinahe wirkte, als hätte jemand einen rubinfarbenen Schleier über das Innere des Ortes gelegt. Unter ihnen trat eine nach Weihrauch und Myrrhe duftende Vorhalle voller auf Säulen stehender Laternen zutage, und als endlich auch der letzte Schwarm der aufflackernden Glühbirnen zu neuem Leben erwacht war, tauchte ein prunkvolle Halle aus den finsteren Schatten auf: Wohin man auch sah, veredelte widerspiegelndes Gold die Ränder hoher Stellagen und Etageren aus nachtfarbenem Elfenbein. Auf den Eckwinkeln ihrer Stützbögen wachten bedrohlich wirkende Fledermaus-Wasserspeier über die sorgsam darunter präsentierten Schriftrollen, Papiere und Lederbüchlein. Das eigentliche Herzstück des Foyers jedoch bildete ein gewaltiger, von Sprossenstiegen umstellter Globus, der vollgespickt war mit Stecknadeln und Wimpeln. Weit hinter der beeindruckenden Konstruktion ragte in einiger Entfernung eine Art Tophäenwand in die Höhe, an der jemand Reihen über Reihen beschrifteter Ampullen befestigt hatte, die granatfarben glitzernde Flüssigkeiten konservierten.

»Das … sieht nicht aus, als wäre es in den letzten Jahren oft betreten worden«, murmelte Scarletts Bruder.

»Mit Ausnahme von Hamish und dir«, sagte Scarlett und sog konzentriert Luft durch die Nase ein. »Hm. Er muss noch vor Kurzem Zeit hier verbracht haben. Es riecht noch ziemlich deutlich nach ihm.«

In den Boden vor ihnen, über den sich noch immer eine hauchdünne Schicht kalten Nebels zog, war in kohlefarbenem Gestein ein vergoldeter Schriftzug eingelassen. Scarletts Lippen bewegten sich lautlos, als sie mit ihren gebannten Augen die kunstvollen Zeichen nachfuhr: *Haemophagium.*

»Was bedeutet das?«, hörte sie sich leise fragen.

»Ich bin mir nicht sicher«, antwortete ihr Bruder. »Die Endung könnte auf einen Ort des Sammelns oder der Lehre hindeuten. Aber der erste Teil des Wortes setzt sich aus zwei althellenischen Wurzeln zusammen.« Er sah Scarlett ernst an. »›Verzehren‹ und …« Er wandte seinen Blick ab und verfolgte damit den Nebel am Boden zum Ort seines Ursprungs, der Trophäenwand, bevor er hinzufügte: »… ›Blut‹.«

»Also … *Blutverzehrer?*«, wiederholte Scarlett ungläubig. Neben ihr vollführte Zavah schon wieder die mysteriöse Geste mit den zwei Fingern. Scarlett hatte sie noch nie so blass gesehen.

»Das ist nur einer von vielen Namen«, sagte die Seherin warnend.

»Wo in aller Welt kommt dieser Nebel her?«, fragte Scott plötzlich skeptisch und marschierte ohne Weiteres drauflos. Scarlett runzelte die Stirn.

»Hey!«, rief sie und folgte ihrem Bruder. »Hey, Euer Durchlaucht! Wollen wir vielleicht erst einmal klären, wo genau wir hier sind und warum wir Mylord überhaupt hier unten gefunden haben?«

»Meine Anwesenheit lässt sich wohl hinreichend mit Somnambulismus erklären«, erwiderte Scott, als sei es das Selbstverständlichste auf der Welt. Als sein Blick dabei kurz den der verstörten Zavah traf, zuckte er zusammen und fixierte Scarlett. »Und ich hatte ja wohl äußerst offensichtlich einen Albtraum. Das ist alles.« Scarlett verdrehte die Augen und äffte den besserwisserischen Ausdruck ihres Bruders nach, während sie ihm weiter folgte. Als sie den riesigen Globus passierten, stellte sie überrascht fest, dass man sogar Landesgrenzen auf den abgebildeten Kontinenten ausmachen konnte. Einige davon schien man sogar bereits mehrere Male ausradiert und neu eingezeichnet zu haben.

Scarlett konnte nicht genau den Finger darauf legen, woher sie das wusste, aber der Butler musste bei seinem letzten Aufenthalt hier unten sehr in Eile gewesen sein. Hamishs Geruch wurde jetzt stärker.

»Und was den rätselhaften Türmechanismus angeht«, dozierte Scott, als sie sich der Trophäenwand näherten, »ich bilde mir zwar nicht ein, dass ich –«

»Hahaha!«, wieherte Scarlett. »Das wäre ja wohl das erste Mal, Bruderherz.«

Scott hob eine Augenbraue und räusperte sich. »Wie ich eben anmerken wollte, ich bilde mir zwar nicht ein, diesen Trick zu verstehen, aber wenn der Knauf der Pforte auf Blut reagiert, darf ich wohl auf den noch nicht zur Gänze verheilten Schnitt an meinem Daumen verweisen.«

Scarlett blieb stehen und verschränkte die Arme. »Ich habe deinen Herzschlag nicht mehr gehört.«

Zavah blieb ebenfalls stehen und verschränkte die Arme. »Deine Nimmerkerze ist ausgegangen.«

Scott lief rückwärts weiter. »Ähem.« Er zeigte auf Scarlett. »Uns trennten meterdickes Holz, Schwesterherz – deine Ohren mögen gut sein ... aber *so* gut?« Er deutete auf Zavah. »Ein Windzug stellt für diesen Umstand eine vollkommen hinreichende Erklärung dar, erst recht in diesen Gemäuern.« Dann verzog er selbstgenüsslich das Gesicht. »Noch Fragen?«

»Was ist eine *Nimmerkerze?*«, fragte Scarlett misstrauisch.

»Wenn die hohe Lady und die mystische Madame gestatten«, merkte Scott an und wandte sich der nun erreichten Trophäenwand zu, »würde ich mich nun gerne eines weitaus anspruchsvolleren Rätsels annehmen.«

Zavah sah sich unheilschwanger um. »Was ist das hier nur für ein Ort?« Sie rieb sich die Oberarme, als ob sie fröre. Als würde sie Dinge sehen, die selbst Scarlett nicht mit ihren hervorragenden Augen wahrnehmen könnte. Manchmal war ihr dieses Mädchen unfreiwillig unheimlich und dieser Umstand passte Scarlett nun wirklich ganz und gar nicht.

»Ich befürchte, das finden wir noch früh genug heraus«, sagte Scarlett stirnrunzelnd und ahmte den genäselten Ton ihres Bruders nach: »Was dünkelt unserem Gelehrten? Bräuchen Euer Durchlauchtigkeit einen Klapse auf den Hinterköpfe, auf dass seine Hirneswindungen des Schnelleren arbeiten können?«

»Faszinierend«, murmelte Scott auf ein Knie gebückt und wies ihr und Zavah mit einer Geste, stehen zu bleiben, ohne seine Aufmerksamkeit von der Vorrichtung zu nehmen, die er soeben gesichtet hatte.

»Deine Entdeckung?«, fragte Zavah.

»Oh, die auch«, antwortete Scott. »Jedoch nicht halb so faszinierend, wie mein wertes Schwesterlein Dinge wie Dialekt, Soziolekt und Akzent miteinander verwechselt und dann auch noch falsch wiedergibt.« Er grinste selbstgefällig und beugte sich hinunter.

Scarlett zuckte mit den Schultern und verzog nachdenklich den Mund.

»Denke, die Antwort kann man gelten lassen.« Sie klapste Scott mit dem Handrücken an den Schädel.

»Hey!«, protestierte Scott. »Ich bin hier gerade dabei, ein äußerst komplexes Gerät zu verstehen!«

»Dann hat es ja geholfen«, grinste Scarlett zurück. »Also, was haben wir hier?«

Scott deutete auf eine Art großen, länglichen Ofen, von dem es entlang der Wand mindestens drei Dutzend weitere gab. Jeder davon schien zu schwitzen und zischte und surrte vor sich hin, doch der vor ihnen schien irgendwie beschädigt zu sein. Aus einem Riss in dessen Mitte waberte eisig kalter Nebel und verteilte sich quer über den Boden des *Haemophagiums.*

»*Kühlungseinheit Prototyp Nr. 17*«, las Scott laut den eingestanzten Schriftzug auf dem vermeintlichen Ofen vor. Seine Stirn kräuselte sich. »*Experimentelles Patent angemeldet durch die Firma Thilorier & Cullen, Est. 1796; gefertigt für und mit überaus freundlicher Unterstützung der respektablen Eheleute Connor und Elizabeth Oaknight.*« Er sah mit hochgezogenen Augenbrauen auf, dann erhob er sich. »Das dürfte den mysteriösen Nebel erklären.«

»Wartet«, sagte Zavah, kniete nieder und deutete auf den Riss. »Seht. Dort, an der Stelle, wo sich die Schrauben verbogen haben.«

Jetzt fiel es Scarlett ebenfalls auf. Sie griff nach etwas, das sie für ein winziges, zerfasertes Stück Stoff hielt, und hielt es sich spontan an die Nase.

Ihre Nackenhaare stellten sich auf.

»Hamish«, sagte sie alarmiert. »Das riecht nach Hamish.«

Sie wechselte einen besorgten Blick mit Scott.

»Dann habe ich direkt das nächste Mysterium für dich«, sagte sie und musterte die Kühleinheit. »Das ist ziemlich dickes Metall. Selbst ich müsste mich richtig ins Zeug legen, da eine Beule hineinzukriegen. Und ich glaube nicht, dass Hamish sich nur einmal kurz entspannen wollte und das Teil als Kopfkissen benutzt hat.«

»Hier … ist etwas Schauderhaftes geschehen«, pflichtete Zavah bei. Beunruhigt sah die Seherin sich um, dann schloss sie die Augen und schien zu lauschen, wobei eine ihrer rabengefiederschwarzen Strähnen von einem kaum sichtbaren Windzug erfasst wurde.

»Dein Haar«, sagte Scott so sanft, als ob er selbst soeben mit den Fingern durch die eigenwillig gewachsene Frisur der Seherin gestrichen hätte. Als er kurz darauf bemerkte, wie ihn Scarlett schief ansah, schluckte er blinzelnd und nahm wie vom Blitz getroffen Haltung an.

»W-was ist mit meinem Haar?«, fragte Zavah. Sie hielt inne und unterbrach ihr geheimnisvolles Horchmanöver, dann nahm sie verlegen eine Hand an ihr Haar. War sie gerade etwa rot geworden?

Scarlett verdrehte die Augen und klopfte horchend das Gestein der Trophäenwand ab. »Da ist noch ein Raum auf der anderen Seite«, stellte sie fest. Sie hielt sich erneut den Stofffetzen an die Nase und nahm Witterung auf. »Und wie auch immer das hier geschehen ist, Hamish war kurz zuvor da drüben.«

»Dann muss hier mit an Sicherheit grenzender Wahrscheinlichkeit irgendwo ein Schalter sein«, verkündete Scott. »Eine Drehvorrichtung! Eine Treppe, irgendetwas ... Haltet die Augen auf!«

Scarlett untersuchte ihre direkte Umgebung nach Kampfspuren oder weiteren Schäden, als Scott in der Nähe nach Hebeln und Schaltern zu suchen begann.

Was hast du hier angestellt, Hamish?, fragte sie in Gedanken. *Du bist viel zu ordentlich, um teure Erfindungen angedeppert zurückzulassen, selbst wenn du es eilig hast. Was ist dir zugestoßen?*

Sie tauschte einen vielsagenden Blick mit Zavah, die jetzt immer wieder beunruhigt zu den Ampullen hinaufsah.

»Glaubst du, Hamish ist ... ?«, fragte Scarlett geradeheraus, mit mehr Angst in ihrer Stimme, als sie sich vor der Seherin eingestehen wollte.

Zavah schüttelte den Kopf. »Es geht ihm gut.« Auf einmal legte sie Scarlett eine Hand auf die Schulter und ihr Blick wurde besorgt, aber auch Mut spendend. »Noch.« Sie nickte. »Ich weiß nicht viel, aber eines weiß ich gewiss: Wir müssen ihn unbedingt finden.«

»Ich glaube, ich bin soeben über eine interessante Entdeckung gestolpert!«, rief Scott triumphierend. In einigen Schritten Entfernung baute sich Scarletts Bruder vor einer Art Kurbel auf, die neben einer kleinen schwarzen Säule im Boden eingelassen war, dann ergriff er sie mit beiden Händen und begann zu drehen. Ein schabendes Geräusch erklang, dann rastete irgendwo in der zu groß geratenen Grabhalle für Papier ein schwerer Mechanismus an seinen angestammten Platz.

Scarlett verzog anerkennend den Mund. »Nicht schlecht, Bruderherz. Auf Anhieb den –«

Plötzlich dimmten sich die Lichter, und die Säule, auf der eine Motiv-Laterne angebracht war, schraubte sich mehrere Meter in die Höhe. Tief darin glomm eine Glühbirne hell auf, und der Korpus der Laterne begann, sich aberwitzig schnell zu drehen. Scarlett hatte einmal als kleines Mädchen etwas Ähnliches zur Weihnacht geschenkt bekommen: ein Nachtlicht, dessen Gehäuse so geformt war, dass es ein Schattenbild an die Wand werfen konnte. Doch die Laterne, die sich auf der Säule nun weit über ihnen befand, hatte mehrere Motive, die sich durch die Drehung immer wieder so abwechselten, dass die Illusion eines sich bewegenden Bildes entstand. Hier sah es nun so aus, als ob der schattenhafte Umriss eines Tieres an den Mauern des Haemophagiums entlangjagte. Zavah sog lautstark die Luft ein und schlug eine Hand vor den Mund.

»Ein … ein Raubtier?«, murmelte Scott. »Ein Lykanthrop?«

Nein, das ist kein Tier, dachte Scarlett mit morbider Faszination. *Und ebenso wenig ein Werwolf, ganz sicher.* Es schien Krallen zu haben und sich abwechselnd auf zwei Beinen und allen vieren fortzubewegen, aber die Finger, obwohl menschlich, waren um ein Vielfaches länger als normal. Die Ohren waren hoch und spitz, der Kopf schief und alles an der Gestalt erschien merkwürdig bucklig und … *wild.* Vielleicht lag es nur an der Art, wie die Laterne das Wesen abbildete, aber es sah aus, als würde dieses Etwas von einem Hunger angetrieben werden, den nichts und niemand jemals würde stillen können.

»Was zur Hölle –«, murmelte Scarlett.

»Red«, sagte Scott. »Das – das solltest du dir ansehen.«

»Hä?«, machte Scarlett, dann hielt sie inne. Die Säule, die

sich neben ihnen in die Höhe geschraubt hatte, besaß etwa auf Augenhöhe eine goldene Plakette, auf der altertümlich wirkende Buchstaben eingeätzt waren – darunter gab es eine Schiefertafel, auf der jemand mit Kreide einige Zeilen hinzugefügt hatte.

STRIGON – PHÄNOTYP
Blutrünstigste bekannte Hämophage
Letzter dokumentierter Fall:
Jure Grando Alilovic
Dorf: Kringa (Nördliches Istrien)
Status: ZERSTÖRT
Verfahren: ENTHAUPTUNG
Diarische Dokumente in Etagere XVI (b)

Scarlett schüttelte den Kopf.

»Was soll das sein?«, sagte sie ratlos. »Ein mieser Scherz? Eine veraltete Scriptura, bevor man die richtige gebaut hat?«

»Bei den Lichtern«, flüsterte Zavah.

Scott starrte wie versteinert auf die Plakette, dann trat er mit einer beinahe trotzigen Bewegung zur nächsten Kurbel, und das Schauspiel wiederholte sich, dieses Mal mit dem bewegten Bild einer spindeldürren Frau, die einem kleinen Mädchen nachjagte.

WURDALAK – PHÄNOTYP
Dazu verdammt, seine Familienmitglieder heimzusuchen
Letzter dokumentierter Fall:
Petra Plogojowitz
Dorf: Kisilova (Veta Rosaria)

Status: ZERSTÖRT
Verfahren: PFÄHLUNG
Diarische Dokumente in Stellage V (f)

Irgendwo tief in Scarlett regte sich etwas … die Erinnerung an ein vor langer Zeit verdrängtes Erlebnis. Geschichten, die sie verbotenerweise in der Nähe eines Lagerfeuers belauscht hatte, als sie sich eines Nachts vor Schlaflosigkeit aus dem Bett geschlichen hatte – in einer Zeit, in der sie gerade ihre ersten zusammenhängenden Sätze hatte sprechen können.

UPIOR – PHÄNOTYP
Grausamster Hämophagentypus, quält seine Opfer oft über Jahre hinweg
Letzter dokumentierter Fall:
Maximilian von Byzanz (sog.)
Begegnungsberichte überall auf Terra Europa
Status: AKTIV
Verfahren: SÄMTLICHE ZERSTÖRUNGSVERSUCHE FEHLGESCHLAGEN
Diarische Dokumente in Stellagen I – III (a-z), Etageren IX bis XV vollständig

Scarlett hörte die Echos geflüsterter, angsterfüllter Worte weinender Männer und Frauen in ihrem Gedächtnis, die über … *Dinge* aus ihrem niedergebrannten Heimatort erzählten, die selbst die so mutige kleine Scarlett auf der Stelle wieder vergessen wollte …

Scott unterbrach ihre Erinnerung, indem er leise fluchend eine weitere hochgeschraubte Kurbel wieder losließ, einen

Gattung: Haemophage (Bluttrinker)
Extremster Blutdurst, neigt zum Übertrinken
Heimsuchungssymptome: Tod
Vorzeichen: Gänsehaut, Temperatursturz, Madenbefall von Lebensmitteln
Strîga-Phänotyp

Schritt in Richtung Trophäenwand machte und dort kräftig an einem Hebelrad drehte – plötzlich vibrierte und ratterte scheinbar der ganze Boden um sie herum. Irgendwo klickerten und schnatterten Kettenglieder, Hebelzüge und Zahnräder um die Wette.

»Dann ist es wahr«, sagte Zavah entsetzt und wanderte unsicher um Scarlett und ihren Bruder herum, während die Säulen nach einem kurzen Augenblick selbstständig wieder im Boden versanken. Als sich die Lampen wieder erhellten und die Bilder von den Wänden verschwunden waren, starrte die Seherin noch immer wie gebannt hinauf. »Die umgedrehte Sonne. Das Gericht.«

»Wovon redest du da?«, fragte Scarlett.

»Deine Kartenlegung«, stellte Scott fasziniert fest. Unter ihnen ertönte ein leises Dröhnen. »Du hast sie gefragt, was mit Hamish geschehen ist, nicht wahr? Was hast du gesehen?«

Zavah schien es schwerzufallen, den Blick wieder zu senken, dann schloss sie die Augen, presste für einen kurzen Moment lang die Lippen aufeinander und sah dann fast schon bedrohlich zu Scott hinüber. Fast zeitgleich ging ein harter Ruck direkt durch die Trophäenwand und etwas rastete scharf ein. Der Widerhall des Geräuschs spukte bedrohlich durch das Gemäuer – dann erstarb er und hinterließ nichts als Stille.

»Allein über sie zu sprechen, bringt Unglück«, sagte Zavah langsam und bestimmt. Sie atmete schwer ein und aus. »Meine Großmutter nannte sie *Mûllo*. Man hat sie in gewissen Teilen dieser Welt *Pijavica* genannt, um ihren wahren Namen nicht aussprechen zu müssen. *Vrolok* hat man sie in den dunkelsten aller Nächte genannt, so wagten es mutigere Zungen als meine.« Sie hob einen bedeutungsschwangeren Finger und deutete zu der ersten Laterne. »*Strigon.*« Ihr Blick verfinsterte sich und wieder wanderte ihr Finger weiter. »*Upior.*« Zum erneuten Male vollführte sie die sonderbare Geste, wie um sich zu schützen oder sich von den Worten zu reinigen, die sie da soeben gesprochen hatte – dann versank die Trophäenwand in einer Nebelwolke im Boden und gab dabei einen völlig neuen Raum frei. Der Geruch, der daraus an Scarletts Nase strömte, kam ihr sofort sonderbar vertraut vor, beinahe, als wäre sie schon einmal hier gewesen. Auf der Stelle zog sich ihr Magen zusammen. Ihre Hände und Füße prickelten, als würde ihr Kreislauf gegen etwas ankämpfen wollen, das er viel früher erkannt hatte als Scarletts Verstand.

»Das da … das ist die Rückseite unseres Armamentariums«, unterbrach sie das bleierne Schweigen zwischen ihnen dreien und tat einen zögernden Schritt hinein. Das Innere der Kammer erinnerte entfernt an ein Miniatur-Mausoleum, verhangen mit dicken Spinnweben und mit dem markanten Geruch alten Gesteins. Aus dem Boden erhoben sich unter knirschendem Scharren kreisrunde Becken, die vor lebensgroßen Statuen bewaffneter Frauen und Männern aller Zeitalter in heldenhaften Posen zum Stehen kamen. Darauf in Szene gesetzt, waren allerlei fremdartige Utensilien, exotisch wirkende Waffen, sogar Gürtel und Anhänger. All das hätte unter anderen Umständen dazu geführt, dass Scarletts Bauch vor Aufregung wie wild gekribbelt hätte – doch dann sah sie die verbogene Stahltür, die an der Wand links von ihr aus den Angeln gerissen worden war. Sie sah den kleinen Arbeitsraum dahinter, den zertrümmerten Schreibtisch voller durcheinandergeworfener Dokumente, die umgestürzten, erloschenen Kerzen, das blutrote Wachs auf dem knochenbleichen Teppich. Sie sah die letzten Überreste eines zerfetzten Abendfracks, der Hamish gehörte.

Alles an ihr wurde taub.

Scarlett sah zu Zavah zurück.

»Es tut mir so unendlich leid«, sagte Zavah kopfschüttelnd. Tränen begannen, ihre Augenwinkel zu füllen. »Ich hätte nachdrücklicher sein müssen – euch die Bedeutung der Zeichen klarer erkennen lassen – ich hätte die Karten *eher* befragen müssen …«

»Was«, sagte Scarlett heiser. »Was hast du in den Karten gesehen?«

Zavahs Stimme klang heimgesucht, als sie antwortete.

»Das Dunkle, das über Oaknight Manor lag – der Schatten, den ich gespürt habe«, sagte sie, »war ein Vampir.«

Scott

»Ein Vampir?« Scotts Schwester stemmte die Hände in die Hüften, während er die ersten Schritte in Richtung des Arbeitszimmers machte und dabei stumm seine Übelkeit niederkämpfte.

Mein armer Hamish, dachte er und rieb sich mit einer Hand das Gesicht. Allein der Gedanke an das, was hier vielleicht geschehen sein mochte, fühlte sich in seiner Brust an wie ein Schnitt mit einer glühenden Sense. Deshalb entschloss er sich, das Gefühl fortzujagen und sich auf Konstruktiveres zu konzentrieren.

Spuren, Hinweise, Deduktion.

»Ich glaube, ich habe mich verhört«, sagte Scarlett ungläubig. »Für einen kurzen Augenblick dachte ich nämlich, du redest von bleichen Toten mit spitzen Eckzähnen, die sich nachts aus ihren Gräbern erheben, um das Blut der Lebenden zu trinken.«

»So erzählt man es sich«, antwortete Zavah. »Es gibt viele Legenden über sie. Doch jede einzelne davon ist nur eine Gutenachtgeschichte im Vergleich zur Wahrheit.«

Diese grausige Information perlte einfach an Scott ab. Ein Teil von ihm hatte bereits bitter befürchtet, dass es neben Werwölfen auch andere Dinge gegeben haben musste, die ihre Eltern gejagt hatten. Hamish hatte zwar immer wieder Möglichkeiten gefunden, vom Thema abzulenken, wenn Scott ihn über die anderen Pforten auszufragen versucht hatte, doch spätestens seit der unglücklichen Begegnung mit den Jägern Dennevals war er zu dem Schluss gekommen, dass Lykanthropen sich die Finsternis mit anderen Dingen teilen mussten.

»Das – ich kann nicht –«, begann Scarlett, dann verzog sie ihren Kiefer und blickte unstet hin und her. »Na gut – sagen wir einmal, ich *könnte* mir vorstellen, dass es … so etwas gibt. Was hat das mit alldem hier zu tun? Mit dem Haemophagium?«

»Die Ankunft eines alten Vampirs wirft meistens einen weiten Schatten voraus«, antwortete Zavah. Sie schien mit jeder Silbe zu ringen, beinahe so, als fürchte sie, die Kreaturen könnten sie hören und sich von ihrer Stimme angelockt fühlen. »Die Zeichen für ihr Kommen sind selten eindeutig und klar. Manchmal gibt es überhaupt keine oder nur kurz vor oder nur nach ihrem Auftauchen.« Sie schüttelte in einer entschuldigenden Geste den Kopf. »Trotz alledem hätte ich sie früher erkennen müssen. Vielleicht hätten wir Hamish dann früher wichtige Fragen stellen können.« Sie vollführte eine fließende Geste, die die Haupthalle des Haemophagiums einschloss. »Über diesen Platz. Über den Grund, der Hamish hierhergeführt hat.«

Scarlett schloss die Augen und atmete schwer aus. Zwei stille Tränen liefen ihre Wangen hinunter.

»Warum zur Hölle hat uns Hamish das verschwiegen? Wieso hat er uns diesen Ort hier nicht schon früher gezeigt?«

»Wir dürfen nicht vergessen«, sagte Scott, »dass Hamish ein hochrangiges Mitglied des Mercurius-Ordens ist. Ich könnte mir gut vorstellen, dass Oaknight Castle, also alles unter Oaknight Manor, in erster Linie als eine Art Bibliothek für die Jäger des Ordens dient.« Er räusperte sich. »Das heißt, die Jäger, die hier für sie gearbeitet haben: Mutter und Vater. Wahrscheinlich hatte Hamish sogar vor, uns eines Tages ganz offiziell zu ihren Nachfolgern zu machen und dementsprechend weiter einzuweisen.«

In den Augen seiner Schwester funkelte es. Darin lagen Wut und Trauer, genauso wie im letzten Jahr, als ihre Eltern verschwunden waren. Doch dieses Mal lag eine Enttäuschung in ihrer Miene, die bitterer war als alles, was er zuvor darin gesehen hatte. Und als sich ihr Blick in den seinen bohrte und Scott begann, genau dasselbe zu fühlen wie sie, wandte er sich ab.

Sie braucht dich intakt, hörte er wieder die Stimme in seinem Kopf. *Nicht zerbrochen ...*

»Hamish war hier, kurz bevor etwas geschehen ist«, sagte Scott. »Es sieht nicht aus, als wäre er hier gewesen, um sich zu bewaffnen, weil er einen Vampir im Hause erwartet oder vermutet hätte. In diesem Falle hätte er uns ohnehin darüber unterrichtet. Wir sind immerhin ausgebildete Lykanthropenjäger und wären eine außerordentliche Hilfe bei einem Verteidigungsversuch gewesen.«

Scarletts Augen funkelten noch immer. Sie schien andere Worte von ihm erwartet zu haben und noch immer darauf zu warten.

Zavah sah besorgt zu Scott herüber, dann zu Scarlett. Die Seherin ergriff behutsam die Hand seiner Schwester, die diese jedoch unsanft von sich stieß.

Scott fuhr fort und wies zur herausgebrochenen Tür. »Für mich sieht das Ganze nach einem Überraschungsangriff aus. Rasch. Brachial. Berücksichtigen wir, dass Hamish ganz sicher alles andere als leicht zu überwältigen ist, muss der Angreifer über enorme Kraft und Schnelligkeit verfügt haben. Die Zeit zwischen dem, ähm, Entfernen der Tür und dem Angriff kann nicht besonders lang angedauert haben.« Er wandte sich an Zavah. »Wie mir scheint, bist du im Moment diejenige von uns, die am meisten von Vampiren versteht. Warum … warum ist hier kein Blut?« Scott wies mit einer Geste auf den Vorraum mit den Statuen und schluckte.

Die Seherin sah ihn mitfühlend an. »Das weiß ich nicht, Scott Oaknight«, sagte sie in einem Ton, als ob sie ihn damit an etwas erinnern wollte. »Diese Kreaturen sind leider nicht so leicht zu verstehen wie ein frisch verwandelter Werwolf. Sie sind so verschieden wie die Sternbilder am Himmel.«

»Was könnte also mit ihm geschehen sein?«

»Ich bin mir sicher, dass er noch lebt, wenn es das ist, was du wissen willst.«

Scott verschränkte die Arme. »Ganz sicher?«

Zavah schloss und öffnete langsam die Augen und deutete eine Verbeugung an. »Soweit es in meiner Macht steht.«

Scott fiel eine Vielzahl an Gründen dafür ein, warum das keine befriedigende Antwort war, doch er kannte das Manousher-Mädchen mittlerweile gut genug, um zu wissen, dass sie in derlei Angelegenheiten nicht zu scherzen pflegte.

»Dann … wurde er mitgenommen.«

»Entführt, meinst du?«, fragte Scarlett. Sie zog die Augenbrauen zusammen. »Wozu?«

Scott sah fragend zu Zavah herüber. Sie wartete mit ihrer Antwort einen Augenblick zu lang, fand Scott.

»Die Karten schreiben mir keinen Brief voller klarer Antworten«, sagte sie. »Alles, was sie zeigen, ist ein Spiegel der Energien, die sich um einen Schicksalsfaden spinnen.«

»Wenn ich nicht wüsste, was du alles draufhast«, warf Scarlett resigniert ein, »würde ich dich spätestens jetzt rauswerfen.«

»Also müssen wir vorerst von einem weltlichen Motiv ausgehen?«, überlegte Scott. »Diebstahl? Entführung?« Er überlegte. »Ein Einbruch mit zufälligem Opfer?«

Zavah setzte zögerlich zu einer Antwort an, schloss aber dann den Mund.

»Nur zu«, sagte Scott auffordernd.

Zavah sah ihn vorwurfsvoll an. *Lass mich das nicht laut aussprechen*, schien ihr Blick zu sagen.

Scott lehnte sich leicht vor. »Ich insistiere.«

Zavah sah von ihm zu Scarlett. »Ich habe Geschichten darüber gehört, in denen sie ... in denen sie Menschen als Spielzeuge mitnehmen.«

»Was?«, machte Scarlett schockiert. »Als ...« Ihre Worte verloren sich.

Scotts Beine wankten unter ihm. Er befeuchtete seine trockenen Lippen.

»Vielleicht ... ja auch nur als ... Wegzehrung«, sagte er ratlos, dann nickte er. »Ja. Vielleicht wäre das sogar die bessere Variante.«

Scarlett riss die Augen auf. Ihre Iris schimmerte golden.

»*INWIEFERN IST DAS DIE BESSERE VARIANTE?!*« Für einen Moment pumpten sich die Adern an ihrem Hals und ihren Schläfen auf und ein Geräusch wie von dicken brechenden Ästen erklang, dann trat Scarlett schwer atmend einen Schritt zurück und schien in sich zusammenzusinken. Sie rieb sich mit den Handrücken die Augen. Instinktiv tat Scott einen Schritt auf seine Schwester zu, doch dann zuckte eine Erkenntnis durch seinen Kopf und ließ ihn erstarren.

»Wartet«, sagte er, runzelte die Stirn und drehte sich um sich selbst. »Warum hier?«

Scarlett zog die Nase hoch. »Wie meinst du das?«

»Warum nicht *oben* nach einem Opfer suchen?«, führte Scott den Gedankengang weiter. »Warum sich den Umstand machen, einen Zugang in die Katakomben zu suchen?«

»Vielleicht wusste er, dass Hamish hier sein würde«, ergänzte Scarlett heiser. »Vielleicht hat er gewartet, bis Hamish alleine war, und hat dann zugeschlagen. Ein guter Jäger würde das tun.«

Scott nickte – und stand dann wie vom Blitz getroffen da.

»Hamish *kannte* diesen Vampir!«

»Ähm«, machte Scarlett mit schiefem Konterfei. »Hä?«

Zavah drehte ihm mit zweifelnden Augen ihr schönes Gesicht zu. »Ich bin bereits Menschen mit der Gabe der Hellsicht begegnet – aber selbst die hätten nicht einfach so wissen können, was du gerade ausgesprochen hast.« Mit deutlicher Neugierde, fast schon verspieltem Interesse, neigte sie den Kopf und musterte Scott aufmerksam. »Woher also willst *du* so etwas wissen?«

Scott blinzelte aufgeregt und wies auf die Tür. Sein Kopf kribbelte, wie immer, wenn sein Verstand noch vor seinem Bewusstsein auf die Lösung eines Rätsels gekommen war. Vor seinem geistigen Auge spielte sich urplötzlich, wie auf der Bühne eines Theaters, ein Schauspiel in Weiß und Schwarz ab:

Ein Schatten wandelt unheilvoll durch das Haemophagium.

Ein Schatten, der weiß, wie der Mechanismus der Pforte funktioniert – oder der Hamish unauffällig bis hierher gefolgt ist.

»Seht euch die Beulen darin an«, sagte Scott.

»Was ist damit?«, fragte Zavah.

Die Finsternis vor der Stahltür zieht sich zusammen. Ein bedroh-

licher Umriss erwacht daraus. Eine blasse Hand erhebt sich, holt weit aus –

KLANK!

KLANK!!

KA-KLANK!!!

»Ziemlich tief«, merkte Scarlett an. »Drei Stück. Mehr hat die Tür nicht ausgehalten.«

»Nur von innen abschließbar«, fügte Scott hinzu. Seine Finger fuhren über den Rand des Metalls – der Seite der Tür, die den Angeln zugewandt war.

RRRA – QUIEETSCH!

Funken sprühen.

Ein ohrenbetäubendes Knallen hallt durch das Haemophagium, so laut, dass die Stellagen vibrieren.

Scott nickte. »Hier. Durch die Schläge gerade stark genug verbogen, um Platz für ein paar Finger zu haben.«

Er erhob sich. Folgte den Fußstapfen des Eindringlings. Hielt den Arm von sich gestreckt, mit dem er die Tür zur Seite geschleudert hatte.

Weißer Kerzenschein wirft ein flackerndes Rechteck auf den schwarzen Boden. Darin erscheinen die Silhouetten zweier Hände, mit unmenschlich langen Fingern und noch längeren Nägeln …

»Linkshänder«, murmelte Scott wie in Trance, während sein Geist mit jedem Schritt neue Informationen aufsaugte. »Trockenes Schuhwerk. Kaum größer als ich. Er zögert. Nur einen Sekundenbruchteil. Vielleicht, um die Situation einzuschätzen. Vielleicht, weil er etwas sieht, das er nicht erwartet hat.«

Der Schatten schießt vorwärts. Umrisse prallen aufeinander. Ihr Ringkampf zerstört den Schreibtisch, lässt mehrere Tintengläser an der gegenüberliegenden Wand zerschellen.

»Sein Körper streift mit der – wartet – der rechten Schulter den Eingang«, fuhr Scott fort, ließ seine feinen Fingerspitzen über das Gestein fahren, das sich um Nuancen glatter anfühlte als das umliegende. »Der Vektor des Sprungs verläuft nicht gradlinig … aber warum?« Scarlett und Zavah folgten ihm unschlüssig und betrachteten ihn so verständnislos, als ob er in einer fremden Sprache mit ihnen kommunizierte. »Seht euch an, wo die Sesselstützen ihre Abdrücke auf dem Teppich hinterlassen haben. Hamish hätte *exakt* mit dem Rücken zur Tür gesessen.«

»Er ist aufgestanden«, sagte Zavah.

»Hat sich bereit gemacht, um zu kämpfen?«, fragte Scarlett.

»Das dachte ich auch«, erwiderte Scott nickend. »Zuerst.«

Die Zeit läuft rückwärts. Der Schreibtisch setzt sich wieder zusammen. Tinte läuft rückwärts an den Wänden hinauf, fließt in die sich wiederfindenden Splitter der Gläser zurück und nimmt gemeinsam mit den anderen nun wieder unversehrten Gefäßen ihren angestammten Platz auf dem dunklen Holz ein. Die Stahltür poltert mit der Rückseite voran über den Boden des Mausoleums, springt zurück in die Angeln. Das Metall beult sich wieder aus. Das Kerzenflackern kehrt zurück, flimmert schneeweiß über die schwarzen Schultern des hochkonzentrierten Butlers hinweg.

»Hamish saß hier an etwas, für das er absolute Ruhe brauchte«, schloss Scott. Sein Blick schweifte über den Boden der außerordentlich kleinen Kammer. Die zwei Hälften des durchgebrochenen Schreibtischs füllten sie fast zur Gänze aus. In ihrer Mitte lagen allerlei Schreibutensilien, sowie ein breites, in Leder gebundenes Buch. Dazu fand man bei genauerem Hinsehen noch eine alte Taschenuhr, sowie eine seltsame Metallspule, in deren Oberfläche Hunderte winzige Erhöhungen hineingemeißelt waren. Der kupferne Zylinder, aus dem Hamish diese Spule mit an Sicherheit grenzender Wahrscheinlichkeit gezogen hatte, wies ein schwarzes, aber bereits gebrochenes Schutzsiegel auf – das Symbol des Mercurius-Ordens. »Er hat eine Sendung aus dem Heulerkasten unserer Scriptura erhalten und soeben das Siegel gebrochen. Als plötzlich –«

KLANK! Ein Beben geht durch das Studierzimmer. Alles auf dem Schreibtisch erzittert. Direkt hinter Hamish erscheint der Abdruck einer Faust im Metall der Tür – der Butler fährt auf.

»Eins«, zählte Scott laut und hob einen Finger. »Hamish weiß augenblicklich, dass es niemand von uns ist – nur Scarlett hätte die dafür nötige Kraft gehabt, und selbst das nur in transformierter Erscheinung, wozu sie an diesem Abend weder Anlass noch Gemütsverfassung besaß.«

Scott stellte sich vor die Überreste des Schreibtisches, den Rücken zu seiner Schwester und Zavah gewandt – dann betrat er die Welt aus Schwarz und Weiß.

Die Vibration der Tür in seinen Rippen.

Der Geruch von abgestandenem Kerzenwachs.

Das Rauschen von Blut in seinen Ohren.

Er weiß, dass ihm nur noch Momente beiben.

Er hebt die Hand.

»Zwei.«

KLANK!!

Ein Donnerschlag erschüttert abermals die Tür, verbiegt sie gefährlich schnell.

»Und Hamish«, murmelte Scott, fühlte seinen Puls rasen, sah, wie seine Hände nach etwas auf dem Schreibtisch griffen. *Eine ruckartige, atemlose Bewegung lässt die harten Kanten der Schatten tanzen.*

»Er weiß, dass er keine Zeit hat!«, fuhr Scott immer schneller fort. »Denn was auch immer es ist, es gab eine *Vorgeschichte*, die ihn irgendwie mit der Kreatur verbindet – und wenn die beiden sich schon einmal begegnet sind und Hamish *weiß*, dass ihm trotz all seiner Kräfte nur noch Sekunden verbleiben, und er *weiß*, dass wir ihn suchen werden – *drei!*«

KA-KLANK!!!

Der schemenhafte Umriss des Butlers zuckt – nach links! – nach rechts! – vollführt einen übermenschlich schnellen Ausfallschritt, als sich nur eine Armeslänge hinter ihm vier rasiermesserscharfe Krallenfinger unter das Metall schieben.

»Er hat keine Zeit, uns eine Nachricht zu schreiben«, erklärte Scott hastig. »Es muss subtil sein, schnell – etwas, das uns sagen kann, wo er ist, was hier unten geschehen ist, wenn wir nur genau genug hinschau…«

Hamishs massiger Körper fährt herum, kaum einen Schritt weit vom Schreibtisch entfernt. Der Schatten katapultiert sich vorwärts, rammt dabei mit der Schulter den Eingang – und prallt brachial mit dem Butler zusammen.

»So wäre er mit dem Rücken und der Hüfte an die rechte Seite des Schreibtisches geprallt«, sagte Scott und kehrte mit einem Blinzeln wieder zurück in die Realität. »Schwesterherz, du kennst dich mit so etwas besser aus als ich. Warum sehen wir hier dann nicht überall geborstene Schubladen, sondern einen exakt in der Mitte gebrochenen Schreibtisch?«

Scarlett sah ihn zwar an, als wäre er nach einem mehrwöchigen Aufenthalt aus einem Bergstollen wieder aufgetaucht, ging jedoch auf seine Frage ein.

»Er hat sein Gleichgewicht verlagert«, sagte sie. »Seitlich den Stoß abgefangen.«

»Ergibt das Sinn?«

»Wenn der Angriff von vorn, in einer geraden Linie gewesen wäre?«, sagte sie. »Mit Hamishs Gewicht?« Sie verzog die Lippen und schüttelte den Kopf. »Das wäre dumm.«

»Hamish mag vieles sein«, wandte Zavah verschwörerisch ein, »aber dumm ist er auf keinen Fall.«

»Exakt«, antwortete Scott und trat vor. Er fand, wonach er suchte. »Er hat sich so gedreht, dass sein Körper das verbergen könnte, was er kaum mehr als einen Wimpernschlag zuvor ergriffen hatte.« Er hob das Buch mit dem schweren Ledereinband. »Er hat uns gezeigt, wo wir suchen müssen.« Eine der Seiten, sonst makellos, wies ein Eselsohr auf. »Den Hinweis, mit dem wir ihn finden können.« Der Geruch alten Papiers fuhr in seine Nase, als der schwere Körper des Buches sich in zwei Hälften teilte und die letzte aufgeschlagene Seite preisgab. »Den Hinweis, mit dem wir das *Ding* finden, das ihn uns weggenommen hat.« Scotts Finger glitten über die Auflistung von Namen. Er spürte die gebannten Blicke seiner Schwester und seiner besten Freundin. Über einem Fingerabdruck aus Blut hielt er inne. Vorsichtig, Stück für Stück, nahm Scott seine Hand von der Seite und erkannte den Namen, der von dem Fingerabdruck markiert worden war. »Den Hinweis, mit dem wir ihn zurück nach Hause holen.«

Scarlett

Für den Moment füllte kaum mehr als das Prasseln des Kamins und das samtene Surren der Glühbirnen die Lücke, die Hamish hinterließ. Holzscheite knackten. Glut ließ Äste brechen. Eine strenge Kühle flimmerte in der Luft um Scarlett herum, mischte sich mit der gehauchten Stille des Haemophagiums und ließ sie lautlos schaudern. Wenn Hamish hier gewesen wäre, dann hätte er sicher gewusst, was jetzt zu tun war, aber … das war er nun einmal nicht. Und ohne ihn, der stets wusste, was zu tun war, standen sie nun vor einer noch größeren Herausforderung als zu Beginn ihrer Reise – vor ihrem Abenteuer in Bisclavret. Ohne einen Mentor vor so ein derartiges Rätsel zu treten, ohne ihn über die Türschwelle einer neuen, noch gefährlicheren Welt zu gehen, füllte Scarletts Bauch mit dem Gefühl, verlassen und verloren zu sein. Sie wusste, dass dem nicht so war, wenn sie Scott – und na ja, sogar die Seherin – ansah. Trotzdem breitete sich das Gefühl immer weiter in ihr aus.

»Das ist alles?«, fragte sie leise. »Das ist der große Hinweis, der uns die richtige Richtung weisen soll?«

Neugierig beäugte Zavah die notdürftig geglättete Seite, die Scott zusammen mit ihren anderen Fundstücken auf einem Glastisch mit Fledermausfüßen ausgebreitet hatte. Die braune

Tinte war zwar ein wenig verlaufen, doch noch immer war der in edlen Schwüngen niedergeschriebene Text darauf zu lesen.

… teilt sich dementsprechend auf in:

→ Eheleute
Auguste Theresia McDermit (z. Zt. d. N: 75 Jahre alt)
Ludvig Eberdeen McDermit (z. Zt. d. N: 73 Jahre alt)
keine Nachkommen

→ Philius Grayworth, Witwer (z. Zt. d. N: 52)
Hinterlässt:
- Timothy Grayworth → (z. Zt. d. N: 13 Jahre alt)
- Constanzia Grayworth → (z. Zt. d. N: 10 Jahre alt)
- Gardazio Grayworth → (z. Zt. d. N: 7 Jahre alt)

→ Hamish Balthazar Porter (z. Z. d. [illegible] Jahre alt)
keine Nachkommen

→ Armin Kopernikus Mittenthaler, ledig (z. Zt. d. N: 25)
keine Nachkommen

→ Liliana Urovnik, Witwe (z. Zt. d. N: 17)
keine Nachkommen

»Ich weiß nicht, wie uns das helfen soll, Hamish zu finden.« Scarlett legte den Kopf schief, machte eine ratlose Geste mit den Armen und verzog stirnrunzelnd das Gesicht. »Der Fingerabdruck liegt auf seinem eigenen Namen – aber sagt euch einer der anderen irgendetwas?«

Zavah schüttelte den Kopf.

»Was bei den Lichtern hattest du hier unten vor, lieber Hamish?«, murmelte die Seherin leise.

»Zuerst dachte ich«, sagte Scott und legte die Fingerspitzen seiner zusammengefalteten Hände an die Lippen, »es handele sich ausschließlich um bretonische Namen, aber die hier präsentierten Herkünfte könnten von überall auf Terra Europa stammen.«

»Ist das deiner Meinung nach nur eine Notiz oder irgendetwas anderes?«, fragte Scarlett.

Ihr Bruder schüttelte konzentriert den Kopf.

»Eine Aufzeichnung über Familienstände, Sprösslinge … wenn ich es nicht besser wüsste, würde ich sagen, wir haben es hier mit Notizen über einen *Stammbaum* zu tun. Natürlich vermag ich es nicht mit Sicherheit zu sagen, aber mir fällt beileibe nichts Besseres ein.«

»Mächtig bunte Familiennamen für einen Stammbaum, findest du nicht?«, gab Scarlett zu bedenken. »Das kann ja wohl kaum von einer einzelnen Familie stammen, oder?«

»Es sei denn, die Familie ist sehr groß und hat viele Verzweigungen«, erwiderte Zavah. Ein wehmütiges Lächeln entfaltete sich in ihren Mundwinkeln. »Damit kenne ich mich ein wenig aus.«

»Weitläufige Namensänderungen wie diese kommen nur dann in Stammbäumen vor«, begann Scott und untermalte seinen Vortrag mit bedächtigen Gesten, »wenn eine Familie entweder ins Ausland heiratet oder dort hinzieht – was heutzutage nur noch sehr selten vorkommt.« Er verzog den Mund und nickte nachdenklich. »Es sei denn, es herrscht Krieg. Der letzte mir bekannte Bürgerkrieg, der in Veta Gallia, ist über siebzig Jahre her. In der Norm lässt sich eine Familie an einem Ort nieder und bleibt, lebt und heiratet dort über Generationen hinweg.«

Scarlett verdrehte die Augen. »Und was wollen uns Euer Durchlaucht nun damit sagen?«

»Dieser Stammbaumteil ist – wenn es denn nun wirklich einer sein sollte – nicht nur verzweigt, sondern müsste demzufolge auch ausgesprochen alt sein.« Er sah ernst zwischen Zavah und Scarlett hin und her. »Wir würden hier also aller Wahrscheinlichkeit über *Jahrhunderte* sprechen.«

»Hat Hamish mit euch viel über seine Vergangenheit oder seine Herkunft gesprochen?«, fragte Zavah und deutete mit einem Blick auf die Namensliste.

In einer vollkommen synchronen Bewegung schüttelten die Zwillinge den Kopf.

»Irgendwie war er gefühlt schon immer hier bei uns«, sagte Scarlett und lächelte müde. Ihr Bruder sah ins Leere.

»Über seine Vergangenheit wissen wir nicht viel«, gab Scott zu. »Soweit ich richtig informiert bin, haben viele seiner Familienmitglieder väterlicherseits die Dienerschaft für die Oaknights gestellt. Normalerweise kamen die Butler in jeder Generation vollständig ausgebildet und stets in jungen Jahren nach Oaknight Manor. Hamish war wohl eine Ausnahme.«

»Warum?«

»Er war schon älter, meine ich, als er zu uns stieß.«

»Dreiundzwanzig, glaube ich«, fügte Scarlett hinzu.

Zavah neigte den Blick. »Und was hat er davor getan?«

»Wissen wir nicht«, erwiderte Scarlett schulterzuckend. »Aber … ich glaube, dass er Streit mit seiner Familie hatte, als er jünger war.«

Scott zog die Augen zusammen. »Wie kommst du darauf, Red?«

Scarlett zuckte abermals die Achseln. »Ist … ist so ein Gefühl. Ich würde auf jeden Fall auch nicht gerne mit anderen über meine Familie sprechen, wenn ich nur schlechte Erinnerungen an sie hätte. Vielleicht war das ja der Grund für seine Verschwiegenheit.«

Zavah nickte, dann beugte sie sich vor und nahm den ungewöhnlichen Behälter mit dem gebrochenen schwarzen Siegel in beide Hände.

»Vielleicht finden wir hier drin eine Antwort«, sagte sie.

»Haben wir eigentlich eine Ahnung, vom wem das ist?«, fragte Scarlett verwirrt.

Ihr Bruder schüttelte kaum sichtbar den Kopf. »Er trägt das Ordenswappen, aber es ist schwarz, nicht rot, so wie sonst. Den Ring, mit dem man so ein Siegel herstellt, tragen, glaube ich, alle Mitglieder – Hamish hat auch so einen, meine ich gesehen zu haben.«

Plötzlich wankte Zavah, als hätte sie ein Windstoß getroffen. Blitzschnell trat Scarlett an sie heran und stützte sie.

Die Seherin lächelte sie dankbar an und winkte ab. »Es … es ist sehr wichtig für den Absender, dass diese Nachricht Hamish erreicht«, sagte Zavah. »Wer auch immer es verschickt hat, er hatte große Angst vor etwas.« Sie schluckte. »Todesangst.« Mit sacht zitternden Fingern gab sie den Behälter weiter an Scott.

»Ein Rätsel«, gab Scott fasziniert zurück und deutete auf eines der weiteren Mitbringsel aus dem Arbeitszimmer. »Es *muss* etwas mit dieser Uhr zu tun haben – und dieser Spule.« Er nickte entschlossen. »Sie hängen irgendwie zusammen. Müssen gemeinsam benutzt werden. Ganz sicher.«

Als Scarletts Blick auf die Uhr fiel, hielt sie inne. Das war *kein* gewöhnlicher Chronometer.

»Dreizehn«, sagte Scarlett plötzlich laut, kniff die Lider zusammen und deutete mit langem Arm auf die Mitte des winzigen Tisches, um den sie sich versammelt hatten. »Das Zifferblatt, seht ihr das? Es geht nicht von eins bis zwölf, sondern von eins bis dreizehn!«

»Die Zahl des Unglücks«, merkte Zavah finster an.

»Das ist ein alter Aberglaube«, antwortete Scott und hob den Zeitzähler in die Höhe. »Hm ... vielleicht sogar *absichtlich* so gewählt, um Versuche zu entmutigen, sich genauer damit zu beschäftigen.« Er hob die Uhr forschend an, drehte sie, schüttelte sie leicht, lauschte daran. »Hm ... ist in gutem Zustand, muss aber neu aufgezogen werden ... Dreizehn, dreizehn, warum dreizehn?«

Scarlett schnaubte ungeduldig. »Ein Stammbaum, eine Uhr mit dreizehn Ziffern und eine olle Metallrolle – mir wird das langsam zu bunt!« Scarlett starrte Zavah, die sich gerade in einen Schneidersitz setzen wollte, auffordernd an. »Madame?«, sagte sie trocken.

»Ja?«, fragte Zavah mit kindlicher Neugierde, doch noch ehe sie das Wort ausgesprochen hatte, klatschte Scarlett ihr die Metallspule vom Tisch in die Hand und tippte mit der Fingerspitze darauf herum. »Mach das Ding«, befahl sie.

»Das ... Ding?«, wiederholte Zavah blinzelnd.

Scarlett wedelte mit den Händen herum. »Du weißt schon«, sagte sie. »Dein Ding.« Sie zuckte mit den Schultern. »Wusch!« Sie riss die Augen auf. »Schuhuuu – schuhuuu!« Sie schmatzte und nickte ermutigend. »Das, was nur du draufhast.«

»Ah«, machte Zavah lächelnd und nickte freimütig. »Das

Ding. Gewiss, Jägerin. Du weißt schon, dass ich das nicht nach Belieben steuern kann, oder?«

Scarletts Bruder hob eine Augenbraue. »Ähm, *will* ich nachfragen?«

»Schenkt mir einen Moment«, gab Zavah zurück.

Die Seherin schloss die Augen, holte tief Luft und spürte scheinbar in den ungewöhnlichen Gegenstand hinein.

»Ich … da ist ein Geräusch«, sagte sie leise und runzelte die Stirn. »Es … es wiederholt sich. Eine Art *Pling, Pling, Pling* wie von feinen Werkzeugen.« Sie rieb ihre Lippen übereinander und ihre Nasenspitze bewegte sich leicht dabei. »Es riecht hier nach erwärmtem Metall. Nach kräftigem Branntwein und nach heißem Öl. Die Luft ist kaminverhangen … ich kann eine alte Stube sehen. Wartet …«

Scarlett lehnte sich gespannt vor, ihr Bruder Schulter an Schulter neben ihr.

»Eine Melodie«, hauchte Zavah auf der Suche nach Worten. »Wer auch immer das hier geschaffen hat, war nicht nur ein einfacher Handwerker. Er hat auch ein Auge für winzige Details. Und einen Verstand wie … wie Musik.« Sie nahm die Spule wieder herunter und öffnete mit einem versöhnlichen Lächeln die Augen. »Das Bild verblasst. Ich hoffe, ich konnte helfen.«

»Das, meine Liebe, war hervorragend«, sagte Scott und atmete laut durch die Nase aus, seine Miene hochkonzentriert.

»Red?«, fragte er. »Magst du uns *olfaktorisch* erleuchten?«

»Hä!?«, machte Scarlett und verzog den Mund. »Ich erleuchte *dich* gleich olfa – ohrfasch –«

»Riechen, Red«, sagte Scott. »Du sollst daran riechen, bitte.«

»Sagt das doch gleich, Euer Durchlaucht!«

Scarlett sah misstrauisch in die Runde, dann schnappte sie sich die Spule und witterte daran.

Wie jedes Mal, seit sie sich in eine Bestia Enigma verwandelt hatte, überfiel sie ein wild aufgepeitschter Ozean aus Gerüchen, als sie sich das Metall unter die Nase hielt und auf ihren übernatürlichen Geruchssinn konzentrierte. Mit verzogenem Gesicht hielt sie den Gegenstand von sich weg und kämpfte die auf sie einprügelnden Eindrücke nieder.

»Keine Chance«, fluchte sie. »Das ... das ist einfach viel zu viel!«

»Du kannst das!«, sagte Scott überzeugt. »Nur weiter, Schwesterherz!«

Scarlett knurrte grimmig. Es war absolut unmöglich, klare Unterschiede oder gar Details in diesem fließenden, wabernden Durcheinander zu erkennen – wie mit verbundenen Augen und Backhandschuhen eine Nadel im Heuhaufen hervorzufischen, verdammt noch mal – alles, was sie notdürftig zu greifen bekam, waren grobe Eindrücke, klobige Umrisse und vielleicht einmal der gelegentliche Glücksfund, wie zum Beispiel –

»Das ... das hat mal eine ganze Weile lang in Holz gelegen«, sagte Scarlett. »Nein. Moment mal. In *unterschiedlichen* Hölzern. Keine Ahnung, welche Sorte, aber höchstens zwei oder drei.« Sie roch erneut. *Komm schon,* dachte sie bei sich. *Wenigstens eine nützliche Kleinigkeit noch!* »Das hört sich jetzt vielleicht komisch an, aber ... eines dieser Hölzer war, glaube ich ... parfümiert? Ja. Parfüm.«

»Ausgezeichnet«, machte Scott triumphierend.

Zavah hüpfte von ihrem Sessel und schüttelte begeistert den Kopf. »Scarlett, das ist ja unglaublich! Das alles nur mit deinem Geruchssinn?«

Für einen Augenblick lang suchte Scarlett nach Sarkasmus in der Stimme der Seherin, doch da war tatsächlich nur pure, aufrichtige Begeisterung. Scarlett blinzelte und fühlte, wie sie für einen Moment lang rot anlief, dann vollführte sie eine abstreitende Geste. »Ach, das – das ist doch nichts. Ich habe einfach nur eine überragende olifak – oschifalktorianische –«

»Eine wundervolle Nase!«, nickte Scott bestärkend und grinste breit. »Gut, gut, sehen wir weiter! Hm. Es gibt keinerlei Anzeichen von Verfärbung oder längerer Sonneneinstrahlung auf der Oberfläche. Lange Lagerungszeit. Hm. Parfüm ... warum sprüht jemand Metall mit einem Duft ein? Es würde den Geruch nicht so lang halten können wie Stoff.« Er verschränkte die Arme hinter dem Rücken und begann, im Kreis um den Tisch herumzulaufen, während Scarlett und die Seherin ihm dabei nachsahen. »Aber was, wenn das Holz an einem Ort gestanden hat, an dem man des Öfteren Parfüm benutzt hat, wie ein Schmink- oder Nachttisch ...«

Scott riss die Augen auf, dann deutete er wie ein wilder Affe auf den Tisch. »*Heureka!*«, rief der junge Lord.

»Gesundheit«, machten Zavah und Scarlett gleichzeitig.

»Nein, dreizehn!«, rief Scott plötzlich feierlich. »Versteht ihr?«

»Hä?«, machte Scarlett.

»Dreizehn!«, wiederholte Scott feierlich und sah begeistert zwischen seiner Schwester und Zavah hin und her. »Und die Spule – sie lagerte lange in Holz auf einem Schminktisch, versteht ihr nicht? Und die Ziffern – *natürlich* sind es nicht einfach nur dreizehn!«

Scarlett verschränkte die Arme und sah Zavah vorwurfsvoll an. »Da haben wir's! Ich habe ihn kaputt gemacht! Hättest du mir nicht sagen können, dass mein Klaps auf seinen Hinterkopf zu feste war?«

»Es sind sechsundzwanzig!«, beteuerte Scott und klatschte sich die Hände an die Wangen. Zavah musterte den jungen Adligen ratlos, dann wandte sie sich wieder an Scarlett.

»Vielleicht musst du ihn jetzt vor die *Stirn* klapsen, um es wieder rückgängig zu machen ... ?«

Scarlett zuckte mit den Achseln und klapste Scott vor den Kopf. Ihr Bruder schüttelte vehement den Kopf und schien mit den Händen Fliegen verscheuchen zu wollen, dann deutete er entschlossen auf die Uhr.

»Sechsundzwanzig Buchstaben!«, rief er. »Je eine *halbe Minute pro Buchstabe im Alphabet!*«

Scarlett runzelte die Stirn. »Hat nicht geklappt.«

Zavah seufzte. »Tut mir leid. Dachte, das funktioniert.«

Scott zog aufgeregt wie ein kleiner Junge die Uhr auf. »Das ist brillant, Hamish, brillant – Schwesterherz, sag mir bitte, dass du deine alte Spieluhr aus Kindertagen noch hast?«

»Ja, aber warum –«

»Ihr holt die Spieluhr!«, rief Scott und hüpfte dabei plötzlich so herum, als hätte man ihm ein Bienennest unter das Hemd gestopft. »Ich hole Schreibwerkzeug!« Er deutete mit der Nase auf die Gegenstände auf dem Tisch, dann rannte er zurück in das zerstörte Schreibzimmer. »*Ich weiß, was das ist!*«

Oaknight Manor, Nova Caledonia
Speisesaal und Kammern der Bediensteten

Klar wie Kloßbrühe, es spukte in diesen Gemäuern, ganz eindeutig!

Sehr wohl, in derlei Hinsicht war Bellerophon Devonshire, dienstältester Wachhund und gefahrenerprobter Bassett-Rüde, felsenfest überzeugt. Es empfahl sich infolgedessen, entsprechende Gegenmaßnahmen einzuleiten. Die majestätische Kreatur erhob sich aus ihrem vigilanten Schlummer und trat dabei tollpatschig auf ein riesiges, herabhängendes Ohr.

»Alarm!«, stieß plötzlich der eben noch schlummernde Perseus, Bellerophons platonischer Lebenspartner, laut hervor. »Sie haben mir das Ohr eingequetscht! Gesindel! Haderlumpen!«

»Ruhe!«, entgegnete Bellerophon.

»Alarm!«, erwiderte Perseus.

»Ruhe! Ruhe!«

»Alarm! Alarm!«

Ein herbeisausender Hausschlappen unterbrach die intensive Konversation. Diesem folgte ein Fluch in der primitiven Diktion der Zweibeiner, direkt aus den Untiefen des mit Holz umrahmten Friedhofs für Gänsefedern.

»Melde gehorsamst«, erstattete Bellerophon pflichtbewusst

und schlurfte mit umherschlackernden Ohren zur Tür. »Habe Gespenst ausgemacht!«

»Bestätige Feindkontakt!«, fügte Perseus hinzu und legte den faltigen Kopf schief, um besser lauschen zu können – schließlich machte seinem messerscharfen Gehör nichts und niemand so schnell etwas vor, auch keine geruchlosen Phantasmen! Nun ja. Außer vielleicht dieses unverschämte Eichhörnchen an ihrem Lieblingsbaum im Garten. Oder diese hinterlistige Katze, die neuerdings nächtens das Treppenhaus unsicher machte ...

Bellerophon setzte sich platschend auf sein Hinterteil und hoffte inständig, dass es sich bei dem Gespenst um eine bekannte oder adlige Persönlichkeit handelte; nicht auszudenken, was für einen Spott man beim nächsten Pinkeltreff für eine Heimsuchung kleinbürgerlicher Herkunft ernten würde!

... doch dann war die geisterhafte Melodie wieder verschwunden.

Perseus und Bellerophon blickten einander eine Spanne lang aus entzündeten Augen an, dann gähnten sie kräftig, tappten im Kreis umeinander her, kuschelten sich aneinander, deckten sich gegenseitig mit den Ohren zu und schliefen innerhalb weniger Sekunden wieder fest in Morpheus' Armen.

Zavah

Kaum eine Handvoll Minuten später versammelten sie sich zu dritt um den Tisch, auf dem Scarlett einen bunt bemalten Holzkasten abgestellt hatte. Der Gegenstand war hoch, breit und fein gearbeitet, außerdem thronte auf ihm die Porzellanfigur einer tanzenden Dame.

»Und jetzt?«, fragte Zavah aufgeregt. »Was verbirgt dieser Klotz?«

»Na ja, man zieht ihn auf«, sagte Scarlett und deutete auf die kleine Kurbel auf der Rückseite des Kastens, dann begann sie, daran zu drehen. Eine Kette aus klickenden Lauten rastete irgendwo im Inneren des Wunderwerks ein, und als die Jägerin die Kurbel wieder losließ, begann die Tänzerin darüber, sich zu drehen – und plötzlich erklang ein Lied aus dem Kasten! Zavah trat ehrfürchtig einen Schritt zurück, dann sah sie Scott und Scarlett ungläubig an.

»So etwas …«, murmelte sie zwischen Begeisterung und Unglauben, »so etwas habe ich noch nie gesehen. Oder … gehört.« Die Melodie klang beruhigend, märchenhaft. »Es ist wunderschön!«

Scarlett presste die Lippen schief aneinander. »Findest du? Ich fand's immer langweilig. Und schneller vorwärtsdrehen durfte ich die Kurbel nie, weil ich sie sonst kaputt gemacht hätte – als ich mal ein kleines Messer für die verschnarchte Tänzerin gebastelt habe, hat Mrs Devonshire es mir damals entsetzt wieder weggenommen.«

Scott zog zweifelnd eine Augenbraue hoch. »Du hast versucht, Großvaters Zweihänderschwert mit Leim an der Figur zu befestigen, Schwesterherz. Wir waren *alle* entsetzt.« Vorsichtig öffnete der junge Adlige den Kasten, indem er die kleine Tänzerin auf die Seite kippte. Darunter kamen feine Metallstäbchen zum Vorschein, die von den kleinen Unebenheiten der Spule unter ihnen zum Klingen gebracht wurden. »Doch nun, meine Lieben, wollen wir ein Geheimnis lüften ...« Scott hielt die Spule aus dem Studierzimmer über das zweite Exemplar im Kasten – sie hatten genau dieselbe Größe – und konnte sie mit einem simplen Handgriff gegeneinander austauschen.

»Sag mal, Red, war es nicht sogar Hamish selbst, der sie dir geschenkt hat?«, fragte Scott mit dem Hauch eines Schmunzelns auf seinen Lippen. Die Grübchen, die sich dabei auf seinen Wangen zeigten, wärmten Zavah das Herz. Es war Balsam, den jungen Lord in seinem Element zu sehen.

Scarlett hielt sichtbar verblüfft inne. »Das – ja. Ja, Hamish hat sie mir geschenkt. Und er hat mir auch gesagt, dass ich sie niemals verlieren dürfte.« Ihr Blick wurde ernst. »Also, Bruderherz, was läuft hier?«

Scott grinste. »Du durftest sie nie verlieren, weil er sie noch brauchte. Brillante Tarnung.«

»Warum würde Hamish sich *Musik* senden lassen?«, fragte Zavah, setzte sich auf dem kalten Boden in einem Schneidersitz vor den Tisch und stützte neugierig ihren Kopf mit den Ellenbogen darauf ab. Sie spürte, wie ihre Augen funkelten. »Darf ich?«

»Nur zu!«, erwiderte Scott. »Genau dafür haben wir sie hergebracht.«

»Ich bin gespannt, was für ein schönes Lied –«, begann Zavah, nachdem sie die Kurbel gedreht hatte, doch dann krächzte eine so hässliche Kratzerei aus der Spieluhr, dass sie am ganzen Körper Gänsehaut bekam. »Üäh!«

»Das ist ja widerwärtig!«, kommentierte Scarlett und sah aus, als hätte sie auf eine vergammelte Zitrone gebissen. Sie sah Scott zweifelnd an. »Wartet – bin ich wieder eine Kulturbanausin und verstehe bloß nicht, dass sich das so anhören *muss?*«

»Nein, ich fürchte, ich muss dir beipflichten, Schwesterherz«, antwortete Scott mit verzogener Miene. »Das ist nicht unbedingt Vivaldi.«

»Müssen wir das jetzt bis zum Ende anhören?«, fragte Zavah mit den Händen auf den Ohren. Den Lichtern zum Dank betätigte Scarlett irgendwo auf der Rückseite des Kastens einen Mechanismus, der das Ganze zum Verstummen brachte. Kurz darauf beobachteten alle wie gebannt, wie Scott sich mit vor Aufregung zitternden Fingern daranmachte, die Uhr neu aufzuziehen und Tinte und Papier zurechtzulegen.

»Auf mein Zeichen«, erklärte er. »Scarlett, drehe die Kurbel zurück, dann halte sie und löse sie langsam wieder, wenn ich es dir sage – ich werde dir ein Tempo vorgeben, einen sehr, sehr langsamen Takt, mit dem die Töne spielen dürfen. Zavah, ich werde gleich Buchstaben ausrufen – ich will, dass du sie in genau der Reihenfolge niederschreibst, in der du sie hörst, verstanden?«

»Aye, Captain«, erwiderte Scarlett sarkastisch.

»Es ist mir eine Ehre«, sagte Zavah grinsend.

»Sehr gut, sehr gut!«, rief Scott. »Alsdann – los!«

Zavah musste zugeben, dass sie noch immer nicht ganz verstand, was genau Scott mit seiner Idee bezwecken wollte, doch als sich schon nach den ersten schrillen Tönen ein vollständiges Wort unter ihrem Federkiel wiederfand, war sie sich sicher, dass sein unnachahmlicher Kopf den richtigen Weg eingeschlagen hatte. Jedes Mal, wenn eine Note erklang, ordnete sie der junge Lord über das Ziffernblatt der Uhr einem Buchstaben zu und sprach ihn laut aus. Es brauchte lang, viel länger als gedacht, bis sie am Ende des Briefes angekommen waren – und als Scott begann, die Worte laut vorzulesen, wünschte sich Zavah, dass er es nie getan hätte.

Versiegelte Geheimnachricht des Mercurius-Ordens

voller Schrecken
habe die Zeichen seiner Rueckkehr
an den kommenden Himmeln gesichtet
Erhebungen ueberall
auf meinen Laendereien
Vampyr

flehe um Euren Rat und Euer Koennen
hoffe Depesche findet Euch bei guter Gesundheit
und Nachtraege trafen unbeschadet bei Euch ein
bitte antwortet alsbald oder besser
reist spornstreichs her

in ewiger Freundschaft
Arminius Praetorius

Ordensmeister des sechsten Grades
Geheimrat Ihrer Erhabenheit Fuerstin Isabella von Basilea

Zavah war längst übel, als Scott das letzte Wort las. Mit dem Gefühl, ihre Hand aus verwesenden Überresten zu ziehen, ließ sie die Schreibfeder auf den Tisch fallen. Scarlett mahlte mit den Kiefern und ließ die Kurbel los. Nach der eigentlichen Nachricht waren nur noch Namen und Aufzählungen aus Scotts Mund gefolgt, genau in der gleichen Art und Weise wie auf der einzelnen Seite des von Hamish geführten Stammbaums.

»Das hört sich nicht gerade nach Friede-Freude-Eierkuchen an«, kommentierte Scarlett. »Und nach noch mehr Stammbaum.«

»*Die Zeichen seiner Rückkehr*«, wiederholte Zavah mit dem Geschmack frischer Erde auf ihrer Zunge und wurde von einer Gänsehaut geschüttelt. Plötzlich schien sie einen Chor scharfen, anschwellenden Flüsterns in der Dunkelheit zu hören. Das Schlagen Tausender winziger Flügel. Das aufblitzende Bild einer blutigen Hand unter einer sich verfinsternden Sonne – dann schüttelte sie die Energie mit einer entschiedenen Geste ab. »Was glaubt ihr? Meint dieser Mann damit die Zeichen des … des Unwesens, das seine Ländereien heimsucht?«

»Ich weiß es nicht«, sagte Scott mit müder Stimme und stieß einen leisen Fluch aus. »Es tut mir leid. Ich erhoffte mir davon eine Spur für unsere Suche nach Hamish.«

Scarlett schnaubte.

»So wie ich das sehe«, sagte sie grimmig, »*ist* das unsere Spur. Sogar unsere *einzige* Spur.« Sie schnaubte und stemmte die Fäuste in die Hüften. »Seien wir mal ehrlich: Das Ding, das

Hamish verschleppt hat, ist vermutlich schon über alle Berge. Wir haben sonst nichts.« Ein zwiegespaltener, verbitterter Ausdruck trat in ihr Gesicht. »Nicht einmal Witterung kann ich aufnehmen.« Sie kaute auf ihrer Unterlippe und wies mit dem Kinn auf den geöffneten Brief. »Aber wenn dieser Kerl da wirklich ein alter Freund von Hamish ist – und wenn das Mistvieh, das uns Hamish weggenommen hat, wirklich nicht zum ersten Mal mit ihm aneinandergerasselt ist, wie du gesagt hast … dann weiß der Mann vielleicht genau, wen oder was wir suchen.«

»Davon lässt sich ausgehen«, bestätigte Scott.

Scarlett schloss sie alle drei in einer Geste ein. »Ich sage, wir statten dem Mann einen Besuch ab und fragen *ihn* danach. Weil es, verdammt noch mal, alles ist, was wir haben – und ganz ehrlich, wenn ich hier noch länger rumhocken und *denken* muss, reiße ich mir jedes Haar einzeln aus. Also: Kennst du ihn? Arminius, meine ich? Hast du eine Ahnung, wie wir ihn finden können?«

»Mutter und Vater waren laut einem ihrer Jagd-Diarien einmal bei ihm zu Gast«, antwortete der junge Lord kerzengerade. »Merkwürdig, dass ich sie ausgerechnet vergangenen Abend noch gelesen habe … Ich – ja, ich kenne den Ort. Eine Villa in den südteutonischen Wäldern!«

»Und was jetzt?«, fragte Zavah besorgt. »Reisen wir einfach zu ihm?«

»Genau das«, fügte Scarlett hinzu.

Zavah stieß ein ungläubiges Geräusch aus.

»Ich glaube, ihr versteht das nicht – ich will Hamish wiederfinden, genau wie ihr, aber wenn Arminius wirklich von einem Vampir heimgesucht wird, können wir nicht einfach mit einer Handvoll Talismanen dorthin reisen und hoffen, dass uns nichts geschieht!«

»Pfff«, gab Scarlett zurück. »Wir werden mit drei Meter großen, muskelbepackten Wutmonstern fertig. Was soll an denen schon großartig schlimmer sein?«

Zavah riss die Augen auf. »Weißt du überhaupt, was du da sagst? Diese Wesen … das sind nicht alles kopflose Berserker – die meisten sind vollkommen gefühllose, manipulierende Mörder, und wenn dir das noch nicht reicht, sind die meisten auch noch unsterblich und gebieten über übernatürliche Fähigkeiten, von denen ein Werwolf nur träumen kann!« Sie legte ihre Hände zu einer flehenden Geste zusammen. »Ihr habt nicht die Dinge gesehen, die ich gesehen habe! Ihr versteht nicht, wie tief der Abgrund ist, aus dem diese lichtlosen Schatten kriechen können.« Zavah rieb sich die Oberarme und fühlte, wie sich ihre Augen mit Tränen füllten. »Glaubt es mir, meine Großmutter hat mich alle Wege gelehrt, mit denen man sich vor ihnen schützen kann. Jedes Kind bei uns lernt sie, noch bevor es den ersten Satz sprechen kann – und trotzdem mussten wir so oft – so oft hilflos mit ansehen, wozu sie fähig sind.«

Die Stille, die plötzlich entstanden war, wog schwer.

»Das … das tut mir leid«, sagte Scarlett mitfühlend.

Zavah presste ihre Lider aufeinander und blinzelte die Tränen fort.

»Ein Werwolf«, sagte sie leise, »ist wie ein brüllendes Feuer, das in nur einer einzigen Nacht ein Dorf niederbrennen kann, schrecklich, ungezähmt und wild.« Sie sah zu Scott, mehr als nur eine Mahnung in ihren Augen. »Aber ein Vampir … das ist der geschmeidige Schatten in der Finsternis, der deinen Namen so lieblich flüstern kann wie das Lied, welches dich als

Kind in den Schlaf gewiegt hat. Sie sind die verdorbene Frucht des Ackers und das faulende Wasser des Brunnens, wenn du bitteren Hunger und unstillbaren Durst leidest.« Zavah hielt Scotts Blick. »Wo ihre unheiligen Leiber auftauchen, treiben sie Verderben und Pestilenz vor sich her, so unbarmherzig und unheilvoll wie der kalte Tod, den sie einst um seine blitzende Sense betrogen haben.« Sie schüttelte den Kopf, erst leicht, dann entschieden. »Dafür seid ihr nicht bereit.«

Scott erhob sich ernst, tauschte einen noch ernsteren Blick mit seiner Schwester, die ihm nach einigen stillen Worten, mit einem bernsteinfarbenen Funkeln in den Augen, knapp zunickte. Manchmal fragte sich Zavah, ob die Zwillinge wussten, wie stark die Verbindung zwischen ihnen wirklich war.

»Wir werden Arminius Praetorius aufsuchen«, sagte Scott. »In der Zwischenzeit … werden wir *lernen*. All das hier« – er wies auf das unheimliche Innere des Haemophagiums – »dient nur einem Zweck: dem Verstehen und Jagen dieser Ungeheuerlichkeiten. Wir haben die Waffen. Wir haben die Aufzeichnungen.« Er lächelte flüchtig, warm. So warm, dass Zavah ihm in diesem Augenblick jede noch so abwegige Bitte erfüllt hätte. »Und du – hast die Erfahrung.« Er trat an sie heran. »Unterrichte uns. Bringe uns alles bei, was wir wissen müssen, so wie es deine Großmutter einst für dich getan hat.«

»Aber –«

Scott nickte. »Ich weiß, dass uns wahrscheinlich viel zu wenig Zeit bleibt, um mit angemessener Ausbildung auf diese Jagd zu gehen – aber *gemeinsam* können wir es schaffen. Also, was sagst du?«

Zavah rang mit sich. Es war vollkommen verrückt. Und ihre Vorahnungen flüsterten ihr jetzt immer finsterere Dinge zu, als sie sich langsam, aber sicher zu einer Entscheidung durchkämpfte, von der sie jetzt schon wusste, dass sie sie bitter bereuen würde, wenn die Zeit gekommen war.

Seufzend schloss sie die Augen.

»Ich tue es«, sagte sie. »Ich lehre euch alles, was ich über Talismane und schützende Amulette weiß.«

»Danke«, wisperte Scott und hielt ihren Blick. Er atmete auf und nickte ihr und seiner Schwester knapp zu. »Gut! Denkt daran, die Zeit läuft aller Wahrscheinlichkeit nach gegen uns – machen wir uns gemeinsam und so gut wie möglich mit den Lektionen in den Niederschriften unserer Vorgänger und Ahnen vertraut!«

Scarlett nickte grimmig. »Wir decken uns mit legendären Waffen, der tödlichsten Munition und den ausgebufftesten Fallen ein, die das Haemophagium zu bieten hat.« Sie hielt ihre Hand nach vorn, wartete. »Für Hamish!«

Langsam, zögerlich legte Zavah ihre Hand auf die der Jägerin. Dann sah sie zu Scott, der die seine unter die seiner Schwester hob. Als sich ihre gemeinsamen Blicke trafen, grinste Scarlett voller finsterer Vorfreude.

»Also dann«, sagte Scarlett. »Rösten wir ein paar Fledermäuse.«

Und dann spürte es Zavah, so klar und so widerschallend wie den Ruf einer Krähe in der Kälte des Winters.

Das in tiefe Schatten gehüllte Feld lag bereit.

Die Karten waren vergeben, deren Gesichter verdeckt.

Die Figuren hatten ihre Positionen eingenommen.

Das Spiel hatte begonnen.

Scott

Reisedokumentation/Tagebucheinträge
Nova Caledonia – Veta Gallia – Lemagna – Teutonien

17. November 1799
Handschriftliches Diarium seiner hohen Lordschaft Scott Oaknight

Hiermit beginne ich offiziell die Niederschrift meiner Erlebnisse, die sich auf unserer Reise zur Villa des Arminius Praetorius zugetragen haben – wo Geschehnisse auf uns warten sollten, die schlimmer waren, als wir es uns in unseren dunkelsten Albträumen hätten ausmalen können. Der Grund für diese Art von Dokumentation ist etwas gewesen, das mich bei der Erforschung der Geheimnisse des Haemophagiums zutiefst überrascht und beunruhigt hat, doch dazu berichte ich später mehr.
Lady Oaknight, Madame Zavah und ich blieben bis zur Ankunft der organisierten Reisekutsche noch drei Tage auf Oaknight Manor, wo wir uns beim Training im Disciplinat – unser Übungskolosseum für den Kampf gegen Lykanthropen – mit einer ganz und gar erstaunlichen Entdeckung konfrontiert sahen …

»Oha!«, rief Scotts Schwester fassungslos in die unvermittelte Dunkelheit hinein und presste sich in letzter Sekunde mit schwitzendem Rücken an den Scotts, während die letzten hölzernen Werwolfattrappen zischend im Boden versanken und plötzlich riesigen, sich drehenden Motivlaternen Platz machten. »Was habe ich *jetzt* schon wieder kaputt gemacht?!«

»Der Hebel!«, rief Scott zurück und deutete darauf, als flatterhaftes Licht das Disciplinat so unregelmäßig erfüllte wie die Mündungsblitze schnell hintereinander abgefeuerter Steinschlosspistolen. »Er ist weggeknickt, als du ihn angerempelt hast!« Er sah ungläubig auf die Steinplatte unter ihnen hinab, als sich die restlichen Plattformen des Disciplinats entweder in die Höhe schraubten oder weiter in die Tiefe hinabsanken – und dadurch eine zweite, düsterere Übungshalle entstand, an deren Wänden nun blitzschnell umherjagende Schatten mit widernatürlich langen Gliedmaßen und spitzen Ohren umherhetzten.

»Seid ihr in Ordnung?«, rief Zavah von der Empore hinunter, von der aus man die kleine Halle übersehen konnte. »Hier sind gerade zwei riesige, beschriftete Kupferzahnräder aus dem Boden emporgefahren!«

Scotts Augen ruckten hin und her – über die Wände, die zuckenden Silhouetten der unheilvollen Wesen –, dann verstand er: Die Motivlaternen waren so aufeinander abgestimmt, dass die geworfenen Umrisse wie bewegte Bilder umherjagten. Es gab Orte, an denen ihre Formen sich zum Sprung abstießen oder an denen ihre furchterregenden Sichelfinger urplötzlich hinter einer Ecke hervorschossen. Neben ihm spaltete ein breites Grinsen Scarletts Lippen.

»Wir sind unversehrt – noch!«, rief Scott hinauf, zog seine zweite Duellierpistole und landete auf einem Vorsprung. »Was steht auf den Zahnrädern?«

»Hier – hier steht: *Konfiguration II: Haemophagen*!«

»Ha!«, rief Scarlett und zog genüsslich ihr Rapier. »Ich *wusste*, das Ding steckt noch voller Überraschungen!«

»Ein Füllhorn verborgener Schätze, sieh mal einer an!«, schloss Scott und bewunderte ehrfürchtig die sieben heroischen Statuen, die im Westflügel des Haemophagiums vor sieben steinernen Wasserbecken Wache hielten. Jede der imposanten Darstellungen schien aus einem anderen Zeitalter zu stammen – die Figuren waren wahlweise in Mäntel, Puffärmel, Knochenketten, strenge Hofkleider und sogar Ritterskluft gewandet.

»Seht mal, das sind alles Jäger!«, rief Scarlett. »Wie wir!« Fahrig lehnte sie sich vor und wischte mit der Hand die Spinnenweben von den Sockeln. Zum Vorschein kamen Namen, Daten und abermals Verweise auf die Etageren im Haemophagium. »Überlegt mal, was man von denen lernen könnte!«

Auf den Becken, die ebenfalls gravierte Silberschildchen mit Beschreibungen trugen, lag ein buntes Sammelsurium einzigartiger Artefakte: Es gab neben einer Vielzahl gebogener Messer zum Beispiel auch den gekrümmten Stahlkragen einer mittelalterlichen Rüstung. Dieser blitzte so strahlend auf, als hätte ihn die edle Ritterin über Scott noch vor wenigen Momenten mit Schleifstein und Klingenöl bearbeitet.

»Für den Nahkampf gegen niedere Haemophagen«, las Scarlett und zappelte dabei aufgeregt. »Der gehört ja *so was* von mir!« Mit leuchtenden Augen grapschte Scotts Schwester nach dem Rüstungsteil – und Scott zupfte ihr das edle Stück direkt vor der Nase weg.

»Eins nach dem anderen, Schwesterherz«, gab er zu bedenken und schielte auf einen halb zerfallenen, aber dicken Folianten mit einem stilisierten Aal auf der Vorderseite, der sich als Rezept für etwas herausstellte, das sich *Aurum-Allicin-Lösung* nannte.

»Tödlich für gehobene Haemophagen«, überflog Scott eine schwer zu entziffernde Zeile. »Parallele Intoxikation und anaphylaktischer Schock. Sehr interessant …«

Er streckte seine schlanken Finger nach der Schriftrolle aus. Scarlett klatschte ihm mit der Hand auf die Knöchel.

»Hey!«, protestierte Scott und rieb sich die Finger.

»Alles zu seiner Zeit, Euer Durchlaucht!«, erwiderte seine Schwester feixend.

»Also da nehme *ich* doch lieber das hier«, entgegnete Zavah. »Das sieht viel freundlicher aus!« Sie nahm mit beiden Händen einen geschnitzten Gegenstand aus rötlichem Holz von einem der Steinbecken, der, so fand Scott, aussah wie ein zusammengestauchtes Hühnchen. Scarlett hob eine Augenbraue.

»Was soll das denn sein?«, fragte sie lachend.

»Allem Anschein nach«, sagte Scott und lehnte sich vor, um die schief gekritzelten Zeichen zu entziffern, »eine … *›Frombald'sche Dämmerpfeife‹*.«

Gleichzeitig mit Scarlett verzog er den Mund, zuckte mit den Schultern und nickte Zavah zu.

»Kannst du behalten«, sagten sie einstimmig.

Zavah lächelte stolz und presste die Dämmerpfeife in die Arme wie einen alten Freund.

»Mit Verlaub, Sir, aber wie wollen Sie all das in die alte Droschke kriegen?«, fragte der ächzende Kutscher, als er beidhändig den langen, aus Eisen gefertigten Koffer auf das Gefährt wuchtete, das sogenannte *Waffeleisen des Todes.* Niemand wusste genau, wozu genau man es benutzte oder warum es diesen merkwürdigen Namen trug – so betitelt hatte es zumindest auf der Steinbecken-Bezeichnung gestanden. Scarlett hatte trotz des nebulösen Verwendungszwecks darauf bestanden, es mitzunehmen, weil sie den Namen so mochte. »Ich meine, was im Namen aller Dinge, die heilig sind, ist zum Beispiel bitte das hier?«

Der Mann hob eine fein gefertigte Sturmlaterne mit Schädel- und Knochenornamenten in die Höhe. In ihr befand sich statt einer Ölkerze eine kleine Kolonie exotischer Pilze, über denen eine Reihe daumengroßer Insekten mit sacht glühenden Hinterleiben schwirrte.

»Oh, das ist ein *Spuklicht,* Sir«, antwortete Scott abwesend und hob seine Spazierstocksammlung in das Schuh-Kompartiment der Kutsche. »Eine extrem seltene Gattung Glühwürmchen, deren Leuchten gemeinsam mit der Fluoreszenz der Sensenpilze eine Haemophage enttarnen kann –«

»Wie bitte, Sir?«, entgegnete der Kutscher mit großen Augen.

Scarlett boxte Scott eine Faust in die Schulter und funkelte ihn entnervt an, ihren Arm für einen eventuellen Nachsetzer weiterhin drohend erhoben.

»Was?«, entgegnete Scott verwirrt, dann straffte er sich und nickte höflich. »Oh, Verzeihung, ich sollte eventuell elaborieren: Da eine Haemophage nicht im eigentlichen Sinne lebendig ist, erscheint sie im Kegel eines Spuklichts als transparent, und – *aua!*«

Scarlett

1. November 1799
BLÖDES TAGEBUCHKRAKELDINGS
von Scarlett Oaknight

Hallo Tagebuch. Seine hochwohlgeborene Durchlaucht meint, es ist wichtig, dass wir alles aufschreiben, was wir so tun. Also, ich habe mir gerade einen Splitter im Hintern eingefangen, weil das olle Ding, mit dem wir reisen, wirklich schon bessere Tage gesehen hat. So. Das habe ich jetzt aufgeschrieben. Toll. Und was hat mir das jetzt gebracht? Was soll ich sonst noch schreiben? Keine Ahnung. Scott schläft unruhig. Er summt neuerdings, als würde er im Traum singen, was weiß ich. Zavah schaut ihn dann immer unruhig an. Ich habe manchmal das Gefühl, dass sie zwar immer ehrlich mit uns ist, aber uns manchmal auch nicht immer alles erzählt, was ihr so durch den Kopf geht. Sie bringt uns bei, was sie über Schutzmaßnahmen gegen Haemophagen gelernt hat (sie sagt immer, dass man Kämpfe gegen die Dinger nicht gewinnen kann und man besser für guten Schutz sorgt, anstatt auf sie loszugehen – wollen wir ja mal sehen!). Ihre Methoden sind aber manchmal ein wenig merkwürdig …

KIKERITRÖÖÖT!!!

Zeitgleich mit dem ihres Bruders knallte Scarletts Hinterkopf gegen das Innere der Kutsche, und sie beide hatten schneller ihre Waffen gezogen, als man schauen konnte. Schlaftrunken sprang Scarlett mit Scott in der schaukelnden, mondlichtdurchfluteten Kabine in die Höhe – und sah sich einer kichernden und breit grinsenden Zavah gegenüber, die soeben ihre Frombald'sche Dämmerpfeife wieder von ihren Lippen nahm.

»Ihr seid wach, wie schön!«, sagte die Seherin strahlend. »Sie funktioniert also.«

»Was – zum – was war das?!«, krächzte Scarlett und steckte ihr Rapier weg.

»Mich dünkt, diese Pfeife imitiert einen Hahnenschrei«, stöhnte Scott mit blutunterlaufenen Augen und steckte sich die Pistolen wieder in den Mantel.

»Ja, aber wozu bitte schön?«

»Das kann uns das Leben retten«, erklärte Zavah feierlich. »Denk dir nur, du bist auf der Flucht vor einem Blutsauger –«

»Ha! Als ob!«, gab Scarlett zurück.

» – und du lässt ihn hiermit glauben, die Sonne geht jeden Moment wieder auf«, erklärte die Seherin weiter.

»Warum, kriegen die so schnell Sonnenbrand?«

»In der Tat. Für niedere Haemophagen ist Sonnenlicht absolut tödlich«, gähnte Scott und kratzte sich ungeniert unter den Armen. »Und für die meisten gehobenen Haemophagen ebenfalls – aber nur sehr alte und mächtige Haemophagen können länger unbeschadet in der Sonne stehen, auch wenn es sie extrem viel Kraft – und Haut – kostet.«

»Sehr gut!«, grinste Zavah. »Ihr seht also, so eine Pfeife ist sehr nützlich!«

Scarlett nickte übertrieben. »Mhm, mhm. Darf ich dich jetzt erwürgen?«

»Ähm«, machte Zavah mit hochgezogenen Augenbrauen, dann lächelte sie unschuldig. »Nur, wenn du mir sagst, wie man *Wächterkohle* herstellt!«

Scarlett verdrehte stöhnend die Augen.

»Oh, oh, ich weiß es!«, rief Scott.

»Ich bin schockiert«, entgegnete Scarlett trocken.

»Indem man die Äste von Eberesche und Vogelbeere miteinander verbrennt«, antwortete Scott, deutete lässig auf Zavah und lehnte sich selbstzufrieden in seinen Sitz zurück.

»Und was tut man damit?«, fragte Zavah mit zu Schlitzen verengten Augen.

»Ähm«, machte Scott. »Nun ...«

»Ja?«, wiederholte Zavah.

Scarlett schlug die Hände an die Wangen. »Ich bin *schockiert*!«

»Nun – so weit habe ich noch nicht gelesen«, erwiderte ihr Bruder fuchtelnd und verschränkte beleidigt die Arme.

Die Seherin erhob tadelnd den Finger. »Man reibt damit Türrahmen oder Übergänge ein. Dann kann sie keines dieser Ungeheuer überschreiten – selbst wenn sie vorher hineingebeten worden sind. Denkt immer daran, dass ein Wesen der Nacht immer nur in euer Haus kann, wenn ihr es einladet.« Sie sah überrascht ihren eigenen erhobenen Zeigefinger an. »Oh. So etwas mache ich sonst nicht.«

Scarlett nickte flüchtig zu ihrem Bruder. »Ist sein furchtbarer Einfluss«, schmatzte sie.

Scott wollte protestierend den Zeigefinger heben, dann erfror er mitten in der Bewegung und verschränkte abermals beleidigt die Arme.

»Machen wir weiter«, sagte Zavah. »Wofür benutzt man *Mannasaft?*«

»Ähm, für erfrischende Sommergetränke«, antwortete Scott selbstbewusst.

Zavah schüttelte den Kopf. »Mit ihm kann man schlechte Dinge austreiben! Scarlett, wie stelle ich ein Amulett zum Schutz vor einem *Strígon* her?«

Scarletts Augen wanderten hin und her, dann hob sie langsam die Schultern und zog die Mundwinkel nach unten. »Öhm, so wie ich dich kenne, mit viel Geduld und viel Liebe oder so was?«

Zavah seufzte lächelnd, dann lachte sie und vergrub ihr Gesicht in ihrer Hand.

»Das wird noch eine Menge Arbeit …«

Scarlett legte die Waffe auf ihren Bruder an.

»Ähm, Schwesterherz«, entgegnete Scott schluckend, als er sich mit einem Apfel auf dem Kopf vor einem Baum positionierte. »Wer soll das denn gleich alles wieder aufsammeln?«

Zavah, die dem Kutscher dabei half, die Pferde während ihrer Rast zu füttern, winkte ihm fröhlich durch die ersten fallenden Schneeflocken hindurch zu.

»Das können wir gleich zusammen machen, dann geht es bestimmt schneller!«, rief die Seherin ermutigend.

»Wenn ich dann noch am Leben bin!«, rief Scott zurück.

»Still halten!«, bellte Scarlett, als sie nun bereits zum neunten Mal ihre bretonische Kupferschleuder mit einer speziell für Haemophagen hergestellten Munition bestückte: dem

Pfählstern, einer Stahlkugel mit der Oberfläche eines löchrigen Käses, in dessen Inneren sich mehrere Schnappfedern befanden.

»Vielleicht sollte ja doch lieber *ich* feuern?«, räusperte sich Scott.

»Du hast selbst gesagt, ich muss mehr üben!«, entgegnete Scarlett, legte auf seinen Kopf an, runzelte die Stirn und prügelte ungeduldig auf die gespannte Waffe ein.

Funktionier endlich!

»Soll ich dich vielleicht mit einer Lern-Frage ablenken?«, rief Zavah und streichelte einem der Pferde liebevoll über die Nase.

»Ich insistiere!«, rief Scott, verzog das Gesicht und kniff ein Auge zusammen.

»Woraus besteht ein Bannkranz?«, rief Zavah.

»Ha!«, rief Scarlett und legte an. »Das weiß ich! Das ist ein Wildrosengeflecht in der Form eines Kreuzes! Legt man das auf einen Sarg, kann eine Haemophage ihn von innen nicht mehr öffnen!«

»Aber – aber das wollte *ich* doch gerade – !«, protestierte ihr Bruder.

»War schneller!«, rief Scarlett grinsend – und feuerte. Noch in der Luft – *SCHNAPP!* – schnellten sechs Stacheln aus der Kugel hervor und krachten nur eine Handbreit neben Scotts Gesicht in das splitternde Holz. Er sah aus, als erwöge er für einen Moment lang, spontan ohnmächtig zu werden, entschied sich dann allerdings scheinbar dagegen und sank stattdessen in die Knie.

»Sehr eindrucksvoll, Mylady!«, rief der Kutscher von hinten.

»Danke!«, rief Scarlett zurück, dann wandte sie sich ihrem

erblassten Bruder zu, lehnte sich wie ertappt vor und wisperte: »Sollte ich ihm sagen, dass ich gerade aus Versehen schon an den Abschusshaken gekommen bin, bevor ich überhaupt richtig zielen konnte?«

Scott

30. November 1799
Handschriftliches Diarium seiner hohen Lordschaft Scott Oaknight
An Bord der südbretonischen Personenfähre »Ruthven«

Die Träume kommen jetzt häufiger.
Jedes Mal, wenn ich schweißnass erwache, sehe ich Zavah vor mir und fürchte, noch immer zu schlafen. Es kreisen Gedanken in meinem Kopf, die ganz und gar unvernünftig sind, aber egal wie oft ich sie fortschicke, sie verbanne, ihr Echo hallt stets in meinem Kopf nach. »Was weißt du wirklich über diese junge Seherin?«, scheinen sie zu fragen. »Warst nicht du es, der sie nach Oaknight Manor eingeladen hat, sie auf der Türschwelle darum batest, einzutreten?« Ich sollte mich ablenken. Meiner lieben Schwester einen neuen Eimer bringen, die ihre Vorliebe für Seekrankheit neu für sich entdeckt hat …

<u>Nachtrag.</u>
Mitternacht. Kann nicht schlafen. Will nicht schlafen. Ich versuche, meinen Verstand mit der Jonglage von überlebenswichtigen Fakten abzulenken, so gut es mir gelingt.

Ich versuche, mir vor Augen zu führen, warum unsere Vorgänger und Ahnen das strikte Führen von Diarien für so essenziell bei jeder Form der Vampirjagd erachtet haben:
Im Falle der Tatsache, dass eine Jagd nicht erfolgreich sein sollte – sprich, der Haemophage entkommt oder tötet die Jäger oder die Jäger versterben nach einer Lebensspanne der erfolglosen Jagd (was scheinbar nicht unüblich gewesen ist) –, so kann auch noch Jahrzehnte später ein Nachfahre oder ein jüngerer Jäger alle Informationen zusammentragen, die bei dem Verfolgen einer Haemophage über sie gesammelt wurden. Wieder mag man sich fragen: Wozu?
Der Grund ist simpel, wenn auch überaus beunruhigend:
Wenn man sich über eine Sache in der Gemeinschaft der Jäger einig zu sein scheint, so ist es folgende:
Keine Haemophage gleicht der anderen.
Jede hat eine einzigartige Vorgeschichte, unverwechselbare Stärken und Fähigkeiten, individuelle Schwächen. Sicher, es mag gewisse Gesetzmäßigkeiten geben, die mehr oder minder für alle diese Abscheulichkeiten gelten mögen, doch nichts ist tödlicher, als mit den falschen Schutzvorkehrungen, den falschen Waffen, zum falschen Zeitpunkt den richtigen Blutsauger zu konfrontieren. Manchmal, so habe ich es in den Etageren voller Papierschnipsel, Tagebücher und Notizen gesehen, hat nur eine einzige Information den Unterschied darüber gemacht, ob eine Haemophage nun für weitere einhundert Jahre davonkommt oder ob sie zerstört werden kann.
Ich schreibe hier sozusagen eine Anleitung dafür nieder, eben die Haemophage zu finden und zu vernichten, die Hamish mit sich genommen hat. Diese Tatsache ist der

eigentliche Grund dafür, warum das Haemophagium so mit Schriftstücken überfüllt zu sein scheint – jeder Stapel, jede Etagere enthält jede jemals erfasste Information über einen bestimmten Vampir, oft von seiner Erhebung bis zu seiner Zerstörung. Doch viele davon sind unvollständig und einige dieser Wesen wurden nie wiedergesehen, sodass sie noch in Hunderten von Jahren in den Schatten darauf warten könnten, sich an ihren ahnungslosen Opfern zu laben …

Scott lauschte gebannt.

»… solange sie sich nicht zu weit von ihrer Heimat- oder Graberde entfernen«, beendete Zavah düster ihre Erklärung, während eiskalte Wellen sich gegen den Rumpf des Schiffs warfen wie Meeresungeheuer, die es versenken wollten. »Das ist die magische Grenze.«

»Ich glaube, ich habe meine magische Grenze auch gleich erreicht«, röchelte Scarlett gequält, zog sich die nassen Strähnen aus dem grauen Gesicht und übergab sich erneut in ihren Eimer. Die Seherin bedachte sie mit einem mitfühlenden Blick, strich ihr mütterlich über die Schulter.

»Hm«, machte Scott und tätschelte seiner röhrenden Schwester abwesend den Hinterkopf, »das muss das Reisen für diese Ungeheuer außerordentlich schwer machen, oder?«

Zavah nickte. »Nur wenige von ihnen werden überhaupt alt genug, um von dieser Grenze zu erfahren. Und das ist nicht das einzige übernatürliche Gesetz, dem sie sich unterwerfen müssen. Oft ist ihr Schicksal auch an den Mond und seinen

Vrolok-Phänotyp

Gattung: Daimophage (Gefühlsverschlinger)
Passt sein Aussehen an die Ängste seiner Opfer an
Heimsuchungssymptome: Schockstarre,
Schreikrämpfe, Appetitlosigkeit
Vorzeichen: Risse in Porzellan, Spiegeln und Glas

Einflussbereich gebunden – wenn sie uralt sind, also sogar an Ebbe und Flut.«

»Aber es wäre theoretisch denkbar«, antwortete Scott grüblerisch, »dass ich die Erde, die mein Grab umgibt oder die in meinem Geburtsort zu finden ist, mit der Schaufel Stück für Stück in eine Richtung befördere, richtig? Damit könnte ich mich im Laufe der Jahre durch das Versetzen dieser Grenze immer weiter durch das Land bewegen.«

Zavah hob die Augenbrauen. »Ein beunruhigender Gedanke.«

»Oder noch simpler: Sagen wir, ich habe Einfluss. Diener. Vermögen. Was würde einen hohen Vampir davon abhalten, einfach einige Kisten mit seiner Graberde zu füllen und sie auf seinen Reisen mit sich zu nehmen? Damit könnte er überallhin!«

Zavah lehnte sich vor und verpasste Scott einen Klaps auf den Hinterkopf.

»Hey!«, rief Scott.

»Da Scarlett gerade verhindert ist, muss ich das wohl tun!«

»Bin nicht verhindert«, klang Scarletts Stimme hohl aus dem Eimer. »Nur beschäf…beschäff– *hrrrr!*«

Scott rieb sich das verwuschelte Haupt. »Aber ich habe doch nur –«

Zavah schüttelte ungeduldig den Kopf. »Sprich solche Dinge nicht einfach laut aus! Die Schatten lauschen immer – und wir dürfen die Dunkelheit nicht mit unseren Ideen füttern.«

Scott verzog das Gesicht, dann blinzelte er und musterte die Seherin amüsiert. »Die Schatten«, wiederholte er mit gehobener Augenbraue, »hören zu. Selbstverständlich.«

Zavah funkelte ihn warnend an.

Scott lehnte sich verschwörerisch vor, sah theatralisch nach links und rechts, dann flüsterte er: »Es würde eine hohe Haemophage aber auch verwundbar machen – wenn man die Kisten findet und beispielsweise mit Weihwasser weiht, würde das den Blutsauger wahrscheinlich auf der Stelle vernichten.« Er blickte sich aufwendig um und sprach übertrieben laut weiter, als hätte er ein Publikum: »Du siehst also, liebe Dunkelheit! Es wäre ein sehr großes Risiko und du solltest es besser gar nicht erst versuchen!«

Zavah sprang auf und verfluchte Scott in einer Sprache, die er nicht verstand. Sie beschimpfte ihn mit Gesten, Blicken und spie sogar aufgebracht aus – Scott rutschte überrascht ein Stück weit von ihr fort.

Zavah schloss die Augen, presste die Lippen aufeinander und atmete tief durch.

»Du, Scott Oaknight, bist ein *Dummkopf*«, sagte sie ruhig.

Scott räusperte sich. »Ich erhebe formellen Einspruch gegen diese Behauptung.«

Zavah schüttelte verständnislos den Kopf. »Lass mich dir etwas beibringen, das nicht in deinen verstaubten Papieren zu finden ist, junger Oaknight. Das, was ihr Haemophagen nennt, ist ein Wesen der alten Dunkelheit. Weißt du, was das bedeutet?«

»Erleuchtet mich, Mylady.«

»Jedes Mal, wenn man von ihnen flüstert, oder schlimmer noch, ihren Namen laut ausspricht, so hören sie ihn – denn die Finsternis und die Nacht sind ihr Pfad, und die Toten reisen schnell.« Ihr Blick bohrte sich in den Scotts. »Gib ihnen mit deinen Worten, Gedanken und deiner Aufmerksamkeit genug Macht über dich und sie werden einen Weg zu dir finden. Unterschätze dieses Wissen nicht, Scott Oaknight.«

Scott musterte die Seherin. Der Wind pfiff so scharf um das Schiff herum, dass irgendwo über ihnen Kajütentüren aufgerissen und wieder zugedonnert wurden.

»Ich … ich *kann* das nicht glauben«, sagte er aufrichtig. Er atmete durch und sah zu Boden. Dabei schmeckte er das Salz auf seinen Lippen. »Es gab einen Bericht, den ich gelesen habe. Darin beschrieb ein Jäger namens Nicodemus van Helsing, dass er glaubte, einen Irrglauben über Haemophagen aufklären zu können. Ursprünglich schien man davon auszugehen, dass Haemophagen keinen eigenen Schatten besitzen, da man oft genug welche von ihnen ohne einen gesehen hatte.« Scott dachte einen Moment lang nach, ehe er fortfuhr. »Nicodemus geriet in eine brutale Auseinandersetzung mit einer gehobenen Haemophage, einem *Mullo.*« Zavahs Augen blitzten auf, als das Wort fiel. »Er focht gegen das Ungeheuer mit seinem Rapier, als plötzlich ein zweiter, unerwarteter Gegner auftauchte und ihn attackierte – ein Schatten, *der Schatten des Mullo.* Seitdem, so schrieb er, verstünde er, dass man niemals nur *einem* Gegner gegenübersteht, wenn man eine Haemophage stellt.« Scott schüttelte den Kopf, verschränkte die Arme, blies ungläubig die Luft aus. »Märchen. Das sind alles nichts weiter als Märchen.« Sein Blick traf den Zavahs. Die Seherin hielt den seinen lang genug, dass er unruhig sein Gewicht hin und her verlagerte.

»Stecken in euren Märchen denn keine Funken der Wahrheit?«, fragte sie verwundert. Sie setzte sich erneut zu Scott und seiner mittlerweile schlafenden Schwester. »Glaubst du mir denn wenigstens, dass sie keine Spiegelbilder haben?«

»Das glaube ich erst, wenn ich es sehe«, antwortete Scott.

»Oder dass einige von ihnen nur mit ihrem schlechten Atem und einem lauten Schrei töten könnten?«

Scott kratzte sich nachdenklich das Kinn. »Ist Mrs Devonshire also etwa auch ein Vampir?«

Die Seherin verdrehte schmunzelnd die Augen. »Du bist absolut unmöglich!«

»Schwesterherz?«, rief Scott und räusperte sich. »Die anderen Passagiere schauen schon!«

»Hä?«

»Die anderen Passa…, würdest du da bitte runterkommen?«

»Kann dich nicht verstehen – der Wind!«

»So feine Ohren und doch kein Gehör!«

»Wie bitte?«, lachte Scarlett schallend und wich der hochspritzenden Gischt aus.

Scott schüttelte verständnislos den Kopf und lehnte sich mit dem Rücken an die blank polierte Reling. Die salzige Luft ließ seinen gefütterten Mantel tanzen.

»Wie soll man die ganzen verschiedenen Blutsauger auseinanderhalten!«, rief Scarlett und balancierte barfuß und mit wild flatterndem Haar auf der Reling des Schiffes auf und ab, während die Sonne über ihnen einen blauen Himmel über blaugrauer See zum Strahlen brachte. »Warum haben die Dinger denn keine Klassen, so wie Werwölfe auch? Das würde *so* vieles leichter machen!«

»Sie mag oft nur Unfug im Kopf haben, aber darin gebe ich ihr Recht«, sagte Scott, seufzend an Zavah gewandt. Sie war in mehrere kunterbunte Schals gehüllt und hatte bereits beim Betreten ihres luxuriös eingerichteten Transportmittels einige Blicke auf sich gezogen, ehe Scotts wagemutige Schwester ihre

Langeweile zu bekämpfen begonnen hatte. »Wir brauchen ein System, mit dem wir Haemophagen in Klassen einteilen können.«

»Und wie stellst du dir das vor?«, rief Scarlett und fing sich nach einem Windstoß so lässig wieder auf dem Handlauf unter sich, dass man meinen könnte, sie wäre Zirkusartistin.

»Aha! Aha!«, rief Scott und verschränkte die Arme. »Doch nicht so taub, mein liebes Schwesterlein, wie?«

»Hä?«, grinste Scarlett und balancierte im Handstand weiter.

Eine der mitreisenden Caledonierinnen, eine wohlbeleibte Dame im hochgeschlossenen Reisekleid, deutete keuchend auf das junge Mädchen und fiel ihrem Mann ohnmächtig in die Arme. Viele der anderen Passagiere – Handelsreisende, Künster, Gildenwerker –, die sich den Nachmittag mit einem Spaziergang an Deck zu vertreiben versuchten, wurden nun ebenfalls auf die bizarre Situation aufmerksam.

Na wundervoll. Ich sollte Eintritt nehmen.

Scott hob pikiert eine Augenbraue, dann wandte er sich wieder Zavah zu.

»Du hast uns beigebracht, dass Haemophagen sich nur von drei Dingen ernähren können«, begann er seinen Vorschlag. »Nicht nur von Blut. Korrekt?«

Zavah nickte. »Das stimmt. Fast alle ernähren sich von Blut, aber einige verzehren sich auch nach Gefühlen und manche von ihnen laben sich sogar an Träumen.« Sie fror und suchte sichtlich seine Nähe, doch Scott wich kaum wahrnehmbar vor ihr zurück, als das Bild aus seinem Albtraum wieder auftauchte, und räusperte sich.

»Also, in den Aufzeichnungen des Ordens werden sie in *niedere*, *gehobene* und *hohe* Haemophagen unterteilt«, erklärte er gestikulierend weiter. »Je nachdem, wie komplex sich ihr Verhalten zeigt. Mir ist aber aufgefallen, dass die Haemophagen, die sich hauptsächlich von Blut ernähren, immer auch die animalischsten und gefährlichsten sind. Diejenigen, die wiederum ihre Lebenskraft aus Gefühlen beziehen, sind allem Anschein nach nur diejenigen Haemophagen, die auch ihr Aussehen oder ihre Form verändern können. Und die Exemplare unter ihnen, die Träume konsumieren, sind bemerkenswert effektiv darin, im Verborgenen zu agieren – darin, sich zu tarnen, zu verbergen oder zu schleichen.« Er sah kurz zu Scarlett herüber, die sich jetzt einen Spaß daraus machte, die immer größer werdende Menschentraube, die sich nun um sie herum versammelte, mit akrobatischen Einlagen zu schockieren. »Weißt du, ich bin überzeugt davon, dass sich diese Wesen im Laufe ihrer Entwicklung etwas gesucht haben, das sich in modernen Naturforscherkreisen eine ›ökologische Nische‹ nennt.«

Zavah runzelte die Stirn und zog ihre Schals enger an sich. »Und was soll das heißen?«

»Das heißt, ihre Fähigkeiten und ihr Aussehen richten sich nach ihrer bevorzugten Ernährung«, erklärte Scott. »Und je nachdem, wie hoch sie entwickelt sind, sind diese Fähigkeiten eben stärker oder schwächer ausgeprägt. Ergo lassen sich bei *drei* Arten der Ernährung und *drei* Arten von Entwicklungsstufen daraus – ganz einfach – exakt *neun* Klassen ableiten.« Scott blickte mit gefälschter Bescheidenheit zum Himmel hinauf und aus irgendeinem unerfindlichen Grund wurde ihm davon übel – sollte Seekrankheit etwa am Ende doch ansteckend sein?

Zavah schien nachdenklich nach Worten zu suchen.

»Ich gebe zu«, begann sie vorsichtig lächelnd, »dass sich das sehr … vernünftig anhört.«

Scott streckte sich stolz.

»Das tut es tatsächlich, oder?«, sagte er und kam sichtlich ins Schwärmen. »Überlege nur, anstatt einfach alle ›Haemophagen‹ zu nennen, könnten wir das Ganze noch weiter ausdifferenzieren, indem wir die Traumfresser ›Oneirophagen‹ und die Emotionsverschlinger ›Daimophagen‹ nennen, und dann könnten wir es systematisch –«

»Aber …«, unterbrach Zavah ihn.

Scott zuckte zusammen. »Aber?«, wiederholte er perplex.

»Das erweckt den Eindruck, als wären sie einfach nur eine Art … Raubtier«, sagte die Seherin. »Als wären sie einfach ein Teil der Natur. Aber das sind sie nicht. Ganz und gar nicht.«

»Was sollen sie sonst sein?«

»Das, was du beschreibst, ist nur eine Seite der Medaille, Scott«, sagte Zavah. Sie nickte herausfordernd. »Sie sind wiederauferstandene Tote. Hört sich das für meinen kleinen Gelehrten etwa natürlich an?«

»Na gut«, räumte Scott ein, »ich gebe zu, das passt noch nicht ganz in die hypothetische Systematik, aber …«

»Bin ich froh«, rief Scarlett von der anderen Seite des Oberdecks, »dass ich so schlechte Ohren habe, sonst wäre ich jetzt spontan in Tiefschlaf versunken und über Bord gegangen!«

Scott runzelte ungehalten die Stirn. »Wann hast du eigentlich das letzte Mal etwas in dein Diarium geschrieben, Red?«

Ihre einzige Antwort blieb ein lang gezogenes, frustriertes Stöhnen – und das hell perlende Lachen Zavahs.

Scarlett

5. Dezember 1799
KRAKELKRITZELWASWEISSICH
von Scarlett Oaknight
[Anm./Nachtrag Scott Oaknight:
An Bord der Lokomotions-Dampfturbine »Leupold V«
Prototyp d. Vereinigung teutonischer Erfindergilden,
Personenabteil]

Hallo Buch. Bin froh, dass ich nicht mehr dauernd kotzen muss. Splitter im Hintern habe ich jetzt auch nicht mehr. Mein Bruder fragt den Angestellten hier Löcher in den Bauch, weil er die neueste Errungenschaft aus dem »Land der Erfinder« so toll findet. So. Fertig.
Tschüss, Buch.

Nachtrag: Zavah sagt, ich soll mehr in dich reinschreiben, damit ich reflektieren kann. Ich glaube, das soll heißen, dass ich mir Gedanken machen soll. Also. Hier sind meine Gedanken. Wie man eine Haemophage vernichten kann. Das habe ich gelernt: Pfählen. Das heißt, man muss das Herz sauber durchstechen. Ein Rapier ist dafür zu dünn, sagt mein Bruder. Deshalb müsste man das schon mit einem Pflock oder etwas Ähnlichem tun, was genauso dick ist wie das Herz. Köpfen. Funktioniert aber wohl nicht immer. Hat etwas damit zu tun, ob es eine gehobene oder hohe Haemophage ist. Jetzt meine Lieblingsmethode, die ich sogar noch vor Scott gefunden habe: Wenn die Haemophage tagsüber noch in ihrem Sarg liegt, reicht eine geweihte Silberkugel aus, die man durch das Holz schießt. Bei hohen Haemophagen kann das aber auch schon schwerer sein, weil die sogar tagsüber rumlaufen und aussehen wie ein ganz normaler Mensch, vor allem, wenn sie frisches Blut getrunken haben. Richtig eklig. Die letzte Methode ist die Flatterklatsche. Das ist eine Falle, die genau so aussieht, wie sie heißt. Aber man benutzt sie nur in bestimmten Situationen. Manche Haemophagen, besonders die alten, können sich sogar verwandeln – da sind wir uns schon ein wenig ähnlich. Zavah sagt, viele männliche Haemophagen verwandeln sich gerne in einen kleinen Wolf oder eine Fledermaus und viele weibliche Haemophagen nehmen gern die Gestalt einer großen schwarzen Katze oder eines schillernden Nachtfalters an. Die Flatterklatsche funktioniert also am besten, wenn die Haemophage sich in eine Fledermaus oder eine Motte verwandelt hat – dann gibt's Haemophagenbrei!

Neugierig betatschte Scarlett den verzierten Kasten und öffnete ihn, während sie Zavah mit einem halben Ohr zuhörte.

»... doch das Unheimlichste ist, wenn eine Haemophage gestaltlos wird«, endete die Seherin und deutete auf Scarletts fragend dreinblickenden Bruder, während an ihrem Fenster endlose Felder und Hügel vorüberrauschten. Scott wendete mit forschenden Blicken einen der beiden skurrilen Gegenstände in seinen Händen, die er aus seiner auf dem Schoß liegenden Kiste hervorgeholt hatte. »Ich weiß nicht, wie eure Vorfahren sie nennen, aber wir nennen sie einen Nebelbalg.«

»Ah, ein *›Clifford-Nebelbalg, Modell 2‹*«, las Scott nickend von der Innenseite des verzierten Blasebalgs vor. Scarlett betrachtete das Spielzeug von allen Seiten: Der Blasebalg verfügte über ein eigenes Ventil, was bedeutete, man musste die Belüftungsöffnung darin nicht umständlich zuhalten, wenn man neue Luftstöße damit erzeugte. Sie testete das Gerät, indem sie es sich vor das Gesicht hielt – schlagartig wurden ihre Wangen und Augenlider von einem Windstoß schlackernd in alle Richtungen auf einmal gepustet.

»Huch!«

Scarlett blinzelte konsterniert durch ihre restlos ruinierte Hochsteckfrisur hindurch, dann lachte sie schallend und hielt Scott den Nebelbalg vor das Gesicht.

»Untersteh dich!«, rief ihr Bruder noch, doch kaum einen Sekundenbruchteil später blies ihm die Erfindung die Lippen über die Zähne hinweg und riss seinen Zopf derart heftig auseinander, dass ihm die Haare für einen Moment lang wie eingegipst in der Luft stehen blieben.

»Ähem«, merkte Scott an. »Sehr leistungsfähig.«

»Betet, dass wir ihn nie brauchen werden«, merkte Zavah finster an.

»Wofür soll der gut sein?«, fragte Scarlett. »Also, außer – *dafür!*«

»Red«, seufzte Scott, doch da hatte ihm bereits ein neuer Windstoß mit einem schnatternden Geräusch die Wangen aufgebläht.

»Es kommt häufig vor«, begann Zavah, »dass man sich auf

der Flucht vor einer Haemophage an einem sicheren Ort einsperrt, wohin einem das Ungeheuer nicht folgen kann.« Sie holte schwer Luft. »Wenn es das Schicksal besonders grausam mit einem meint, kann eine Haemophage sich sogar durch den kleinsten Luftschlitz zwischen zwei Steinen hindurchzwängen. Oder auch durch einen Spalt unter einer Tür.«

Scarlett runzelte die Stirn. »Hä? Wie soll das denn gehen? Bauch einziehen und Daumen drücken?«

»Sehr selten kann eine hohe Haemophage sich ... in Luft auflösen«, sagte Zavah.

»Lächerlich«, winkte Scott ab.

»Ich habe es selbst gesehen«, beharrte Zavah. »Sie werden zu Nebel. Alles, was euch dann noch bleibt, ist, sie mit einem Nebelbalg lange genug wieder zurückzubefördern, bis die Sonne aufgeht.«

»Und wenn ich einfach komplett einatme?«, fragte Scarlett mit zusammengekniffenen Augen. »Also, bevor sie sich wieder in ihre normale Gestalt zurückverwandeln? Dann hätte ich sie doch sozusagen gefressen, oder?« Sie verzog den Mund und sah ihren Bruder fragend an. »Rein Hyper-Tee-Tisch.«

Scott hob zur Korrektur den Zeigefinger. »Hy-*po*-thetisch.«

Scarlett kicherte.

Scott verdrehte die Augen.

Zavah lachte unerwartet auf. »Ich glaube, so etwas Mutiges hat noch niemals jemand versucht, Scarlett Oaknight.« Ihr Lächeln schmolz der Seherin von den Lippen und plötzlich schien sie in sich gekehrt. »Aber genug nun – ich wollte eigentlich noch über etwas anderes mit euch sprechen.« Sie sah sie beide besorgt an. »Es geht um meine Kartenlegung.«

Scarlett wurde ernst. »Schieß los.«

Ihr Bruder zog aufmerksam die Augenbrauen zusammen.

»Es geht um die drei Hauptfiguren der Legung«, begann die Seherin.

»Drei?«, fragte Scarlett.

»So wie wir«, fügte Scott hinzu.

Zavah nickte. »Das glaube ich. Fürs Erste. Was auch immer der Strang des Schicksals, an dem wir nun gemeinsam ziehen, für uns bereithalten mag – er zeigt sich in drei Karten.« Sie wandte sich an Scott. »Die erste Karte, die ich gesehen habe, war der Eremit – verkehrt herum. Mit der IV der Kelche.« Die Seherin schien etwas in den Augen von Scarletts Bruder zu suchen, doch der blickte kurz darauf zu Boden. »Ein verlorener Mann. Auf einem Pfad, der entweder zur Wahrheit oder in den Abgrund führt – jemand, der so tut, als gäbe es nur seine Gedanken, aber nicht seine Gefühle.« Zavah drehte sich Scarlett zu, ehe sie sich darüber Gedanken machen konnte, dass die Beschreibung der Karten ihren Bruder anscheinend voll erwischt hatte. »Die Königin der Schwerter, mit der VIII der Kelche. Eine gefährliche Frau auf der Suche nach Klarheit, die lernen muss, einen Teil von sich aufzugeben, um zu finden, was sie wirklich sucht.« Scott musterte Scarlett nachdenklich. Sie wusste nicht, was sie davon halten sollte – den Karten *und* seinem Blick. »Und schließlich – die Königin der Kelche, gemeinsam mit der IX der Stäbe.« Gemeinsam mit ihrem Bruder drehte sich Scarlett zur Seherin, die sich sichtlich darum bemühte, gefasst weiterzusprechen. »Eine Frau, der Gefühle sehr wichtig sind und die die Emotionen um sich herum sehr schnell spüren und aufnehmen kann. Eine Frau, die einen sehr weiten und kräftezehrenden Weg beschreitet, aber kurz vor ihrem lang ersehnten Ziel steht.«

Scarlett musterte Zavah. »Ich habe dich das noch nie gefragt: Bist du im Kartenlegen so gut wie deine Großmutter?«

»Ich war ihre beste Schülerin«, antwortete Zavah und errötete.

»Wenn … dem so ist«, begann Scott taktvoll, »vor welchem lang ersehnten Ziel stehst du denn dann, Zavah?«

»Vielleicht wird sich die Bedeutung der Karten erst noch zeigen«, antwortete die Seherin nur. Die Personen-Dampfturbine, mit der sie reisten, schwankte langsam von links und wieder nach rechts, als sie ratternd und zischend eine Kurve fuhr. Am Horizont versank die Sonne bereits in einem Ozean geschmolzenen Kupfers.

»Vielleicht betrifft uns das ja auch gar nicht«, winkte Scarlett ab.

»Wie dem auch sei«, bemerkte Scott mit zweifelndem Blick, »ähnlich wie bei unserem letzten Kontakt mit derlei Sophismus lässt dieser doch entschieden an Details und Präzision zu wünschen übrig.« Er setzte seine Denkermiene auf und räusperte sich entschieden. »Wir sollten uns einfach weiterhin möglichst gut vorbereiten.«

»Ich weiß ja nicht«, erwiderte Scarlett mit abschätzend heruntergezogenen Mundwinkeln. »Königin der Schwerter hört sich schon ziemlich nach mir an, oder nicht?«

Ihr Bruder schmunzelte.

»Alles klar und deutlich?«, rief Scarlett dick eingepackt über den windgepeitschten Schnee hinweg und hielt sich die flache Hand vor die Stirn.

»Nicht im Geringsten!«, beschwerte sich Scott auf der anderen Seite der für Fahrgäste gesperrten Aussichtsplattform auf dem Dach des dauerzischenden Transportmittels. Er zog zögerlich das Rapier aus seinem Spazierstock. »Soll ich dich jetzt angreifen, oder nicht?«

»Bist du dir wirklich sicher, dass wir das tun sollten?«, rief Scarlett missmutig zurück und zog ebenfalls ihre Waffe, während die mit farbenfrohen Halstüchern nahezu mumifizierte Zavah mit einer dampfenden Heißschokolade in den Händen neben ihr stand.

»Du hast selbst gesagt, ich muss üben!«, rief Scott zurück und versuchte vergeblich, die Schneeflocken um ihn herum mit der behandschuhten Faust zu verscheuchen. »Außerdem kann es nur gut sein, sich das Kämpfen in schlechten Sichtverhältnissen anzugewöhnen – Haemophagen lieben die Dunkelheit!«

»Meinetwegen – deine Beerdigung!«, rief Scarlett zurück, verlagerte ihr Gewicht in Richtung Zehenspitzen und nahm *Segreto Nuovo* ein, eine der von ihr bevorzugten Guardien. »Also, wie ich es dir gezeigt habe – Ausfallschritt, Hieb, Parade, Riposte. Los!«

»Fertig!«, rief Scott.

»Womit?«, erwiderte Scarlett.

»Mit meinem Ausfallschritt!«

»Das sehe ich – was soll das werden? Wo bleibt der Rest?«

Scott sah bestürzt an sich herunter, während er tapfer versuchte, die ihn bombardierenden Schneeflocken fortzublinzeln.

»Willst du mich denn nicht zuerst korrigieren?«

»Da!«, rief Scarlett und tippte ihrem Bruder blitzschnell dreimal mit der Klinge auf die Nase, an den Hals und auf das

Brustbein. »Warst zu langsam.« Sie ging einige Schritte rückwärts. »Einfach mal machen und schauen, was passiert, so lernst du besser, glaub mir!«

Scott straffte sich. »Ich wage sehr zu bezweifeln, dass diese Form der Didaktik –«

»Zavah?«, rief Scarlett und verdrehte die Augen. »Zeit für Lernfragen, bitte!«

»Sehr wohl, junge Lady!«, lachte Zavah. »Also Scott, aufgepasst: Ab wann kann eine hohe Haemophage jemanden hypnotisieren?«

Plötzlich veränderte sich Scotts Haltung.

»Ha!«, machte er und tat einen Ausfallschritt. »Theoretisch bereits einige Stunden nach dem ersten Biss!« Er hieb nach Scarlett, die seinem Schlag langsam folgte und ihn abfing. »Und nach dem dritten Biss beziehungsweise der dritten Heimsuchung wäre man dann unwiderruflich verwandelt!« Er senkte das Kinn und zog konzentriert die Augenbrauen zusammen. »Und wenn eine Haemophage es schafft, jemanden einen Tropfen ihres eigenen Blutes trinken zu lassen, so kann sie noch über Tage hinweg Einfluss auf das Verhalten des Menschen nehmen!«

»Über welche Tiere kann eine hohe Haemophage gebieten, wenn sie alt genug ist?«, rief Zavah und trank gemütlich aus ihrem dampfenden Tonbecher.

Scarlett ließ ihren Bruder einen geduldigen Stich zur Seite ablenken.

»Streng genommen über alle, zu denen die Haemophage längeren Kontakt hatte«, antwortete Scott und konterte seinerseits mit einem Stich, woraufhin Scarlett rückwärtssprang, um die Sequenz neu zu beginnen, dieses Mal schneller.

»Und welche Tiere sind besonders beliebt?«, rief Zavah.

»Alphabetisch – oder nach ... Größe geordnet?«

»Wie du wünschst!«, lachte Zavah kopfschüttelnd.

»Angefangen mit Insekten – Käfern, Spinnen – dann meistens – Krähen und Fledermäuse – schwarze Katzen – und – Wölfe!«

»Woran erkennt man Haemophagen im Dunkeln?«

»An den – autsch! – an den rot reflektierenden – sachte, Schwesterherz! – reflektierenden Augen!«

»Ähm!«, machte Zavah und stieß sich mit dem Rücken von dem Geländer ab, an dem sie lehnte. »Und woran erkennt man, dass man jetzt am besten wieder zurück ins Abteil schleichen sollte, wenn man verbotenerweise auf das Dach einer Dampfturbine gestiegen ist?«

»An – den – erbosten – Schaffnern? – Oh ...«

Zavah

11. Dezember 1799
Nördlich der Grenze zu Basilea

Tägliches Vergissmeinnicht von Lichtbewahrerin Madame Zavah

Geliebte Großmutter, meine gesegnete, verehrte Ebrâm. Manchmal sehe ich hinauf zu den Sternen und frage mich, ob du mich hören kannst. Ob es dir gut geht. Ich frage mich, ob ich alles richtig mache, so wie du es mir aufgetragen hast. Ob du dich damals auch so allein gefühlt hast.
Mein Herz schmerzt mir furchtbar, wenn ich des Nachts leise eure Lieder singe … Erst gestern noch geschah es mir zum ersten Mal, dass ich eine Note in Jaspers Lied nicht mehr wiederfand. Es war doch sein Abschiedsgeschenk! Wie kann ich nur? An einem Tag vergaß ich selbst die Nachtmelodie von Großvater Adair. Ich habe solche Angst davor, euch alle zu vergessen. Die Erinnerung an Tante Lilianas Augenfarben verblasst, wenn ich sie mir nicht jeden Morgen beim Grüßen der Sonne wieder zurück ersinne.

Der Geruch von Bruder Janoschs Geheimrezept für Stierbrühe fällt mir nicht mehr ein. Wie sich die Gänsefedern in Mamas Kopfkissen angefühlt haben. Papas weiche Stimme, wenn er gelacht hat …
Ich hoffe so sehr, dass ich euch alle stolz mache. Wünsche mir so sehr, dass wir uns eines Tages wiedersehen. Aber ich verstehe auch, dass ich eine Aufgabe zu erfüllen habe. Egal, wie schwer sie mir fällt …
Nachdem wir die Reise mit dem Ungetüm aus Metall hinter uns gebracht hatten, mussten wir einige Tage lang an einem Ort verbringen, den ich eine Taverne nennen würde. Von dort aus haben wir mit einem freundlichen alten Mann namens Sepp Meyer ausgehandelt, dass er uns und das Gepäck mit seinem Ochsenkarren weiter nach Südosten in Richtung der Berge bringt. Er berichtete uns von beunruhigenden Vorkommnissen, von einer mysteriösen Krankheit, die um sich greift. Gerüchte, die Toten hätten sich erhoben, wurden in dunklen Ecken geflüstert. Ich hoffe aus tiefstem Herzen, dass wir schnell genug reisen, denn die Worte der eiligen Nachricht des Arminius und die Echos, die sie im Gewebe dieser Welt schlagen, künden von einem Unheil – einem Übel, in dessen weit geöffnete Arme wir blind laufen.
Es ist wie einst in der alten, furchtbaren Geschichte von Großmutter. Als die Familie, mit der sie als junges Mädchen reiste, von einem hohen Meister grauenvoll dahingeschlachtet wurde … Doch scheint hier noch ein weitaus finstereres Spiel im Gange zu sein, wenn die Zeichen dafür am Himmel selbst stehen. So hieß es in

der Nachricht, richtig? Aber was ist es? Eine seltene Konstellation? Ein altes Gestirn?

Nur wenige Hinweise habe ich. Schauer laufen über meine Arme, wenn ich an die Karten meiner Legung denke. An das Gericht – an eine Wiederauferstehung. An eine Sonne, die umgedreht ist …

Zavah wankte lächelnd über die großzügige Fläche des Karrens zu den Zwillingen herüber.

»Sepp hat mir gerade erzählt, dass wir wahrscheinlich irgendwann in der Nacht an der Villa ankommen werden«, berichtete sie und ließ sich krachend in einen Schneidersitz fallen. Ihr buntes Stickenkleid wirbelte auf, als sie mit ihren hohen Stiefeln auf das Holz klopfte.

»Das ist hier ja beinahe so schlimm wie auf dieser Fähre«, sagte Scarlett und hielt sich an einer ihrer zahllosen lederbeschlagenen Reisetruhen fest, als der Karren abermals von der kaum existenten Straße durchgeschaukelt wurde. Sie grinste ihren Bruder an, das verschwindende Sonnenlicht in ihrem glänzenden Haar. »Da kann man ja gar nicht richtig in sein Tagebuchdings kritzeln, richtig furchtbar!«

»Mhm, mhm«, entgegnete der tief in ein Notizheft vergrabene junge Adelige nur, als sie einige leere Bäume voller Dohlen passierten. »Interessant, interessant.«

Scarlett verzog das Gesicht. »Hey, das macht gar keinen Spaß, wenn du nicht zuhörst!«

»Hm? Ja, ja. Ganz hervorragend, Red.«

Zavah fiel etwas ein, dann wandte sich mit einem fürsorglichen Blick an Scarlett. »Heute Nacht ist Vollmond. Können dein Bruder oder ich irgendetwas dafür tun, dass du dich wohlfühlst?«

Scarlett räusperte sich.

»Nein, nein – ich komme schon klar. Alles in Ordnung. Müsst mich schon nicht in einen Käfig sperren.« Scarlett betrachtete den Boden neben sich. Sie sah nicht so aus, als wolle sie noch weiter über das Thema sprechen, doch es wog sichtbar schwer auf dem Herzen der Jägerin.

Zavah legte der jungen Adligen beruhigend eine Hand an den Oberarm.

»Scott hat mir erzählt, dass es die letzten Male nicht leicht war.«

»So, hat er das?«

»Zavah?«, fragte Scott und sah auf. »Hast du schon einmal etwas von dem vallachischen Volkslied ›*Herz aus Eis*‹ gehört?«

»Ja«, erwiderte Zavah. »Bei uns heißt es anders, aber ja, ich kenne es.« Sie kräuselte neugierig die Stirn. »Warum fragst du?«

»Das hier ist die Abschrift eines teilweise erhaltenen alchemistischen Rezeptbuches«, erklärte Scott und hielt mit einem amüsierten Schmunzeln den winzigen schwarzen Ledereinband in die Höhe. »Fragt mich bitte nicht, wie legitim das alles ist – aber anscheinend gilt in einigen Kreisen die Träne eines Vampirs als mit die seltenste alchemistische Zutat der Welt.«

Zavah nickte freudlos. »Das kann ich mir vorstellen.«

Scott presste die Lippen aufeinander und klopfte mit dem Buch auf sein Knie. »Wieso?«

»Sie können nicht trauern«, sagte Zavah ernst. »Dafür müssten sie *fühlen* können – die eine Sache also, die ihnen genommen wurde.«

»Hä?«, machte Scarlett. »Aber wenn sich einige von ihnen von Emotionen ernähren, macht ihnen das doch Freude, oder?«

»Nicht so, wie wir es uns vorstellen«, erklärte Zavah. »Sie nähren sich entweder von positiven Gefühlen, weil sie sie selbst nicht mehr empfinden können, oder von sehr intensiven negativen Gefühlen, weil das alles ist, was ihnen noch bleibt.« Sie zog ihre schiefe Kappe über ihre Ohren. »Meine Großmutter denkt, dass einer der Gründe für ihre Grausamkeit der ist, dass sie im Laufe ihrer Existenz immer niederträchtigere und schreckliche Dinge tun müssen, um *überhaupt* etwas zu fühlen. Das macht sie so gefährlich.« Zavahs Blick traf den Scotts, tauchte tief in seine Augen. »Nein. Solch eine Kreatur kann nicht weinen.«

»Wofür bräuchte man so eine Träne denn?«, fragte Scarlett mit schiefem Kopf.

Scott sah nachdenklich zurück in das Notizheft.

»Es geht hier zwar größtenteils darum, wie man so eine Träne konserviert –«, sagte er schulterzuckend, dann räusperte er sich und sang leise: »*Des Vampyrs darletzten Teyles seyner Seele; von des Schnitters Sens' erretten kann; wennfyrda in der Zaehre; noch menschlich' Waerme findet man.*« Scott sah auf. »So wie es sich liest, kann man damit scheinbar einen Sterbenden von der Grenze zwischen Leben und Tod wieder zurückholen.«

Zavah überkam eine Gänsehaut, deren Botschaft ihr unverständlich war. Sie schüttelte den Kopf. »Ich weiß, dass wir uns in unserer Sicht auf diese Welten sehr unterscheiden, Scott Oaknight. Und auch wenn ich bisher stets diejenige war, die versucht hat, dir die Kraft des Übersinnlichen nahezubringen, so bin ich dieses eine Mal diejenige, die zweifelt.« Sie deutete in einer strengen Geste auf das Buch. »Die einzigen Tränen, die sie weinen können, sind Tränen aus Blut.«

Eine tiefe Stimme meldete sich vom vorderen Ende des Karrens.

»Güts'Gran!«, rief Sepp scheltend. »Seid's fertig mit diem Gruselgschicht'n? Wers so laut rumtrompetert, lockt's die Seuche für die Nacht an, i soag's euch!« Der resolute Ochsenführer schüttelte verständnislos den Kopf und zog den neben ihm liegenden Knoblauchkranz näher zu sich heran.

»Von wegen, sein Bretonisch wäre nur ›rudimentär‹«, flüsterte Scarlett grinsend.

Scott

»Erstaunlich«, murmelte Scott, während er in einem kleinen rot gebundenen Buch immer wieder hin und her blätterte. Er schloss es, als es begann, sachte zu schneien, und stellte seine kleine tapfer flackernde Leselaterne weg. »Hier gibt es sogar einen Bericht über eine Haemophage, bei der man jede bekannte Vernichtungsmethode auf einmal angewandt hat, um sicherzugehen, dass sie auch tatsächlich vernichtet bleibt.«

»Erzähl's mir, vielleicht kann ich dann endlich mal einschlafen«, gähnte Scarlett und zog sich grummelnd unter die weite Kapuze ihres mit Kupfergarn verzierten Mantels zurück. Sie blinzelte eine Strähne fort, wobei ihre Augen unter dem Licht des durchscheinenden Vollmonds für einen Moment lang aufleuchteten wie heiße Bernsteine. »Ich tippe mal auf zusätzliches Verbrennen?«

»Wie wir es von unserer hervorragenden Lehrmeisterin beigebracht bekommen haben«, öffnete Scott und vollführte eine präsentierende Geste in Richtung der schmunzelnden Zavah, »wurde besagte Haemophage mit dem Gesicht nach unten in ihr Grab zurückgelegt, nachdem man ihr ein Papierstück mit Bannschrift unter die Zunge gelegt hat – zuvor hatte man ihr selbstverständlich Hände und Füße mit einem Kranz aus Wildrose und Eberesche gefesselt.«

»Dann gepfählt und geköpft?«, fragte Scarlett schläfrig.

»Exakt«, führte Scott fort. »Dem so … ähm, gewonnenen Schädel hat man den Mund mit so viel Knoblauch gefüllt, wie zur Verfügung stand – *dann* wurde alles verbrannt.«

»Na, die wollten aber wirklich sichergehen, was?«

»Apparent«, sagte Scott. »Aber … es geht noch weiter.«

Scarlett zog ihre Kapuze zurück und lehnte sich neugierig vor. »Was?«

Selbst Zavah, die der Aufzählung bis jetzt nur halb zugehört hatte, weil sie etwas am kaum noch sichtbaren Nachthimmel suchte, rückte jetzt näher an Scott heran und kräuselte erwartungsvoll die Stirn.

»Scheinbar wurde die Asche im Anschluss in ein Gefäß mit Weihwasser gestreut«, sagte Scott und bedachte seine Erzählung mit untermalenden Gesten. »Nachdem das Gefäß drei Tage lang geruht hatte, wurde die dadurch entstandene Substanz in vier verkorkte Flaschen gefüllt.«

»Warum vier?«, sagte Zavah und neigte aufmerksam den Kopf.

»Eine für jede Himmelsrichtung«, antwortete Scott. »Jede dieser Flaschen wurde von einem Ordensmitglied mit auf ein Schiff genommen, das in die jeweilige Richtung unterwegs war, und dort dann mitten auf dem Ozean geöffnet und ihr Inhalt beim höchsten Stand der Sonne ins Meer geschüttet.«

Zavah warf Scarlett einen ernsten Blick zu.

»So viel zum Thema, sie seien leichter zu besiegen«, sagte die Seherin.

Scotts Schwester bekam große Augen.

»Whoa«, hauchte sie.

Scott nickte. »Dem Vernehmen nach hat man besagte Haemophage schon einige Male vorher zu vernichten versucht – aber sie hat sich im Laufe von Jahren wieder regeneriert.«

Zavah nickte finster. Winzige Schneekristalle hatten sich in ihren fließenden dunklen Haaren verfangen und hielten sich sogar an ihren Wimpern fest, was ihren Augen einen mystischen Glanz verlieh. Scott hatte Schwierigkeiten, sich von dem Anblick loszureißen. Wind kam auf. Zwischen die zarten Eisflocken mischten sich Regentropfen.

»Es muss das gewesen sein, was ihr eine *hohe* Haemophage nennt«, sagte Zavah. »Sehr selten. Dafür umso grausamer und mächtiger.«

»Präzise«, entgegnete Scott, wischte sich ungehalten Regentropfen aus dem Gesicht und klappte seinen Kragen hoch. »Die dazugehörigen Notizenstapel waren ganz außerordentlich.«

Als hätten sie plötzlich die Grenze in ein unbekanntes Reich überschritten, heulte ihnen eine peitschende Windböe entgegen, und der Himmel über dem Ochsenkarren verdunkelte sich. Wetterleuchten zuckte über die hügeligen Felder. Donner hallte brodelnd über das karge Land, das nun von Flecken tiefster Dunkelheit überzogen wurde wie eine vertrocknete Schriftrolle von einem umgestürzten Glas Tinte. Zavah sah überrascht hin und her, ihre Züge angespannt, und Scott widerstand dem Bedürfnis, sie schützend in die Arme zu schließen.

Sepp, der bisher noch gemütlich an der Front des Karrens die Tiere geführt – und wahrscheinlich geschlafen – hatte, zuckte zusammen, dann drehte er sich umständlich zu seinen Passagieren herum.

»Potzfix!«, rief er. »Seid's in Ordnung?«

»Ja!«, rief Scarlett versichernd. »Brauchen wir wohl noch lange?«

Sepp schüttelte den Kopf, dann erhob er sich, wackelnd im Takt des Karrens, und deutete in die Weite.

»Wollt's grad o'hin sagen – no'so oan-, zwoadausend Schritt, schätz'ch!«

»Hervorragend«, schloss Scott. »Es wird nämlich langsam recht ungemütlich!«

»Glaubt ihr, die haben da was zu essen?«, fragte Scarlett über den Wind hinweg. »Nicht falsch verstehen, aber ich könnte gerade eine halbe Schafsherde auf einmal verschlingen.«

Scott setzte noch zu einer tadelnden Erwiderung an, als der schaukelnde Ochsenkarren einen Hügel überschritt und der Blick auf eines der Felder vor ihnen frei wurde. Etwas in der Luft änderte sich.

»Oh«, merkte Scott an, nachdem er meinte, in einiger Ferne etwas ausgemacht zu haben. »Wir sind wohl nicht die einzigen, die zu so später Stunde noch unterwegs sind.« Wieder blitzte und donnerte es. Der Regen klatschte gnadenlos herab, und der Wind schlug plötzlich mit derartiger Gewalt an den Karren, dass die Ochsen taumelnde Schritte zur Seite vollführen mussten.

»*Da vorn!*«, rief Zavah plötzlich und sprang auf. Sie wies auf eine erstaunlich schnell reisende Gesellschaft, die scheinbar aus dem Nichts aufgetaucht war – eine große Kutsche. Mindestens drei Reiter in Begleitung. Ein grelles, gleißendes Licht zuckte auf, tauchte alles in blendendes Weiß – und wurde von einem Donnerschlag unterbrochen, der im Umkreis von Hunderten von Metern in jedem Brustkorb widerhallte. Scott erschrak, als er Männer und Frauen aufschreien hörte – Holz splitterte – ohrenbetäubendes Krachen! – Pferdegewieher! – dann nichts mehr.

Teil III

Ein folgenschweres Nachtmahl

Scarlett

Scarletts flatterndes Haar fiel ihr ins Gesicht, als sie ihrem Bruder hinterherstürmte.

»Er findet den Weg schon allein!«, rief Scott über den pfeifenden Wind hinweg und preschte die Feldebene hinunter. Anhand der umherschleudernden Baumspitzen des nahegelegenen Waldes sah man die Gewalt, die der Wind mittlerweile aufbrachte.

»Sicher?«, rief Zavah atemlos hinter ihm.

»Außerdem sind wir zu Fuß eh viel schneller da!«, rief Scarlett und sprang mühelos über ein riesiges Schlagloch im Boden hinweg. »Achtung, Stolperfalle!«

Die Seherin ächzte überrascht hinter ihr auf.

»Was kannst du sehen?«, rief Scott.

»Die Kutsche hat Schlagseite«, rief Scarlett zurück. »Mindestens eins von den Rädern ist durch – das Hinterrad brennt sogar noch!«

»Wie viele Beteiligte?«

»Drei Reiter – ein Kutscher – eine Frau und ein Kind sind, glaube ich, aus dem Wagen gestürzt!«

»Verletzte?«

»Keine Ahnung – der Wind steht zu schlecht für Witterung! Die beiden stehen aber schon wieder!«

»Ich habe kein gutes Gefühl dabei!«, rief Zavah.

Die aufgebrachten Rufe von Männern, die die Kutsche mithilfe der Pferde aus dem Matsch zu ziehen versuchten, hallten über das Feld. Scarlett sah Waffen unter Mänteln aufblitzen und eine sich bereits auflösende Rauchwolke in den Himmel steigen. Als sie mit der Seherin und ihrem Bruder die Szene erreichte, stand das angeschlagene Transportmittel bereits wieder, aber jetzt wurden zwei in graue Mäntel gekleidete Männer auf sie aufmerksam und stellten sich schützend vor die anderen.

Die Frau direkt hinter ihnen war sicher nicht älter als dreißig, schätzte Scarlett – sie hatte zu einem vornehmen Zopf geflochtenes schwarzes Haar und trug ein damenhaftes Kleid mit einer so eng geschnürten Taille, dass Scarlett an ihrer Stelle längst einen Atemkollaps erlitten hätte. Sie trug einen auffälligen schwarzen Schal um den Hals, von dem sich Scarlett sicher war, dass man in *Roma Magna* so etwas trug, wenn es einen Trauerfall in der Familie gegeben hatte. Die Frau hielt mühevoll ein kleines strohblond gelocktes Mädchen von kaum acht Jahren auf den Armen, das in ein weißes Kleidchen mit blauen Schleifen und in polierte Lackschühchen gekleidet war. Beide wurden immer wieder vom Wind erfasst und ordentlich durchgeschüttelt, aber ein hochgewachsener, schlanker Mann mit Mantel und Dreispitz hielt einen absurd großen schwarzen Regenschirm über ihnen aufgespannt und schützte sie damit zumindest vorerst davor, sich eine Unterkühlung einzufangen. Der Mann selbst war genau wie die beiden anderen in Grau gekleideten Männer vor der Kutsche auch mit einer Steinschlosspistole und einem exotisch wirkenden Stichdegen bewaffnet.

»Was ist hier passiert?«, rief Scarlett auf Teutonisch, auch wenn sie es sich schon denken konnte. Der großzügigen Kutsche fehlte auf einer Seite ein halbes Rad, das Holz an der Achse und das Gehäuseteil darüber waren pechschwarz verkohlt und qualmten sogar noch.

»... nicht sicher!«, wehte ein Satzfetzen mit starkem Akzent an Scarletts Nase vorbei. »Da war dieser Donnerschlag und dann – plötzlich umgestürzt!«

»Haben Sie Verletzungen erlitten?«, fragte Scott nach einem Zögern auf Bretonisch. »Brauchen Sie Hilfe?«

»Ich glaube, wir sind mit einem Schrecken davongekommen!«, rief die Frau überrascht auf Bretonisch zurück und trat einige Schritte näher. Die grau gekleideten Männer wichen zurück, nur der Schirmträger blieb nahe bei ihr.

»Wir wollten soeben die Villa eines Freundes der Familie aufsuchen«, erklärte Scott und hob den Arm gegen Wind und Regen. Er deutete auf den schwarzen Klotz in der Ferne, den Scarlett deutlich als enorme Villa ausmachen konnte. »Sicher wird man Ihnen dort für die Dauer der Reparatur einen vorübergehenden Unterschlupf bieten können.«

Die hübsche Dame schien mit sich zu ringen. Scarlett hatte das Gefühl, dass sie sich nicht sicher war, ob man Scott vertrauen konnte.

Gut, dachte sich Scarlett. *Ist in dieser Gegend im Moment wahrscheinlich das Beste.*

»Das ist sehr aufmerksam von Ihnen«, sagte die Frau. »Aber ich will keine Umstände machen. Ich möchte nicht, dass Sie das Gefühl haben, wir würden uns Ihnen oder Ihrem Freund aufbürden.« Ihr Ton war ehrlich, doch ihre Augen schienen ob des Vorschlags unendlich erleichtert. Sie drückte besorgt ihre

Tochter an sich. Scarlett fiel auf, dass ihre Kleidung doch schon bessere Tage gesehen haben musste, so als hätten sie dieselben Dinge immer wieder aufgetragen. Geraldine, die Küchenhilfe auf Oaknight Manor, hatte Scarlett einmal erklärt, dass man genau daran den zurzeit immer weiter verarmenden Landadel erkennen konnte – Menschen aus ehemals reichen Familien, die sich verzweifelte Mühe gaben, ihre Armut vor anderen zu verbergen, um den Familiennamen vor möglicher Schande zu bewahren.

Scott verbeugte sich. Scarlett war sich hundertprozentig sicher, dass ihrem Bruder all diese Details schon vor Minuten aufgefallen waren und er sich wahrscheinlich die halbe Lebensgeschichte der Frau deduziert hatte.

»Ich insistiere«, sagte er. »Mit Verlaub, Ihre Kutsche sieht mir nicht danach aus, als würde sie Platz für all Ihre Begleiter auf einmal haben.«

Die Züge der Frau versanken und plötzlich schien sie sich zu schämen.

»Wie kann ich nur – ich bitte vielmals um Verzeihung«, sagte sie, nahm ihre Tochter an die Hand und trat vor. Der Mann, der ihren Regenschirm hielt, folgte ihr unaufgefordert und erinnerte Scarlett an einen gut abgerichteten Wachhund. Er schien bei näherem Hinsehen doch nur ein paar Jahre älter zu sein als sie. »Mein Name ist Portia Nightingale, das ist mein kleiner Sonnenschein Ophelia. Sag guten Tag, Ophelia!«

Das kleine Mädchen drückte sich an ihre Mutter und musterte Scott aus riesengroßen Augen.

»Hallo«, sagte sie verschüchtert, dann drückte sie schniefend ihr Gesicht ins Kleid ihrer Mutter. »Ich will etwas Warmes zu trinken, Mama.«

»Ja, Schatz«, erwiderte Ms Nightingale mit einem hilflosen Blick und streichelte der Kleinen über die Wange. »Geduld, weißt du noch?« Ihr schien etwas einzufallen. »Meine Güte, wo bleiben denn meine Manieren!«, seufzte sie und zwang sich sichtbar zu einem übermüdeten Lächeln. Die Frau gab Scott die Hand und sprach weiter, während sie dasselbe bei Scarlett und Zavah tat. »Schön, Ihre Bekanntschaft zu machen. Bitte entschuldigen Sie meine Frau Mutter, aber sie ist seit einigen Tagen erkrankt und hütet seitdem das Innere der Kutsche.«

»Ach, wie unerfreulich«, merkte Scott an, wirkte aber plötzlich merkwürdig alarmiert. »Ist sie wohlauf?«

»Oh, sie hat den Vorfall vorhin gut überstanden«, antwortete Ms Nightingale und erlaubte sich ein vertraulich wirkendes Schmunzeln. »Ich glaube, selbst ein Bärenangriff würde sie nicht aus der Fassung bringen – sie würde wahrscheinlich nicht einmal ein Sterbenswort darüber verlieren.«

»Das ist gut zu hören«, antwortete Scott. Er warf Scarlett und Zavah einen vielsagenden Blick zu. »Seit wann ist Ihre Frau Mutter erkrankt?«

Ms Nightingale drückte unsicher die Lider zusammen.

»Wir – ich denke, seit etwa zweieinhalb Wochen«, sagte sie und hielt sich die Hand vor das Gesicht, als ein Windstoß sich in ihren Haaren verbiss. »Sind Sie zufällig Arzt?«

»Ich fürchte, nein«, antwortete Scott und blickte flüchtig zu Scarlett herüber. Er nickte kaum sichtbar mit dem Kopf zur Kutsche hinüber und tippte sich unauffällig mit zwei Fingern auf ein Handgelenk – und Scarlett verstand. Während Scott einige Fragen über die Reiseroute der Dame stellte – eine Geschäftsreise im Namen ihres verstorbenen Mannes –, konzentrierte sich Scarlett auf die Kutsche. Die Fenster waren sonderbar geschwärzt, so wie es seit einigen Jahren in Lemagna und Veta Gallia in Mode gekommen war, aber man konnte deutlich die Gestalt einer hutzeligen Frau dahinter erkennen. Tiefe, fast narbengleiche Falten. Zwei milchige, blasse Augen in einem uralt wirkenden, eingefallenen Gesicht.

Scarlett erstarrte, als sie all ihre Konzentration auf das Lauschen nach einem Herzschlag richtete – doch der Moment verflog noch schneller wieder, als er gekommen war. Da war ein Puls, ja, wenn auch träge und nicht sonderlich ausgeprägt. Für eine Frau in diesem Alter wahrscheinlich normal. Trotzdem richtete Scarlett noch einmal zwei fragend hochgezogene Augenbrauen in Zavahs Richtung.

»Sie haben *alle* eine sehr merkwürdige Ausstrahlung«, flüsterte die Seherin mit kaum sichtbaren Lippenbewegungen. »Besonders die Männer. Aber das, was diese Ländereien unsicher macht, kann nach und nach jedes Gemüt in seiner Nähe verfinstern, also kein Wunder.« Sie sah auf ihre Füße hinab, als würde sie etwas suchen. »Vielleicht kann ich mehr sagen, wenn wir Arminius angetroffen haben.«

Scott beendete seine Fragerunde und lächelte Scarlett fragend an. Sie gab ihm mit den Augen zu verstehen, dass sie soweit nichts Beunruhigendes wahrgenommen hatte.

»Und wer ist dieser freundliche Herr hier?«, führte Scott die Konversation weiter, während er auf den Regenschirmträger deutete.

»Ach, natürlich«, erwiderte Ms Nightingale. »Wie unangenehm – ich darf meine geistige Umnachtung mit den ungewöhnlichen Umständen entschuldigen –, darf ich Ihnen fürderhin den guten Tybalt vorstellen, meinen ersten Leibgardisten?« Der Mann nickte nur in ihre Richtung, seine Augen hellwach und konzentriert. Scarlett konnte sehen, dass er keinem von ihnen auch nur ein Stück weit über den Weg traute – was wahrscheinlich an seinem Beruf lag. »Er und seine beiden Kollegen sind für unsere Sicherheit auf dieser Reise zuständig. Man kann ja heutzutage leider nie vorsichtig genug sein.«

Scott verbeugte sich abermals.

»Sehr angenehm«, erwiderte er. »Ich darf Ihnen nun meine Schwester vorstellen, Lady Scarlett Oaknight, und unsere – ähm – Cousine, Fräulein Zavah.«

»Schön, Sie kennenzulernen«, sagte Scarlett gelangweilt.

»Licht auf euren Wegen«, grüßte Zavah lächelnd.

Bei dem Wort *Lady* war Ms Nightingale überrascht zurückgewichen und jetzt gefror ihr freundliches Lächeln auf den Lippen. Sie räusperte sich und vollführte einen höfischen Knicks.

»Ich – bitte um Verzeihung«, sagte sie und sah hastig zu ihrer Tochter hinab und dann zurück zu ihrem Leibgardisten. »Eine echte Lady, meine Güte ... Ich hoffe zutiefst, meine Unförmlichkeit hat Sie nicht – nicht gekränkt.«

»Was reden Sie denn da«, erwiderte Scott abwinkend. »Sie brauchen sich nicht zu entschuldigen.« Erneut bot er Ms Nightingale die Hand an, was Scarlett äußerst untypisch für ihn vorkam. »Lord Oaknight – Scott Oaknight. Zu Ihren Diensten.«

Mit einem noch immer unsicheren Lächeln nahm Ms Nightingale Scotts Hand an, dann aber unterdrückte sie sichtbar ein Kichern. Sie hatte makellose Zähne.

»Angenehm ... Ihre *Lordschaft* – ich meine, Mr Oaknight. Scott.«

»Portia?«, fragte Scott.

»Portia«, lächelte Ms Nightingale erleichtert zurück. Sie

schenkte ihrer Tochter ein ermutigendes Lächeln, so als wollte sie sagen: *Siehst du? Das sind ehrbare Leute, wir sind in Sicherheit!*

»Und die hohe Dame Ophelia Nightingale, wenn ich richtig gehört habe«, fügte Scott hinzu und schenkte dem kleinen Mädchen ein Lächeln. Sie verzog ihre Wangen zu einem Schmunzeln, dann versuchte sie wieder, sich im Saum des Kleids ihrer Mutter zu verstecken.

»Ms Nightingale.« Der Regen wurde stärker. In der Ferne donnerte es erneut. Der erste Leibgardist lehnte sich vor und flüsterte Ms Nightingale – Portia – etwas ins Ohr. Scarlett verstand jedes Wort:*»Was ist mit ... Ihrer Frau Mutter?«*

Ms Nightingale nickte. »Wir sollten sie wecken und ihr den warmen Mantel und den Schal anziehen. Bitte seht zu, mein Lieber, dass sie trockener ankommt als wir.« Sie schenkte Scott ein zurückhaltendes Lächeln, bei dem ihre Züge von einem Blitz in der Ferne strahlend hell ausgeleuchtet wurden. »Es soll sich heute Nacht doch niemand den Tod holen!«

Scott

Das Anwesen rund um die Villa wirkte im Tageslicht sicher einladender als in diesem Albtraum von einem Willkommenswetter. Ein schwarzer, meterhoher Zaun umzog einen großzügig angelegten und penibel gepflegten Garten, in dem man trotz der Dunkelheit Zierbrunnen und junge Irrgärten ausmachen konnte. Eine beeindruckende Allee karger Bäume, die von parallel fließenden Bächen begleitet wurde, unterbrach die Zaunführung und wies einen direkten Weg zum Anwesen des Herrn Arminius Praetorius.

Scott, als Vorangehender der nun zehn Personen und sieben Pferde starken Gruppe, hatte kaum einen ersten Schritt auf den Kies der Allee gesetzt, als irgendwo in der Nähe Hunde anschlugen – und nur einen kurzen Moment später erschienen von der West- und Ostseite des Gebäudes in wehende Mäntel gekleidete Männer. Jeder von ihnen führte mindestens zwei für die Gegend typische teutonische Hütehunde an einer Leine.

»Die sind schwer bewaffnet«, flüsterte Scarlett hinter Scott.

»Und seit Tagen in Alarmbereitschaft«, fügte Zavah finster hinzu.

»Ich unterlag dem Eindruck, man würde Sie erwarten?«, fragte Portia laut und sah beirrt zwischen Scott und Tybalt hin und her. Scott hob beruhigend die Hände und nickte.

»Machen Sie sich keine Gedanken, meine Liebe«, sagte er. Am Rand seiner Wahrnehmung bemerkte er sehr zu seinem Missfallen, dass Leibgardist Tybalt die Hand mit düsterem Blick an den Waffengürtel legte. Er fixierte den Mann beschwörend. »Es gibt keinerlei Grund für Besorgnis.«

Ein pfeifendes, rasselndes Husten erklang hinter Tybalt, wo sich seine Männer damit abwechselten, die alte Mrs Nightingale zu stützen und vor Wind und Wetter zu verbergen.

»Ist etwas nicht in Ordnung?«, krächzte sie mit einer Stimme, als würde man zwei Steine aneinanderreiben. Man hatte sie mit Tüchern und Schals förmlich mumifiziert, um sie vor der grässlichen Witterung zu schützen, zusätzlich zu den Regenschirmen, die man über ihr aufgespannt hatte. Portia musterte Scott trotz aller Versicherungen sichtbar besorgt, dann antwortete sie ihrer Mutter, ohne ihn aus den Augen zu lassen.

»Alles in Ordnung, Mutter«, sagte sie. »Sicher ist man nur überrascht über die späte Stunde unseres Besuchs.«

»Was?«, erwiderte die alte Dame. »Warum sind wir hier?«

»Weil der nette Mr Oaknight uns –«

»Wer?«

»Der Unfall, Mutter, erinnerst du dich?«

»Welcher Unfall?«

Die weiteren Worte gingen in dem immer aggressiveren Hundebellen unter.

Scarlett, die dicht bei Scott stand, zuckte mit den Schultern und nickte ihm zu. »Red du am besten mit Ihnen, Euer Durchlaucht«, sagte sie.

»Heda!«, rief eine kratzbürstige Männerstimme über das Knurren und Jaulen hinweg. »Sofort stehen bleiben!«

»Einen wunderschönen guten Abend, die Herren!«, rief

Scott in nahezu akzentfreiem Teutonisch. »Ich gehe davon aus, dass uns Herr Meyer bereits angekündigt hat?«

Der Mann, der gerufen hatte, ein misstrauisch dreinblickender Kerl Anfang sechzig, wies seinen Begleitern mit einer Geste, stehen zu bleiben. Die Hunde, die er führte, bellten immer lauter und rissen wie wild an ihren Leinen – in Richtung Scarlett.

»Potzblitz!«, gab der Mann von sich und zerrte die Hunde mühsam zurück. »Ruhig jetzt mal!«

Scott tauschte einen Blick mit Scarlett, die daraufhin erst fragend zurückblickte, dann die Augen verdrehte und schließlich hinter Zavah trat. Die Seherin lächelte den beiden Hunden zu und ging in die Hocke, wie um sie zu grüßen – plötzlich setzten sich die Tiere mucksmäuschenstill auf ihre Hinterteile und neigten immer wieder den Kopf von einer Seite zur anderen.

»Ähem«, machte Scott mit neugierig erhobener Augenbraue, dann trat er auf den Mann zu und reichte ihm die Hand. Dieser machte keinerlei Anstalten, die Geste zu erwidern. Stattdessen ließ er den Blick wie ein zerrupfter alter Kauz über die Neuankömmlinge gleiten. Die Hunde seiner Kollegen schienen sich langsam zu beruhigen, knurrten aber noch immer.

»Ist ein gewisser Mr Porter bei Ihnen?«, fragte er.

»Porter?«, wiederholte Scott laut. Er spürte förmlich, wie Scarletts Herz einen aufgeregten Satz machte – seines tat das schließlich auch. »Hamish Balthazar Porter?«

»Ja.«

»Zu meinem Bedauern nicht«, erwiderte Scott und deutete eine Verbeugung an. »Herr … ?«

»Eckhart«, brummte der Mann und sah seinen Hunden gequält dabei zu, wie sie sich schwanzwedelnd auf den Rücken rollten und von der glücklichen Zavah den Bauch kraulen ließen. »Eckart Griewald. Bin der Gutsverwalter für Herrn Praetorius.« Er sah abermals griesgrämig in die Runde. »Schöne Stunde haben Sie sich da für einen Besuch ausgeguckt, Eure Lordschaft.« Er zuckte resigniert mit den buschigen Augenbrauen. »Er sagte zwar, dass er Sie nicht persönlich kennt, wohl aber Ihre Eltern und Ihren Butler. Sind das – sind das etwa alles Ihre Angestellten?«

»Was?«, erwiderte Scott. »Oh, nein.« Er deutete auf Scarlett, dann zu Zavah. »Meine Schwester und unsere Cousine. Wir reisten noch bis vor Kurzem lediglich zu dritt mit Herrn Meyer.« Mit einer einschließenden Geste fasste er Portia, ihre Familie und ihre Leibgardisten mit ein. »Darf ich vorstellen: Ms Portia Nightingale mitsamt ihrer Tochter und ihrer Frau Mutter sowie ihren Leibgardisten. Sie –«

»Leibgardisten?«, wiederholte Eckart ungläubig, dann aber nickte er grimmig. »Na ja. Man kann nie vorsichtig genug sein. Besonders zurzeit.« Er schielte nach den Pistolen der Männer.

»Wie ich eben zu erläutern versuchte«, führte Scott in höflichem Ton fort, »Ms Nightingale wurde leider in einen Kutschenunfall verwickelt, nur wenige Minuten von hier. Wir boten ihr unsere Hilfe an und hoffen selbstverständlich auf die Umsicht und Gastfreundschaft des Herrn Praetorius.«

Eckart kaute auf etwas herum, das Scott nicht ausmachen konnte. Portia zwang ihr sichtbar übermüdetes Gesicht zu einem versöhnlichen Lächeln.

»Herr Eckart, meine Frau Mutter ist leider bereits recht hohen Alters und hat sich das Lungenfieber eingefangen«, erklärte sie. »Ich wäre Ihnen und Ihrem Arbeitgeber sehr verbunden, wenn wir zumindest über die Nacht bei Ihnen einkehren könnten. Ich verspreche Ihnen, dass wir Ihnen nicht zu Last fallen werden.«

Eckart verzog das runzlige Gesicht.

»Wo steht Ihre Kutsche jetzt?«

»Kaum mehr als neunhundert Meter von hier«, meldete sich Tybalt zu Wort und wies hinter sich auf das dunkle Feld hinaus. »Eine der Radachsen ist gebrochen. Wenn ich ein Anliegen vorbringen dürfte: Die Pferde, welche die Droschke geführt haben, sowie die Pferde meiner Männer bräuchten für diese Nacht ebenfalls eine Unterkunft. Und wenn es eine Möglichkeit gibt, unsere hochwertigen Reisekoffer für schweres Gepäckt ebenfalls ...«

Eckart brummte miesepetrig, dann hob er resigniert die Augenbrauen.

»Ja, ja, meinetwegen!«, sagte er, dann sah er melodramatisch an der Gruppe vorbei. Scott folgte seinem Blick verwirrt. »Noch irgendwas? Elefanten? Ziegen? Eine Zirkustruppe vielleicht?« Er winkte ab, wandte sich an einen der Hundeführer. »Jakob – du und Peter schaut euch das Ding morgen nach dem Frühstück mal an, verstanden? Georg, Benjamin, Friedrich – seid so freundlich und bewahrt für die Dauer ihres Aufenthaltes doch bitte die Schusswaffen der verehrten Gäste auf, ja?« Er zog ekelerregend laut die Nase hoch, dann winkte er Scott hinter sich her. »Dann mal hereinspaziert, verehrte Damen und Herrschaften. So wie ich den Alten kenne, hat er jetzt schon wieder das halbe Personal aufgeweckt, um ein verdammtes Festmahl zu schmeißen. Könnte er für uns auch mal machen, aber wer hört schon auf den alten Eckart ...«

Gaspar

Gaspar beobachtete die Neuankömmlinge regungslos durch das schiefe Buntglasfenster. Seine blasse, gefühllose Haut schimmerte im Schein der blutroten Kerze, als er begann, durch das Zimmer zu wandern, ohne das hohe Fenster aus den Augen zu lassen. Überall im Haus erhoben sich die von ihm zu neuem Leben erweckten Geschöpfe mit gläsernen Stimmen; pünktlich zu Mitternacht.

Hüte dich vor den Zwillingen!, dachte er überdreht. *Waren das nicht immer die Worte meiner … Schöpferin?*

Die Wanderin in dem viel zu bunten Kleid stellte eine zusätzliche, überraschende Bedrohung dar. Vor ihresgleichen hatte man ihn in seinem Dorf schon als kleinen Jungen gewarnt. *Sie kennen die Zukunft, kennen die verborgensten Teile deines Herzens* – Gaspar schüttelte den Kopf, wie um sie damit zu vertreiben.

Der Junge hingegen trug Waffen, die von keinem normalen Schmied oder Pistolenmacher hergestellt wurden, o nein – die Schatten hinter ihm zogen sich zusammen und verteilten sich wieder, wenn er sich umwandte. Wenn er tatsächlich der war, für den Gaspar ihn hielt, dann durfte er mit seinem Vater auf keinen Fall länger bleiben als geplant.

Aber … das Mädchen …

Gaspar hielt inne. Trat an das Fenster heran. Legte seine

Fingerspitzen an den Rahmen. Er sah ihr fasziniert hinterher, ihren fließenden Bewegungen, ihren unbändigen Augen, bis sie mit den anderen eintrat und aus seiner Sicht verschwand. So hatte er sie sich überhaupt nicht vorgestellt – sie war unfassbar schön, auf eine gebrochene, wieder zusammengesetzte Art und Weise. Wenn sein Herz noch so schlagen könnte wie einst, da war sich Gaspar sicher, dann hätte es in diesem Moment sicher einen Hüpfer getan.

Dieser Abend hatte soeben begonnen, *äußerst* vielversprechend zu werden.

Nosferatu-
Phänotyp
Gattung: Daimophage (Gefühlsverschlinger)
Wahrscheinlich älteste Vampirart überhaupt
Heimsuchungssymptome: Traurigkeit, Blässe, eingefallene Augen
Vorzeichen: Schwarzfärbung von Milch und Äpfeln

Scott

Nachdem man die Pferde versorgt und in einem der zwei großzügigen Ställe untergebracht hatte, wurden Scott und seine Begleiter durch einen Seiteneingang des Hauptgebäudes hineingebeten und schließlich in einen Empfangsraum mit prasselndem Kamin und edlen Sitzgelegenheiten geführt, wo man sie darum bat, auf den Hausherrn zu warten – Herr Meyer, dessen Hof sich nach eigenen Angaben nicht weit entfernt von hier befand, hatte laut dem Gutsverwalter darauf bestanden, seine Reise eigenständig fortzusetzen. Der noch immer tropfende Eckart knurrte eine obligatorische Verabschiedung, dann verschwand er im Hausflur, auf dem trotz der späten Uhrzeit eifriger Betrieb herrschte. Dienstmädchen jeden Alters sowie streng gekleidete Diener und sogar zwei wohlbeleibte Köche huschten mit Geschirr, Besteck und Stühlen umher, jeder Einzelne von ihnen mit schwarzen Rändern unter den Augen. Mit Ausnahme eines neugierigen Jungen, der einen Moment lang mit offenem Mund um die Ecke in das Kaminzimmer starrte, taten die Angestellten jedoch ihr Bestes, die Gäste zu ignorieren. Nur einen kurzen Moment später informierte man sie darüber, dass die schweren Truhen der Oaknights und die übergroßen Reisekoffer der Nightingales bereits untergebracht worden waren, dann blieben sie eine weitere Weile lang ungestört.

Scott nutzte die Gelegenheit, um sich die schlafende alte Dame – Ms Desdemona Nightingale, wie er erfahren hatte – ein wenig genauer anzusehen. Die Frau mochte in keinem guten Zustand sein, das war gewiss, doch selbst ohne die typischen Zeichen von Fiebrigkeit, die eingefallenen Augen und die offenkundige Schwäche hätte er die Dame auf mindestens neunzig Jahre geschätzt – Portia, ihre Tochter, hätte ihre *Enkelin* sein können. Scott fühlte sich bestärkt darin, der Familie die Unterkunft bei Arminius angeboten zu haben. Eine Nacht bei so einem Wetter hätte der betagten Matriarchin sicherlich nicht gutgetan. Tybalt und seine deutlich älteren Mitstreiter, die sich selbst jetzt noch an strategischen Positionen im Raum verteilt hatten, mochten vielleicht anständige und gewissenhafte Leibgardisten sein, doch selbst sie hätten der alten Dame gegen Wind und Wetter nicht viel beistehen können. Die kleine Ophelia, die scheinbar einen Narren an Zavah gefressen hatte – sie wollte ihr kaum mehr von der Seite weichen und erfreute sich an kleinen Liedern und Reimen, die ihr von der lächelnden Seherin vorgetragen wurden –, schien die grau gekleideten Männer überhaupt nicht wahrzunehmen. Wahrscheinlich, so dachte Scott bei sich, hatte sie es nie anders kennengelernt.

Portia, die sich soeben noch ihre Finger vor dem Kamin gewärmt hatte, beobachtete das rege Treiben in der Villa mit niedergeschlagenem Gesicht.

»Wunderbar«, seufzte sie. »Jetzt fühle ich mich noch furchtbarer als ohnehin schon. Ich hoffe, man betreibt nicht tatsächlich einen so großen Aufwand für uns, wie Herr Eckart angedeutet hat.«

»Nach was sieht's denn für Sie aus?«, fragte Scarlett salopp und warf sich mit nassen Stiefeln auf einen der peinlichst gepflegten Sessel.

Scott warf ihr einen mahnenden Blick zu. »Die Stiefel von den Möbeln«, zischte er, dann setzte er ein freundliches Gesicht auf und wandte sich an Portia. »Glauben Sie mir, Verehrteste, sobald Sie etwas Warmes gegessen und getrunken haben, wird es Ihnen schon viel besser gehen – Schwesterherz, setzt du dich bitte gerade hin?«

Scarlett riss die Augen auf und schnalzte mit der Zunge, dann fixierte sie Scotts Blick, ohne zu blinzeln, und gab sich alle Mühe, auf ihrer Sitzgelegenheit förmlich zu zerfließen.

»Recht so, Eure durchlauchtetste Lordschaftigkeit?«

Scott räusperte sich und trat näher an seine Schwester heran. »Dir, allerliebstes Schwesterlein«, begann er leise und giftig lächelnd, »ist hoffentlich bewusst, wie wenig selbstverständlich es ist, dass wir hier aufgenommen wurden. Unser Gastgeber ist kein simpler Kiepenkerl, der in seiner freien Zeit Tand und Tinnef von der Straße aufsammelt.« Sein Blick wurde streng. »Verhalte dich anständig, hörst du? Keine etikettären Entgleisungen!« Bevor Scarlett die Augen verdrehen konnte, zuckte Scotts Zeigefinger in die Höhe. »Das ist nicht nur eine Frage der Höflichkeit, sondern auch der Dankbarkeit!«

»Meine Damen, meine Herren!«, polterte eine gehetzte, aber den Raum voll und ganz einnehmende Stimme. Scott drehte sich in Richtung Flur und sah einen förmlich gekleideten, recht unansehnlichen Edelmann mit strenger, scharf geschnittener Frisur und stechend grünen Augen in den Raum gleiten. Er rieb die mit pechschwarzen Handschuhen gekleideten Hände aneinander und vollführte eine ausholende Geste. »Ich entschuldige vielmals mein spätes Erscheinen.« Der Mann schlug schallend die Hacken seiner Schuhe aneinander und verbeugte sich so knapp vor Scotts Gesicht, dass er der Bewegung ausweichen musste. »Arminius Praetorius, meines Zeichens Geheimrat der basileischen Fürstin – und hocherfreut über Ihre Ankunft, Eure Lordschaft.« Scarlett unterdrückte ein krächzendes Lachen. »Es ist mir eine außerordentliche Ehre, die Kinder von Connor und Elizabeth Oaknight in meiner bescheidenen Bleibe begrüßen zu dürfen. Ihre Eltern, mit Verlaub, waren in gewissen Kreisen lebende Legenden und, wie ich hinzufügen darf, eine Inspiration.«

Beim Gedanken an seine Eltern überkam Scott ein seltsames Gefühl, das er augenblicklich gedanklich in eine eiserne Truhe sperrte, ehe es sich ausbreiten konnte.

»Die Freude ist ganz meinerseits«, erwiderte Scott, dann fiel ihm auf, wie der hochgewachsene Mann den Raum mit den Augen absuchte, als würde er nach etwas – oder jemandem – Ausschau halten. »Ich bin es, der um Verzeihung bitten muss. Ein Besuch zu derart später Stunde, dann auch noch unangekündigt, entspricht wahrlich nicht unserem gemeiniglichen Benehmen, seien Sie versichert, Herr Geheimrat.«

»Mr Porter ist nicht mit Ihnen gereist …?«, wandte Arminius mit erwartungsvoll zu Schlitzen verengten Augen ein. Der Edelmann hatte etwas Kurioses an sich – er wirkte wie jemand, der als Einziger die Pointe eines Witzes verstand, den niemand außer ihm gehört hatte, und es fiel Scott schwer, einzuschätzen, ob das auffällige Blitzen in seinen Augen warmherzig oder listig war – oder gar beides.

Scott wechselte einen Blick mit Scarlett und Zavah, die einander ebenfalls ansahen.

»Ich fürchte, nein«, sagte Scott. »Wir hatten eventuell gehofft, dass Sie uns dabei unterstützen könnten, ihn ... ausfindig zu machen.«

»Ausfindig?«, wiederholte Arminius erst mit misstrauischer, dann besorgter Miene. Sein Blick fiel auf die weiteren Anwesenden, als wolle er dieses Gespräch lieber unter privateren Umständen fortsetzen, dann richtete er sich gerade auf, klopfte Scott auf die Schulter und sagte: »Ich will alles hören – aber dazu später mehr. Nach dem Nachtmahl, was meine Angestellten uns derzeit zaubern.« Als er das letzte Wort gesprochen hatte, errötete Portia benommen. Arminius näherte sich ihr und nahm ihre Hand in seine, dann hauchte er einen Kuss in die Luft über ihrem Handrücken. »Ms Nightingale. Ich wurde über Ihre Situation aufgeklärt und begrüße Sie herzlichst auf meinem Anwesen. Sobald die Sonne aufgegangen ist, werde ich meinen Leibarzt herbeten, um Ihre Frau Mutter vor Ihrer Weiterreise zu versorgen.«

Portia lief abermals rot an, lächelte nervös und setzte dazu an, abzuwinken, doch Arminius unterbrach sie mit einer entschiedenen Geste. »Ich dulde keine Widerworte in derlei Dingen, meine Teuerste! Wo würde die Welt enden, wenn man einander nicht helfen würde?«

Portia schüttelte ihm beidhändig die Hand. »Das ist überaus ... überaus freundlich von Ihnen, Herr Arminius. Ich ... ich weiß gar nicht, wie wir Ihnen das zurückzahlen sollen.« Sie kämpfte sichtlich mit den Tränen. »Sehr, sehr großzügig. Ich danke Ihnen.«

»Na, na, kein Grund, sentimental zu werden – seien Sie unbesorgt!«, erwiderte Arminius, begrüßte anschließend mit Ausnahme der dösenden Desdemona Nightingale jede Person einzeln, dann wandte er sich an den ganzen Raum. »Meine Damen, meine Herren – man versicherte mir, dass wir in etwa einer Stunde gemeinsam dinieren können. Bis dahin werden Ihnen meine Angestellten mit Vergnügen dabei behilflich sein, Sie zu Ihren jeweiligen Gästezimmern zu geleiten, um sich aufzuwärmen und zu erfrischen. Fühlen Sie sich frei, meine bescheidenen Räumlichkeiten ausgiebig zu erkunden. Ich besitze zahlreiche historische Sammlungen und allerlei Kuriositäten, die sicherlich Ihre Aufmerksamkeit auf sich ziehen können. Bitte beachten Sie jedoch, dass sich zurzeit noch weitere Gäste hier aufhalten, die ich noch nicht habe wecken lassen.«

»Wer denn?«, fragte Scarlett unbekümmert.

Arminius lächelte höflich, doch seine nun eindeutig sympathisch wirkenden Augen funkelten verschwörerisch. »Ein häufiger Besucher meines Hauses. Ein – wie sagt der neumodische Volksmund? Ein Erfinder. Coppernicus Hugo samt Sohn. Gute Bekannte, die mich bei … Reparaturarbeiten und anderen Dingen tatkräftig unterstützen.« Der schwarze Siegelring, den der Geheimrat über seinem behandschuhten Mittelfinger trug, reflektierte für einen Augenblick das Feuer des Kamins.

Als sich die Gesellschaft auf dem Flur verteilte, hielt Arminius Scott, seine Schwester und Zavah an.

»Die hohen Herrschaften«, sagte der Geheimrat freundlich. »Auf ein Wort?«

Scott nickte, nachdem er einen Blick mit Scarlett und Zavah gewechselt hatte.

»Dasselbe wollte ich auch gerade sagen, Herr Arminius.«

Der Geheimrat trat nahe an die drei heran, dann seufzte er und setzte einen konzentrierten Blick auf.

»Darf ich fragen, inwiefern Sie in Angelegenheiten des Ordens eingewiesen sind?«, sagte er. »Antworten Sie ehrlich.«

Scott hielt den Blick des Geheimrats. »Wir wissen, dass unsere Eltern für den Orden gearbeitet haben. Und um die Briefe im Heulerkasten hat sich stets unser guter Hamish gekümmert.« Arminius nickte aufmerksam.

»Und wir wissen, dass der Orden manchmal Jäger exkommuniziert«, fügte Scarlett mit verschränkten Armen hinzu. »Wir sind in Veta Gallia mit Sebastién Denneval aneinandergeraten.«

Arminius zog überrascht die Augenbrauen hoch und lehnte sich auf die Fersen. »Das … ist bedauerlich«, sagte er. »Ich hoffe, Sie alle sind unversehrt davongekommen?«

Scarlett kratzte sich mehrere Male schnell hintereinander das Ohr. »Mehr oder weniger«, sagte sie.

»Das wissen Sie doch schon längst«, sagte Zavah mit sanfter Stimme. »Sie haben sich regelmäßig mit Hamish Nachrichten geschickt.«

Über Arminius' Gesicht huschte innerhalb eines Wimpernschlags zuerst Überraschung, dann Empörung. Schließlich nickte er ertappt und schmunzelte anerkennend. »Jetzt muss ich mir wohl eine neue Verschlüsselung ausdenken«, seufzte er und schenkte ihnen plötzlich ein trauriges Lächeln. »Was ist mit meinem Freund geschehen?«

Scott vergewisserte sich, dass sie nicht belauscht wurden, dann holte er schweren Herzens tief Luft und berichtete dem Geheimrat in wenigen Worten, was sich auf Oaknight Manor ereignet hatte. Arminius hing wie gebannt an seinen Lippen, wirkte aufrichtig entsetzt.

»Sagt Ihnen das etwas?«, schloss Scott auffordernd. Im Gesicht des Geheimrats konnte man mindestens einhundert Gedanken ablesen, die ihm gleichzeitig durch den Kopf gingen.

»Und da ist noch etwas«, sagte Scarlett. »Als wir die letzte Ihrer Nachrichten an Hamish entschlüsselt haben, haben wir auch diese merkwürdigen Einträge gefunden. Einen Stammbaum oder so was. Was hat es damit auf sich?«

»Nichts, was Ihnen derzeit weiterhelfen würde«, antwortete Arminius und rieb sich abwesend das Kinn. Dann murmelte er: »Ich muss einige Nachrichten aufsetzen, fürchte ich. Spätestens morgen früh.«

»Na, großartig«, kommentierte Scarlett.

Zavah legte dem Geheimrat behutsam eine Hand auf den Unterarm.

»Welche finsteren Gedanken belasten Sie und dieses Haus?«, fragte sie ruhig. »Sie haben Hamish in der Nachricht um Hilfe gebeten, um schnelle Hilfe. Sie haben von Zeichen am Himmel geschrieben. Dass ein Wesen der Nacht auf Ihren Ländereien sein Unwesen treibt.« Sie wies auf Scott und seine Schwester. »Nun ist Hilfe hier. Was können wir dafür tun, dass Sie wieder ruhig schlafen können?«

»Ich will Ihnen und Euch nicht zu nahe treten«, erwiderte Arminius mit eiserner Miene. »Aber es hat einen Grund, dass ich um Hamish gebeten habe und nicht um Sie oder Ihre Eltern.« Er sah ehern in die Runde. »Das ist eine Frage der Erfahrung.« Seine Züge glätteten sich ein Stück und seine Schultern sanken herab. »Ja, es ist wahr. Ein Vampir macht diese Landstriche unsicher.« Er drehte sich zum Kamin, sein Blick leer. »Ich bezweifle, dass es sich um eine Krankheit handelt, die die Runde macht – mehrere adelige Freunde und Bekannte von mir, die ebenfalls ihren Wohnsitz hier haben, sind innerhalb weniger Tage oder Wochen verstorben.« Er hob die Augenbrauen. »Jeder wies auffällige Zeichen von Aussaugung auf: sowohl schwere Blutarmut als auch emotionale Leere. Und auch wenn niemand von ihnen … zurückgekehrt ist, so erreichen mich schon seit Monaten im Rahmen meines Ranges im Orden auffallend viele Hilfegesuche betrefflich Haemophagen. Es ist *mehr* als nur etwas beunruhigend.« Das Licht des Kamins umrahmte den Geheimrat flimmernd.

»Wir können helfen«, bot Scott an. »Ich weiß, man mag es uns aufgrund unseres Alters vielleicht nicht zutrauen, aber –«

Arminius winkte ab.

»Eure Lordschaft, ich weiß Euer Angebot zu schätzen«, sagte er und drehte sich um. »Unter anderen Umständen würde ich entschieden ablehnen, aber … wenn Sie tatsächlich nach Ihren Eltern kommen, lasse ich mich vielleicht doch überzeugen.« Er nickte ihnen freundlich zu, nun wieder ganz gefasst. »Wir sollten uns, so oder so, nach dem Nachtmahl ausgiebig ausschlafen. Morgen ist ein neuer Tag, und ich fühle mich aus gegebenem Anlass bei Sonnenlicht weitaus klarer und sicherer, als ich es jetzt zu sein vermag.« Er wies in den Flur. »Also – ich darf meine Aufforderung wiederholen. Nehmen Sie sich alle ein wenig Zeit und machen Sie sich gern mit meinem Heim vertraut. Es wird dann sehr bald zum Essen gerufen.«

Damit verließ er den Kaminraum.

»Also, *das* habe ich mir irgendwie anders vorgestellt«, sagte Scarlett. Scott nickte.

»Ich mir ebenfalls«, sagte er, dann rieb er sich gähnend das Gesicht und zuckte mit den Schultern. »Aber ehrlich gesagt bin ich tatsächlich sowohl löwenhungrig als auch hundemüde. Was haltet ihr davon, wenn wir uns vor dem Nachtmahl tatsächlich noch einmal gemeinsam umsehen?«

Zavah, die dem Geheimrat noch immer mit besorgter Miene

hinterherblickte, rieb sich die Arme. »Er fürchtet, dass Hamish bereits … tot ist«, sagte sie leise. »Und es lastet viel auf seinen Schultern. Zu viel, um es zu teilen.«

»Glaubst du, er würde uns anlügen?«, fragte Scarlett.

»Nein«, antwortete Zavah mit sanftem Kopfschütteln. »Aber kein einziges seiner Geheimnisse ist ungefährlich.«

»Geht's noch kryptischer?«, erwiderte Scarlett salopp.

»Wir sollten wirklich morgen noch einmal in Ruhe mit ihm sprechen«, sagte die Seherin nur, blickte zu Scotts Schwester und schenkte ihr einen mysteriös anmutenden, funkelnden Blick. »Rotkehlchen.«

Scarlett stürmte mit wutentbranntem Gesicht auf den Flur. Scott seufzte schwer.

»Red!«, rief er noch, doch seine Schwester hatte sich bereits aus dem Staub gemacht. »Hervorragend, ganz hervorragend.« Er rieb sich mit der Spitze von Daumen und Zeigefinger die Nasenwurzel. »Zavah, wir müssen uns bei nächster Gelegenheit einmal darüber unterhalten, was genau du wahrnehmen kannst und was nicht. Und was davon angebracht ist zu äußern, zumindest was Scarlett angeht.«

Zavah tappte stakkatoartig mit dem hohen Absatz ihres Stiefels auf den Boden und hatte die Arme ineinander verschränkt – so, wie sie es meistens tat, wenn man ihre Fähigkeiten anzweifelte.

»Ich glaube, ich brauche auch etwas Ablenkung«, entgegnete sie ungehalten.

Wie aufs Stichwort erschien die kleine Ophelia im Türrahmen. »*Da* bist du!«, rief sie mit einem verzückten Lächeln auf dem Gesicht. »Willst du mit mir zusammen Spielzeug suchen gehen?«

Zavahs Gesicht leuchtete sofort wieder auf. »Natürlich!«, erwiderte sie erleichtert.

Zavah schenkte Scott einen versöhnlichen Blick, während sie an ihm vorüberging, dann nahm sie das Mädchen an die Hand und verschwand ebenfalls.

Zu schade.

»So viel zu einem gemeinsamen Erkundungsausflug«, seufzte Scott. Er fixierte nacheinander die leeren Sitzgelegenheiten des Zimmers. »Noch irgendjemand daran interessiert, ob es hier eine Kunstsammlung gibt?« Er schmunzelte schief, winkte ab. »Ach, nein, doch nicht so viele auf einmal! Wo kommen wir denn da hin? Hinterher hätten wir noch Kontakt mit Kultur, wie überaus furchtbar!«

Ein Dienstmädchen, das mehrere Stangen Lauch trug, war vor dem Türrahmen stehen geblieben und starrte Scott blinzelnd an. Er lächelte unangenehm berührt und verbeugte sich höflich. Dann runzelte das Mädchen die Stirn, schüttelte despektierlich den Kopf und setzte ihren Weg fort.

»Na, wenn ich derart überstimmt bin, bleibt mir wohl keine andere Wahl«, murmelte Scott blinzelnd, dann trat er ebenfalls auf den belebten Flur hinaus. Kurz dachte er noch darüber nach, wie merkwürdig reizbar heute Abend alle auf ihn gewirkt hatten – dann aber erblickte er bereits die erste interessante Skulptur und marschierte vorwärts.

Scarlett

Ob es nun tatsächlich am Vollmond lag oder daran, dass sie diese Seherin an manchen Tagen einfach nicht ausstehen konnte – wenn sie heute Abend auch nur noch *einen* blöden Spruch von irgendjemandem hören musste, da war Scarlett sich sicher, würde eine gewisse Bestia Enigma ihr ganz eigenes Nachtmahl veranstalten!

Schnaubend lief sie blindlings über mehrere Treppen, Flure und Fensterräume, bis sie sich eingestehen musste, dass sie sich verlaufen hatte. Und so was in so einem mickerigen Gemäuer, das noch kleiner war als Oaknight Manor! Wo waren überhaupt die Angestellten, wenn man sie mal etwas fragen musste?

Als sie weiterlief, fand sie zumindest eines der kleinen Treppenhäuser, dessen luxuriöse Galerie den Blick auf eine Art Leseraum, ausgestattet mit allerlei Spiegeln, freigab – und stieß überrascht auf ein bekanntes Gesicht.

Scarlett beobachtete den Leibgardisten einen Moment lang regungslos, der tief in sein Spiegelbild vertieft zu sein schien. Ohne den Mantel und den Dreispitz – er trug einen sattgrün leuchtenden Frack mit sonnengelben Knöpfen – konnte sie ihn nun zum ersten Mal wirklich betrachten: Er trug sein ungebändigtes blondes Haar offen und schulterlang, was ihm gemeinsam mit seinen hohen Wangenknochen, den kräftigen

Augenbrauen und dem scharf geschnittenen Kiefer eigentlich etwas Verwegenes hätte schenken sollen, doch die Züge des jungen Mannes wirkten ungewöhnlich sanft. Außerdem wirkte er … traurig.

Scarlett trat die Treppe hinab.»Muss ja ein ziemlich interessanter Spiegel sein«, schnaubte sie.

»Oh«, gab der Mann – Tybalt? – zurück und warf Scarlett flüchtig lächelnd einen Blick zu, ehe er sich wieder dem Spiegel widmete. »Verzeiht. Ich habe Euch nicht bemerkt.« Seine Stimme klang tief und rau, wenn sie nicht unter freiem Himmel gehört wurde – was nicht recht zu den weichen Gesichtszügen und Händen passen wollte, die einem Klavierspieler hätten gehören können.

Scarlett betrachtete den Spiegel ebenfalls. Da war nichts Besonderes an dem Staubfänger, fand sie, außer vielleicht der kunstvolle Rahmen.

»Ich bin Sammler«, erklärte Tybalt. »Das … ist ein schönes Stück.«

Scarlett verzog das Gesicht. »Sie sammeln *Spiegel?*«

»Manchmal bekomme ich sie sogar geschenkt«, entgegnete Tybalt mit einem säuerlichen Lächeln, aber in seinen Augen lag ein niedergeschlagenes Flackern. »Eine merkwürdige Angewohnheit, zugegeben.« Er atmete langsam ein und zog seine Schultern nach hinten, sein Kinn leicht nach oben. Dann drehte er sich mit einem strahlenden Lächeln zu Scarlett. »Lady Scarlett.«

»Einfach nur Scarlett, bitte. Ich habe es nicht so sehr mit Titeln.«

Tybalt musterte sie überrascht, dann blieb sein Blick an Scarletts Rapier hängen.

»Ah«, sagte er. »Wie ich sehe, scheinen wir eine gemeinsame Vorliebe zu haben.« Er deutete verschmitzt auf die Waffe, dann klopfte er auf den Griff seiner eigenen. »Eine schöne Klinge, wenn ich anmerken darf.« Er runzelte mit mühsam zurückgehaltener Neugierde die Stirn. »Fast zu schön, um damit zu kämpfen. Trotzdem sehe ich Spuren täglichen Gebrauchs. Hm.«

»Das olle Ding hier?«, fragte Scarlett und grinste. »Ach. Das habe ich einem meiner Lehrer abgenommen. Also, nachdem ich ihn von unserem Anwesen geprügelt habe.«

Tybalt zog überrascht die Augenbrauen hoch, dann runzelte er schmunzelnd die Stirn. »Ihr beliebt zu scherzen.«

Peinlich berührt fielen Scarlett Scotts Worte wieder ein. *Verhalte dich anständig, hörst du? Keine etikettären Entgleisungen!*

»Ähm!«, machte sie. »Was? Ach! Nein. So etwas würde ich nicht tun.« Sie war vielleicht sauer auf ihren Bruder, aber ganz unrecht hatte er schließlich auch nicht …

»Das ist eine Klinge aus dem Reich Qin, habe ich recht?«, fragte der Leibgardist lachend. Seine Miene wurde verspielt. »Wie geht es dem alten Li-Wei?«

Scarlett wurde rot. »Keine Ahnung. Hält sich bestimmt wacker.«

»Wie ich gehört habe, hat er sich nach einer blamablen Niederlage dazu entschlossen, die Klinge niederzulegen und Bauer zu werden. Ein Großmeister aus dem Westen soll ihn angeblich derart vorgeführt haben, dass er vor lauter Schande das Duellieren aufgegeben hat.«

»Oh«, gab Scarlett nur von sich. Li-Wei war zwar ein absolut unerträglicher, arroganter Hornochse gewesen, aber bis auf einen Denkzettel hatte sie ihm eigentlich nichts so Schlimmes verpassen wollen.

»Kein Grund für ein schlechtes Gewissen, junge Dame«, sagte Tybalt lächelnd. Er nickte bestätigend. »Der Mann ist ein unausstehlicher Aufschneider.« Plötzlich fixierte der Leibgardist Scarlett intensiv. Er verschränkte die Arme, lächelte zurückhaltend und schüttelte kaum sichtbar den Kopf. »Wie alt seid Ihr?«

»Sie kennen Li-Wei?«, fragte Scarlett, anstatt zu antworten.

»Flüchtig. Ich bin ihm und seinem Lehrmeister in jungen Jahren einmal auf einem inoffiziellen Turnier begegnet.«

Scarlett fühlte Neugierde in ihrem Bauch kitzeln. »Moment mal, Sie sind Duellant?«

Tybalt verbeugte sich bescheiden. »Gelegentlich, gelegentlich.«

»Welche Guardie bevorzugen Sie?«

»Mit Verlaub, sie wird Euch nichts sagen.«

Scarlett schnaubte schmunzelnd. »Jetzt will ich sie erst recht hören.«

Tybalt schmälerte seinen Blick, beobachtete sie aufmerksam. »Die *Obscura*.«

Scarlett versuchte, sich ihre Überraschung nicht anmerken zu lassen, und verschränkte herausfordernd die Arme. »Welchen Stil priorisieren Sie? Iberisch? Römisch? Skandisch? Qin?«

Der Leibgardist überlegte gespielt und hob lässig die Schultern. »Hm. Vielleicht ein wenig von allen.«

»Lieblingsschule?«

Tybalt lachte verhalten. »Meine Güte. Es ist ewig her, dass ich mich mit solch Dingen wie *Fechtschulen* beschäftigt habe … aber wenn ich mich schon für eine entscheiden muss, soll es so sein.« Er sah durch den Raum. »Venetisch.«

Scarlett blinzelte ehrlich verblüfft. »Meine auch! Aber – ich habe sie mir selbst beigebracht, weil es –«

»… keine Lehrer mehr dafür gibt?«, erwiderte Tybalt mit einem wissenden Schmunzeln. »Weil sie so alt ist, dass man sie nur noch in verstaubten Schriften und Graphitzeichnungen finden kann?« Der Leibgardist rieb gedankenverloren seinen Handballen und trat näher an Scarlett heran, wie um sie besser sehen zu können. »Nun bin ich *wahrlich* interessiert … und wie, liebe Scarlett, seid Ihr in den Besitz dieser Aufzeichnungen gelangt?«

»Meine Eltern haben – hatten sehr gute Beziehungen«, sagte Scarlett. »Es gab Gelehrte, die extra zu uns nach –«

»Mein Beileid«, unterbrach Tybalt, in seinen Augen eine eigenartige Mischung aus Faszination und Mitgefühl. »Mein aufrichtiges Beileid für solch einen frühen Verlust.« Er nahm achtsam ihre Hand und drückte sie kurz, aber kräftig mit den seinen, nickte dabei fast schon aufmunternd. »Das Schicksal spielt ein grausames Spiel mit uns.«

»Das … kann schon sein«, antwortete Scarlett unschlüssig.

»Schätzt Euch glücklich, noch Euren Bruder und Eure Cousine zu haben«, sagte der Leibgardist. »Einsamkeit, egal welche Form sie auch annehmen mag, ist kein guter Begleiter und ein noch schlechterer Ratgeber.«

Scarlett musterte den hochgewachsenen Mann. Wie alt mochte er sein? Anfang zwanzig? Doch jünger?

»Danke«, sagte sie nur, dann fiel ihre Aufmerksamkeit auf die Waffe, die Tybalt mit sich führte. Die Schriftzeichen darauf kamen ihr vage bekannt vor – Qin'sche Kalligrafie? – und erinnerten sie sehr an ihr eigenes Rapier. Gerade wollte sie den Mund öffnen, um eine Frage zu stellen, als –

»Tybalt!«, rief eine glockenhafte Stimme. Der Leibgardist schloss kurz die Augen und seufzte, seine Mimik dabei irgendwo zwischen entnervt und enttäuscht. Als er die Augen wieder öffnete, lächelte er aufmunternd.

»Es war mir eine Ehre, solch eine … interessante Gesprächspartnerin kennengelernt zu haben«, sagte Tybalt und verbeugte sich respektvoll, so wie es auf einer seltenen venetischen Schriftrolle eingezeichnet war. »Jetzt, so scheint es mir, werden meine Dienste benötigt. Wir sehen uns beim Nachtmahl, nehme ich an?«

»Dann reden wir weiter«, sagte Scarlett und erwischte sich dabei, wie sie grinste. Vorfreude und Aufregung kamen in ihr auf, als sie sich vorstellte, endlich mit einem Gleichgesinnten über etwas sprechen zu können, was sie bereits ihr halbes Leben lang begeisterte. »Ach, und, Tybalt?«

Der Leibgardist blieb stehen und sah zurück. »Ja?«

Scarlett stemmte eine Faust in die Hüfte.

»Wie ist das Duell ausgegangen?«, fragte sie.

»Welches?«

»Gegen Li-Wei!«

»Oh – ich habe leider nie gegen ihn gefochten.«

»Gegen wen denn dann?«

»Seinen Meister. Zhou-Long.«

»Zhou-Long?«, wiederholte Scarlett ungläubig. »*Der* Zhou-Long? Der einzige Mensch, der bei den royalen Klingenspielen Ihrer Majestät in über zweihundert Duellen kein einziges Mal verloren hat?«

Tybalt nickte ihr erneut höflich zu. Dann machte er auf dem Absatz kehrt, verschwand schnellen Schrittes in einem der Flure und ließ Scarlett mit heruntergefallener Kinnlade zurück.

Scott

Recht exzentrischer Geschmack, dachte Scott und ließ seinen Blick weiterwandern. Der Raum, in den ihn Arminius persönlich nach der Skulpturensichtung geführt hatte, war zwar von zeitloser Schönheit und lud auch zum gemütlichen Verweilen ein, jedoch waren die meisten Kunstwerke darin auffallend finster. Unter den vielen Gemälden fiel Scott zunächst eines auf, das einen eingeschlafenen Mann vor einem Schreibtisch zeigte. Dabei wurde dieser von finsteren Wesen heimgesucht, wie etwa schattenhaften Fledermäusen und unheimlichen Eulen. Eine Figur, die rechts von dem schlafenden Mann auf dem Boden abgebildet war und wahrscheinlich einen Luchs darstellte, schien mit seinem wachen Blick die Szene in fackelgleiches Licht zu tauchen. Scott runzelte die Stirn. Das Bild darunter, mit aller Wahrscheinlichkeit eine Kopie, zeigte die verschiedenen Kreise der Hölle nach Dante Alighieris *Göttlicher Komödie.* Scott kannte es: Botticelli, der Maler, hatte es einst für eine reiche Familie angefertigt, die den Dichter Alighieri verehrte. Es stellte die verschiedenen Ebenen der Unterwelt in mehreren Zirkeln dar, die in der Form eines Kelches immer weiter in die Tiefe liefen und dabei schaurige Abbildungen von gequälten Seelen präsentierten.

»Ah, ein wahres Meisterwerk, nicht wahr?«, schwärmte

Herr Arminius hinter ihm. »Kennen Eure Lordschaft den Namen?«

Scott nickte. »Der Abgrund der Hölle.«

Ihm schauderte. Solcherlei Darstellungen hatten ihm nie besonders gefallen, auch wenn man die handwerkliche Leistung dahinter durchaus anerkennen musste. Er konnte sich beileibe angenehmere Motive vorstellen, um sie sich in einen Muße-Raum zu hängen. Mehr, um von dem unangenehmen Anblick abzulenken, als aus echtem Interesse, lenkte Scott die Aufmerksamkeit mit einer Geste auf das mit Abstand ungewöhnlichste Werk in der Sammlung: eine pechschwarze Leinwand in einem düsteren Rahmen.

»Und was soll das darstellen – wenn Sie mir die Frage erlauben?«, sagte Scott.

Arminius schmunzelte.

»Dieses Werk«, begann er, »hat eine Gemeinsamkeit mit dem von Botticelli – zumindest, was den Namen betrifft.« Er rieb die Lippen aneinander und nahm die Hände hinter dem Rücken zusammen. »Es trägt einen schlichten Titel. Der Abyssus.«

»Der Abgrund?«, wiederholte Scott und hob eine Augenbraue. Langsam fragte er sich, was für ein Mensch sich freiwillig solcherlei Dinge ins Haus hängte. »Wie originell.«

»Fürwahr«, antwortete der Gelehrte und schien Scott anerkennend zuzunicken. Dann wurde sein Blick sonderbar ernst, auch wenn seine Mundwinkel sich amüsiert dabei zu kräuseln schienen. »Dieses Bild hat eine … interessante Geschichte.«

»Inwiefern?«

»Es gibt nur vier Exemplare davon«, antwortete Arminius. »Und jedes davon ist angeblich verflucht, was – o nein, ich korrigiere mich. Drei. Es gibt nur noch drei Exemplare.«

Scott zog eine Augenbraue hoch. »Was ist mit dem vierten geschehen?«

»Nun, neben *meiner* bescheidenen Wenigkeit hat der Künstler, der sie geschaffen hat, die anderen Exemplare auch an andere hochrangige Mitglieder des Mercurius-Ordens verschenkt.« Der Gelehrte zog nachdenklich die Mundwinkel zusammen, dann hob er mit gespielter Überraschung die Augenbrauen. »Einer dieser Besitzer hat sein Bild verbrannt, fürchte ich.«

»Verbrannt?«, wiederholte Scott ungläubig. »Warum?« Er verzog belustigt das Gesicht. »Oh, lassen Sie mich raten. Weil es verflucht war, habe ich recht? Sehr unhöflich übrigens vom Maler, ein verfluchtes Kunstwerk zu verschenken, wenn ich anmerken darf.«

Arminius lächelte erheitert. »Nun«, begann er, »ich denke, es hat etwas mit dem zu tun, was besagter Ordensbruder auf der Abbildung gesehen hat.«

Scott musterte die Leinwand. Da war rein gar nichts auszumachen. Arminius verschränkte Arm und Ellenbeuge ineinander und legte nachdenklich sein Kinn auf eine Faust. »Ihr müsst wissen, Eure Lordschaft, dass dieses Geschenk mit einer interessanten Warnung kam. Angeblich, so heißt es – so sagte es uns der Künstler – solle man nicht zu lang in einen Abgrund blicken, weil es sonst geschehen kann, dass der Abgrund in den Betrachter zurücksieht.«

Scott überkam abermals ein unangenehmer Schauer. Plötzlich war die Leinwand keine einfache Fläche mehr, die jemand mit schwarzer Farbe übergossen hatte. Sie war ein Spiegel für das, was man unbewusst von seinem Inneren darauf übertrug.

»Ah«, machte der Gelehrte neben ihm. »Dieser Gesichtsausdruck ist mir geläufig. *Warum*, scheint er zu sagen, *warum sollte man sich so etwas überhaupt in den eigenen vier Wänden aufhängen?«*

»Ich gebe zu, dass mir exakt das durch den Kopf gegangen ist, verehrter Herr Geheimrat«, gab Scott zurück. Dann wurde er neugierig. »Und … wie ist Ihre Erfahrung damit?«

Arminius nickte.

»Sagen wir einmal, ich betrachte es von Zeit zu Zeit«, sagte er ruhig. »Und ich fürchte mich nicht vor dem, was zurücksehen könnte, falls Eure Lordschaft das meinen.« Sein Blick wurde streng, aber er schmunzelte. »Wahrscheinlich habe ich es deshalb noch nicht verbrannt.«

»Warum dann noch Zeit damit verbringen?«, sagte Scott und machte eine vorschlagende Geste. »Warum nicht durch ein anderes, fröhlicheres Bild ersetzen?«

»Weil es mich an etwas sehr Wichtiges erinnert«, antwortete Arminius.

»An was?«, fragte Scott. Etwas an der Art, wie der Gelehrte ihm geantwortet hatte, machte ihn neugierig.

Die Augen des Mannes fixierten das Gemälde. »Es erinnert mich daran, dass egal wie hell und voller Licht unsere schöne Welt auch sein mag, es auch immer Dunkelheit und Schatten geben wird«, sagte Arminius und wandte sich Scott zu. »Und dass wir stets wachsam sein müssen, dass diese Finsternis nicht überhandnimmt.« Er deutete beiläufig auf das erste Bild, das Scott ins Auge gefallen war, das mit dem eingeschlafenen Mann. Nach einem Moment des Schweigens fügte der Gelehrte seufzend hinzu: »Und dass das Licht am Ende immer triumphieren wird. In jedem von uns.« Er lächelte Scott beinahe aufmunternd zu, dann legte er ihm großväterlich eine Hand auf die Schulter.

»Und die anderen beiden Besitzer?«, fragte Scott und räusperte sich. »Was sehen die anderen hochrangigen Ordensmitglieder darin, in dem Abgrund? Kennen Sie sie überhaupt?«

»Ja«, antwortete Arminius, nahm die Hand von Scotts Schulter und schien mit einem Male wehmütig, als er sichtlich eine alte Erinnerung verfolgte. »Wir sehen ... unterschiedliche Dinge beim Betrachten des Abgrunds.« Er atmete angestrengt ein und aus, dann nickte er still. »Ein philosophischer Disput, befürchte ich.«

Jemand klopfte laut an den Türrahmen.

»Der Herr Geheimrat?«, rief eine höfliche Stimme.

Arminius und Scott drehten sich um.

Der Bedienstete nickte ihnen ernst zu. »Es ist in etwa fünfzehn Minuten angerichtet.«

»Großartig, Arnold«, antwortete Arminius fröhlich. »Geben Sie bitte auch unseren anderen Gästen Bescheid?«

»Sehr wohl, Herr Geheimrat.«

»Hm, was macht derzeit das Unwetter?«, fragte Arminius.

»Nach meiner Einschätzung wird es sich noch diese Nacht halten, Herr Geheimrat.«

»Na gut!«, sagte Arminius mit enttäuschter Miene. »Aber dann wollen wir doch mindestens dafür sorgen, dass alle Hungrigen gesättigt und aufgewärmt zu Bett gehen können. Ich freue mich schon.« Er gestikulierte in Scotts Richtung. »Alles Weitere dann wie gesagt morgen, wenn wir ausgeschlafen sind.«

Er verließ den Raum und Scott folgte ihm – doch plötzlich blieb der Ordensgelehrte noch einmal stehen und drehte sich zu ihm herum.

»Ach, Eure Lordschaft«, sagte er. »Wisst Ihr, was mich damals beim Lesen von Dantes *Göttlicher Komödie* und später erneut, beim Betrachten von Botticellis Bild, überrascht hat?«

»Was?«

Arminius lächelte, fuhr abermals herum und folgte seinem Angestellten. »Dass der letzte, tiefste Kreis der Hölle nicht aus Feuer besteht – sondern aus Frost und Eis!«

Scarlett

Scarlett freute sich darüber, sich doch noch ein wenig umgesehen zu haben – der Zierteich, der im Herzen des Lustgartens hinter der Villa lag, war wunderschön. Beinahe schien es so, als hätte das Unwetter extra für diesen Moment innegehalten: Der Vollmond brachte mit seinem silbernen Licht die Ränder des Wassers sanft zum Leuchten, ließ die spiegelnde Oberfläche glitzern wie den Übergang in eine dunkle Welt. Ein schwarzer Schwan ruhte mit seinen grauen Küken nahe einem Dickicht aus Lilien und Schilf und suchte im Wasser nach Nahrung.

Den Jungen, der flache Steine über die Oberfläche des Teiches schleuderte und sie dort Dutzende Male tanzen ließ, bemerkte Scarlett erst jetzt. Seine große Gestalt wirkte sonderbar in die Länge gezogen, seine blassgelbe Haut kühl wie Porzellan. Eisblaue Augen stachen zwischen seinen rabenschwarzen Haarsträhnen hervor und wachten über schmale Lippen. Wer auch immer er war, Scarlett war sich sicher, dass er sich nicht in diesem Garten aufhielt, um nach Gesellschaft zu suchen. Alles an ihm wirkte merkwürdig: der viel zu breite Gürtel, an dem ein golden verschnürter Lederbeutel voller Ölflecken baumelte. Die staksige Art, die seine Bewegungen speiste, der offenkundige kalte Zorn darin. Aber das Absonderlichste an ihm war das stetige, leise *Ticken*, das von ihm ausging.

Wahrscheinlich waren es all diese Eindrücke auf einmal, die Scarlett misstrauisch machten. Sie lauschte nach einem Herzschlag, doch das rhythmische *Tick-Tack-Tick-Tack* war tatsächlich zu laut – wenn dieser Junge einen Puls hatte, dann wurde er einfach übertönt.

Die lauteste Taschenuhr der Welt, hm?, dachte Scarlett. Gerade in dem Augenblick, in dem sie sich bemerkbar machen wollte, schleuderte der Junge plötzlich so wütend einen Stein über den Teich, dass er eines der Schwanenküken traf. Das kleine Tier gab einen quietschenden Schmerzenslaut von sich und wurde gleichzeitig hochgerissen und um die eigene Achse geschleudert. Das Muttertier fauchte überrascht, unsicher darüber, woher der Angriff gekommen war, und schwamm augenblicklich hinüber zu seinem verletzten Nachwuchs, der mittlerweile panisch und auf der Seite liegend im Kreis schwamm, dabei aber immer langsamer wurde. Scarlett konzentrierte sich und konnte erkennen, dass eines seiner kleinen Beinchen zertrümmert war. Sie runzelte argwöhnisch die Stirn. Das Kleine würde die Nacht nicht überleben, so viel stand fest.

Der Junge riss erschrocken die Augen auf, als er sah, was er angerichtet hatte. Der Zorn in seinen Zügen war auf der Stelle verpufft und hatte einem hilflosen Schrecken Platz gemacht.

»O nein, nein, nein, nein!«, stammelte er und stapfte ins Wasser hinein. Tränen schimmerten in seinen Augen. »D-das – das wollte ich nicht! D-das tut mir leid!« Der Schwan riss den Kopf herum, fixierte den Jungen giftig und schlug warnend mit den Flügeln, doch der Junge ging ungerührt weiter. Seine Schritte verdrängten dabei so viel Wasser, dass es aussah, als würde er Hunderte Kilogramm wiegen.

Ist der übergeschnappt?, dachte Scarlett und wollte ihm eine

Warnung zurufen, doch die blieb ihr im Halse stecken: Der Junge watete bis zu der Stelle, an der das Küken erschöpft auf der Seite trieb. Ohne den Flügeln Aufmerksamkeit zu schenken, die ihn immer wieder im Gesicht trafen, oder sich um die giftigen Bisse der Schwanenmutter auch nur im Geringsten zu kümmern, hob der Junge das wehrlose Tierchen behutsam in seine Hände und machte kehrt Richtung Ufer. Die anderen Jungtiere quiekten aufgeregt und schwammen ängstlich in alle Richtungen davon, während das Muttertier noch einen letzten Angriff startete, ehe sie sich sichtbar hin- und hergerissen wieder dem Schutz ihrer verbliebenen Küken widmete.

Scarlett suchte nach Blut auf der Kleidung des Jungen, sah aber nur gerissenen Stoff an Hemd und Weste. Er sah zurück zur Schwänin, jedoch eher bitter als besorgt, dann setzte er sich triefnass an den Rand des Teiches in einen Schneidersitz und wandte Scarlett den Rücken zu. Er murmelte beruhigende Worte, in einer sonderbar fürsorglichen Melodie, so leise, dass sie fast nicht hörbar war, selbst für Scarlett nicht. Er zog den kleinen Lederbeutel von seinem Gürtel und schien ihn zu öffnen. Kurz darauf hörte Scarlett dünnes, zartes Metall aneinanderklingen, das klickende Geräusch feinster Zahnräder und das knarzende Surren hauchdünnen Garns. Ein gequältes Quieken ertönte.

»Ich weiß ... ich weiß«, wisperte der Junge. »Das fühlt sich jetzt komisch an. Ich kenne das, glaube mir. Gleich hast du es überstanden, dann fühlst du nichts mehr ...« Als das Fiepen der kleinen Kreatur, das noch bis eben immer lauter und höher geworden war, jetzt plötzlich leiser und schwächer wurde, trat Scarlett aus ihrem Versteck.

»Was machst du da?«, fragte sie warnend. Sie hatte fest damit gerechnet, den Jungen zu erschrecken, doch stattdessen hob der einfach nur langsam den Kopf und drehte ihn in ihre Richtung.

»Wer bist du?«, fragte er verwundert.

»Was du da machst, habe ich dich gefragt!«

»Das kann ich dir jetzt nicht erklären«, sagte der Junge nur, dann wandte er sich wieder seinem eigentümlichen Werk zu. Wieder stieß das Tier vor ihm einen herzzerreißenden Quietscher aus. »*Shhh. Shhh.* Gleich ist es wieder besser ... du wirst sehen ... du bist nicht kaputt ... deine Mama wird dich wieder zurücknehmen, versprochen ...«

»Hey!«, machte Scarlett, trat wuchtig vor und griff nach der Schulter des Jungen – und hielt mitten in der Bewegung inne. Verdutzt blinzelte sie einige Male.

Der Junge tat dem Tier nicht weh.

Wie auch immer er es getan hatte; der Junge hatte in der kurzen Zeit eine Art mechanischer Schiene zusammengesetzt und sie so an dem schiefen Bein des Kükens angebracht, dass es mit der Bewegung des gesunden auf der anderen Seite eine Schwimmbewegung erzeugte. Die Vorrichtung war dabei derart fein und winzig, dass Scarlett Mühe hatte, alle Details daran auszumachen. Sprachlos sah sie dem Jungen dabei zu, wie er das verwirrt blinzelnde Küken zurück auf die Wasseroberfläche setzte, wo das kleine Tier nach anfänglicher Skepsis eine wacklige Runde drehte und schließlich zufrieden aufquietschte.

»Ein bisschen Spiel habe ich in der Konstruktion gelassen, aber sie wird wahrscheinlich abfallen, wenn es wächst«, erklärte der Junge und betrachtete lächelnd sein Werk aus der Ferne. Als die Schwanenmutter ihr Kind wieder annahm, zitterte seine Unterlippe und er rieb sich mit dem Handrücken die Augenwinkel. »I-ich schicke Arminius einfach jeden Monat eine neue, bis d-das süße Ding ausgewachsen ist.«

Scarlett starrte dem Tierchen hinterher, als es gemeinsam mit seinen Geschwistern und seiner Mutter im Schilf verschwand.

»Gott sei Dank«, seufzte der Junge erleichtert und lächelte matt. »Ich hatte Angst, dass es von seinen Geschwistern und seiner Mutter jetzt nicht mehr angenommen wird, wenn es so anders wieder zurückkehrt.« Er starrte ins sacht wankende Schilf. »Ist nicht immer so.«

Scarlett fühlte sich für einen Augenblick lang an das letzte Gespräch mit ihrer Mutter erinnert und an die Wochen davor. Die Jahre.

»Wie hast du das gemacht?«, fragte sie und musterte den Jungen. Dieser zuckte mit den Schultern.

»Weiß nicht«, antwortete er. »Ich denke da nicht drüber nach. Ich tue es einfach.« Er streckte Scarlett ungelenk die Hand entgegen und räusperte sich unsicher. »Ich vergesse immer, in welcher Reihenfolge man das tun muss. Nimmst du meine Hand und sagst mir dann deinen Namen? Oder mache ich das zuerst? Also, das mit der Hand meine ich? Ähm. M-mein Name ist übrigens Gaspar. Gaspar Hugo.«

»Scarlett«, antwortete Scarlett mit zusammengezogenen Augenbrauen und einem verblüfften Schmunzeln im Gesicht, dann schüttelte sie Gaspar die Hand. »Du bist also der Sohn von diesem Erfinder, Coppernicus?«

Gaspar nickte heftig. »Ja. G-genau. Der bin ich. Der Sohn, meine ich.«

»Du hast gar keinen … äh, Akzent?«, fragte Scarlett.

»Nein«, sagte Gaspar und lächelte verlegen. »Das … das kommt wohl von meiner Mutter. Denke ich. Also. Sie hat immer darauf bestanden, dass ich viele Sprachen lerne.« Er brach kurz seinen Augenkontakt und schien sich an etwas Unschönes zu erinnern. »Also, das heißt, ich habe mir immer Mühe gegeben, ohne Akzent zu sprechen.« Er verschränkte die Finger hinter dem Rücken. »Bist du eine Freundin von Arminius? B-besuchst du ihn?«

Scarlett verzog den Mund. »So würd ich's nicht nennen. Aber mein Bruder und ich – ähm, und meine Schwester – wir sind hier, weil wir ihn ein paar wichtige Dinge fragen müssen.«

»Oh«, machte Gaspar. »Ihr seid Astronomen?«

»Hä?«

»Astronomen«, wiederholte Gaspar. »Ihr seid bestimmt für die Sternwarte hier, stimmt's?«

Scarlett überlegte einen Moment, ob sie lügen sollte.

»Nein«, sagte sie schließlich. »Ähm, wir suchen einen guten Freund von uns, und Arminius kann uns vielleicht helfen, ihn zu finden.«

»O-oh«, machte Gaspar nur und nickte abermals heftig. »Verstehe. Es hat bestimmt mit dem Orden zu tun. D-dann halte ich mich mal besser raus.« Er grinste verlegen. »Vater sagt immer, je weniger ich weiß, desto besser.«

Scarlett verschränkte die Arme. »Apropos.« Sie deutete auf das an einigen Stellen eingerissene Hemd, dann zog sie die Augen zusammen. »Wieso blutest du nicht wie jeder normale Mensch?«

Gaspar schien erschrocken, beinahe ... verletzt? Hastig schob er die Ärmel nach unten, um die Risse zu verbergen.

»S-sie hat mich nicht richtig erwischt«, sagte er und zuckte mit den Schultern. »Und, ähm, tut mir leid.«

»Hä? Was tut dir leid?«

»Dass ich nicht so bin wie jeder normale Mensch?«

Scarlett verzog das Gesicht. »Für so was musst du dich nicht entschuldigen.«

»Ähm, dann dafür, dass ich so wütend geworden bin«, stammelte der Junge. »Ich – ich wollte das nicht. Manchmal, da – ich weiß auch nicht.« Er suchte nach Worten. »Weißt du, es gibt Tage, an denen fühle ich mich wie die Druckkammer im alten Labor von meinem Vater.« Er hob ratlos die Arme. »So kurz vor dem Platzen. Verstehst du?«

Scarlett musterte den Jungen noch einige Momente lang prüfend, dann schüttelte sie den Kopf und ließ sich mit einem Seufzer an den Rand des Teichs plumpsen.

»Du hast ja keine Ahnung«, sagte sie. Der Junge blinzelte verunsichert, dann imitierte er ihre Bewegung und landete ungeschickt neben ihr.

Scarlett zog die Knie an sich. »Ich explodiere aber eher. Platzen ist nicht so mein Ding.«

»O-oh«, erwiderte Gaspar und nickte verständnisvoll. »Explodieren ist … bestimmt auch nicht so schön.«

Scarlett schmunzelte. »Ist es nicht.« Sie sah dem Vollmond dabei zu, wie er auf der Wasseroberfläche immer wieder seine Form veränderte. »Besonders nicht, wenn man Angst davor haben muss, dabei anderen Menschen wehzutun.«

Gaspar erstarrte. »M-menschen, die man liebt.« Der Junge strich gedankenverloren über den Tüftelbeutel an seinem Gürtel. »Und d-dann fragt man sich manchmal, ob das alles ist, wofür man gut ist.«

Der Wind zog durch den Garten und brachte die kargen Bäume zum Rauschen. Zwei kreisende Fische stießen Luftbläschen aus, die an der Wasseroberfläche platzten. Irgendwo in der Ferne krächzte ein Rabe der stärker werdenden Dunkelheit entgegen. Scarlett fühlte ein merkwürdiges Summen in ihrer Brust. Sie konnte das silberne Mondlicht sehen, das auf der eisblauen Oberfläche von Gaspars Pupillen funkelte. Als sich ihre Blicke begegneten, geschah etwas Sonderbares: Für einen Moment schienen sie einander in einer Weise zu verstehen, die keinerlei Worte bedurfte, keinerlei weltkluger Erwiderungen oder gelehrter Ratschläge.

»Du scheinst aber ziemlich gut darin zu sein«, sagte Scarlett schließlich, merkwürdig heiser. »Also, Dinge zu reparieren, die du kaputt gemacht hast.« Sie schmunzelte müde. »So was würde ich auch gerne können.«

»W-was kannst du denn gut?«, fragte Gaspar. Farbe hielt auf seinen Zügen Einzug.

»Sachen kaputt machen«, lachte Scarlett bitter und räusperte sich, während sie die Nase hochzog.

»Das kann ich mir bei dir gar nicht so vorstellen.«

»Wieso?«

»Du – ähm – du siehst so –«

Scarlett hob eine Augenbraue. »Ja?«

Gaspar blinzelte und zuckte mit dem Blick hin und her. »So s-sanft aus.«

»*Pfahaha!*«, lachte Scarlett schnorchelnd, dann hielt sie sich grinsend die Hand vor den Mund und winkte beruhigend ab, als Gaspar aussah wie jemand, der auf einer Beerdigung aus Versehen einen Witz erzählt hatte. »Ist schon gut – es ist nur ... also, *das* habe ich ehrlich gesagt noch niemals jemanden über mich sagen hören.«

Gaspar stand abrupt auf. »D-das meine ich aber ernst! Ich bin mir sicher, d-dass du sehr sanft sein kannst.«

»Ach ja? Und wie kommst du darauf, Zahnradjongleur?«

»Deine Augen. Da ist – da ist Güte in deinen Augen.« Er nickte vehement. Scarlett runzelte die Stirn, während sich ein Kloß in ihrem Hals bildete.

Ist das wahr?, fragte eine Stimme in ihrem Kopf. Und auch wenn sie sich im ersten Augenblick instinktiv gegen diesen Gedanken wehrte, so dachte sie doch an den Moment zurück, in dem sie die Möglichkeit gehabt hätte, Dennevals Leben zu beenden.

»Halt den Mund«, hörte Scarlett sich sagen. »Du kennst mich nicht.«

Gaspar verschränkte die Finger hinter seinem Rücken und sah zu Boden.

»Entschuldige«, sagte er. »I-ich wollte dir nicht zu nahe treten. Aber ich stehe zu meinem Wort. Ich weiß nicht, warum ich dir das jetzt sage – a-aber ich habe irgendwie das Gefühl, dass ich dir das sagen kann – ich vergesse auch sehr oft, dass es gute Seiten haben kann … anders zu sein.«

»Die da wären?«, antwortete Scarlett und wunderte sich selbst über den sarkastischen Unterton in ihrer Stimme.

»E-es kommt, glaube ich, darauf an«, haspelte Gaspar, »was man mit den Dingen tut, die einem mit auf den W-weg gegeben wurden.« Seine Stimme wurde sicherer, als er weitersprach. »Ich bin gut darin, Dinge zu reparieren. B-besonders Uhren. Und ich glaube, dass ich das nicht wäre, wenn ich nicht genauso gut darin wäre, Dinge kaputt zu machen. Verstehst du?« Er kratzte sich verlegen den Kopf. »Es hört sich vielleicht blöd an, aber das vorhin hätte ich nicht wiedergutmachen können, wenn ich nicht schon so viele Sachen auf dem Gewissen hätte.«

Scarlett dachte einen Moment lang über die Worte des hoffnungsvoll zurückblickenden Jungen nach.

»Kann schon sein«, sagte sie. »Kaputtmachen und Reparieren ergänzen sich gut. Und was würdest du jemandem sagen, dessen Gabe es ist, Dinge kaputt zu machen und mit einem Rapier unbezwingbar zu sein?«

Und viel, viel Schlimmeres zu tun, dachte Scarlett und warf eines der flachen Ufersteinchen über die Teichoberfläche. Er hüpfte so oft auf, dass er auf der anderen Seite wieder aus dem Wasser sprang. »Hört sich nicht gerade nach etwas an, das sich gut ausgleicht, hm?«

Gaspar grübelte sichtlich. Dann sagte er, fast so unschuldig und selbstverständlich wie ein kleiner Junge: »Wenn du damit die Menschen beschützt, die du liebst, schon.«

Scarlett hielt inne. Ihr Mund war staubtrocken.

»So habe ich das ehrlich gesagt noch nie gesehen«, murmelte sie.

Gaspar sah unschlüssig seine Hand an, dann bot er sie Scarlett an.

»W-wollen wir zurück?«, fragte er lächelnd. »D-du frierst ja schon.«

Scarlett nahm seine Hand und stand auf. »Eigentlich nicht.«

Gaspar wurde rot. »D-da ist aber gerade Gänsehaut auf deinen Unterarmen gewesen.«

»Tja«, machte Scarlett und erlaubte sich ein überraschtes Schmunzeln. »Dann sollten wir wohl wirklich wieder rein, was?«

Zavah

Lachend stolperte Zavah mit ihrer kleinen Freundin in den üppig hergerichteten Speisesaal und ließ die Absätze ihrer Stiefel über den polierten Marmorboden quietschen. Ophelias Lachen hallte so laut, dass man es wahrscheinlich bis hinauf zu der Galerie hören konnte, die über eine große Treppe mit dem gewaltigen Esszimmer verbunden war.

»Hab dich!«, kicherte Ophelia und krallte sich in den Saum von Zavahs Kleid.

»Na, bist du dir sicher?«, knurrte Zavah spielerisch zurück und packte das Mädchen, drehte sich mit ihr im Kreis.

Sie lacht wie meine kleine Theresa, dachte sie verzückt. *Ich hoffe, du bist wohlauf, kleines Cousinchen ...*

»Ähem!«, räusperte sich einer von Arminius' Angestellten – ein älterer Mann mit Halbglatze und Schnauzbart – und wies ihr mit mühsam zurückgehaltenem Unmut in den Augen einen Platz an.

»Danke!«, erwiderte Zavah und tanzte zu ihrem Sitzplatz herüber.

»Darf ich neben dir sitzen?«, fragte Ophelia.

»Das weiß ich nicht, ob du das darfst«, erwiderte Zavah grinsend und schenkte dem älteren Herrn ein fragendes Lächeln.

»Ms Nightingale hat selbstverständlich die freie Platzwahl«, erwiderte er mit einer Verbeugung, dann winkte er eine wahre Kolonne aus Küchenpersonal heran. Mit Silberglocken verdeckte Teller, größer als alle, die Zavah je gesehen hatte, wurden auf die Plätze getragen. Die wunderschöne Tafel, die geschmückt war wie für einen Geburtstag oder eine Beerdigung, strotzte nur so von Köstlichkeiten: Karamellisierte Nüsse, Flammkuchen, Suppentöpfe und dekorativ angerichtete Gemüsekreationen füllten jedes freie Stück des Tisches. Tybalt, der junge Leibgardist, und seine Männer saßen bereits auf ihren Plätzen. Zavah winkte ihnen zu. Außer von Tybalt bekam sie von niemandem eine Reaktion.

»Wo sind denn deine Frau Mama und deine Großmutter?«, fragte Zavah und hievte das Mädchen auf den Stuhl neben sich.

»Großmutter ist bestimmt von Mama ins Bett geschickt worden«, sagte Ophelia. »Sonst wäre sie sicher hier. Sie liebt Nachtmahle. Mama ist wahrscheinlich –«

Wie aufs Stichwort erschien Portia mit einem schlecht gelaunt dreinblickenden Mann mit winziger Brille und zu engem Westenanzug am Osteingang des Speisesaals.

»Hallo, Mama!«, winkte Ophelia. Portia errötete und unterbrach das Gespräch mit dem Mann, der sich nun auf der anderen Seite der Tafel, gegenüber von Zavah, niederließ.

»Einen schönen Vollmondabend wünsche ich«, grüßte Zavah, als sich Portia ebenfalls setzte und ihr zulächelte. Der Platz zwischen ihr und dem Mann blieb frei.

»Coppernicus Hugo, Fräulein«, stellte sich der Mann vor. Kaum hatte er die Worte ausgesprochen, leuchtete vor Zavahs innerem Auge ein Bild auf, das sie schon einmal gesehen – nein, *gehört* hatte. »Ich bin Erfinder und helfe dem Herrn Geheimrat regelmäßig in dringenden Angelegenheiten.«

»Ach, mussten Sie eine Spieluhr reparieren?«, fragte Zavah mit einem, wie sie wusste, mysteriösen Lächeln. Coppernicus öffnete den Mund, um etwas zu sagen, dann aber klappte er ihn wieder zu und lehnte sich stirnrunzelnd vor.

»Wie kommen Sie darauf?«, fragte er. Sein Ausdruck machte klar, dass er Zavah schon jetzt in eine Schublade mit der Aufschrift *»Menschen, die ich nicht mag«* gesteckt hatte.

»Ich kann mir vorstellen, dass man von Zeit zu Zeit auch Spielzeuge reparieren muss, oder nicht?«

Coppernicus nickte langsam, ließ sie aber nicht aus den Augen.

»Kann schon sein.« Er sah sich um, plötzlich ungehalten. »Wo ist dieser verdammte Bengel schon wieder abgeblieben?«

Zavah widerstand der Versuchung, nachzuhaken, und kämpfte ein kraftvolles Gähnen nieder. Sie fühlte sich sonderbar müde und ausgelaugt – aber bei so einer Reise und so einer Nacht war das wohl kein Wunder … richtig?

»Pssst«, machte es neben ihr. »Zavah, willst du noch mal Fangen spielen?«

Die kleine Ophelia grinste sie an. Ihre Hagebuttenaugen funkelten dabei so schön, dass Zavah ihr am liebsten zugesagt hätte.

»Nach dem –«, begann sie, aber kam nicht weiter.

»Ophelia, Liebling?«, merkte Portia mit einem eisigen Lächeln an. »Bist du so lieb und bleibst still, bis der liebe Herr Arminius das Essen eröffnet?«

Ophelia ließ enttäuscht die Schultern hängen. »Ja, Mama.« Sie sah Hilfe suchend zu Zavah.

»Ich hoffe, sie hat Sie nicht allzu sehr belästigt«, sagte Portia förmlich. Zavah wusste nicht genau, warum der Ton, in dem die Mutter sprach, ihr so merkwürdig vorkam.

»Das hat sie nicht«, antwortete Zavah und schenkte dem Mädchen demonstrativ ein dankbares Lächeln. Ophelia strahlte bis über beide Ohren. »Ganz im Gegenteil. Sie hat mir die Wartezeit versüßt.«

Ophelia nahm beide Hände vor den Mund und kicherte, beinahe übertrieben glücklich. Als sie etwas erwidern wollte, sah Zavah Scarlett am westlichen Ende des Speisesaals eintreten, gefolgt von einem ungewöhnlichen dunkelhaarigen Jungen, der Coppernicus verschüchtert zuwinkte, so als hätte er soeben etwas Falsches getan. Der Erfinder nickte dem Jungen nur streng zu und wies mit einer herrischen Geste auf den freien Platz neben sich.

»Darf ich vorstellen«, sagte Coppernicus mit einem enttäuschten Seufzen. »Mein Sohn Gaspar.«

Zavah nickte ihm freundlich zu.

»Hallo, kleiner Schrauberling«, sagte sie und wunderte sich selbst über die Wahl ihrer Worte. Sein Vater runzelte die Stirn und verzog kaum sichtbar missgünstig die schmalen Lippen.

»H-hallo!« Gaspar winkte unsicher in die Runde und musterte Zavah erschrocken. Portia, Tybalt und seine Männer grüßten ihrerseits höflich zurück, nahmen aber weiterhin keine Notiz von Gaspar.

Scarlett setzte sich auf den Stuhl rechts neben Zavah. »Und habe ich was Wichtiges verpasst?«, fragte sie leise. »Irgendwer spontan vor Hunger ins Gras gebissen, so wie ich fast?« Sie starrte unverhohlen auf die Silberglocke, unter der Bratendampf hervorkroch.

»Du musst schon noch zwischendurch blinzeln«, kicherte Zavah.

»Schwesterherz?«, rief eine wohlbekannte Stimme. Scott

wurde von Arminius begleitet, der allen Anwesenden knapp, aber lächelnd zunickte. »Vor dir liegt eine Serviette!«

»Hä?«, machte Scarlett und Zavah unterdrückte ein Prusten.

»Darf ich?«, fragte sie und hielt sich die freie Hand vor ihr Schmunzeln. Umsichtig tupfte sie Scarlett zwei Geiferfäden ab, die ihr aus den Mundwinkeln liefen.

»Was machst du – oh«, erwiderte die Jägerin, räusperte sich und starrte betreten zur Tischdecke hinunter. »Ups.«

»Ähm«, machte Zavah flüsternd. »Deine Hände.«

Scarlett zog ärgerlich die Stirn kraus, dann hob sie überrascht die Augenbrauen, als sie erkannte, dass ihre Fingernägel sich dunkel verfärbten und immer länger wurden.

»Das ist keine Absicht!«, zischte sie. »Moment mal – hnnnghhh – komm schon –«

»Du machst das sehr gut«, redete Zavah beruhigend auf Scarlett ein. »Einfach einatmen – ausatmen. Einatmen – ausatmen …«

Scarlett starrte sie mit aufeinandergepressten Lippen und golden funkelnden Augen an, als würde sie sie gleich quer durch den Raum schleudern wollen.

»Verzeihung«, fragte Portia besorgt, als Scott neben ihr Platz nahm und Arminius zum Kopf der Tafel spazierte. »Ist Ihrer Schwester nicht wohl?«

Scott musterte seine Schwester ratlos, dann nickte er Portia freundlich zu.

»Die Flatulenz, fürchte ich«, sagte er und erntete einen tödlichen Blick von seiner Schwester. »Besonders unangenehm in Gesellschaft, müssen Sie wissen.« Sein Kopf zuckte immer wieder zwischen Portia und Scarlett hin und her. »Ähm, sie gibt – ähm, sie gibt ihr Bestes.«

»Oh, ich verstehe«, antwortete Portia zögerlich und in einem Ton, der klarmachte, dass sie gar nichts verstand. Die kleine Ophelia kicherte, was ihr einen drakonischen Blick ihrer Mutter einbrachte.

»Gehtschonwieder«, grummelte Scarlett und verschränkte die Arme so sehr, dass sie ihre Hände unter den Achseln versteckte. Zavah sah sie mitfühlend an.

»Sicher?«, fragte sie leise.

Scarlett nickte nur. Ihre Augen sahen wieder normal aus. Aber als Zavah erleichtert aufatmen wollte ... änderte sich etwas. Zuerst hatte sie das Gefühl, ein weiterer Donnerschlag wäre vor dem Haus niedergegangen, doch das plötzliche Kippen der Stimmung – von wohlig und heimelig zu kalt und ruhelos – war von subtilerer Natur.

»Verehrte Gäste«, begann Arminius und klatschte in die Hände. »Verehrte Reisende. Ich darf Sie alle abermals in meiner bescheidenen Unterkunft willkommen heißen und Ihnen untertänigst meine Gastfreundschaft anbieten.« Er deutete auf das angerichtete Festessen. »Speisen Sie mit vollem Genuss, trinken Sie, so viel Sie können.«

Zavah wurde übel.

Irgendetwas stimmte nicht – etwas hier war *falsch.* Sie fühlte es, so klar und verstörend wie ein plötzlicher Wechsel von Frühling zu Winter, wie der genussvolle Biss in eine reife Beere voller Maden.

»Es ist angerichtet!«, rief Arminius fröhlich. »Guten Appetit!«

Wie durch einen schiefen Schleier hindurch sah Zavah Coppernicus und seinem Sohn dabei zu, wie sie sich über den Braten hermachten. Tybalt und seine Männer saßen reglos vor ihren Tellern. Arminius rieb sich die Hände und band sich eine riesige Serviette um den Hals.

»Wein, die Dame?«, fragte auf der anderen Tischseite einer der Bediensteten und bedachte Portia mit einer angedeuteten Verbeugung.

Portia lächelte entschuldigend. »Ich trinke nie …«, sagte sie und schoss einen merkwürdigen Blick in Zavahs Richtung ab, »… Wein. Ein Glas Wasser wird ausreichen, danke vielmals.«

Zavahs Schultern überlief eine Gänsehaut.

»Ähm«, machte Scott mit erhobener Augenbraue, den Blick auf etwas hinter und über Zavah gerichtet, dann lehnte er sich zu Portia hinüber. »Sollte Ihre Frau Mutter nicht im Bett liegen?«

»Wie meinen?«, fragte Portia, dann sah sie ebenfalls hinauf und ihre Augen wurden groß. Zavahs Magen fühlte sich an, als hätte jemand einen Eisklumpen darin fallen gelassen. Energisch stand sie auf, schob den schweren Stuhl vom Tisch und wandte sich um. Sie wusste, was sie sehen würde, noch ehe ihr Blick die alte Frau auf der obersten Treppenstufe der Galerie gefunden hatte. Sie hielt einen mehrarmigen Kerzenleuchter in der Hand. Das schneeweiße Nachtkleid hing wie eine zweite Haut über dem knochigen Körper. Ihren blinden Augen wohnte kein Funke mehr inne.

»Scott«, murmelte Zavah.

»Ms Nightingale!«, rief Tybalt erbost und schoss einen Blick zwischen Besorgnis und Tadel auf die Matriarchin ab. »Sie sollten nicht hier sein!«

»Großmutter?«, fragte die kleine Ophelia mit zitternder Stimme.

Zavah tauschte einen alarmierten Blick mit der noch immer

kauenden Scarlett, dann nahm sie das Kind an die Hand und flüsterte: »Bleib dicht hinter mir.«

»Ich hab Angst, Zavah«, flüsterte Ophelia zurück.

»Ich auch«, hauchte Zavah und ergriff mit eiskalten Fingern das Amulett um ihren Hals.

»*Nun ist die wahre Spukezeit der Nacht*«, knarrte eine Stimme älter als Stein und brach mit solch einer Gewalt die Luft, dass jede Person, die noch am Tisch saß, aufschreckte und in die Höhe fuhr. Die bejahrte Frau hob die Kerzen nahe an ihre toten Augen, während sich ihre papierdünnen Lippen so weit aufrissen, dass ihr das schreckliche Grinsen nun von einem Ohr zum anderen reichte. »*Wo Grüfte gähnen und die Hölle selbst Pest haucht in diese Welt.*«

Zavahs Haut schien sich von innen heraus abschälen zu wollen, so sehr rissen die Schauder an ihr. Jeder Muskel in ihrem Körper erstarrte. Ihr Atem stockte. Ihr Herz floh vor sich selbst.

Rasiermesserscharfe Eckzähne wuchsen knirschend aus dem Kiefer Desdemona Nightingales hervor, das goldene Licht der Kerzen auf deren glatt polierten Spitzen tanzend wie aufgeschreckte Goldfinken. »*Nun tränk ich wohl heiß Blut und täte Dinge, die der bittre Tag mit Schaudern säh …*«

»Die Schatten«, flüsterte eine angstverzerrte Stimme, von der Zavah erst jetzt verstand, dass es ihre eigene war. »Was – *was ist das da in den Schatten?!*«

Die alte Frau riss die Augen auf, spie schlagartig aus und löschte die Kerzen – und alles Licht, in der Villa, überall um Zavah herum, verhauchte.

Für einen schwindenden, traumgleichen Moment geschah nichts.

Kein Besteck fand Porzellan.

Kein Atemzug rührte die Luft.

Kein Herz wagte zu schlagen.

Und gerade, als in Zavahs zitterndem Körper die unschuldige, verzweifelte Hoffnung aufkam, all das wäre nichts weiter als ein furchtbarer Albtraum, begannen die Schreie.

Scott

Scotts Innereien ertranken in Adrenalin. Er stolperte vorwärts und schlug blind um sich, als etwas seine Schulter rammte. Erschrocken atmete Portia neben ihm ein – dann zerriss ihm ihr hohler Schrei beinahe das Trommelfell. Scott griff instinktiv nach ihrer Hand, doch fand nur noch einen frostigen Luftzug.

Etwas riss ihm die Füße weg. Spitzer Schmerz schoss durch seine Handgelenke, als er sich abfing und plötzlich kaum noch atmen konnte.

»*Auf den Tisch*!«, bellte die Stimme seiner Schwester zeitgleich mit der eines Mannes – Tybalt. »*Rücken an Rücken!*«

Eiskalter Wind riss an Scotts Haaren, *links, rechts, links* – ein schrilles Kreischen – zerreißender Stoff – zerbrochenes Porzellan schnitt in seinen Handrücken. Zuckend suchte Scott nach seinen Pistolen, fand nichts – splitterndes Holz – nasses Gurgeln – krachender Stein.

Keine sichtbare Verwandlung, kein monströses Aussehen – Morana-Phänotyp?

Er sprang auf, kämpfte sich auf den Tisch.

»Ich bin's!«, rief er atemlos. »Ich bin's!« Sein eigenes scharfes Keuchen in den Ohren, stolperte er rückwärts – hysterisches Jammern – der Geruch von Scarletts Haar – reißende Nähte – ein Mädchenschrei – heiße Flüssigkeit spritzte hoch und traf seinen Arm. Irgendwo ertrank ein spitzes Wimmern. Schnelle, panische Schritte hallten von den Wänden wider, als ein glockenhelles, glasgleiches Lachen die Finsternis durchschnitt wie eine hauchdünne Klinge.

Attackiert Familienmitglieder – Wurdalak-Phänotyp?

»Wo ist sie?«, schrie Scott.

»Ich kann nichts sehen!«, rief Scarlett zurück.

Unmöglich, schoss es Scott durch den Kopf. *Was für eine Dunkelheit ist das?*

Scott fiel auf ein Knie, als ihn Tybalts Rücken traf und der Leibgardist grimmig aufstöhnte. Kaum einen Sekundenbruchteil später zischte der Geruch von Verwesung über Scotts Nacken hinweg und verbiss sich in seiner Nase.

»*Bleiben Sie, wo Sie sind!*«, rief Arminius keuchend, irgendwo in der Finsternis. Polternde Schritte. Glas klirrte. Plötzlich kehrte abermals gespenstische Stille ein.

Wo ist sie?, dachte Scott, sein Gehirn auf Hochtouren. *Warum hat es aufgehört?*

Holz knarrte unheilschwanger.

Irgendwo tropfte etwas.

KRACH!

Schlagartig kehrte ein blasses Licht zurück in den Speisesaal. Scotts Blick zuckte hinauf zur Decke, an der eine notdürftig flimmernde Glaskugel den Raum in kaltes, blauweißes Licht tauchte und dabei jedoch immer wieder für einen kurzen Moment erlosch und die Finsternis zurückholte.

Elektrische Glühbirnen, schoss es Scott in den Kopf. *Natürlich!*

Kaum einen Augenblick später erklang eine schrille Alarmglocke im ganzen Haus. Draußen vor der Villa schlugen Dutzende Hunde an. Blinzelnd und mit einem Arm vor dem Gesicht, fanden Scotts Augen die seiner Schwester und den neben ihr stehenden Tybalt, dann das Chaos um sie herum. Der Speisesaal sah aus, als wäre ein wildes Tier Amok in einem Schlachthaus gelaufen – was der Wirklichkeit wahrscheinlich näher kam, als Scott lieb war.

Nichts stand mehr an seinem Platz. Der massive Eichentisch hatte Schlagseite. Von den Stühlen war nicht mehr viel übrig. Portias Leibgardisten waren spurlos verschwunden. Einer ihrer Umhänge lag im Sauerbraten. Als würde Scott sich selbst als Schauspieler auf einer Bühne beobachten, hob er seinen durchnässten linken Arm und stellte beiläufig fest, dass dieser vollkommen in Hühnersuppe getränkt war. Arminius, der aussah, als wäre er um Jahrzehnte gealtert, kauerte neben einer zertrümmerten Skulpturensäule, unter der ein enormer Schalter hervorragte. Von seinen Angestellten, so stellte Scott mit merkwürdig befremdeten Entsetzen fest, war absolut niemand mehr zu sehen. Zavah lugte just in diesem Moment unter dem Tisch hervor, hielt die weinende Ophelia schützend in den Armen. Der Sohn des Erfinders lag, scheinbar unverletzt, neben dem leeren Stuhl seines Vaters auf dem Rücken.

»Was ... was ist das?«, fragte Tybalt verwirrt und sah nach oben.

Arminius erhob sich wankend.

»Die Sicherheitsanlage«, erwiderte er mit leerem Blick. Seine zitternden Finger ordneten abwesend seine Kleidung. »Monsieur Hugo hat sie aus gegebenem Anlass generalüberholt.«

»Erinnern Sie mich daran«, rief Scott schnell atmend, »dass ich Ihnen einige der überarbeiteten Prototypen aus Oaknight Castle zukommen lasse.« Er sprang vom Tisch, doch seine Beine gaben unter ihm nach und er landete in der Senfsauce.

»Das war *mächtig* dumm von ihr«, meldete sich Scarlett zu Wort, ihren hochkonzentrierten Blick noch immer über die Szene gleitend. »Herr Geheimrat, ich gehe recht in der Annahme, dass es hier gleich von bewaffnetem Personal nur so wimmeln wird?«

Arminius nickte, blinzelte, dann kehrte Leben in sein Gesicht zurück. Ein entschlossener Ausdruck verschaffte sich Platz auf seinen Zügen. Er griff in seinen Frack, zog einen Schlüsselbund hervor und schloss damit das Innere einer breiten Säule auf – eine Attrappe? – dann warf er Scott, Scarlett je eine und dem Leibgardisten gleich zwei Steinschlosspistolen zu.

»Sehr wohl«, antwortete er, während Scott zufrieden feststellte, dass es sich bei den schwergewichtigen Schusswaffen um die von ihm bevorzugten Doppelläufer des Mercurius-Ordens handelte. »Wir sind seit Wochen in Alarmbereitschaft und mehr als gut vorbereitet – nur gingen wir eher von einer Bedrohung von außen aus als von innen.« Er hob eine Augenbraue, plötzlich wieder ganz der Alte. »Das wird *nicht* noch einmal geschehen.«

»Was ist das hier für ein Spiel?«, fuhr Tybalt Arminius an und ließ verdattert die Pistolen auf den Tisch fallen. »Was im Namen aller heiligen Dinge ist hier gerade geschehen?!«

»Ms Nightingale weilt nicht mehr unter den Lebenden«, erwiderte Arminius ernst, und in seinem Blick erkannte Scott, wie der Geheimrat tausend Gedanken auf einmal zu ordnen versuchte. »Es tut mir leid, Ihnen das mitteilen zu müssen, doch sie ist zu einer Kreatur der Nacht geworden – das war *kein* Lungenfieber, fürchte ich.«

»Was?«, gab Tybalt zurück, als hätte man ihm soeben erklärt, er habe sechs Arme. »Was soll das … was soll das heißen?«

»Ein Vampir«, gab Scarlett trocken zurück. »Sie haben einen Vampir herumkutschiert.«

»Wo ist Mama?«, rief Ophelia mit weit aufgerissenen Augen, ihre Fingerchen so fest in Zavahs Rocksaum verkeilt, dass ihre Knöchel so weiß waren wie frisch gefallener Schnee.

Die Seherin bedachte Scott mit einem fast flehenden Blick. Scott festigte seine Hypothese – sie hatten es mit einem *Wurdalak* zu tun, einer besonders heimtückischen Haemophage, die sich beinahe ausschließlich vom Blut direkter Verwandter ernährte. Sowohl Portia – vorausgesetzt sie lebte noch – als auch Ophelia würden ihre primäre Beute sein.

»Mein V-vater«, stammelte Monsieur Hugos Sohn – Gaspar?, der sich mit merkwürdig steifen Bewegungen erhob. Der Junge sah sich um. »Mein Vater ist auch weg.«

»Warum ist hier nirgendwo Blut?«, sagte Scott laut und kniff die Augen zusammen. »Das ergibt keinen Sinn – sie ist über uns gekommen wie ein Gewitter!«

»Wieso – wieso hört man nichts mehr im Haus?«, fragte Zavah und sah sich unsicher um.

Tybalt sah fassungslos von einer Person zur nächsten. »Sind Sie alle vollkommen verrückt geworden?«, rief er und lachte bitter. »Das ist dummer Volksaberglaube – das ist Bauernhysterie!«

»Was glauben Sie, was hier gerade passiert ist?«, entgegnete Scarlett. »Dass Desdemona einen Hang zur Dramatik und sich mit dem Küchenpersonal für einen Streich verabredet hat?«

Der Leibgardist hielt ihrem Blick stand, aber Scott konnte sehen, wie es auch hinter seiner Stirn langsam arbeitete.

»Aber –«, begann Tybalt kopfschüttelnd, doch kam nicht weiter.

»Meine Damen, meine Herren, darf ich um Contenance bitten«, unterbrach Arminius und erhob beschwichtigend die Hände. »Ich habe für genau solch ein Vorkommnis das sogenannte *Rote Protokoll* entworfen, eine mit den Informationen des Ordens abgeglichene Verhaltensempfehlung. Es gibt drei vollständig abgesicherte Räume in der Villa – einen nahe der Küche, einen im Obergeschoss im Planetarium und einen im Dampfkeller. Sowohl ich als auch Eckart und einer meiner Köche besitzen die dafür notwendigen Schlüssel.« Scarlett runzelte die Stirn, dann warf sie ihre Pistole Scott zu, der sie spielerisch auffing. »Die oberste Priorität meiner Leute besteht in diesem Fall nicht darin, die Kreatur zu bekämpfen, sondern das Gebäude gezielt nach Personal und Gästen zu durchsuchen, um sie zu ebendiesen gesicherten Räumen zu eskortieren, wo wir bis zum nächsten Sonnenaufgang –«

Ein knochenmarksaugender Schrei fuhr durch den Westflur – aus der Küche. Portias verzerrte Stimme blieb nicht lang allein. Tybalt sprang elegant vom Tisch und zog seine Waffe.

»Das dauert zu lang«, erwiderte er trocken. »Ich werde hier nicht herumsitzen und –«

»Du kannst nicht einfach allein –«, rief Scarlett, doch Gaspar fiel ihr ins Wort.

»I-ich komme mit!«, rief er und stapfte dem Leibgardisten hinterher. »Ich glaube, Vater ist in d-diese Richtung gelaufen!«

Scarlett stieß ein entnervtes Knurren aus, dann verdrehte sie die Augen und lief Tybalt und dem rehäugigen Jungen nach.

»Red?!«, rief Scott ungläubig. »Bist du sicher, dass du – ?!«

»Mach, was du am besten kannst, Bruderherz!«, rief Scarlett noch im Lauf. »Finde heraus, wie wir das Ding zerstören können! Wir schaukeln das schon, bis ihr wieder da seid!«

»Lady Oaknight!«, donnerte Arminius, doch Scotts Schwester war bereits in Richtung Flur verschwunden. Vorwurfsvoll bedachte er Scott mit einem Blick, den dieser nur mit einem Schulterzucken beantwortete. Er nahm die beiden Pistolen an sich, die Tybalt achtlos liegen gelassen hatte, ordnete die nun vier Schusswaffen an seinem Gürtel. Auf dem Ostflur knallte eine Tür. Polternde Schritte und nervöses Hecheln kamen näher.

»Kannst du spüren, wo Desdemona ist?«, wandte Scott sich an Zavah. Die Seherin war kreidebleich, als sie den Kopf schüttelte. Ophelia wimmerte und wirkte, als würde sie jeden Augenblick der Katatonie anheimfallen. Sie bemerkte Eckart und die fünf bewaffneten Männer nicht, die kurz darauf im Speisesaal erschienen und von Arminius empfangen wurden.

»Es ist … es ist, als wäre sie überall«, sagte Zavah heiser, hielt dem zitternden Mädchen die Ohren zu. Sie schüttelte den Kopf. »Scott – ich – irgendetwas stimmt hier nicht.«

»Ich weiß«, antwortete Scott und vollführte Aufwärmübungen für seine Finger und Handgelenke. Er warf seinen Mantel fort, zog zwei der Pistolen mit einer fließenden Bewegung und prüfte Verlauf und Gewicht, wirbelte sie herum und steckte sie wieder weg. »Hoffen wir, dass diese Nacht nicht noch mehr böse Überraschungen für uns bereithält.«

Scarlett

Sie waren zu dritt auf dem ausgestorbenen Flur.

Scarlett und Tybalt auf gleicher Höhe, die Rapiere erhoben. Gaspar hinter ihnen. Einen achtsamen Schritt nach dem anderen. Die Villa lag in gespenstischer Stille, sodass jedes Rascheln von Stoff laut genug wirkte, um ein Dorf zu wecken. Ein zerfetztes schneeweißes Hemd hing von einem verbogenen Kronleuchter. Offen klaffende Gemälde hingen schief an den zerkratzten Wänden. Rubinfarbener Wein tropfte aus geplatzten Karaffen und besudelte kostbare Teppiche.

Tybalt berührte Scarlett sanft an der Schulter, nickte vorwärts. Die Küche. Scarlett witterte Bratenfett. Angstschweiß. Alles roch noch Adrenalin und Panik …

Und die Bestie in ihr regte sich.

Zuerst wusste Scarlett nicht, was es war: Es fühlte sich an wie das Rasseln schwerer Ketten in ihrem Inneren – das leise Kreischen eines Käfigs, dessen Stäbe sich verzogen. Es war mehr als eine bloße Ahnung, inniger, hatte viel tiefere Wurzeln als nur ein Bauchgefühl … und als sich die ersten sichelgleichen Krallen um das Metall schlossen und es wuchtartig zum Erbeben brachten, als glühend heiße Luft aus pechschwarzen Nüstern ausgestoßen wurde, da verstand Scarlett.

Sie war wach.

Kalte Gewalt und heiße Erwartung hingen in der Luft wie ein Versprechen und vernebelten ihr die Sinne – eine gefährliche, ja verführerische Mischung für eine Bestia Enigma. Dass Scarlett noch immer Hunger bis unter beide Arme hatte, machte es nicht wirklich besser. Sie erwischte sich bei dem Gedanken, Tybalt beiläufig den Arm abzubeißen, als sie eigentlich seine Flanke beim Betreten der Küche decken sollte. Sie hörte drahtiges Haar hinter ihren Ohren wachsen, anstatt dem dumpfen Wimmern in den Schatten lauschen zu können. Sie sah unter dem makabren Wechselspiel von Glühbirne und Finsternis, wie die Venen auf ihrem Handrücken sich schwarz färbten, anstatt den in Ecken zusammengekauerten Menschen in die Augen zu sehen. Sie schüttelte abwehrend den Kopf, als ein feiner Riss ihren Oberkiefer teilen wollte, um größeren, tödlicheren Zähnen Platz zu schaffen – und gewann abermals den unsichtbaren Ringkampf.

Als sie wieder klar denken konnte, sog sie gierig die Eindrücke ihrer Umgebung ein. Ein offener Ofen knurrte glühend vor sich hin. Überall lagen Töpfe, Teller und Besteck. Vier oder fünf Menschen in weißer Küchenkleidung lagen bewusstlos und wild verteilt im Raum – eine junge Frau kümmerte sich um ein Mädchen, das sich mit zugehaltenen Ohren und angezogenen Beinen hin und her wiegte. Einer der Köche starrte sie mit vor Schrecken aufgerissenen Augen an und versuchte immer wieder, sich mit den Beinen rückwärts durch eine Wand zu schieben, natürlich ohne wirklich weiterzukommen.

Ein Klirren huschte aus einem der angrenzenden Räume. Scarlett zuckte in Kampfposition. Jemand keuchte überrascht auf. Etwas zerbrach. Dann folgte ein beunruhigend lang gezogenes ... Keckern?

Tybalt nahm einen Zeigefinger vor den Mund und fixierte die junge Frau. Sie war aschfahl im Gesicht. Der Leibgardist richtete mit fragender Miene einen Finger auf die verbogen in den Angeln hängende Tür vor ihnen. Die Frau nickte weinend und stumm. Tybalt nickte Scarlett grimmig zu. Gaspar blinzelte heftig und trat unruhig einen Schritt zurück.

Tybalt trat beinahe lautlos vor, seine Fingerspitzen drückten die Tür auf. Der Gestank von alter Erde und nassem Stein kroch heran.

Scarlett sah zurück in die Küche – fragte sich, ob sie das verbliebene Personal fortschicken sollte. Ein Teil von ihr leckte sich Zähne und Lippen nach einem Kampf in ihrer zweiten Gestalt, doch der Gedanke daran, wie viele von den Angestellten ihr dabei unweigerlich vor die Krallen laufen würden, ließ eine Gänsehaut über ihr Inneres laufen. Sie musste versuchen, die Haemophage schnell auszuschalten, oder zumindest so viel Zeit herausholen, dass Eckarts Leute das restliche Küchenpersonal in Sicherheit schaffen konnten.

Tybalt stieß die Tür auf – und wurde mit einer kreischenden Portia belohnt. Scarlett fluchte, als der Leibgardist einfach vorpreschte.

»Tybalt!«, rief sie noch und sprang ihm hinterher. Der lang gezogene Küchenraum hatte am anderen Ende einen Zugang zum Flur, auf dem in diesem Augenblick Portias Silhouette verschwand, dicht gefolgt von ihrem fluchenden Leibgardisten.

»Scarlett – *Vorsicht!*«, schrie Gaspar direkt hinter Scarlett, doch ihre Reaktion kam zu spät. Mit übermenschlicher Geschwindigkeit wirbelte sie herum und hätte jeden Angreifer fein säuberlich filetiert, doch die Attacke kam von oben. Ein weiter grauer Mantel flatterte für den Bruchteil eines Moments durch die Luft, dann rammte sie ein eiskalter Körper und riss Scarlett zu Boden. Noch bevor ihr Kopf aufprallte, spannte sie ihren Rumpf wie eine Feder und wirbelte zurück in den Stand – nur um Gaspars erschrockenen Blick zu sehen, als sich einer von Desdemona Nightingales Leibgardisten mit einem verstörenden Keckern auf ihn stürzte. Scarlett setzte der Kreatur nach und stach ihr direkt durch den Brustkorb, nur um Haaresbreite an Gaspars Gesicht vorbei – doch der Angriff blieb ohne jede Wirkung. Gaspar fiel auf den Rücken, drückte das Wesen von sich, schlug nach ihm – Haarbüschel flogen durch die Luft. Knöchrige Finger, die nahtlos in messerlange Nägel übergingen, fuhren auf den Erfinderjungen nieder. Ein kehliges Knattern schüttelte die Haemophage, als sie sich zuckend aufrichtete. Scarlett führte eine wütende Schlagfolge, doch beim letzten Hieb blieb ihre Klinge einfach stecken. Das kahle Licht der Glühbirne flutete über einen spitzohrigen, haarlosen und alabasterhäutigen Kopf, der sich nun langsam zu Scarlett herumdrehte. In den pechschwarzen Augen mit schlitzförmiger weißer Iris blinzelte ein zweites Paar durchsichtiger Augenlider mit einem widerwärtigen Schmatzen.

»Woah!«, entfuhr es Scarlett. »Bist du ein hässlicher –«

»*Ich hab ihn!*«, schrie Gaspar und warf sich wie ein Klammeraffe auf den Rücken des ehemaligen Leibgardisten, der sich ruckartig schüttelte. Verblüfft taumelte Scarlett rückwärts, dann riss sie ihr Rapier zurück und versuchte vergeblich, einen Stichwinkel zu finden, mit dem sie Gaspar nicht ebenfalls traf. Die Haemophage stieß ein bedrohliches, bebendes Gurgeln aus, und erst jetzt erkannte Scarlett, dass sie gar keinen richtigen Mund besaß: Ober- und Unterkiefer wurden von drei schmalen Hautstreifen miteinander verbunden, die bei jedem Geräusch der Kreatur vibrierten.

»Lauf!«, rief Gaspar wie auf dem Rücken eines bockenden Wildpferds.

»Halt still!«, rief Scarlett zurück.

»Sag *ihm* das!«

»Hab ich schon!«

»Das funktioniert so nicht – lauf!«

Gaspar biss die Zähne aufeinander, umschloss die Arme der Kreatur mit den eigenen und legte sichtbar alle Kraft hinein, die er hatte. Scarlett hörte, wie Schultergürtel und Brustkorb der Haemophage zu brechen begannen.

Was zum Teufel ...?

»Kopf runter!«, keuchte Scarlett, dann explodierte sie in einen Wuchthieb hinein und ließ die Klinge ihres Rapiers in einer blausilber tanzenden Linie durch die Luft zischen – Gaspar tauchte im allerletzten Augenblick ab.

Schlock!

Unter Gaspards Ringergriff faltete sich der Haemophagenkörper zusammen wie ein Stück Zeitung, dann knallte irgendwo hinter der Tür etwas Schweres zu Boden. Der Erfinderjunge ließ schwer atmend los und starrte Scarlett entsetzt an.

»D-das war einer von den Leibgardisten!«, stammelte er. »Was, wenn der andere von den beiden ebenfalls –«

Scarlett richtete ihr Rapier auf ihn.

»Wer. Zur. Hölle. Bist du?«

Gaspars Augen weiteten sich. »H-hey, ich bin auf deiner Seite!«

Ein Poltern und Ächzen kam aus der Küche. Eine Schranktür wurde aufgestoßen. Scarlett ließ Gaspar nicht aus den Augen.

»Gaspar?«, rief eine ungeduldige Stimme. »Bist du das?« Es war Coppernicus.

»I-ich bin hier, Vater«, rief der Erfinderjunge unsicher und hob die Hände.

»Was wird hier gespielt?«, zischte Scarlett. »Du hast das Ding gefaltet wie ein Hemd – und du hast schon wieder nichts abbekommen!«

Gaspar nickte. »I-ich weiß, wie das aussieht, aber –«

»Da bist du ja!«, polterte Coppernicus, der schwitzend und zerrupft um die Ecke humpelte. »Wolltest du mich dadrin sterben lassen?« Er musterte Scarletts Waffe abfällig, dann nickte er in Richtung Flur. »Einer der Schutzräume ist hier direkt um die Ecke. Wenn dieses … Ding nicht sofort hierhergeflogen wäre, hätten auch alle versucht, dort anzukommen.«

»Ihr zwei geht nirgendwohin, bis ich eine Antwort habe«, knurrte Scarlett. Coppernicus musterte sie abschätzig.

Gaspar sah panisch zwischen seinem Vater und Scarlett hin und her.»D-du musst mir einfach glauben, dass wir hier niemandem etwas Böses wollen!«, sagte er entschlossen. »J-jetzt sollten wir so viele Leute wie möglich in Sicherheit bringen und bis z-zum Sonnenaufgang abwarten!«

Scarlett suchte nach Wahrheit im Blick des Jungen, grub tief, fand sie. Mit einem Schnauben senkte sie ihre Klinge und nickte grimmig.

»Seht zu, dass ihr alle hier rausschafft«, sagte sie. »Ich kümmere mich um Tybalt und Portia.« Sie folgte Gaspar und Coppernicus in die Küche. »Hoffentlich holt mein lieber Bruder einen Teil unseres Gepäcks, wenn wir es brauchen.«

»Dann hoffen wir mal, dass alle in Sicherheit sind, ehe Sie und Ihr Bruder loslegen«, kommentierte Coppernicus finster.

Scarlett runzelte die Stirn und wollte etwas fragen, was sie sofort wieder vergaß, als ein Krachen und Poltern aus dem kleinen Raum ertönte, den sie soeben erst verlassen hatten. Sie preschte zurück – und konnte gerade noch sehen, wie ein grauer Mantel im Flur verschwand. Scarlett sah hinter die Tür. Suchte den Boden ab. Von der Haemophage war keine Spur.

»Und, Gaspar?«, rief sie.

»Ja?«

»Sagt den anderen, wir haben wahrscheinlich mehr als nur einen ungebetenen Gast.«

Zavah

Die Kuppel des Planetariums war wunderschön. Sie war halb geöffnet und ließ violettes Sternenlicht in die Halle fließen. An ihren langen Seiten thronten bronzeverzierte Regale voller Schriftrollen, Sternenkarten und astrologischer Notizen. Ein Jammer, sie unter diesen schrecklichen Umständen kennenzulernen.

»Nicht schlappmachen, Madame!«, grollte Eckart neben ihr auf der endlosen Kupfertreppe. »Gleich geschafft!«

Zavah trug Ophelia in den Armen, mit wild schlagendem Herzen und gestohlenem Atem. Das Mädchen zitterte, seine Haut war eiskalt. Jede der Stufen schien schwerer zu bewältigen als die vorherige. Mehr als einmal stolperte sie und stieß mit einem der vier Männer Eckarts zusammen. Das unausgesprochene Grauen in ihren Herzen war ihren immer blasser werdenden Gesichtern klar abzulesen. Ihre Furcht überflutete Zavahs Wahrnehmung wie Regenfall. Sie selbst ertappte sich nun immer wieder dabei, sich panisch umzusehen, hinunter in das tiefschwarze Foyer, in dessen Nähe sie Scott, Arminius und drei weitere bewaffnete Männer zurückgelassen hatten.

Mögen die Lichter euch schützen, flehte sie in Gedanken. *Die Nacht ist gekommen!*

»Gleich geschafft«, flüsterte sie Ophelia zu. Sie war sich

nicht sicher, dass das Kind sie noch hören konnte. »Hörst du? Wir sind gleich in Sicherheit.«

»Mama …«, presste Ophelia kraftlos hervor.

»Dort vorn!«, rief Eckart. »Neben den Stufen die Aussichtsplattform hinauf – zwischen den Regalen!«

Zavah sah es, als sie die letzte Stufe nahm und um Atem rang. Jede ihrer Rippen schien Zentner zu wiegen. Die Männer bei ihr keuchten vor Erschöpfung.

Eckart klang, als hätte er sich an einer Handvoll Pfeffer verschluckt. »Also«, hustete er und deutete auf die kupfern glänzende Oberfläche der massiven Metalltür. »Mattheis, du drehst das Rad in der Kombination, die ich dir eingebläut habe – ich schließe auf, wenn du die richtige Einstellung hast, kapiert?« Einer der Männer, ein bärtiger mit hellen Augen und langen Armen und Beinen, nickte außer Atem. »Steht hier nicht so rum, ihr Faulpelze! Weiter, weiter!«

Zavah lief mit dem schrecklichen Gefühl weiter, dass ab jetzt jeder für sich stürmte – sie spürte klar und deutlich, dass mindestens zwei der Männer nicht zurückkehren würden. Jeder von ihnen wollte zuerst in der Schutzkammer sein – und hinter sich abschließen. Einer davon – Peter – warf sein Gewehr davon und eilte allen anderen voran; dann stürzte er heftig und Zavah bremste knapp vor seinen Füßen ab. Worüber war er – ?

Ein Wetterleuchten umspielte die Halle.

Zavah fühlte das Blut in ihren Adern gefrieren.

»Mama«, flüsterte Ophelia.

»Shhh«, hörte Zavah sich sagen und presste das Kind an sich, als Peter sich scharf einatmend wieder aufrichtete.

Eckart fluchte und riss sich mit der freien Hand die Kappe vom Kopf.

»Potzblitz«, entfuhr es ihm, als er ebenfalls die vier bewusstlosen Wachmänner und Angestellten in den Schatten der Plattformen erkannte. »Dachte, wir wären die ersten hier! Peter, das Rad. Los jetzt! Wir haben –«

Wieder ein Wetterleuchten.

»Mama«, hauchte Ophelia wieder.

Instinktiv sah Zavah zurück.

Einen Wimpernschlag später umrandete das Licht am Ende der Treppe eine elegant gekleidete Gestalt mit Wespentaille – als wäre sie einfach aus dem dunklen Nichts erschienen.

»Ich suche meine Tochter«, schallte eine gläsern singende Stimme aus jeder Richtung auf einmal. »Hat jemand meinen kleinen *Sonnenschein* gesehen?«

Zavah riss die Augen auf. »*Schießt!*«, schrie sie, schockiert über die Panik in ihrer Stimme.

»Mattheis, das Rad!«, donnerte Eckart und zückte den Schlüssel. »Peter, du und ihr anderen müsst –«

Schießpulver biss in die Nacht. Grelles Mündungsfeuer färbte das Planetarium weiß. Neben Zavah sank einer der Männer wimmernd auf die Knie und begann zu beten.

»So behandelt man doch nicht seine geschätzten Gäste!«, warf Portias Stimme hässlich lachend zurück. Ihre Form verschwamm, als die Kugeln sie trafen. Sie streckte die Hand aus, ihr Lächeln eine Symphonie des Genusses. Der betende Mann riss die Augen so weit auf, dass die weißen Ränder hervortraten. Er krallte die Finger in sein Brustbein, krächzte, griff röchelnd nach Zavahs Rockzipfel – dann erhob sich sein ganzer Körper zappelnd in die Luft, als hätte ihn eine unsichtbare Hand gepackt und –

Zavah wich zurück, murmelte eine Schutzformel. Die anderen beiden Männer, die gefeuert hatten, stürmten auf den schwarzen Portia-Umriss zu, stachen mit den Bajonetten ihrer Gewehre zu und trafen nichts als kohleartigen Rauch. Kaum einen Moment später erhoben sie sich gurgelnd in die Luft, ihre Hände an ihren Hälsen.

»*Schneller, Mattheis, schneller!*«, schrie Eckart, feuerte ebenfalls und warf sein Gewehr fort, um nach dem Schlüssel in seiner Westentasche zu suchen. Ophelia stieß ein schrilles Wimmern aus, streckte ihre Hand nach Portia aus und weinte bitterlich. Zeitgleich mit dem mechanischen Knacken der schweren Tür hörte Zavah drei Leiber auf Stein stürzen. Eckart drehte den Schlüssel in Windeseile, riss die Tür auf und stieß Zavah brachial hinein, dann schrie Peter laut auf und verschwand aus ihrem Sichtfeld. Zusammen mit Ophelia knallte Zavah auf den Rücken, fixierte Eckarts Blick. Der Gutsverwalter nickte ihr zu und warf ihr seinen Schlüsselbund entgegen – dann knurrte er grimmig, zog ein langes Messer, sah in Richtung Treppe und schleuderte die Tür zu.

Unfähig, auch nur irgendetwas anderes zu tun, starrte Zavah mit angehaltenem Atem die Rückseite der kupferverkleideten Tür an, auf der sich flackernd eine einsame Öllampe spiegelte.

KLANK!

KLANK!

Dellen erschienen im Kupfer, verzogen das Spiegelbild der Lampe. Zavah kroch rückwärts. Ihr Hinterkopf stieß gegen eine Wand. Sie versuchte trotzdem, weiterzukriechen. Ophelias Kreischen hatte ohrenbetäubende Stärke erreicht, nährte den abgrundlosen Schrecken in Zavah nur noch mehr. Grauen trieb ihren Herzschlag. Entsetzen ihr Blut.

»Alles wird gut«, hörte sie sich flüstern, Ophelia noch immer an sich gedrückt. »Alles wird gut … alles wird gut …«

KA-KLANK!!!

Dieses Mal schrie Zavah auf. Ihr Körper zuckte zusammen und verkrampfte sich. Ein frustriertes, trommelfellzersetzendes Kreischen erklang – dann heulte ein Windstoß durch das Gemäuer und es war totenstill.

Scott

Gemeinsam mit Arminius und fünf seiner Wachleute eilte Scott durch das leer gefegte Kellergewölbe – an keinem einzigen der Sammelpunkte waren sie jemandem begegnet, was zweifelsohne nichts Gutes bedeuten konnte. Gerade, als Scott vorschlagen wollte, zum Speisesaal zurückzukehren, ließen Hilferufe und schauderhafte Schreie sie innehalten.

»Es kam aus der Halle für antike Reliquien!«, sagte Arminius und machte kehrt. Er winkte Scott und die anderen hinter sich her. »Ganz sicher!« Er beschleunigte abermals seine Schritte, bog ab und ließ einen weiteren Gang hinter sich, in dem sich sehr zu Scotts Unbill keine weiteren elektrischen Glühbirnen befanden. Es war nahezu stockfinster, doch konnte man in wenigen Schritten Entfernung eine Abzweigung erkennen, durch die ein schwaches orangenes Licht fiel. »Folgen Sie mir bitte, meine Herren, und seien Sie auf absolut alles gefa…«

Er verstummte, als sie eine Pforte aus kunstvoll verzierten Kalksteinen passierten.

»Was in Himmels Namen ist hier geschehen …?«, entfuhr es einem der Wachleute. Scott konnte den Schrecken in seinen Zügen sehr gut nachempfinden: Eine Allee antiker hellenischer Pilaster erstreckte sich bis tief in den lang gezogenen Raum hinein, wo der einsame Schein einer ruhelosen Öllampe drei schlanke Schatten an die Wand warf und wilde Finsternis zwischen den polierten Säulen tanzen ließ. Zwei der angeleuchteten Gestalten, die auch reglose Statuen hätten sein können, waren die beiden namenlosen Leibgardisten der Nightingales. In der Mitte, umgeben von einer makabren Auslese bewusstloser Frauen und Männer, schaukelte Desdemona Nightingale ein mit Küchenschürze gekleidetes junges Mädchen mit langen blonden Haaren auf den knöchrigen Armen.

»Susanna!«, keuchte Arminius entsetzt. »Sie ist mein Patenkind! Wir müssen –«

»Warten Sie – die Leibgardisten«, hielt Scott alarmiert ein. »Warum stehen die da einfach nur so tatenlos –«

Kaum hatten die Worte seine Lippen verlassen, warfen sich die Männer in Grau mit blanken Rapieren in ihre Richtung – und der Säulengang fiel ins Chaos. Blitzschnell zog Scott die Doppelläufer und feuerte zweimal – die geweihten Kugeln streiften funkensprühend und mit einem hohen Zischen die Klingen der Angreifer – und schlugen jeweils in der Schwerthand des Nachbarn ein, sodass die Gardisten augenblicklich ihre Waffen verloren.

Leider schien sie das nicht im Geringsten zu interessieren.

Mit einem nahtlosen Übergang in unheimliche Hechtsprünge preschten die Männer vor, ihre Hände zu albtraumhaften Mordinstrumenten transformiert. Scott riss überrascht die Augen auf, überkreuzte seine Arme und feuerte erneut – schwarzer Sprühnebel füllte den Säulengang hinter den Kreaturen, als sie sich knurrend überschlugen und plötzlich auf allen vieren vorwärtsschossen wie jagende Reptilien.

Endlich erwachten Arminius' Männer. Mindestens drei Schüsse trafen den größeren der Gardisten, doch er riss den erstbesten Verteidiger einfach wild zu Boden, während sein Mitstreiter schockierend schnell an die Decke kraxelte und sich von dort aus auf die verbliebenen Schützen hinabstürzte. Direkt vor dem zurückweichenden Scott schrie einer der Männer voller Schrecken auf, schoss, stolperte rückwärts und brachte Scott zu Fall – womit er gerade noch einer barbarischen Klauenattacke aus dem Weg ging. Ein schwerer Stiefel traf Scott hart im Gesicht – die Welt explodierte in einem grellen Schmerzblitz, dann traf ein zweiter Stiefel seinen Bauch und Scott schrie würgend auf. Ein keuchender Körper stürzte über ihn hinweg und wurde kaum eine halbe Sekunde später von einer unsichtbaren Hand in die Dunkelheit gerissen.

Dann schien der Kampf erst richtig zu beginnen.

Perplex und desorientiert richtete Scott sich auf, stolperte direkt in einen Sturm aus abgewetzten Schemen, grellweißen Einzelbildern und Schießpulverwolken hinein. Männer schrien Befehle. Steinbrocken regneten herab. Graue Silhouetten sausten an ihm vorbei, gefolgt oder angeführt von identisch geformten Schattenumrissen, die alles und jeden attackierten. Hustend griff Scott nach den verbliebenen Pistolen an seinem Gürtel, feuerte auf einen der wild umherrasenden Leibgardisten und traf. Die Kreatur wurde in die Luft gerissen und knallte nach einem zweifachen Überschlag an die nächste Steinsäule, nur um sich direkt danach wieder zu erheben und weiterzumachen, als wäre nichts geschehen. Sie liefen im Nebel so nah an Scott vorbei, dass sie ihn mühelos hätte aufschlitzen können.

Was zum Henker ist hier los?, schoss es Scott durch den Kopf.

Er nahm eines der herumliegenden Gewehre auf, drehte blitzschnell das zum Pfahl modifizierte Holzbajonett herunter und setzte den Aufsatz auf seine ungefeuerte Pistole. Instinktiv rollte er sich einem weiteren Schatten aus dem Weg, bevor er den Vorgang mit seinem zweiten Bajonett wiederholte. Ein knallender Lichtblitz tauchte den Säulengang in helles Licht. Am Rande seiner Wahrnehmung registrierte Scott, dass die Schüsse und Hilferufe weniger geworden waren – leider galt dasselbe nicht für die beißenden Wolken aus Schießpulver. Er sah kaum seine Hände vor Augen. Überall lagen die reglosen, wenn auch unverletzt erscheinenden Silhouetten von Arminius' Männern.

Den Geheimrat selbst fand Scott schwer atmend, die Hände auf die Brust gepresst, im Schatten einer Säule.

Scott schlich vorwärts und beugte sich zu ihm hinunter. »Wo sind sie?«, flüsterte er scharf.

Arminius wies mit dem Kopf wenige Schritte geradeaus, wo Scott jetzt die zwei reglosen Gardisten Desdemona flankieren sah, zurückgekehrt zu ihrer Wacht, als wären sie niemals von ihrer Seite gewichen. Die alte Vampirin hielt noch immer das junge Mädchen mit den langen blonden Haaren in den Armen, die sich zwar nach Leibeskräften wehrte, aber kein Stück loskam.

»Verschaffen Sie mir einen Augenblick Zeit, Eure Lordschaft?«, presste der Geheimrat zwischen aufeinandergebissenen Zähnen hervor.

»Wie viel Zeit benötigen Sie?«

»So viel Eure Lordschaft mir geben können.«

Scott nickte, dann trat er weiter in den sich legenden Nebel hinein. Das Ding, das einst Desdemona Nightingale gewesen war, drehte knarrend den Kopf in seine Richtung. Es schien verwirrt, sogar überrascht.

»Oh, wo kommst du denn her?«, raunte die Haemophage. Sie sah seufzend von einem Leibgardisten zum nächsten. »Tötet ihn.«

Lautlos und vollkommen synchron jagten die bleichen Leiber vorwärts, als hätte man sie mit einem Katapult abgeschossen.

Noch drei Schuss.

Scott hatte gesehen, dass die geweihten Kugeln die Gardisten nicht ernsthaft verletzen konnten. Aber selbst diese untoten Wiedergänger mussten sich hin und wieder physikalischen Gesetzen unterwerfen.

Der erste Schuss traf den größeren der beiden Leibgardisten so heftig an der Schulter, dass er seinen Kumpanen rammte und ins Trudeln brachte – er selbst krachte brachial gegen eine der Steinsäulen.

Zwei.

Der kleinere Leibgardist verfehlte Scott aufgrund der unfreiwilligen Kursänderung so knapp, dass seine Klauenhand eine Haarsträhne mit sich riss – quietschend kamen die schweren Stiefel auf, fuhren auf dem Absatz herum und sofort war die Haemophage wieder auf ihrem Kollisionskurs mit Scott. Eigentlich wollte er gerade den Lauf der Waffe umsetzen, als sich ausgerechnet in diesem Moment die größere Haemophage gurgelnd vorwärtsstürzte und ihn von hinten zu packen versuchte. Scott wirbelte herum und warf sich seitlich zu Boden, schlitterte rückwärts über den Marmor und federte zurück auf die Beine, während die Vampire wie zwei Widder zusammenstießen. Der große Leibgardist verlor das Gleichgewicht und drehte sich um seine eigene Achse – dann brüllte er auf, als ihn Scotts leerer Pistolenlauf von der Rückseite pfählte. Scott verzog das Gesicht, als er den ekelerregend weichen Widerstand des untoten Körpers spürte und der Boden davor mit dickflüssigem pechschwarzem Leichengift besprüht wurde.

Ha!, dachte Scott. *Ein perfekter Treffer! Jetzt wird sie sich jeden Moment in glühende Asche auflösen –*

Die Haemophage brüllte bestialisch auf und klatschte Scott wuchtartig den Unterarm vor die Brust. Fußboden und Decke tauschten zweimal die Plätze. Ungläubig wurde Scott gegen die nächste Säule geschmettert, sämtliche Luft aus seinen Lungen getrieben. Die Welt drehte sich vollkommen falsch herum und wurde dumpf. Scott sah benommen auf, kam wankend auf die Beine. Der große Leibgardist, dem die Waffe noch immer bis zur Hälfte zwischen den Rippen steckte, versuchte ergebnislos, sich davon zu befreien.

Die zweite Haemophage kletterte wie eine Spinne an die Spitze einer Säule und blieb stehen, als würde die Schwerkraft für sie in eine gänzlich andere Richtung zeigen als für den Rest der Welt – dann sprang sie.

Scott biss die Zähne aufeinander, warf sich auf die Knie und wirbelte herum – feuerte – *eins!* – die hinabstürzende Haemophage wirbelte zurück in die Luft. Scotts freie Hand griff die Pfahlpistole im Rücken der großen Haemophage vor ihm, dann kniff er ein Auge zusammen – zielte – schoss abermals auf den durch die Luft wirbelnden Gardisten – *null!* Scott wuchtete den großen mit aller Kraft ins Hohlkreuz und keuchte auf, als das irre Manöver die Leibgardisten mit einem ekelerregenden – *MATSCH!* – gleichzeitig pfählte. In weniger als einem Wimpernschlag verbrannten die Umrisse der beiden Leibgardisten zu widerlich stinkenden Aschehaufen. Es klang wie das Zischen und Fauchen verbrennenden Laubs, das man mit einem schweren Stiefel zertrat.

Wie zur Hölle habe ich das angestellt?, schoss es Scott durch den Kopf, während er angeekelt die Ascheflocken fortspuckte, die ihm in den Mund geregnet waren. Als er sich wieder in den Stand zurückkämpfte, rief eine schwache Stimme: »B-bitte … lass mich gehen … bitte …«

Es war Susanna, Arminius' Patenkind. Und sie lebte noch: Verblüfft stellte Scott fest, dass das junge Mädchen tatsächlich vollkommen unversehrt war. Bis auf einen deutlich sichtbaren Schweißfilm auf ihrem Gesicht und den in Schrecken geweiteten Augen hatte sie nicht einmal einen Kratzer.

»Lästig, lästig«, rumorte die bebende Stimme aus dem Körper Desdemona Nightingales. Die Haemophage strich dem Mädchen liebevoll die blonden, klatschnassen Strähnen aus dem bebenden Gesicht. »Lass mir doch meinen Spaß!«

Sie spielt mit ihrer Beute wie eine Katze, dachte Scott. *Sie spielt …*

»Ha!«, machte Scott. »Ein Nosferatu-Phänotyp!« Selbstbewusst trat er einen Schritt vor, seine Haltung gerader als zuvor. Die Erkenntnis durchströmte ihn mit neuer Energie. »Ihr trinkt kein Blut, habe ich recht? Ihr ernährt euch ausschließlich von Gefühlen … deshalb diese ganze Theatralik, das kalkulierte Inszenieren – alles für den maximalen Effekt und die daraus resultierende Emotion, nicht wahr?«

Desdemona legte den Kopf unnatürlich schief, ihre glänzenden Augen starr auf Scott gerichtet.

»Wenn ich also einen kühlen Kopf behalte … kannst du nicht von mir zehren.« Scott nickte immer wieder, den Blick hochkonzentriert. Es fiel ihm leicht, seine Emotionen wegzusperren, viel zu leicht. Und als Scott leer und hohl war, schien die Welt gleich ein weitaus besserer Ort zu sein …

Susanna hyperventilierte in den Armen der Haemophage,

suchte Scott mit den Augen, wie ein Ertrinkender einen Rettungsring.

»Haben Sie gehört, Susanna?«, rief Scott. »Bleiben Sie ganz ruhig, dann kann dieses Ding Ihnen nichts mehr anhaben. Ich verspreche Ihnen, dass –«

Desdemonas Fratze verzerrte sich zu einem widernatürlichen Lächeln.

»Ohhh, du hast mich durchschaut«, krähte sie mit gekünstelter Trauer, während all ihre Zähne noch länger und spitzer wurden. »Wo soll ich denn nun noch meine süße, köstliche Angst herbekommen?«

»Exakt!«, rief Scott. »Geben Sie –«

Desdemona wirbelte ruckartig herum, renkte ihren Unterkiefer dabei aus und presste die aufkeuchende Susanna an sich, dann wandte sie Scott den Rücken zu und vergrub ihr zuckendes Gesicht unter dem langen Haar des Mädchens. Scott erstarrte. Susanna rief um Hilfe, dann brach ihre Stimme einfach ab. Desdemona ließ den zitternden Körper achtlos fallen, zog sich den knöchrigen Arm über das Gesicht und wandte sich wieder Scott zu, der nicht anders konnte, als in Schockstarre zu blinzeln.

»Viel besser, wenn sie kurz davor wieder Hoffnung schöpfen«, krächzte die Haemophage und lachte so grauenvoll, dass Scott übel wurde. »Danke schön.«

»A-aber«, murmelte er, unfähig, sich zu rühren.

»Oh, so ein schlaues Bürschchen, aber keine Fantasie«, keckerte Desdemona und setzte einen wehleidigen Ausdruck auf. »Ich mag tatsächlich kein Blut.« Ihr Gesicht vibrierte vor Genuss, als sie ihre Zunge mit geschlossenen Augen über ihre Schneidezähne fahren ließ. »Aber sie schreien beim Beißen immer sooo schön in köstlicher, nackter Panik, weißt du? Da kann man schon mal eine Ausnahme machen.« Ihre Augen glühten rot, als sie sie wieder aufriss. »Und *jetzt* kann ich auch endlich *schmecken,* was das Gekreische mit *dir* macht.« Ihre Arme pendelten schief unter ihren abgemagerten Schultern, als sie mit abgehackten Bewegungen auf Scott zuschlurfte. Sie kam nicht weit.

Wo auch immer Arminius den Ballon aus Tierdarm herhatte, er platzte sofort auf, als er Desdemonas Hinterkopf traf, und badete sie in einer wild zischenden Flüssigkeit – Weihwasser.

»*Jetzt, Eure Lordschaft!*«, schrie der Geheimrat und griff im selben Augenblick wie Scott zu einem der am Boden liegenden Gewehre. Gemeinsam rannten sie auf die schrill kreischende Haemophage zu, die Pfahlbajonette voran – und wurden von auf dem Boden heranzischenden, flügelförmigen Silhouetten aus Schatten fortgeschleudert. Desdemona verschmolz blitzartig mit der Finsternis, während ihre Schreie das Gemäuer der Villa heimsuchten, bis sie schließlich zunehmend leiser wurden.

»Verdammt!«, fluchte Arminius keuchend. »Wieso hat sie das Weihwasser nicht sofort aufgelöst?«

»Weil sie eine *hohe* Haemophage ist«, ächzte Scott und half ihm auf. Gemeinsam rannten sie zu Susanna, die zwar noch lebte, sich aber mit leerem Blick ein Stück ihrer Schürze an den Hals presste. Arminius umarmte sie und presste ihren Kopf an seine Schultern. Scott erwartete, dass Susanna in Tränen ausbrechen würde, aber ihre Augen waren so leer wie Laternen, deren Kerzen verglüht waren. »Ganz im Gegensatz zu ihren vermeintlichen Dienern, die wahrscheinlich – *ach, du meine Güte!*«

Scott klatschte sich eine Hand an die Stirn und starrte den Geheimrat entsetzt an.

Arminius schluckte, als er offenbar zum selben Schluss kam wie Scott. Seine Stimme war schwer wie ein Grabstein, als er Silbe für Silbe wiederholte: »Ihre *Diener.*«

»Mein Gott«, wisperte Scott und raufte sich die Haare. »Sie wurde nicht einfach gebissen und ist erkrankt ...!«

»Kein neugeborener Vampir«, fügte Arminius mit bleichem Gesicht hinzu, »kann einfach so mir nichts, dir nichts niedere oder gehobene Haemophagen als Diener erschaffen.«

Scott schluckte. »Nicht ohne *jahrelange* Übung. Und ... und einen *Meister,* der sie unterweist.«

Scarlett

Scarlett schlug die kupferverkleidete Tür ins Schloss. Der besorgte Blick, den Gaspar ihr zugeworfen hatte, hallte in ihr nach, aber sie musste Scott und den anderen helfen. Nachdem sie zwei lange Flure hinter sich gelassen hatte, atmete Scarlett mit einem Schnauben durch, dann trat sie ihre Schuhe davon und wackelte erleichtert mit ihren nackten Zehen.

Viel besser.

Ein Schemen trat aus der Dunkelheit, absolut lautlos für menschliche Ohren. Scarlett fuhr herum, das Rapier in Verteidigungsposition – und sah sich Portia gegenüber. Unruhig ließ sie die Waffe wieder sinken und nickte der Frau zu.

»Sie sind's«, sagte Scarlett und kaute aufgedreht auf der Unterlippe. »Dachte schon –«

Die Haare in Scarletts Nacken stellten sich auf, noch bevor Portias Lächeln zwei rasiermesserscharfe Fangzähne offenbarte.

»Nicht dein verdammter Ernst«, murmelte Scarlett.

»Habe ich *doch* richtig gehört«, sang Portia in Tönen, die sich in etwa anhörten wie das Gleiten einer Glasscherbe über nasse Klaviersaiten. »Es laufen noch einige durch das Haus, aber, weißt du, es schmeckt mir einfach so viel besser, wenn sie alle zusammengepfercht…« Sie legte verspielt einen behandschuhten Zeigefinger auf ihre Unterlippe – »… meiner Ankunft harren.«

»Was zur –«, hauchte Scarlett, dann verengte sie die Augen zu Schlitzen. »Moment … das ist nicht dein erstes Mal, oder?« Sie rollte mit den Augen. »Wir Idioten! Du und deine Alte seid für die Vorkommnisse in diesen Landstrichen verantwortlich, richtig? Und dann sorgen wir auch noch für eure Einladung!«

Portia wandelte über den Boden in ihre Richtung, als stünde sie in einer Gondel, die über einen Kanal fuhr. Neugierig bewegte sie den Kopf hin und her, so geschmeidig und übergangslos wie Seide in Wasser. Ihre Augen glühten mit rubinhafter Vorfreude auf.

»Du hast nicht so viel Angst wie deine Freunde«, schnurrte sie. »Aber warum spüre ich dann so ein gewaltiges Gefäß unter deiner Haut?« Sie verzog missgünstig das Gesicht, brachte es aber irgendwie zustande, dabei fast liebevoll auszusehen, was Scarlett unfreiwillig schaudern ließ. »Was werde ich wohl finden, wenn ich sie dir abziehe?«

Scarlett spie aus, dann grinste sie breit. »Nichts, womit du klarkommen würdest.«

Dann stach sie zu.

»Ach, bitte«, seufzte Portia.

Scarlett versuchte verwirrt zu verstehen, woher die Haemophage überhaupt noch die Zeit dafür nahm, zu sprechen – dann fror sie ein. Nicht, weil sie wollte. Nicht, weil sie überrascht war. Sie fror ein, weil sie plötzlich nicht mehr anders *konnte.*

»*Hngh!*«, entfuhr es Scarlett mit weit aufgerissenen Augen. »*Hngggh!*« Der Arm mit ihrer Schwerthand war weit von ihrem Körper fortgestreckt, erstarrt mitten in der Ausfallbewegung. In ihren Ohren knirschte ein Geräusch, als würde jemand versuchen, ein gegerbtes Stück Leder für einen letzten Tropfen Flüssigkeit auszuwringen. Jede Muskelfaser ihres Körpers griff fester – fester – *fester* – zu, bis die ersten davon unendlich langsam damit begannen – Ping – PING – *PING!* –, wie überspannte Fäden zu springen. Der Schmerz war teuflisch, aber er war nicht das Schlimmste.

Das Schlimmste war die Tatsache, dass Scarlett spüren konnte, dass ihr Blut aufgehört hatte, sich zu bewegen.

»Tsk, tsk, tsk«, machte Portia und hob elegant ihren Zeigefinger in die Luft, so als wolle sie jemanden zu sich locken.

Scarlett unterdrückte einen Schmerzensschrei, als sich ihre Füße vom Boden lösten und sie zu schweben begann. Scheppernd fiel das Rapier zu Boden. »Wenn ich mit dir fertig bin, dann, meine Liebe, werden wir einander so nah sein wie Schwestern.«

Sie begann, eine verstörende Melodie zu summen, ihre Hände wie die einer Puppenspielerin erhoben, ihre eleganten Schritte die einer Walzertänzerin. Scarlett versuchte immer und immer wieder zu brüllen, doch jeder Ton starb in ihrem Hals oder hinter ihren aufeinandergepressten Lippen. Bilder tauchten vor ihrem inneren Auge auf. Glückliche Erinnerungen, aus ihr hervorgewühlt wie aus einer Schublade voller geliebter Dinge, Lichtpunkte ihres Lebens. Das warme Gesicht ihres Vaters. Die seltenen, liebevollen Umarmungen ihrer Mutter. All die kleinen Augenblicke, in denen Scott ihr sein Vertrauen geschenkt hatte, obwohl er es besser wusste. Und sie alle wurden blasser … blasser … bis darunter ein Käfig hervorkam … ein leerer Käfig. Nein, nicht leer … da, dahinten in den Schatten war ein kleines, verängstigtes Mädchen mit bernsteinfarbenen Augen, das jammervoll aufheulte …

»Lächel doch mal!«, rief Portia heiter. »Das macht doch Spaß, nicht wahr?«

Eine ruckartige Bewegung ging durch Scarletts Finger. Ihr Gesicht krampfte und zuckte, bis ihre Lippen sich teilten und ihre Zähne zum Vorschein kamen. Blut schoss wie auf ein lautloses Kommando in ihre Wangen, presste sich so brutal in die kleinen Gefäße ihrer Haut, dass Scarlett fühlen konnte, wie sie winzige Risse bekamen. »Oh, sieh mal einer an, du wirst ja ganz rot – es *macht* dir Spaß!«

Ein schlanker Umriss krachte seitlich in Portia hinein und riss sie zu Boden – auf der Stelle fiel der unsichtbare Griff von Scarletts Körper ab. Sie schlug auf. Keuchte röchelnd und stoßartig. Sog gierig die Luft ein. Zwang ihr Herz dazu, weiterzuschlagen, obwohl es sich anfühlte, als ob ihr soeben jeder gute Grund dafür genommen worden war.

»Fort mit dir!«, rief eine kraftvolle Stimme.

»Tybalt«, krächzte Scarlett und kämpfte sich mühsam auf Hände und Knie. Sie sah den Leibgardisten mit wehendem Mantel vor sich aufragen, das Rapier blitzend in seiner Hand. Portia hatte sich nur wenige Schritte weiter vor ihm aufgebaut und hielt sich das Gesicht. Ihre Haltung wie die eines Raubtiers, das sich nicht sicher war, ob sich ein Angriff lohnen würde oder nicht.

»Fort, habe ich gesagt!«, rief Tybalt erneut und ließ seine Klinge wütend durch die Luft sausen.

Portia fauchte. Ihre Züge hatten kaum noch etwas Menschliches. Scarlett kam in den Stand, fand ihr Rapier und hielt es so fest umschlossen wie einen Stützstock.

»Jetzt – jetzt sind wir zu zweit, du Mistvieh«, ächzte sie und erlaubte sich einen Moment, um wieder zu Atem zu kommen.

»Wenn ich – wenn ich mit dir fertig bin, wird keine Schneiderei der Welt dein blödes Kleid noch retten können ...«

»Verschwinde!«, kreischte Portia und biss nach Tybalt. »Sie gehört mir!«

»Das lasse ich nicht zu«, erwiderte der Leibgardist, ein Fels in der Brandung.

Portia fauchte frustriert. Sie machte kehrt, lief in Richtung des Sicherheitsraums, in dem Gaspar, sein Vater und das Küchenpersonal Zuflucht gefunden hatten.

Scarlett stockte. Eine neue Gänsehaut kribbelte ihren Rücken hinauf, ihre Schultern, ihren Hals.

Tybalt richtete sich auf, senkte den Blick, mit dem er noch immer Portia hinterhersah. »*Ich beanspruche sie für mich!*«

»Scheiße«, murmelte Scarlett – und enthauptete ihn. Das hieß, sie *versuchte,* ihn zu enthaupten. Mit einer Bewegung, die schneller war, als man sie mit dem bloßen Auge überhaupt hätte wahrnehmen können, durchschnitt ihr Rapier eiskalte Luft, als das Unglaubliche geschah.

Tybalt parierte.

Scarlett starrte fassungslos auf die Stelle, an der sich ihre beiden Klingen getroffen hatten. Das letzte Mal, als sie jemandem begegnet war, der im selben Tempo fechten konnte wie sie selbst, hatte sie einer Bestia Enigma gegenübergestanden – Sebastién Denneval. Und selbst mit den Reflexen und dem Können des Ausnahmejägers hatte dieser sich meist nur darauf beschränkt, ihren Hieben *auszuweichen* – aber er hatte ihre Schläge nie einfach *pariert!*

Tybalt seufzte.

»Bitte verzeiht, Lady Scarlett«, sagte er. »Ich wollte nicht, dass Ihr es so erfahrt.«

»Nur Scarlett«, antwortete Scarlett. Sie zog ihr Rapier zurück. Verteilte ihr Körpergewicht neu auf ihren Füßen. Sie musterte den Leibgardisten.

Tybalt warf seinen Umhang fort und zog einen seiner Handschuhe aus, dann warf er ihn vor Scarletts Füße. Sie brauchte einen Moment, um zu verstehen.

Tybalt verbeugte sich, kühl, höflich. Formvollendet.

»Sollen wir beginnen?«

Scarlett nahm die *Obscura* ein.

Feuer erwachte in ihrem Inneren, als sie ihn provokant zu sich winkte.

»Lustig«, antwortete Scarlett. »Ich dachte eher ans Beenden.«

Tybalt lächelte fasziniert – dann griff er an.

Zavah

Ophelia weinte noch immer in ihren Armen – während sie dem Mädchen behutsam über das Haar strich, überfluteten Panik und Sorge Zavahs Gedanken.

Was sollen wir jetzt tun?, fragte sie sich. *Wohin können wir noch fliehen? Wieso habe ich sie nicht kommen sehen? Lichter, beschützt die Seelen in diesem Haus, beschützt Scarlett und Scott …*

»Shhh«, machte sie, als Ophelia ihr Gesicht in Zavahs Schulter vergrub. »Hier kann uns nichts geschehen, hörst du?« Merkwürdig befremdet stellte Zavah fest, dass sie soeben die allererste Lüge ausgesprochen hatte, seitdem sie ihre Familie verlassen hatte. Es galt bei den Bewahrern des Lichts seit jeher als Sünde, die hohe Wahrheit derart zu beschmutzen – doch Zavah war außer sich und wusste nicht, was sie sonst tun sollte. Sie betete, dass ihr die Lichter dafür vergeben würden. Was war sie nur für eine miserable Wächterin? »Wenn du ein Taschentuch möchtest, findest du mein Lieblingsgeschenk von meinem Patenonkel in meiner Rocktasche. Die mit den orangenen und violetten Flicken.«

»Wirklich?«, schniefte Ophelia.

»Natürlich«, sagte Zavah. »Schließlich sind wir beste Freundinnen, weißt du noch?«

Das Mädchen hob den Kopf und strahlte sie an.

Zavah lächelte instinktiv zurück. Dann fiel ihr auf, dass das Gesicht Ophelias vollkommen trocken war. Zuerst blinzelte Zavah nur verwirrt, betrachtete den Stoff ihres Kleids an der Schulter, der ebenfalls trocken war.

»Alles in Ordnung?«, fragte Ophelia unschuldig und löste sich aus der Umarmung. Im Schein der Öllampe glomm ein sachter, blutroter Kreis hinter den Augen des Kindes. Zavah wankte, stolperte rückwärts.

Ihr Innerstes füllte sich mit blankem Entsetzen, als sie sah, wie Ophelia sich übertrieben genüsslich einen Finger nach dem anderen ableckte, so als wäre Zavahs Angst nicht viel mehr als eine delikate Bratensoße. Das Schlimmste aber war, dass aus der Kehle des Mädchens die ganze Zeit über *noch immer* herzzerreißende Schluchzer erklangen.

»Bei den Lichtern!«, keuchte Zavah. »Aber du – wie hast du – ich – wieso habe ich euch nicht –«

»Ich habe dich schon gefühlt, bevor ihr zu uns gekommen seid«, sagte das Mädchen lächelnd und mit fasziniertem Glanz in den Augen. Sie stand auf, ihre Hände und Finger schienen nach einer Form zu suchen. »So viel heller, so viel süßer als alles, das ich jemals geschmeckt habe.« Ihre Lippen teilten sich wortlos, als sie ungläubig den Kopf schüttelte. »Du bist … Hoffnung. Und Lebensfreude.« Ihre übernatürlich großen Augen, von denen Zavah jetzt erst verstand, dass sie auf andere Menschen so wirken sollten wie Blütennektar auf Bienen, schwärzten sich vollständig, ein tintenfarbener Abgrund. Ophelia trat näher und streckte sehnsüchtig eine Hand aus. »Ein Licht, für das selbst ein totes Herz es wagen würde, wieder zu schlagen …«

Die Welt wankte in ihren Angeln. Zavah verlor den Halt unter ihren Füßen. Die Noten von Jaspers Lied stürzten aus ihrem Herzen wie tote Spatzen. Großvater Adairs Nachtmelodie verkümmerte zu einem Eishauch im Zwielicht. Tante Lilianas Augen erstarben in Grau und Schwarz. All ihre wertvollsten Erinnerungen.

»Nein!«, schrie Zavah, legte ihre Hände über ihr Herz in einem verzweifelten Versuch, es doch noch zu retten. Heiße Tränen liefen ihre Wangen hinab. »Bitte …«

Ophelia schüttelte immer wieder den Kopf in Ehrfurcht.

»So rein«, wisperte sie.

Zavah wurde von Schluchzern geschüttelt. Sie verstand selbst nicht mehr, was sie sagte. Alles, was an ihre Ohren drang, war ein Flehen.

»Ist es das?«, zischte Ophelia plötzlich. Aufregung und Vorfreude fluteten ihre Züge. Ihr ganzer Körper erzitterte. »Du wünschst dir, dass es schnell vorbei ist, ja?« Ein verstörender Laut waberte durch den Raum, als Ophelias Kehlkopf sich mehrere Male hintereinander verzog. »Oh, oh, oh. Du, mein Licht, mein süßes Licht, du bist wahrlich mein Sonnenaufgang.«

Sämtliche Wärme verließ Zavahs Körper. Sie kroch weg von der Kreatur, die einmal Ophelia gewesen war. Die beugte sich zu ihr und strich ihr eine Strähne aus dem Gesicht. »Weißt du, was? Ich werde dich mitnehmen … Ja, ja, genau so werde ich es tun. Du wirst mein neues Spielzeug, mein kleiner Hoffnungsschimmer. Ich hänge dich an deiner makellosen Haut auf, direkt über meinem Sarg. Dann kann ich jede Nacht die Sonne aufgehen sehen, wenn ich mich erhebe …« Zavah kniff die Augen zusammen und wandte den Kopf ab, aber Ophelias Stimme war einfach überall. »Oh, jetzt weiß ich es! Warum ich dich von Anfang an haben wollte. Es ist nicht einfach nur deine Liebe … Du kennst uns, nicht wahr? Die anderen atmenden

Dinge, sie haben uns heute Nacht das erste Mal gesehen. Sie fühlen dann immer Schrecken und Erstaunen, aber du …«

»Ich k-kenne eure Geschichten«, wimmerte Zavah. »Ich weiß, wozu ihr fähig seid.«

»*Perfekt*«, hauchte Ophelia verzückt. Ein Moment verstrich. Eine Ewigkeit. »Oh! Was trägt meine liebste Schwester da denn Schönes um ihren lieblichen Hals?« Zavah riss die Augen auf, als sie spürte, wonach die Finger der Untoten suchten.

Der Talisman ihrer Ebrâm.

Alles, aber nicht ihn …

»I-ich …«, kämpfte Zavah hervor.

Ophelia nahm die Lederschlaufe mit ihrer Fingerspitze auf.

»Ich … ich …«

»Was sumselst du da, Liebes?«, kicherte das Ding.

Zavah packte die Finger der Kreatur, hielt sie fest, und zum ersten Mal fand sie in sich die Kraft, ihrem Blick standzuhalten.

»Ich … ich werde dir nicht noch mehr von mir geben, Schattenwesen.«

»Da – da!«, frohlockte Ophelia. »Dieses Licht! Wenn du –«

Zavah presste die Hand des Unwesens mit aller Kraft auf den Talisman. Ophelia kreischte auf, ihre Züge grausam verzerrt – die Kreatur stürzte rückwärts davon, hielt sich mit der unverletzten Hand den schwarz anlaufenden Arm. Zavah stieß sich vom Boden ab, schleppte sich zur Tür und nahm Eckarts Schlüsselbund auf.

»*Wenn du diese Tür öffnest, häute ich dort draußen alle bei lebendigem Leib!*«, schrie Ophelia bösartig, starrte aber noch immer ungläubig auf ihre verbrannte Hand.

Zavah fand den feinen Schlüssel, presste ihn in die schmale Öffnung unter dem Türgriff.

»Du hast gesehen, was meine Schwestern *ohne mich* angerichtet haben«, fuhr das Ding fort, »was glaubst du, welche Chancen deine Freunde haben, wenn ich frei bin?«

Zavah hielt inne.

Sie wusste genau, warum das Unwesen das sagte – sie wollte sie hierbehalten – aber allein der Gedanke daran, dass Ophelia ihre Drohung wahr machen könnte …

Mit einer fließenden Bewegung griff Zavah nach dem Salzbeutelchen an ihrem Gürtel und öffnete es – der Halbkreis war schneller gezogen, als ein Atemzug dauerte.

Ophelia, die wieder auf ihren Beinen war, fauchte giftig. »Was machst du da?«

»Dich von ihnen fernhalten«, gab Zavah zurück. Ihre Hände zitterten. »Du wirst niemandem mehr etwas wegnehmen! Deine Nacht endet hier, Kreatur!«

»Soll mir das Angst machen?«Ophelia lachte schallend. Sie trat vor und lief gegen eine unsichtbare Barriere. Die Kreatur runzelte die Stirn. »Wie – wie hast du das gemacht?«

Zavah erlaubte sich, aufzuatmen. Widerspenstig schoss sie einen Blick in Richtung des Unwesens ab. »Ein Bannkreis, du Ausgeburt der Finsternis«, sagte sie. Mit grimmiger Befriedigung sah Zavah mit an, wie Unglaube und Fassungslosigkeit die Oberhand in Ophelias Gesicht bekamen. »Heilige Kräuter, geweihtes Salz und Worte, die noch älter sind als die Dunkelheit in dem Krater, der einst deine Seele hielt.«

»Das – das ist nicht gerecht!«, quengelte Ophelia.

Zavah ließ sich erschöpft mit dem Rücken gegen die Tür sinken. »Wir werden gemeinsam auf die Strahlen der Sonne warten«, sagte sie schwach. »Du wirst –«

Ophelias kleiner Körper schüttelte sich plötzlich, so als

würde sie lachen, aber irgendetwas daran wirkte durch und durch falsch, verdorben. »Es ist so viel besser«, sagte sie in zuckersüßem Ton, »wenn ihr kurz davor noch einmal Hoffnung habt.«

Dann, ohne den Blickkontakt mit Zavah zu brechen, schob sie die Spitze ihres polierten Schühchens nach vorn, bis sie das Salz berührte und es langsam schwarz anlief.

»Nein«, murmelte Zavah und das letzte bisschen Kraft verließ ihren Körper. Ihre Augenwinkel füllten sich mit Tränen.

Ophelia lächelte überraschend mitfühlend und wirkte dabei verstörend erwachsen – nein, *alt.* »Was glaubst du, warum ich mir so viel Zeit gelassen habe?«, sagte sie. »Warum ich zuerst von *allen* hier ein Stück genommen habe, angefangen von den ahnungslosen Kleingeistern mit den Hunden, vom Personal, von den Gästen am Tisch, von jedem dieser bewaffneten Männer?« Ihre Stimme wurde leise, zitternd, als sie fortfuhr. »Und. So. *Un. Glaub. Lich. Viel. Von. Dir?*« Die Finsternis erreichte den Rand des Halbkreises aus Salz. »Damit mich *genau so etwas* nicht mehr aufhalten kann, wenn die Zeit gekommen ist.« Dann, unendlich langsam, brach sie den Bannkreis, und Zavah hörte sich selbst schreien, als das Mädchen ihr zeigte, wie sie wirklich aussah.

Scott

Wenn ich versage, sind wir alle tot, jagte es durch Scotts Verstand. Der bekannte Geruch von Pferden und Heu drang an seine Nase, als er mit dem humpelnden Arminius durch den Ostgang in die Stallungen preschte.

»Und Eure Lordschaft sind sich sicher?«, fragte der Geheimrat vehement, als er eine der Pferdeboxen öffnete und einen schnaubenden Hengst herausführte.

Scott nickte, als er sich auf das ungesattelte Pferd schwang. Die Körperspannung des Tiers ließ ihn keinen Augenblick lang daran zweifeln, dass es sich bei diesem beeindruckenden Exemplar um einen ausgebildeten Militärhengst handelte. »Es steht außer Frage, dass wir es mit mindestens drei hohen Haemophagen zu tun haben«, rief er und prüfte seinen Gürtel. Arminius reichte ihm die Schultertasche, in der sich ein Beutel Weihwasser, ein Eschenholzpfahl und ein Khukuri-Messer befanden, dann überließ er ihm die letzten zwei Pistolen. »Und die Kutsche *ist* der einzige Ort, an dem sie ihre Graberde auf einer Reise hätten verbergen können.«

Ein hochgezogenes Kreischen ertönte. Sofort fuhr Arminius herum. »Sie kommt zurück!«, rief er und humpelte zum Tor. »Nehmt die Sturmlaterne, die sich am Gatter des Zaunes befindet – es ist allerhöchste Eile geboten!«

Scott nickte abermals und trieb das Tier an, stieß durch die noch immer nicht ganz geöffneten Tore der Stallungen und preschte vorwärts in die brodelnde Nacht.

Regen peitschte ihm entgegen. Blitzlichter tauchten seinen Weg in gespenstisches Weiß. Mit einem beeindruckenden Sprung setzte der Hengst über das Gatter hinweg, während Scott die Sturmlaterne mit sich riss. Das Krachen von Holz und ein frustriertes Fauchen hallten hinter ihm über das Anwesen, und als er sich einen Blick zurück erlaubte, sah er bereits einen grausam verzerrten Schatten, der ihm nachjagte. Mühsam schwang Scott ein Bein zur Seite und wechselte die Sitzposition, zog eine der Pistolen und feuerte. Er traf mit beiden Schüssen, ohne jegliche Wirkung. Der Hengst übersprang einen Felsbrocken – die Laterne schleuderte davon. Scott fluchte, drehte vollends seinen Sitz und legte mit der verbliebenen Pistole an. Der Schuss verpuffte und verbrühte seinen Handrücken. Scott unterdrückte einen Schmerzensschrei, setzte erneut den Lauf an und ließ sich Zeit – aus der pechschwarzen Silhouette nur wenige Meter hinter ihm tauchte ein verschrumpeltes Gesicht auf. Der Schuss knallte zeitgleich mit einem Blitzeinschlag in der Nähe, traf Desdemona Nightingale und schleuderte sie zurück. Übergangslos drehte Scott auf dem Rücken des Pferdes um und erkannte endlich die Umrisse der liegen gebliebenen Kutsche. Er signalisierte dem Tier, langsamer zu werden, sprang ab – und landete mit dem Gesicht voran im Matsch. Ächzend presste sich Scott auf ein Knie, öffnete die Schultertasche und zog das gebogene Messer, dann trat er auf die Droschke zu und rammte die Klinge in die Tür. Mit einem Knacken hebelte er die kleinen Handgriffe voneinander und warf sich in die Kabine. Wieder hallte ein Kreischen über die

Ebene, beängstigend nah. Fieberhaft hackte Scott auf die Sitze ein, öffnete die Schubladen darunter – und sprang fluchend wieder zurück in das Unwetter.

Das Reisekompartiment, dachte Scott atemlos. *Dort muss es sein!*

Er umrundete das Reittier und stellte überrascht fest, dass das Kompartiment auf der Rückseite der Kutsche nicht verschlossen war. Der Hengst folgte ihm ohne ein Wort – doch stellte sich auf die Hinterbeine und wieherte lautstark, als ein Schatten direkt aus der Dunkelheit auf Scott zuschoss. Instinktiv warf Scott sich auf die Knie, fühlte einen Eishauch über sich fahren – dann schnellte er rückwärts und rammte das Khukuri mitten in die Schattenwolke. Kaum einen Sekundenbruchteil später materialisierte sich Desdemona Nightingale, gepfählt, an der Seite der Kutsche.

Was zum Henker, schoss es durch Scotts Verstand. *Ich habe mehr Glück als Verstand!* Perplex ließ er die Waffe los, ignorierte das Brüllen der festgesetzten Haemophage und stolperte blind zum Reisekompartiment.

Schnell, schnell! Das wird sie nicht lange aufhalten!

Er umgriff die Klinken.

Rüttelte an den Türen.

Brach sie aus den morschen und durchnässten Angeln.

Das ist es! Hier haben sie –!

Leer.

Scott blinzelte.

Dann wurde ihm klar, was er übersehen hatte.

Scarlett

»Ich konnte mein Glück kaum fassen«, rief Tybalt, während er Scarlett die gewaltige Treppe hinuntertrieb, die direkt in die Empfangshalle führte. Er vollendete den schwer zu meisternden *dreifachen Stich* – eine von Scarletts Lieblingstechniken –, doch der Vampir verwandelte das Manöver mit verwischender Klinge in gleich *sieben* Stiche. Scarlett erwartete den vierten, parierte den fünften, duckte sich unter dem sechsten – und wurde mitten in den Oberschenkel getroffen, was ihr vor Schmerz fast die Sinne raubte. Brüllend setzte sie dem Duellanten nach, konnte ihn aber nur auf Abstand halten.

Das darf doch nicht wahr sein!, fluchte sie innerlich und tänzelte die letzte Treppenstufe hinab. Irgendwo hörte sie Schritte hallen und aufgebrachte, ängstliche Stimmen. Ungläubig sah sie auf ihr Bein hinunter, dann knurrte sie grimmig. Es war sehr, sehr lange her, dass sie jemand derart sauber erwischt hatte.

Der Vampir sprach ungeniert weiter und nahm seinerseits die letzte Stufe mit der Eleganz eines Pfaus.

»In dem Augenblick, in dem Ihr Euren Familiennamen in den Mund nahmt, war ich mir sicher – das Schicksal hat uns zusammengeführt.«

Sein Rapier *sang* vor Geschwindigkeit – Hiebe, die Scarlett ächzend abwehrte, schienen sich wie aus dem Nichts erneut hinter ihrer Verteidigung zu materialisieren, als wären sich ihre Klingen niemals begegnet. Keuchend umspielte ihre Waffe immer und immer wieder die tödlich schimmernde Spitze von Tybalts Rapier, die nach ihren Arterien züngelte – ein Tanz, der nur eine Richtung für sie übrig ließ: rückwärts.

Das sind meine Techniken!, schoss es Scarlett erbittert durch den Kopf. *Ich kenne jede davon wie meinen Handrücken! Wie macht er das?*

»Ich habe mich schon gefragt, warum ihr ihm so wichtig seid«, rief Tybalt und schlug provokativ eine Serie aus Finten, die Scarlett zucken und ausrutschen ließen wie eine blutige Anfängerin. Ein altbekanntes Glühen bemächtigte sich ihres Inneren. Ketten rasselten. Krallen zogen erwartungsvoll über rostiges Metall.

»Halt den Mund und *kämpfe!*«, bellte Scarlett und verwandelte sich in einen teuflischen Derwisch. Ein Klingensturm prasselte auf den begeistert lachenden Tybalt nieder, seine Paraden ein Funkenreigen.

»Unglaublich!«, rief der Vampir, stolperte sogar einen Schritt zurück. »Welch Meisterschaft! Welch unlöschbares Feuer!«

Scarlett riss ihr Rapier in einem Halbkreis nach unten, stieß ihren Körper mit dessen Spitze vom Boden ab und vollendete die Attacke mit drei Wuchthieben, in die sie all ihre übernatürliche Kraft setzte.

Tybalt wehrte sie mit einem ungläubigen Kopfschütteln ab, als wären die Angriffe nichts weiter als Zimmerfliegen. »Und noch so jung! Stell dir nur vor, welche Höhen deine Fähigkeiten erreichen könnten!« Er drehte sich so schnell um die eigene Achse, dass Scarlett sich nicht einmal mehr sicher war, ob sie sich die Bewegung nicht vielleicht doch eingebildet hatte –

dann trafen sie *zeitgleich* Schnitte an den Schienbeinen, den Unterarmen, im Gesicht. Sie jaulte auf und fiel auf ein Knie.

»Nach einhundert Jahren!« Tybalt säbelte nach dem Handschutz von Scarletts Waffe, drehte ihr ihn aus der Hand und ließ die Klinge im hohen Bogen durch die Luft wirbeln.

Fassungslos starrte Scarlett der unmöglichen Bewegung hinterher.

»Zweihundert Jahre!« Tybalt fing Scarletts Rapier so mit seiner eigenen Waffe auf, dass er sie mit deren Spitzen aufeinander balancierte – ohne hinzusehen. Seine Augen glühten bösartig auf. *»Dreihundert.«*

Scarlett stürzte sich knurrend vorwärts. Kratzte nach seinen Ärmeln. Zerbiss die Luft vor ihm.

Tybalt lachte herzhaft. »Glaube mir – als jemand, der noch mehr Schüler hatte, als er Großmeister bezwungen hat: Weißt du, worin dein Problem liegt?«, rief er ernst, sprang beiläufig mit den Füßen an die Decke und stach mit gerümpfter Nase die elektrische Glühbirne aus.

Scarlett ergriff ihr hinunterfallendes Rapier und federte sich mit ihrem verletzten Bein von einer Wand in die Höhe, ohne nachzudenken. Mit einem unterdrückten Schmerzensschrei stürzte sie zu Boden. Ihre Hände und Knie klatschen so hart auf den Marmor, dass das Geräusch von überall her widerzuhallen schien. *Ich kann ihn nicht erreichen*, keuchte eine schockierte Stimme in ihrem Kopf.

Tybalt spazierte an der anderen Wand wieder hinunter.

»Du bist zu wild – viel zu emotional! Deine Wut, deine Gefühle aus deinen Kämpfen herauszulassen – aus deinem Leben –, das ist das Einzige, was dir zu wahrer Meisterschaft noch fehlt!«

Plötzlich *verschwand* er einfach.

Scarlett stutzte.

Dann traf sie ein Rapiergriff am Hinterkopf und ihre Welt verschwand für einen Sekundenbruchteil in Dunkelheit. Als sie blinzelte, sah sie einen schmunzelnden Tybalt vor sich stehen. Hinter dem Vampir erschienen überraschte Gesichter – das verbliebene Hauspersonal, erkannte Scarlett. Keiner der Frauen, Männer und Kinder schien sich einmischen zu wollen, aber genauso wenig wagte es jemand, an dem Vampir vorbeizulaufen.

»Oh, du hast ja keine Ahnung, *wie* wütend ich werden kann, du Mistkerl«, knurrte Scarlett und spürte, wie sich ihr Herz bereits daranmachte, ihre Muskeln für eine Transformation aufzupumpen. »Ich werde dich zusammenfalten und zu Pulver zermahlen –«

Eines der Kinder, ein kleiner, neugieriger Junge, den Scarlett schon bei ihrer Ankunft gesehen hatte, blickte sie mit großen und hoffnungsvollen Augen an. Urplötzlich wurde Scarlett schlecht. Da war ein Teil in ihr, ein furchterregender, schrecklicher Teil, der danach gierte, ihrer Wut über die Schmach ihrer drohenden Niederlage freien Lauf zu lassen. Sich der Rage hinzugeben, der Verwandlung. *Zu zerreißen. Zu zerfetzen.* Aber sie wusste ganz genau, wer nach Tybalt – wenn sie ihn überhaupt überwältigen konnte – die Nächsten sein würden.

Scarlett kniff die Augen zusammen.

Ließ ihre geballten Fäuste sinken, die Finger sich öffnen.

»Nein«, wisperte sie.

Die Bestie in ihr brüllte frustriert auf, warf sich so heftig gegen ihr Gefängnis, dass der Käfig sich verbog – dann fiel sie zurück in den Schatten. Scarlett sah auf. Der Junge erwiderte ihren Blick gebannt. Das Geräusch eines Rapiers, das zurückgesteckt wurde, erklang.

»Ich lasse dir eine besondere Gnade zuteilwerden«, sagte Tybalt und musterte Scarlett undurchsichtig. »Ich lasse dir diese Nacht.« Er nickte ihr zu, verbeugte sich galant. »Du hast Potenzial. Mehr, als meine Augen je zuvor erblickt haben. Es wäre eine Schande, es so zu verschwenden.«

Scarlett schluckte schwer. Nicht, weil ihr ein Kloß im Hals steckte oder weil sie wütend war. Sie fühlte etwas, das sie zutiefst beschämte: Erleichterung. Sie wusste tief in ihrem Innern, dass sie nicht gewinnen konnte – nicht so.

»Lass die Leute hier in Ruhe«, hörte sie sich sagen. »Niemand muss heute Nacht noch –«

Tybalt grinste.

»Überreize meine Großzügigkeit nicht«, sagte er und nahm unschuldig eine Hand an die Brust. »Du magst verschont worden sein – aber ich habe noch mindestens einen ganz besonderen Leckerbissen vor mir, auf den ich mich schon seit unserer Ankunft hier freue. Vorausgesetzt natürlich, die drei Schwestern sind mir nicht schon zuvorgekommen.« Seine Form verschwamm.

Er hat mich geschlagen, dachte Scarlett fassungslos. Kraftlos gaben ihre Knie unter ihr nach. *Und jetzt müssen wegen mir unschuldige Menschen sterben.*

Dunkelheit flimmerte überall in der Empfangshalle, als sich der Vampir direkt vor ihren Augen in den Schatten auflöste, dann durchzog eine dröhnende Stimme die Finsternis.

»Ich freue mich schon sehr auf unser nächstes Treffen, Scarlett Oaknight!«

Gaspar

Ein Ruck ging durch die Leiber, mit denen sich sein Vater in diese Mausefalle eingesperrt hatte, als die Kreatur abermals gegen die Tür krachte. Unterdrückte Schreie wurden mit jedem weiteren Einschlag lauter. Gaspar fühlte sich wie ein Fisch auf dem Trockenen.

»Im Namen aller heiligen Dinge!«, keuchte einer der Köche. »Sie – sie wird es hier rein schaffen, seht ihr das!?« Ein Mädchen verlor jedweden Glanz in ihren Augen. Ein Geselle brach in haltlose Schluchzer aus und krümmte sich zusammen. Coppernicus sah immer wieder zur Tür herüber, während Schweißtropfen seine ergrauenden Schläfen hinunterliefen. Dann schien er in sich zu gehen, etwas abzuwägen.

Gaspar fühlte ein altes, dunkles Gefühl in sich aufsteigen.

Coppernicus sah ihn getrieben an.

»Ich … werde jetzt die Tür öffnen«, murmelte er, ohne wegzusehen. Er nickte unendlich langsam. »Du weißt, was du zu tun hast.«

Gaspar erstarrte. »Nein. D-das will ich nicht.«

Coppernicus zuckte zusammen, als abermals der Abdruck einer Klauenhand im Metall hinter ihnen erschien, dann schüttelte er sich vor Wut und Angst, als er weitersprach: »Ich werde dich dazu *zwingen*, wenn du es nicht tust!«

»Nein!«, flehte Gaspar. »Bitte – bitte tu das nicht!« Er fiel vor Coppernicus auf die Knie und krallte seine Finger in dessen Hosenbeine. »Nicht noch einmal – *bitte!*«

»Um Himmels willen!«, wandte eine ältere Frau ein. »Was haben Sie mit dem armen Knaben vor?«

»Nichts, was er nicht schon öfter getan hätte!«, bellte Coppernicus zurück und steckte einen Zeigefinger auf Gaspars Brust. »T-tu es!«

Gaspar fühlte sich, als hätte ihn jemand ausgehöhlt.

Dann sah er seinem Vater dabei zu, wie er einen Zeitpunkt zwischen den Einschlägen abwartete, um die Sicherheitstür zu öffnen. Protestierende Rufe wurden laut, ungläubige Schreie – aber dann hatte Coppernicus Gaspar bereits am Kragen gepackt und herbeigerissen.

»Tu es!«, rief der Erfinder abermals und stieß ihm die Hand in den Rücken. Gaspar stolperte vorwärts und hörte, wie die Tür hinter ihm ins Schloss fiel. Mit Tränen in den Augen wandte er sich um, presste die Lippen aufeinander und atmete schwer.

»Also, damit habe ich zugegebenermaßen nicht gerechnet«, säuselte eine Stimme wie Porzellan. Gaspar wandte sich ihr zu. Das Wesen legte den Kopf neugierig von einer Seite auf die andere, sein makelloses Lächeln und sein vertrauenswürdiger Blick die perfekte Falle. »Wenn ihr so weitermacht, ist euer Käfig in ein paar Stunden leer – eigentlich die bessere Lösung, wenn ich so darüber nachdenke. Portionierter Spaß.«

Gaspars Brustkorb hob und senkte sich heftig, während er die Tote fixierte. Ein bekannter, bittersüßer Geschmack trat unter seine Zunge, als er den Vorgang begann.

»Womit sollen wir anfangen?«, schnurrte Portia und mimte

eine Zupfbewegung mit ihren grazilen Fingern. »Soll ich dir deine Ärmchen abreißen? Deine Beinchen?« Sie streckte die Hand aus. Plötzlich verzog sie mit gerunzelter Stirn das Gesicht, wiederholte die Geste ergebnislos. Gaspar hasste sich für das, was er im Begriff war zu tun. So, wie er es immer gehasst hatte. Mit einem entschlossenen Schritt war er bei dem Ungeheuer und umarmte es. Das Unwesen zuckte nicht einmal zusammen.

»So ein guter Junge!«, lachte Portia glockengleich. Sanft begann sie, Gaspars Hinterkopf zu streicheln. »Komm, lass mich dir etwas von deiner Angst nehmen ... *was zum?*«

Gaspar atmete tief ein, als er das infernalische Pfeifen vernahm. Es begann so leise, dass man es kaum hörte, im Chor mit seinem Herzen, welches nun immer heißer und heißer in seiner Brust brannte.

Tik.

Tak.

»Lass – lass mich los!«, keifte Portia.

Dann immer lauter, hochgezogener, feiner.

Tik. Tak. Tik. Tak.

Das Ungeheuer stieß einen verwirrten Laut aus.

»Was ist das?«, fragte sie und presste Gaspar fauchend Ellenbogen und Hand ins Gesicht, fuhr wütend mit den Klauen über seinen Rücken, biss ihm in die Schultern, doch er brach seine Umklammerung nicht. Stattdessen drückte er nur noch fester zu, schloss mit aller Kraft die Augen. »*Was bist du?!*«

Tiktiktiktiktiktik – KLACK!

»Niemand«, hauchte Gaspar.

Dann ertrank die Welt in grünem Feuer.

Scott

BOOOM!

Eine giftgrüne Stichflamme züngelte über der Villa in den Himmel – Scott erstarrte auf dem Rücken des galoppierenden Hengstes, als es rings um ihn verkohlte Holzdielen, geschwärzte Steine und Glassplitter regnete.

»Was zur Hölle …?«, murmelte er und hob schützend einen Arm vor das Gesicht – dann blieb ihm keine Zeit mehr zum Nachdenken, denn weit hinter ihm vernahm er bereits splitterndes Holz, gefolgt von einem ihm mittlerweile wohlbekannten Brüllen. Er trieb das Tier unter sich bis zum Äußersten an, fegte über die Zierwiese und sprang über das Tor auf das Grundstück. Als er um die Ecke preschte, rannte ihm bereits ein klatschnasser und totenbleicher Arminius winkend entgegen.

»Was ist hier passiert?«, rief Scott über das Unwetter hinweg. »Was war das für eine Explosion?«

»Ich – ich weiß es nicht!«, rief der Geheimrat und sah gehetzt zur Villa, während Scott vom Pferd absaß. »Hatten Eure Lordschaft Erfolg?«

»Die Reisetaschen!«, rief Scott, lief an Arminius vorbei und winkte ihn hinter sich her. »Wo sind die Reisetaschen der Nightingales untergebracht worden?«

»Die Kutsche war leer?«

»Ja!«

Gemeinsam stießen sie die Flügeltür auf – und Brandgeruch schlug ihnen entgegen.

»Im – im Obergeschoss!«, rief Arminius und deutete auf eine der Galerietreppen. »Hier entlang!« Irgendwo in der Villa schallten entsetzliche Schreie. Befremdliche grün schimmernde Pinselstriche aus Nebel jagten an ihnen vorbei und nach draußen in den rauschenden Nachthimmel hinauf. Scott hastete gemeinsam mit dem Geheimrat die Treppe hinauf und an einer Gruppe bewusstloser Wachmänner vorüber, den nächsten Flur hinunter, dann schlitterte er auf einem der Prunkteppiche über den Boden. »Dort vorn!«

Scott kam vor einem der üppigen Gästezimmer zum Stehen.

»Schlüssel!«, rief er, doch Arminius drehte diesen bereits mit beiden Händen. Scott stieß die Tür auf – gemachte Betten, Nachttöpfe, Seidenvorhänge – und fand keinerlei Gepäck. »Der Raum der Leibgardisten?«

Arminius ergriff einen schwarz angelaufenen Schlüssel. »Der Raum direkt gegenüber!«

KLIRR! Fauchen und Kreischen erfüllten einen Augenblick lang die mit Glasscherben angereicherte Luft, dann krachte Desdemona Nightingale in Arminius' Flanke und riss ihn zu Boden. Der Geheimrat rollte sich auf die Seite, ächzte und trat ergebnislos nach der Untoten, während Scott seinen verlorenen Schlüsselbund aufhob. Die Haemophage krallte sich in Arminius' Schultern und presste ihn zu Boden, riss den Mund auf, während hinter ihr der Regen ins Haus peitschte.

»Tun Sie es!«, schrie Arminius und hielt Desdemona mit letzter Kraft auf Abstand. »*Tun Sie es!*«

Scott verschwendete eine wertvolle Sekunde mit Starren, dann fuhr er auf dem Absatz herum. Hastig suchte er nach dem schwarzen Schlüssel, fand ihn, öffnete die Tür und wurde mit gleich vier dicken Reisetaschen belohnt, die nebeneinander am Fenster standen.

»*Was machst du da?!*«, kreischte eine ohrenbetäubende Stimme. Irgendwo stöhnte Arminius schmerzerfüllt auf, Holz brach – Scott warf sich vorwärts, zog das Khukuri-Messer und rammte es nacheinander in die Taschen. Staubtrockene Erde verteilte sich über den wertvollen Teppich. Hinter ihm erschien ein Schatten in Gestalt Desdemona Nightingales. Er riss sich die Schultertasche vom Rücken. Packte den Weihwasserbeutel. Zwei mörderisch starke Pranken gruben sich in seinen Frack. Zerrten ihn weg von der Erde. Rissen jegliche Körperwärme aus seinem Leib.

»*Hiergeblieben, Bürschchen!*«

Frost breitete sich zwischen Scotts Rippen aus. Alle Geräusche wurden dumpf. Atem wurde zu nebligem Dunst. Schwärze zog sich an den Rändern seines Sichtfelds zusammen. Scott keuchte auf, wand sich im unbrechbaren Griff der Untoten.

Letzte Chance.

Er stach schlaff zu – Weihwasser spritzte hoch – ein giftiges Zischen. Scott war frei – hechtete mit letzter Kraft vorwärts – und fiel auf den platzenden Beutel.

Zavah

»Es macht keinen Spaß, wenn du nicht mehr schreist!«, rief Ophelia ungeduldig und hob warnend eine Krallenhand. »Hörst du nicht? Du sollst weiterschreien!«

Zavah wusste nicht, woher sie die Kraft nahm, dem Blick der untoten Kreatur standzuhalten. Alles, was sie zu tun vermochte, war, zu starren und ihre Lippen aufeinanderzupressen. Heiße Tränen fluteten ihr Gesicht, ihren Hals.

Lichter, beschützt mich! Lichter, leitet mich!

»Das wird langsam *langweilig!*«, spuckte Ophelia. »Und weißt du, was ich mit Spielzeug mache, das *langweilig* ist?«

Zavah atmete scharf ein und hob reflexartig ihre Arme, als das Wesen der Nacht sich aufbäumte und ausholte. Die Krallen hoben sich – hoch – höher – Zavah schloss die Augen.

»Und ich dachte, wir wären allerbeste Fr…!«, rief Ophelia, doch mitten im Satz brach ihre Stimme ab. Ein Brüllen wie von einer exotischen Raubkatze erklang, mischte sich mit einem mehrstimmigen, geisterhaften Chor aus gequälten Stimmen – und verstummte schlagartig. Zavah hielt noch immer die Arme vor ihr Gesicht, als dem schrecklichen Klang ein Geräusch folgte, das sich anhörte wie das Zerdrücken getrockneter Kräuter. Langsam und ungläubig, Stück für Stück, fand sie den Mut, die Augen zu öffnen.

Für einen Moment lang konnte Zavah nicht anders, als fassungslos auf den Haufen aus Staub und Asche hinunterzusehen, dann, zuerst zögerlich und sanft, dann heftig und erschütternd, gab sich ihr Körper haltlosen Schluchzern hin. Sie zog die Beine an sich. Legte ihre Stirn an ihre Knie. Umklammerte sich selbst auf der Suche nach Halt in einer Welt, deren Säulen gebrochen waren.

Sie fand ihre wertvollsten Erinnerungen nicht mehr. Da waren zwar noch immer die Bilder, wenn auch nun farblos und matt, aber die Wärme, das Leben, die Herzenslichter darin …

Zavah atmete keuchend immer wieder ein, sammelte all ihre verbliebene Kraft – und stieß einen lang gezogenen, tief erfüllten Schmerzensschrei aus. Die Kreatur hatte sie direkt aus ihrem Inneren gerissen. Und sie würden niemals wiederkommen. Trauer umhüllte sie wie eine Decke einen Erfrierenden. Momente verstrichen. Die Öllampe flackerte still und füllte den Raum mit sanftem Schein.

Und doch habe ich überlebt, flüsterte Zavahs innere Stimme. *Und solange noch Atem in meinem Körper ist und Licht in meinem Herzen, so werde ich meinen Weg fortsetzen …*

Mühsam kämpfte sie sich in die Höhe. Ihre Beine gaben nach. Sie musste sich an der Tür festhalten, um nicht zu fallen. Mit einem letzten, zwischen Angst und Hass gefangenen Blick zurück auf den Aschehaufen steckte sie den Schlüssel ins Schloss und presste die Klinke hinunter. Resigniert stellte sie fest, dass sie einfach rückwärtsstürzen würde, wenn sie die Tür aufziehen würde. Sie hangelte sich an der Klinke vorbei, indem sie einen wackeligen Schritt nach dem anderen machte. Als sie ihr Ziel fand, öffnete sich jedoch überraschend die Tür. *Scott!*

Plötzlich verließ sie der Saatling neu gefundener Kraft, und sie fühlte, wie sie abermals von Schluchzern und Tränen überwältigt wurde. Sie schloss die Augen, fiel vorwärts – und wurde von zwei Armen sanft aufgefangen. Zavah presste ihre Stirn an Scotts Hemd, weinte bittere Tränen, wollte ihm sagen, dass er sie festhalten sollte, die Dunkelheit von ihr fernhalten …

»Zavah?«

Sie wollte antworten, doch ihr fehlte die Luft für Worte. Ihre Finger krallten sich in das Hemd des jungen Lords. Warme, blasse und schmale Hände legten sich auf ihre Schultern und bewegten sie behutsam von ihm fort. Hoffnungsvoll sah sie auf.

Und fiel in einen Albtraum.

»Das ist doch dein Name, nicht wahr?«, sagte der Leibgardist mit einem Lächeln, geschmückt mit aufblitzenden Eckzähnen und so schön wie ein Sonnenuntergang.

»N-nein …«, murmelte Zavah und fühlte, wie ihr Körper einfach starr wurde. »Aber …« Sie sah leblos zum Aschehaufen hinüber.

Tybalt folgte ihrem Blick, dann runzelte er die Stirn.

»Deshalb konnte ich sie nicht mehr wahrnehmen …«, murmelte der Untote ehrlich überrascht. »Aber das bedeutet … warum bin ich dann noch –« Er schloss schlagartig die Augen, dann begann er, sanft zu lachen.

Zavah wollte sich aus seinem Griff lösen, fortlaufen, doch die Befehle an ihren Körper kamen gar nicht erst an.

Über Tybalts Gesicht huschte ein Schatten aus Verbitterung, Enttäuschung – dann schüttelte er lachend den Kopf und öffnete die Augen wieder. »Natürlich. Natürlich. Warum sollte es auch anders sein …«

»H-herzlos«, hauchte Zavah zeitgleich mit ihrer inneren

Stimme. In den kalten Augen des Leibgardisten glomm ein blutroter Schemen auf und er richtete all seine unheilige Aufmerksamkeit zurück auf sie.

»*Wage es nicht, von Dingen zu sprechen, die du niemals verstehen wirst!*«, entfuhr es Tybalt. Dann, urplötzlich, kehrten das selige Lächeln und der Charme zurück in seine Züge. »Nein, nein … du bist doch noch keine Ebrâm, richtig?«

Zavah spürte, wie sich ihre Augen weiteten.

»Du bist noch viel zu jung. Wahrscheinlich eher … eine Lichtwächterin, habe ich recht? Mit einer besonderen Aufgabe für deine Reise?«

»Unmöglich«, wisperte Zavah. »Woher …«

Tybalt lächelte kalt. »Wenn du wüsstest, was man mit viel Geduld und genügend Langeweile alles aus einem Menschen herausholen kann. Es gab einmal eine Zeit, in der ihr vorsichtiger wart. Eure Besuche waren selten. Eine Kuriosität. Eine … Delikatesse.«

»Das … ist eine Lüge«, gab Zavah zurück. »Du … sagst das … um von mir … zu nehmen …«

Tybalt runzelte die Stirn. »Was? Nein, nein, ich bevorzuge eine wesentlich elegantere Herangehensweise. Ich denke, man kann Wahrheit und Schrecken zugleich vollbringen, wenn man die richtigen Worte wählt.« Ein ekelerregendes Knarzen erklang, als seine Eckzähne länger wurden. »Also höre mir gut zu, Zavah. Denn ich will unbedingt wissen, wie es schmeckt, wenn man einer so hellen Seele wie deiner endgültig das Licht nimmt.«

Scarlett

14. Dezember
NACHTBUCH von Scarlett Oaknight

Wir haben versagt.
Wir haben auf ganzer Linie versagt. Zavah hat recht behalten, genauso wie Arminius. Wir waren nicht bereit. Diese Dinger haben den Boden mit uns aufgewischt. Tybalt hat den Boden mit mir aufgewischt. Und jetzt haben die Menschen hier einen bitteren Preis dafür gezahlt.
Niemand weiß, woher sie gekommen sind oder warum. Dass sie ausgerechnet Arminius' Villa angesteuert haben und das ausgerechnet, während wir dorthin reisen, kann unmöglich ein Zufall sein ... Ohne Scott wären wir jetzt alle hinüber. Er hat es irgendwie noch im letzten Moment geschafft, gemeinsam mit seinem Weihwasserbeutel direkt auf dem Haufen Graberde zu landen, und den Dingern damit die Grundlage für ihre Fortbewegung genommen. Das hat Arminius und vielen anderen das Leben gerettet.
Ein Flügel der Villa liegt in Schutt und Asche. Niemand weiß, wer oder was die Explosion verursacht hat. Zum Glück sind all diejenigen, die sich in den Sicherheitsraum retten konnten, unverletzt geblieben. Ich glaube, Gaspar hat es

nur knapp aus der Feuerwand herausgeschafft, zumindest sah er so aus. Ich habe mich so merkwürdig gefühlt wie noch nie zuvor in meinem Leben, als er und sein Vater sich plötzlich aus dem Staub machen wollten, ohne die Nacht noch abzuwarten. Arminius hat das auch nicht sonderlich gefallen, glaube ich. Aber er hat dann irgendetwas über den Orden gemurmelt und genickt. Gaspar hat mir zugestottert, dass er sich noch nie so gut mit jemandem unterhalten hat wie mit mir und dass ich anders bin, als er gedacht hätte, dann hat er mir einen kleinen Zettel zugesteckt, als wir uns verabschiedet haben. Ich schreibe hier nicht, was darauf stand, falls das hier doch noch jemand lesen sollte. Alles, was ich im Moment sagen kann, ist, dass ich ihn so bald wie möglich wiedersehen will.
Den Rest der Nacht haben wir, so gut wir konnten, dabei geholfen, alle Opfer der Haemophagen wieder wach zu kriegen. Keiner von ihnen hat seitdem auch nur ein Wort rausbekommen. Die meisten haben einfach nur ins Leere gestarrt oder sind in Tränen ausgebrochen, bis sie wieder eingeschlafen sind.
Wir haben Zavah vollkommen durch die Mangel gedreht im Schutzraum vom Planetarium gefunden. Sie sagt die ganze Zeit, dass alles in Ordnung ist, aber das ist Blödsinn. Sogar ich kann sehen, was es mit ihr gemacht hat, so lange mit diesem Ding eingesperrt gewesen zu sein. Sie hat uns auch erzählt, dass sie gesehen hat, wie Tybalt sich vollkommen unversehrt davongemacht hat. Ich weiß nicht, wie ich mich deswegen fühle. Wegen ihm fühle. Irgendwie wusste ich, dass er das mit der Graberde überleben würde, noch bevor Scott mir alles erklärt hat. Ich glaube, das hat irgendwas mit diesem Schicksalsding zu tun, von dem Zavah andauernd

faselt. Was hat sie noch mal gesagt, wie meine Legung aussah?
»Die Königin der Schwerter, mit der VIII der Kelche. Eine gefährliche Frau auf der Suche nach Klarheit, die lernen muss, einen Teil von sich aufzugeben, um zu finden, was sie wirklich sucht.«
Hat dieser Mistkerl von einer Haemophage etwa recht? Macht meine Wut mich verwundbar? Angreifbar? Und wenn das die Wahrheit ist, muss ich dann die Bestia Enigma in mir für immer wegsperren? Ist das der Teil von mir, den ich aufgeben muss?
Nichts davon fühlt sich richtig an. Ich frage mich, wie wäre Reynard mit so einer Situation umgegangen? Und ein Teil von mir fragt sich sogar: Wie hätte Denneval sich verhalten? Die Bestie von Bisclavret ist damals ihrem Zorn verfallen und dadurch zu einem unaufhaltbaren Monster geworden. Und trotzdem habe ich ihn besiegt. Aber Reynard, der immer wie die zweite Seite einer Medaille für Denneval gewesen ist, habe ich nie die Kontrolle verlieren sehen, und dennoch ist Reynard jetzt derjenige von beiden, der tot ist.

Nachtrag: Habe gerade meinen Nachttisch aufgespießt. Kann nicht schlafen. Immer wieder frage ich mich, ob das die Wahl ist, die ich treffen muss. Ob ich meine Menschlichkeit behalte, dafür aber im nächsten Kampf gegen Tybalt sterbe – oder ob ich als Bestia Enigma gewinne, aber dafür als Monster unschuldiges Blut an meinen Händen kleben habe. »Um zu finden, was sie wirklich sucht.«–
So langsam glaube ich, ich will gar nicht finden, wonach ich wirklich suche.

Außer Hamish. Ich hoffe sehr, dass es ihm gut geht – irgendwas sagt mir, dass wir morgen endlich die Antworten kriegen, wegen denen wir eigentlich hergekommen sind. Und mein Bauch flüstert mir, dass unsere Schwierigkeiten gerade erst angefangen haben.

Scotts Traum

Der Himmel war ein anderer, als Scott ihn kannte.

Es gab keine Sterne, keine Konstellationen, nichts, woran er sich hätte orientieren können. Hoch über ihm brannte ein Kreis vollkommener Finsternis am Firmament, umrahmt von einer Krone aus glühendem Gold. Ringsum brachen Berge mit weißen Spitzen die Linien des Horizonts. Gefrorenes Wasser lag in toten Bachläufen.

Schneeflocken fielen auf seine gefühllose Haut, Eiskristalle formten sich auf seinen Wimpern. Ein Bitterwinter herrschte über dieses Land aus Nebel und Stein, doch selbst dessen gnadenloser, lebensvernichtender Frost war nicht so kalt und schwarz wie der Ort, an dem Scotts Herz hätte schlagen müssen.

SCHWERE STIEFEL AUF SCHNEE. BEISSENDER WIND.

GEDÄMPFTE MUSIK. KNARZENDES HOLZ.

Ein drängender Ruf lenkte Scotts Aufmerksamkeit auf sich – er kam von jenseits der dunklen Sonne.

»Gehen Sie nicht weiter, Sir! Kommen Sie unter keinen Umständen näher!«

Hamish!

FANFAREN. STAUNENDE RUFE.

EINSAMKEIT. VERLOREN.

»Schenkt Ihr mir diesen Tanz, mein Lord?«, hörte Scott Zavahs Stimme und fand sich auf dem vertrauten Ball seiner Albträume wie-

der. Der Klang ihrer Stimme vermischte sich mit einer unheimlichen, überirdischen Melodie, als sie weiterflüsterte: »Nichts kann es jetzt noch aufhalten.«

»Ich kann dich nicht verlieren!«, hörte Scott seine Stimme antworten, doch sie kam von demselben schwer zu fassenden Ort jenseits der schwarzen Sonne. »Ich kann nicht wieder alleingelassen werden!«

»Retten Sie sich selbst, Sir!«, beharrte Hamishs Stimme. »Hören Sie auf, nach mir zu suchen – sonst sind wir alle verloren!«

Er wusste nicht, wie die Steinschlosspistole in seine Hand gelangt war.

Er wusste nicht, warum er sie plötzlich auf die tanzende Zavah richtete.

Aber als der Schuss knallte, seine beste Freundin traf und der Traum zersplitterte wie ein geborstener Spiegel, verstand er, dass er einen Punkt überschritten hatte, von dem es kein Zurück mehr gab.

Nachtmahr-Phänotyp
Gattung: Oneirophage (Traumfresser)
Sucht Opfer im Schlaf heim
Heimsuchungssymptome: Albträume, Herzrasen, Sekundenschlaf
Vorzeichen: Ratternde Fensterläden, Aufgerissene Kopfkissen

Zavah

Zavah lief mit entschlossenem Gesicht durch das Einzelzimmer, um das sie Arminius gebeten hatte. Eine einsame Nimmerkerze – ihre eigene – flackerte bedrohlich und erfüllte den Raum mit blassblauem Licht. Drei Salzkreise und ein Schutzzirkel aus Tarotkarten zogen sich um das zerwühlte Bett. Vor dem geschlossenen Fenster ruhten Bewahrersiegel und gesegneter Turmalin.

Ein Geräusch aus dem Flur ließ Zavah zusammenzucken, gerade als sie die letzten Silben ihrer Wächterformeln sprach. *War das wirklich nur der Wind?*

Mit einer Hand am kalten Stein ihrer Trutzburg wanderte sie in Richtung ihres Bettes, zog dabei immer wieder die Nase hoch und schluckte Tränen hinunter. Ihre Finger fuhren abwesend über ihren unversehrten Hals, suchten nach den erhabenen zwei Punkten, die innerhalb weniger Minuten verschwunden waren.

Die Stimme ihrer Großmutter fand den Weg in ihren Geist, eine alte Erinnerung.

»Können wir nichts für ihn tun?«, sagte Zavah mitleidvoll. »Er ist verloren, Kind«, sagte Großmutter. »Er war es in dem Augenblick, als die Kreatur ihn auserkor.«

»Können wir nichts für ihn tun?«, fragte Zavah mitleidvoll. »Er

wurde doch erst einmal gebissen – du hast mir beigebracht, dass das nicht ausreicht!«

»Mein geliebtes Mädchen. Ich fühle deinen Schmerz. Doch wisse, dass die Wesen der Nacht niemals ruhen, ehe ihr Opfer mit dem dritten Biss einer der ihren wird. Selbst wenn wir dasjenige finden, was ihn erwählt hat, und es zerstören könnten, so würde schon bald ein Nächstes nach seiner Seele dürsten und den letzten Biss an seiner statt tun. Und wenn das geschieht, wird er als Erstes Jagd auf diejenigen machen, die einst sein Herz schlagen ließen.«

»Aber bis dahin – bis dahin können wir etwas tun! Irgendetwas!«

Großmutter schloss die Augen, endgültig.

Ab sofort würde *er* sie jede Nacht heimsuchen, durch die Schatten kommen, so unausweichlich wie das Schicksal. Vielleicht nicht morgen. Vielleicht nicht in einer Woche. Doch früher oder später würde es geschehen. Und bis dahin würde Zavah sich langsam verwandeln. Schon bald würde der Durst kommen.

Freunde zu Beute werden.

Und wenn die Zeit gekommen war, so betete Zavah, war Scott so weit weg von ihr, wie er nur konnte.

Teil IV

Der Schatten von Bragoviszte

Scarlett

»Sehen Sie das hier?«, fragte Arminius und trat von der enormen Konstruktion zurück. Die gewaltigen Ringe, in deren Mitte die Sonne als überdimensionaler Kreis aus Gold stand, drehten sich mit dem steten Rattern und Knacken riesiger Zahnräder umeinander.

Scarlett konnte sehen, wie sich aus dem scheinbaren Chaos der Planetenbewegungen langsam, aber sicher eine Art gerade Linie hervorhob.

»Schon«, antwortete sie und verschränkte die Arme. »Aber was soll das bedeuten?«

Ihr Bruder trat neben Arminius und kniff die dunkel umringten Augen zusammen.

»Eine … Sonnenfinsternis?«, fragte er laut. Etwas an seiner Miene änderte sich.

»Ganz recht, Eure Lordschaft«, bestätigte Arminius. »Und keine gewöhnliche, wenn ich anmerken darf. Diese Konstellation ist Teil eines größeren Musters, das wir bereits seit vielen Jahrhunderten verfolgen – allerdings ist besagte Sonnenfinsternis tatsächlich vorerst die wichtigste davon.«

»Der Konvergenz-Zyklus«, murmelte Zavah erschrocken, dann, als ob jemand sie bei etwas Verbotenem erwischt hätte, zuckte sie zusammen und kratzte sich peinlich berührt den

Hinterkopf. »Ähm. Fahren Sie gerne fort, Herr Arminius. Ich wollte Sie nicht unterbrechen.«

Der Geheimrat musterte die Seherin nachdenklich. Höflich, aber merkwürdig alarmiert fragte er: »Woher, sagtet Ihr, stammt Ihr noch gleich?«

»Das ist wie in meinen Träumen«, sagte Scott plötzlich. Scarlett horchte auf, als er unsicher in die Runde blickte.

»Was meinst du?«, sagte sie. »Deine Albträume?«

»Ja«, antwortete ihr Bruder.

»Albträume?«, wiederholte Arminius.

»Vielleicht hat mein Verstand bereits unterbewusst Informationen gesammelt, deren Bedeutung mir noch nicht ganz zugänglich ist«, erklärte Scott und deutete nachdenklich auf das riesige – wie hatte Arminius es genannt? Ein Astrolab? Ein Sternenguckdings.

»Was genau träumst du denn?«, fragte Zavah besorgt und räusperte sich. Sie sah aus, als würde sie sich von finsteren Gedanken ablenken wollen.

Scott zierte sich. »Nun – es ist mehr eine Aneinanderreihung von Eindrücken als eine konkrete Handlung«, sagte er und winkte ab. »Ich bin mir sicher, dass es nichts zu bedeuten hat.«

»Träume sind ein Fenster in unsere Seele«, sagte Zavah. Ihre Worte brachten Arminius zum Schmunzeln. »Bitte, sag uns, was du siehst.«

Scott verlagerte das Gewicht von einem Fuß auf den anderen.

»Na schön … also, zum einen ist da etwas, das eine Sonnenfinsternis zu sein scheint, über mir. Ich höre Hamishs Stimme, die uns davor warnt, weiter nach ihm zu suchen.«

Der Satz hinterließ einen bitteren Geschmack auf Scarletts

Zunge, und ein Blick in die Gesichter der anderen machte klar, dass es ihnen ähnlich erging.

»Dann sehe – höre ich Eindrücke von einer Art Tanzball. Und …« – er sah flüchtig zu Zavah herüber, dann schulterzuckend zu Boden – »Zavah ist ebenfalls mit mir dort.«

Die Seherin wirkte betroffen. »Und es ist … ein Albtraum?«

Scott nickte zögerlich. »Das, was es so unheimlich macht, ist diese merkwürdige Melodie. Ich bin mir nicht einmal sicher, ob ich ihren Klang in Worte zu fassen imstande bin. Alles, was ich weiß, ist, dass ich in Gefahr bin – denke ich.«

Arminius lauschte aufmerksam und nickte nachdenklich. Kurz sah er zu Zavah herüber, als würde er auf etwas warten, dann sagte er: »In meiner Erfahrung offenbart sich die wahre Bedeutung eines Traums meist erst mit der Zeit. Vorerst würde ich entsprechend vorschlagen, dass wir unsere weitere Handlungsweise beratschlagen – es gibt nämlich eine äußerst beunruhigende Antwort auf die Frage der jungen Lady Oaknight, wie ich fürchte.«

Scarlett verzog den Mund. »Bei dem Glück, das wir immer haben, wird irgendetwas echt Wichtiges passieren, wenn dieses besondere Himmelsereignis ansteht – und wenn wir nicht vor Ort sind, wenn es so weit ist, wird es so richtig üble Konsequenzen geben. Na, wie nah war ich dran?«

Arminius nickte anerkennend. »Ich fürchte eben das, meine verehrten Freunde.«

»Also, was ist es?«, fragte Scott.

Arminius seufzte. Er setzte mehrere Male dazu an, etwas zu sagen, hielt aber schließlich inne und verschränkte die Hände hinter dem Rücken. Sein Blick wurde ernst. »Was ich Ihnen jetzt mitteile, darf *niemals* dieses Haus verlassen. Jedes Wort davon unterliegt allerstrengster Geheimhaltung. Ich hoffe, ich habe mich deutlich genug ausgedrückt.« Er sah in die Runde, als würde er auf eine Erlaubnis warten. Als schließlich alle andächtig nickten, begann er, nachdenklich um die gewaltige Maschine herumzuwandern. »Vor sehr langer Zeit – soweit wir wissen, etwa vor knapp einem Jahrtausend – gelang es dem Mercurius-Orden, eine uralte Haemophage zu zerstören. Kurz bevor das Monstrum sein Ende fand, sprach es eine Art … Prophezeiung aus. Dies, so sprach es, sei erst der Anfang. Eines Tages würde es zurückkehren und in seinem Blute wiederauferstehen – gewappnet mit allem Wissen, aller Erfahrung und allen Fähigkeiten, die es im Laufe seiner unnatürlich verlängerten Existenz erworben habe – im kalten Schatten des Mondes.«

»Und?«, fragte Scarlett. »War das nur Geschwätz? Ist es zurückgekehrt?«

Arminius hielt inne und ließ die Schultern sinken.

»Leider ja«, sagte er. »Etwa dreihundert Jahre später.«

»Ich tippe mal, dass es keine besonders nette Angelegenheit gewesen ist.«

»Fürwahr«, bestätigte der Geheimrat. »Nur mit äußersten Mitteln konnte der Orden die Haemophage ein weiteres Mal vernichten.«

Scarlett fühlte einen Gedanken durch ihren Kopf blitzen und ihr Blick traf den ihres Bruders.

»Die Haemophage, von der du uns vorgelesen hast«, stellte sie fest und Scott nickte.

»Hat es dieses Mal funktioniert?«, fragte er. »Ist die Haemophage wiederaufgetaucht?«

Arminius wandte sich ihnen zu. »Der Grund dafür, warum wir sie überhaupt erst so spät auffinden konnten, war nicht ihr heimliches Vorgehen«, erklärte er. »Sie hat eine Spur der Verwüstung hinterlassen.«

»Ich verstehe das nicht«, gab Zavah zu bedenken. »Man wusste doch, wie sie aussah?«

»Das dachten wir auch«, antwortete Arminius. »Leider ... ist sie in einem anderen Körper zurückgekehrt.«

»*Wie bitte?*«, stieß Scott ungläubig lachend aus. »Was für ein Unsinn!«

»Ich beliebe in derlei Angelegenheiten nicht zu scherzen, Euer Lordschaft«, erwiderte Arminius finster. »Uns war damals nicht bewusst, dass die Drohung der Haemophage wortwörtlich gemeint war.«

Scarlett runzelte die Stirn. »Was soll das denn jetzt schon wieder heißen?«

Zavah trat vor. »Bei den Lichtern – ihr Blut. Sie ist in *ihrem Blute* wiederauferstanden, nicht wahr?«

Scarlett verzog die Oberlippe. »Hä?«

Arminius vollführte eine reuevolle Geste. »Wir haben alles in unserer Macht Stehende getan, um die Überreste der Kreatur zu vernichten – und waren erfolgreich.« Er hob bedeutungsvoll einen Finger. »Bis auf eine Sache.«

Langsam dämmerte es Scarlett. »Das Blut. Das Blut der Haemophage, das in den Monstern weitergelebt hat, die es erschaffen hat.«

Der Geheimrat schüttelte den Kopf. »Nicht ganz – die Blutlinie setzte sich in den noch lebenden Verwandten fort. So konnte die Kreatur unbemerkt weiterexistieren, an mehreren Orten gleichzeitig, und ihrer Rückkehr harren.«

Zavah ließ ihren Blick durch das Planetarium streichen. »Aber sie benötigte einen ganz besonderen Zeitpunkt, um sich im Körper des Nachfahrens zu manifestieren, nicht wahr?« Sie betrachtete ernst die Himmelskonstellation des Astrolabs. »Was wäre für das Wiederauferstehen eines Vampirs ein perfekterer Augenblick als eine Sonnenfinsternis?«

Arminius neigte lobend das Haupt. »Präzise.«

»*Deshalb* die Aufzeichnungen!«, stieß Scott hervor. »Das waren keine einfachen Stammbäume, über die Sie Hamish mit Ihren Nachrichten auf dem Laufenden gehalten haben – es sind Aufzeichnungen über die potenziellen Nachfahren dieser legendären Haemophage!«

»Sein Name«, erklärte Arminius in einem Ton, der Scarlett einen Schauer über die Unterarme jagte, »änderte sich im Laufe der Jahrhunderte. *Geißel der Finsternis. Sonnentöter. Meister des Blutes.* Die einzig jemals dokumentierte Haemophage, die die Fähigkeiten aller hohen Vampire in sich vereinte: *Laertes, Lord der Dunkelheit.*«

»Aber der Aufwand«, stockte Scott ungläubig. »Diese Aufzeichnungen instand zu halten, muss den Orden unvorstellbare Ressourcen gekostet haben!«

Arminius hob eine Augenbraue. »Das hat es in der Tat.«

Plötzlich fror Scarlett ein, ihr Atemzug in der Bewegung erstarrt.

»Aber – aber *Hamish* stand auf dieser Liste!«, rief sie fassungslos. »Der blutige Daumenabdruck, der die Seite markiert hat! Der Hinweis, den er uns überlassen hat, hat seinen Namen unterstrichen!«

»Bei den Lichtern«, keuchte Zavah.

»Was?«, erwiderte Arminius perplex. »Warum haben Sie mir das nicht eher mitgeteilt? Sie erwähnten lediglich, dass Sie daran die letzte aufgeschlagene Seite rekonstruieren konnten!«

»Ganz ruhig«, versuchte Scott mit besänftigender Geste. »Herr Geheimrat, nur damit ich Sie klar und deutlich verstehe – *ist* Hamish ein potenzieller Nachfahre dieser Haemophage – dieses Lord Laertes?«

»Potenziell«, wiederholte Arminius entschieden. Er runzelte mahnend die Stirn. »Und mit exakt diesem Informationsstand sollten wir auch weiterhin unsere Überlegungen fortsetzen. Es kommen neben ihm noch Dutzende anderer Personen infrage. Hinzu kommt, dass es berechtigte Zweifel betreffend der Lückenlosigkeit unserer Aufzeichnungen gibt – Eure Lordschaft merkten selbst soeben an, welch Aufwand für ihre Vollständigkeit notwendig ist.«

»Das ist kein Zufall«, sagte Zavah laut. »Es kann *unmöglich* ein Zufall sein. Hamish wird von einer Haemophage verschleppt, nur wenige Wochen vor dem Erscheinen einer Sonnenfinsternis?«

»Keine gewöhnliche Sonnenfinsternis«, merkte Arminius an. »Diese gesonderte Form findet nur alle dreihundertdreiunddreißig Jahre statt.«

Scarletts Gedanken rasten, liefen sich gegenseitig über den Haufen und verwickelten sich zusammen mit ihrer Angst um Hamish in ein chaotisches Knäuel. Hilfe suchend sah sie zu ihrem Bruder hinüber, in dessen Gesicht es bereits wieder arbeitete, kalkulierte, ordnete.

»Wo«, sagte Scott nur, die Hand nachdenklich über Mund und Kinn gelegt.

»Wie meinen?«, fragte der Geheimrat.

»Eine Sonnenfinsternis ist nicht einfach überall auf der Welt zu sehen«, erklärte Scott nachdrücklich. »Und um genau zu sein, ist der Punkt, an dem ihr exakter Schatten auf die Erde fällt, beinahe winzig. Kaum größer als ein Umkreis von vielleicht einhundert Kilometern, wahrscheinlich sogar weniger.« Er sah hochkonzentriert auf. »Also: Wo würde dieser Schatten hinfallen, exakt?«

Arminius wirkte plötzlich hellwach. »Meine Güte – Eure Lordschaft haben vollkommen recht! Warten Sie!« Der Geheimrat hastete hinüber zu dem Urwald aus schweren Hebeln, die das Himmelsgestirn zum Leben erweckten. Kurz darauf schien der Boden zu erbeben, und vor die halbrunden Fenster des Planetariums zogen sich wie von Geisterhand enorme Vorhänge, die den Raum verdunkelten. Das Innere der goldenen Sonne flackerte auf, erst schwach, dann immer stärker und kräftiger. Staunend beobachtete Scarlett die Vorrichtung dabei, wie sie den blassen Mond von der Rückseite her erleuchtete und sich ein kreisförmiger schwarzer Punkt auf der bronzefarbenen Oberfläche der Erde materialisierte. Die Gravuren auf dem künstlichen Erdball, so fein eingraviert wie die auf dem Globus des Haemophagiums, gaben Kontinente, Gebirge und Landesgrenzen preis.

»Da!«, rief Zavah. »Dort im Osten – was für ein Land ist das?«

»Das – das ist *Vallachia*«, rief Scarletts Bruder fasziniert. »Ein altes Fürstentum nahe der –«

»Mein Gott«, flüsterte Arminius fassungslos, dann drehte er sich aschfahl zu Zavah herüber. »Das – das kann wirklich unmöglich ein Zufall sein!«

»Wovon reden Sie da, Mann?!«, bellte Scarlett, dann drückte sie die Augenlider aufeinander und zwang sich bewusst, sich abzukühlen. »Ich meine – erzählen Sie uns bitte, was das zu bedeuten hat – was ist in Vallachia?«

»Der Ort, an dem die Sonnenfinsternis am stärksten sichtbar sein wird«, sagte der Geheimrat, »ist *Bragoviszte.*«

»Und das heißt …?«, knurrte Scarlett ungeduldig.

»Das«, sagte der Geheimrat und sah nacheinander Scarlett, Scott und Zavah in die Augen. »Ist seine Heimat. Bragoviszte ist Hamishs Geburtsort.«

Scott

»Ich werde alles für Ihre Überfahrt veranlassen«, rief Arminius abgehetzt und winkte immer wieder Bedienstete herbei. »Sie werden mit einem der Schoner meiner Handelsgesellschaft reisen – der *Persephone* –, ich werde in der Zwischenzeit den Orden kontaktieren!« Scott überprüfte den Inhalt der grünlich angebrannten Truhen auf Vollständigkeit, dann auf Beschädigungen, während der Geheimrat seiner Schwester dabei half, ihre Reisekleidung umzupacken. »Wenn möglich, wird man Ihnen eine Einsatztruppe nachschicken – tun Sie alles in Ihrer Macht Stehende, um meinen alten Freund zu finden. Falls er wider Erwarten tatsächlich nicht in Bragoviszte sein sollte, setzen Sie absolut alles daran, die Rückkehr von Lord Laertes aufzuhalten, bis Hilfe eintrifft!«

»Wo sollen wir anfangen?«, fragte Scott rasch.

»Hören Sie sich im Dorf um«, erklärte Arminius. »Lassen Sie keinen Stein auf dem anderen.«

»Sicher?«, fragte Scarlett feixend und warf ein angesengtes Hemd fort. »Das letzte Mal, als wir für Ermittlungen in einen Ort gereist sind, stand er hinterher in Flammen.«

Arminius runzelte die Stirn und sah Scott fragend an.

»Ähm, die anderen haben angefangen«, antwortete Scott verlegen.

»Sind die Waffen in Ordnung?«, rief Scarlett.

»Mehr oder weniger«, kalkulierte Scott und rümpfte ob des geschwärzten Laufes seiner Lieblingspistole die Nase. »Was ist mit unserer Kleidung?«

»Deine Spazierstöcke sind abgefackelt.«

»Was?!«

»Uuund du hast nur noch drei maßangefertigte Schlafanzüge.«

»Das ist eine *Katastrophe!*«

»Wie ist Euer Vallachisch, Eure Lordschaft?«, fragte der Geheimrat.

Scott sah zeitgleich mit seiner Schwester auf, dann machten sie gemeinsam: »Ähhh.«

»Ein bisschen eingerostet?«, entgegnete Scotts Schwester mit verzogenem Gesicht.

»Ähem«, machte Scott und hob eine Augenbraue. »Ich bin durchaus in der Lage, jemandem einen guten Tag oder eine gute Nacht zu wünschen oder Ja und Danke zu –«

Arminius nickte mehrere Male eilig und schnitt ihm mit einer Geste das Wort ab. »Madame Zavah versicherte mir einschlägige Kenntnis der Sprache, sie wird entsprechend für Sie übersetzen. Da wir gerade von ihr sprechen – wo ist Madame Zavah zu diesem Zeitpunkt?«

»Sie wollte noch irgendwelche Kristalle aus ihrem Zimmer holen oder so was«, gab Scotts Schwester vor ihm zurück. »Da fällt mir ein – dürfen wir uns Knoblauch von Ihnen ausleihen?«

Scott hob den Zeigefinger. »Und Silbernitrat! Und Bindelösung!«

»Ich – ich werde sehen, was sich einrichten lässt«, antwortete der Geheimrat. »Ich werde ebenfalls für Reiseproviant sorgen lassen, so gut es die Küche in ihrem derzeitigen Zustand hergibt, heißt das.«

Scott erhob sich und schüttelte dem Geheimrat die Hand.

»Ich danke Ihnen aufrichtig und vielmals für Ihre Unterstützung, Herr Geheimrat«, sagte er. »Ich darf bei dieser Gelegenheit eine längst überfällige Einladung nach Oaknight Manor aussprechen.«

Arminius legte sich bescheiden eine Hand auf die Brust und neigte das Haupt.

»Ich bin geehrt.«

Plötzlich hielt Scarlett inne.

»Herr Geheimrat«, sagte sie sonderbar sanft und drehte sich zu ihm. »Sie haben erwähnt, dass Sie unsere Eltern kannten, richtig?«

Arminius pausierte das Packen. »Ja, in der Tat.« Er straffte sich. »Eine Ehre, wenn ich anmerken darf, Mylady.«

Scott fragte sich, worauf seine Schwester hinauswollte. Scarlett trat vor, seufzte kaum hörbar und zuckte mit den Schultern, eine eigentümlich hoffnungsvolle Miene auf ihrem Gesicht. »Wie waren sie so?«, sagte sie. Als Arminius verwirrt die Augen zusammenkniff, fügte sie hinzu: »Wir kannten sie nur als unsere Eltern, die Handelsreisenden. Nicht als die Personen, die sie tatsächlich waren. Als Jäger und Jägerin.«

Scott erwischte sich dabei, wie er ebenfalls aufhörte zu packen. Arminius nickte.

»Ich verstehe«, deutete er an. Mit einem Schmunzeln auf den Lippen ließ er den Blick durch die Luft gleiten und verschränkte die Hände hinter seinem Rücken. »Sie waren, wenn ich ehrlich und offen sprechen darf, nicht wie andere Jäger oder Jägerinnen, die ich kennengelernt habe. Viele der Männer und Frauen, die in unseren Diensten stehen, sind … abenteuerlustig. Rau. Pragmatisch. Ihre Eltern hingegen schienen jedoch für *mehr* zu stehen. Mich beschlich stets der Eindruck, Connor und Elizabeth Oaknight traten nicht um des Kampfes willen der Dunkelheit entgegen, sondern vielmehr, um Menschen zu schützen.« Er bedachte Scott und seine Schwester mit einem vielsagenden Blick. »Besonders diejenigen, die ihnen lieb und teuer waren.«

Als Scott sah, dass der Blick seiner Schwester glasig geworden war, bemerkte er einen Kloß im Hals, den er jedoch mit aller Gewalt wieder hinunterschluckte.

Konzentriere dich auf die nächsten Schritte, mahnte er sich und packte weiterhin die Truhe. *Du nützt niemandem, wenn du jetzt emotional wirst.*

»Wie haben Sie Mama in Erinnerung?«, fragte Scarlett lächelnd, aber mit vorsichtigem Ton. »Irgendetwas, was Ihnen von ihr im Gedächtnis geblieben ist?«

Arminius schmunzelte verschwörerisch.

»Nun, sie machte den Eindruck einer Frau auf mich, der hin und wieder auch einmal die Hutschnur reißen konnte«, sagte er. »Manchmal auf amüsante Art, muss ich zugeben. Jedoch zu anderer Gelegenheit auch in gewisser Weise Furcht einflößend, sollte ich hinzufügen.« Scott stahl einen Blick in Richtung seiner Schwester. Sie sah nachdenklich zu Boden. Eine Träne lief ihre Wange hinab. »Ich nehme an, Mylady, dass ihr Verhältnis gelegentlich … komplex werden konnte?«

»O ja«, sagte Scarlett leise. »Das konnte es.« Sie sah zu Scott, der schnell so tat, als hätte er gar nicht zugehört. »Und Papa?«

Arminius lachte überraschend laut auf.

»Verzeihung – aber Ihr Herr Vater war ein Gaukler und ein

Pistolenheld«, sagte er entschieden. Dann nickte er anerkennend. »Und ein außergewöhnlich zäher Hund, wenn Sie mir die Bemerkung gestatten. Hat sogar einmal einem Heuler ins Ohr gebissen, als er seine Waffen verlor, ins Ohr, sage ich! Stellen Sie sich das nur einmal vor!« Er schüttelte ungläubig den Kopf, während Scarlett schallend lachte, die Nase hochzog und sich mit dem Handrücken die Wange abwischte. »Und stets einen flotten Spruch auf der Zunge, selbst zu den unpassendsten Gelegenheiten. Ein echter Draufgänger.«

»Und er hatte nicht besonders viel übrig für Bücher«, hörte Scott sich kalt hinzufügen. »Oder für Menschen, die sich viel aus Büchern machen.«

Aus irgendeinem Grund schien das seine Schwester und den Geheimrat einfrieren zu lassen. Sie sahen mit schwer zu deutenden Blicken in seine Richtung und für einen Moment lang lastete Stille auf dem Augenblick. Scott musterte beide und entschloss sich, der unausgesprochenen Erwartungshaltung auf ihren Gesichtern nicht nachzukommen. Krachend ließ er einen seiner Notizbände in seine Truhe fallen und schlug sie zu. »Kommt jetzt. Wir müssen uns auf eine Jagd vorbereiten.«

Arminius

Arminius saß allein im Chaos des ruinierten Speisesaals auf dem letzten noch stehenden Stuhl. Melancholisch sah er durch die großzügigen Fenster dem Farbenspiel der untergehenden Sonne dabei zu, wie es geduldig die Felder hinter der Villa überzog. Er war sich nicht sicher, ob seine Stimmung eine Spätfolge der nächtlichen Konfrontation war oder ob es ihm tatsächlich so schlecht ging, wie er sich fühlte.

Findet ihn, wanderte seine Stimme durch seinen Geist. *Ich bete, dass ihr dieses Mal rechtzeitiger eintrefft als hier, auf dass eine weitere Katastrophe vereitelt werden kann.*

Mit einem missmutigen Seufzen erhob er sich, klopfte gemächlich auf seine Sitzgelegenheit – und sie fiel auseinander. Arminius verzog das Gesicht.

»Herr Geheimrat?«, rief eine aufgeregte Stimme. Heribert.

»Ja?«, antwortete Arminius.

»Neuigkeiten, Herr Geheimrat«, sagte Heribert und verbeugte sich flüchtig. »Nachricht vom Orden, Herr Geheimrat.« Er zögerte. »Mit Siegel vom Zirkel der Säulen.«

Arminius runzelte die Stirn. Ein unangenehmes Gefühl breitete sich in seinem Magen aus, als ob man ihm soeben mitgeteilt hätte, das sein Frühstück verdorben gewesen war.

»Bitte«, machte er nur und streckte Heribert die Hand entgegen. Der Leibdiener nickte und händigte ihm den schweren Umschlag aus.

Keine frohe Kunde.

Er brach das Siegel, entfaltete das Papier – seine Augen erfassten den Text in Gänze, dann in Zeilen. Er spürte, wie sich seine Miene zunehmend verdüsterte.

»Tot …?«, murmelte er voller Unglaube.

»Mein Herr?«, hakte Heribert nach.

Arminius sah auf. »Bereiten Sie eine Kutsche für mich vor.«

»Der Brief?«

»Verbrennen. Sofort.«

»Sehr wohl – wohin werden Sie reisen?«

Arminius musterte ihn finster, dann sah er zurück durch die Fenster und fühlte, wie ihm die Seele schwer wurde, als er den großen, abgehärmten Raben auf einer der angeschwärzten Ulmen im Vorhof landen sah.

»Nach Venetien.«

LOGBUCH DES SCHONERS »PERSEPHONE«

Abschrift Briefverkehr zwischen Dr. Isaiah Rothfels und Prof. Dr. Nicodemus van Helsing –

Sehr geehrter Kollege,

anbei sende ich Ihnen bereits angesprochenes Dokument, welches Ihnen bei der Behandlung des von Ihnen in Obhut genommenen Patienten hoffentlich eine entschiedene Hilfestellung bietet.

– Abschrift Ende –

LOGBUCH DES SCHONERS »PERSEPHONE«

16. Dezember – (unleserlich) … ebenso wie drei im Voraus privat zahlende Passagiere aufgenommen. Ein caledonischer Lord, seine Schwester und ein sonderbares gallisches Mädchen, die gemeinsam reisen. Gepäck in Truhen untergebracht, unter Deck verstaut. Bei gutem Wetter aufgebrochen.

17. Dezember – Quartiermeister will in der Nacht das gallische Mädchen auf Deck schlafwandeln gesehen haben. Zurück zu den Caledoniern eskortiert.

18. Dezember – Koch hat Passagiere dabei unterbrochen, merkwürdige Waffen aus Truhen zu inspizieren. Habe den hochnäsigen Lord zur Rede gestellt. Koch beschwert sich über Appetit der Schwester, die kaum eine Mahlzeit bei sich behält. Quartiermeister berichtet von Albträumen und bittet um zusätzliche Nachtwache. Ungewöhnlich, da stets zuverlässiger und verlässlicher Mann, den so schnell nichts aus der Fassung bringt.

19. Dezember – Quartiermeister zunehmend ungebührliches Verhalten. Verdächtigt gallisches Mädchen, ihn des Nachts meucheln zu wollen. Caledonischer Lord bietet an, Nachtwache zu verstärken. Gallisches Mädchen fiebert. Mannschaft besorgt über Ausbruch von Krankheit. Klage jetzt ebenfalls über Albträume. Hoffe, habe mir den Aberglauben der Männer nicht angewöhnt. Koch beklagt verschwundene Hühner. Schwester des Lords beteuert Unschuld.

21. Dezember – Mannschaft unruhig. Quartiermeister besteht darauf, gallisches Mädchen über Bord zu werfen, nachdem er sie beim Stehlen von Salzvorrat erwischt hat. Auseinandersetzung mit Lord und Lady Oaknight nur knapp verhindert. Eigene Albträume häufen sich.

23. Dezember – (unleserlich) … blinder Passagier muss mit an Bord sein. Tiere für Überfahrt verschwunden. Habe der Mannschaft vorgeschlagen, das Schiff bei Tage zu untersuchen. Quartiermeister besteht darauf, Passagiere für die Dauer in Kabine einzusperren. Habe gewähren lassen; Schiff ausgiebig untersucht, nichts und niemanden gefunden – immense Kratzspuren überall an Bug des Schiffes entdeckt. Kann mich nicht entsinnen, im Hafen mit Anlegestelle oder anderem Schiff kollidiert zu sein. Männer beteuern, in der Nacht entsprechende Geräusche gehört zu haben. Erster Maat beunruhigt über angebliche schwarze Magie des gallischen Mädchens, die darauf beharrt, lediglich Karten für Wahrsagerei zu legen.

25. Dezember – Mannschaft in besserer Verfassung. Albträume haben nachgelassen. Gallisches Mädchen erholt sich immer schneller. Lord und Lady Oaknight betreiben Schuss- und Fechtübungen auf Deck. Überfahrt läuft weiterhin gut.

26. Dezember – Quartiermeister verschwunden. Erster Maat hat Fetzen dessen Mütze an Galionsfigur entdeckt. Mannschaft schwierig unter Befehlsgewalt zu halten. Passagiere bieten Hilfe an, habe abgelehnt und geordert, dass sie in ihrer Kabine bleiben. Erster Maat zunehmend irrational. Hat sich in Kajüte eingeschlossen, um zu beten. Nachtrag – Nebel aufgekommen. Kratzspuren jetzt

auch auf Deck. Mannschaft nur noch bewaffnet auf Nachtwache. Albträume mit außerordentlicher Heftigkeit zurückgekehrt. Sehe immer wieder Gestalt mit langem Haar in den Schatten, die meinen Namen flüstert.

28. Dezember – Niemand schläft mehr. Mannschaft erschöpft. Erster Maat wahnhaft. Passagiere bieten abermals Hilfe an, habe dieses Mal angenommen. Lord und Lady Oaknight beim Streiten beobachtet. Gallisches Mädchen weigert sich, zu essen, wirkt in sich gekehrt. Hat aufgehört, zu singen. Spricht im Schlaf laut von Schatten, der sie verfolgt.

29. Dezember – Nebelbänke weiterhin gegen erwartete Windrichtung. Versuch, vorzeitig an Land zu gehen, fehlgeschlagen – jemand (blinder Passagier?) hat Hauptsegel zerschnitten. Lady Oaknight beharrt darauf, dass es niemand von ihnen war. Habe Lord Oaknight dabei belauscht, wie er von Krallenspuren gesprochen hat. Nebel scheint uns zu folgen. Vorräte sind weit vor ihrer Zeit verfault. Keine Mittel mehr, Wasser abzukochen. Müssen zwingend in zwei Tagen an Land, sonst droht Verdursten der Mannschaft. Verstehe nicht, was hier geschieht.

30. Dezember – Albträume jetzt auch im Wachzustand. Männer wollen immer wieder gallisches Mädchen dabei gesehen haben, wie sie sie verfolgt.

Konfrontation mit Oaknights nicht zu vermeiden gewesen. Handgreiflichkeiten eskaliert. Oaknights haben Kommando übernommen. Lady Oaknight befiehlt, sich in Kajüten einzuschließen, während sie und ihr Bruder Wache halten. Lord Oaknight dieses Logbuch gegeben, besteht darauf, dass jedes Detail wichtig ist. Haben uns darauf geeinigt, in der kommenden Nacht in einer letzten Anstrengung an Land zu gehen. Lady Oaknight hat im Alleingang Hauptsegel repariert und ist geklettert wie eine Spinne. Gallisches Mädchen fiebert erneut. Bat darum, dass man sie in ihrer Kabine einsperrt.

(unleserlich) OAKNIGHTS UND MANNSCHAFT AN LAND HABE ES GESEHEN HAT MEINE TRÄUME GEFRESSEN HABE DIE ERINNERUNG AN DIE SONNE VERLOREN WIR HABEN PERSEPHONE VERBRANNT ALBTRÄUME HÖREN NICHT AUF ALLE HEILIGEN IM HIMMEL HELFT UNS

Zavah

Vallachia

Zavah hatte die nahende Grenze des Landes schon gespürt, bevor sie diese mit Scott und Scarlett in der nach uraltem Holz duftenden Kutsche überschritten hatten. Erst waren die Zeichen unscheinbar: Die Bäume der Wälder wurden schlanker und knorriger, suchten die Nähe ihrer weniger werdenden Brüder und Schwestern für Wärme und Halt. Der Himmel und seine Wolken wogen schwerer, durchliefen scharfes Zinnoberrot und traumgleiches Lavendel auf der Flucht vor dem einbrechenden Winter. Das Erdreich verdunkelte und verhärtete sich, sodass seine Wurzeln um jedes Stück kargen Lebens kämpfen mussten. Der Gebirgspass schüttelte die Kutsche wie einen Eindringling, den er zu erdrosseln gedachte.

Zavah blendete die Stimmen der Oaknights aus, als ihre Blicke die endlose Weite Vallachias um eine Antwort anflehten, um Rettung, um Erlösung, jenseits der dunklen Seite des Zwielichts, das sich nun langsam über sie legte.

Drei Tage, klang es in Zavah wieder. *Wir haben drei Tage bis zur Sonnenfinsternis. Um Hamish zu finden, das drohende Unheil abzuwenden.*

Und zwei Bisse bis zur Besiegelung ihres eigenen Schicksals.

Man sagte, dass diese geheimnisumwitterte Landschaft eine magische Anziehungskraft auf den Aberglauben und die Ängste der Menschen ausübte. Die stets verfolgt wirkenden Seelen, die diesen unwirtlichen Ort ihr Zuhause nannten, vollführten für jedes von ihnen gesprochene Wort eine Geste des Schutzes oder der Abwehr von bösen Geistern. Fragen, die Zavah für Scott und Scarlett gestellt hatte, waren stets mit Schweigen beantwortet worden oder abwehrenden Handbewegungen und der Beteuerung, »nichts zu wissen«. Wörter waren selten, kostbar – und Zavah erkannte in den Augen der Menschen Vallachias das alte Wissen um die Ohren und Augen der Finsternis. Melodien wurden nur leise gesummt, Gebete geflüstert, Schönheit wurde verborgen, kleiner, kostbarer Herzensreichtum versteckt … und doch waren die Wegesränder und steilen Pfade gesäumt von zahllosen kleinen Schreinen, jeder einzelne davon überhäuft mit Kerzen, Amuletten, Kränzen und dunklen Rosen. Tapfer brannten die Lichter in den kleinen Trutzburgen aus filigran gearbeitetem Felsgestein, eine Erinnerung daran, dass es in den Herzen der davor niederknienden Frauen und Kinder trotz aller Dunkelheit auch noch eine unlöschbare Hoffnung auf den ewigen Wiederaufgang der Sonne gab.

Zavahs Blick verschmiedete sich für einen Augenblick lang mit dem einer jungen Frau, die sich ob der nahenden Kutsche von ihrer Rast an einem ebendieser Schreine erhob. Ihr Gesicht war eingefallen, ihre Augen von dunklen Ringen unterzogen.

Ihr armen Seelen, schienen ihre Augen zu sagen. *Wie traurig, dass auch euch das Schicksal an diesen lichtverlassenen Ort geführt hat.* Die Frau bedachte Zavah mit einer beschützenden Geste und einer Segensgebärde, die Zavah so schon sehr, sehr lange nicht mehr gesehen hatte. Müde versuchte sie, sich ein

Lächeln abzuringen, aber ihre Wangen und Lippen waren so eiskalt, dass sie sich nicht bewegten. Die Frau verschwand aus ihrem Sichtfeld. Ihr ihre Güte nicht ihrerseits mit einem Segensgeschenk zu beantworten, schmerzte Zavah tief in ihrer Brust … und der plötzlich einsetzende Schrecken darüber, wie schnell das Kerzenlicht dieses Schmerzes erlosch, als würde es von einem Paar blasser, uralter Finger einfach ausgepresst, verflog grausamerweise noch schneller, als er gekommen war – nur eines von vielen düsteren Omen für das, was im Laufe ihrer Verwandlung mit ihr geschehen würde.

Nicht zum ersten Male auf dieser Reise wanderte ihre Hand abwesend in ihre tiefste Rocktasche, griff nach den vertrauten Buchseiten ihres täglichen Vermissmeinnicht, um sich der Wärme darin zu vergewissern, und fand nichts mehr. Die grünen Flammen hatten es gefressen.

»Und du glaubst tatsächlich, es war dieser Tybalt?«, fragte Scott und riss Zavah damit aus ihrer Düsternis und wieder zurück in das Innere einer stinkenden, schaukelnden Kutsche.

»Ich mag den Gedanken auch nicht besonders«, antwortete Scarlett und verschränkte die Arme. »Aber ich glaube, er hat seit unserem Kampf einen Narren an mir gefressen. Ich denke, er ist wegen mir auf dem Schiff aufgetaucht.«

Zavah wurde schlecht. Am liebsten wäre sie auf der Stelle mit der Wahrheit herausgeplatzt, doch ihre Angst davor, was das mit ihren Freunden anrichten würde, brach ihr das Herz.

»Aber wie ist das möglich?«, fragte Scott an Zavah gewandt. »Wie zur Hölle soll er uns gefolgt sein?« Er sah erwartungsvoll zu ihr herüber, seine Schwester tat es ihm gleich.

Zavah schüttelte die schweren Gedanken ab, die auf ihrem Geist lagen, und atmete tief durch.

»Die Schatten«, sagte sie mit müder, kratziger Stimme. »Er kommt durch die Schatten.«

Scott blies schwer die Luft aus der Nase aus.

»Ich weiß immer noch nicht, was das bedeuten soll«, sagte er. »Kann er einfach so mir nichts, dir nichts aus einem beliebigen Schatten heraus auftauchen?«

»Ja«, sagte Zavah und hielt den Blick des jungen Adligen.

»Das ist absurd«, erwiderte Scott frustriert. »Woher – ich meine, bevor wir uns mit der Frage der absolut unmöglichen Logistik beschäftigen, wie viele Schatten es auf der Welt zu unterschiedlichen Zeitpunkten gibt – wie kommt er überhaupt dort hinein?«

Scarlett lehnte sich neugierig vor. Nicht, weil sie die Erklärung aus Wissensdurst heraus interessierte, merkte Zavah, sondern weil sie ihre Beute besser zu verstehen suchte.

»Stelle es dir vor wie ein Labyrinth«, erklärte Zavah. »Nur sie können es betreten. Nicht weil sie einen Schlüssel haben oder eine geheime Tür kennen, sondern weil sie tief in sich die Finsternis tragen und somit ein Teil der Dunkelheit selbst sind.«

Scott zog die Augenbrauen hoch. Zavah musste keine Hellseherin sein, um zu sehen, was er von ihrer Antwort hielt, und um zu verstehen, dass er vorerst lediglich gute Miene zu einem für ihn unlogischen Spiel machte.

»Wenn der Zeitpunkt richtig ist«, fuhr Zavah fort, »betreten ihre schwarzen Unseelen die Schatten.«

»Das Labyrinth …«, wiederholte Scarlett nickend.

»Ja«, sagte Zavah.

»… das alle existierenden Schatten auf dem ganzen Planeten beinhaltet«, ergänzte Scott und klang dabei wie jemand, der auf die Pointe eines Witzes wartete.

Zavah vollführte eine schützende Geste – drei Finger an Herz, Stirn und Lippen – und funkelte ihn an.»Ja.«

»Wenn du sagst, es ist ein Labyrinth«, warf Scarlett ein, »warum verlaufen sie sich darin nicht?«

»Das tun sie«, sagte Zavah. »Sie können darin genau so wenig wahrnehmen, wie wir es könnten. Es gibt kein Licht, keinen Raum, keine Geräusche – nichts.«

»Hört sich nicht gerade leicht zu navigieren an«, erwiderte Scott.

»Ist es auch nicht«, sagte Zavah. »Deshalb lauschen sie.«

»Lauschen?«

»Ja. Wann immer ein Mensch über Haemophagen spricht, so ist ein Echo davon in der Finsternis hörbar. Tagsüber ist es so leise, dass man es selbst mit hervorragenden Ohren nicht hören könnte. Nachts so laut, dass sie sofort einen Fixstern haben, an dem sie ihre Reise durch die Schatten ausrichten können.«

»Es gibt genügend Leute, die im Orden über Vampire sprechen«, wandte Scott ein. »Warum sind diese Menschen noch nicht alle im Schlaf überfallen worden?«

»Weil es noch keine Brücke gibt, die sie nutzen könnten«, erklärte Zavah. »Nur über sie zu reden, lenkt ihre Aufmerksamkeit auf dich. Ihren Namen auszusprechen, lädt sie dazu ein, in deiner Nähe zu bleiben, sich vielleicht sogar in der materiellen Welt in Bewegung zu setzen, um dich aufzuspüren.« Zavah zog ihre Halstücher enger um sich. »Einst gab es einen jungen Mann, einen Freund unserer Familie, der seinen Mut beweisen wollte. Er machte das dadurch deutlich, dass er vor allen Dingen an den nächtlichen Lagerfeuern Gruselgeschichten über sie erzählte. Selbst als wir ihn warnten, machte er einfach weiter – bis er eines Nachts eine blasse Frau kennenlernte, die behauptete, sich in den Klang seiner Stimme verliebt zu haben. Er war Sänger und dachte, sie hätte ihn eines Tages bei einer seiner Vorstellungen gesehen, und fühlte sich sofort geschmeichelt. Sie hätte, so sagte sie, Ozeane aus Zeit und Schatten hinter sich gebracht, um ihn zu finden.«

»Lass mich raten«, sagte Scarlett. »Kurz darauf schlief er schlecht und sah zunehmend ungesünder aus.«

Zavah nickte.

»Nun gut«, seufzte Scott und ließ seine Handgelenke und Finger knacken. »Ich kann es mir zumindest *konzeptuell* vorstellen. Aber das erklärt immer noch nicht, wie Tybalt ein tatsächliches, bewegtes Gewässer überqueren und auf einem Schiff auftauchen kann.«

»Nachdem ein Mensch zum ersten Mal … gebissen wurde«, fuhr Zavah mit zunehmender Übelkeit fort, »entsteht eine Art von Brücke zwischen dem auserkorenen Opfer und der Haemophage. Die Kreatur kennt nun den Geruch, das unverwechselbare, einzigartige Licht der Person. Das Labyrinth verwandelt sich in einen simplen Pfad, ohne Gabelungen, ohne Abzweige, ohne Hindernisse, an dessen Ende ein strahlender Leuchtturm steht. Raum und Zeit spielen in den Schatten nicht die gleiche Rolle wie in der materiellen Welt. Es gibt keine Entfernung, keine Dauer mehr für ihre Reise.«

»Und wenn sie ankommen?«, fragte Scarlett. »Wie kann man sich das vorstellen?«

»Sie klopfen an der Tür und fragen höflich nach dem Leuchtturmwärter«, schlug Scott abfällig schmunzelnd fort, was ihm sowohl von seiner Schwester als auch Zavah einen mahnenden Blick einheimste.

»Es ist wie … in einem dunklen Zimmer, das man betritt«,

sagte Zavah. »Man weiß, dass es Wände gibt, einen Boden, eine Decke, auch wenn man sie noch nicht sehen kann. Man weiß, dass noch eine andere Person mit einem selbst anwesend ist. Und plötzlich hellt sich der Raum auf, bekommt Möbel, Gegenstände, Gras, Stein, einen Geruch – er materialisiert sich im wahrsten Sinne des Wortes vor den Augen der Haemophage. Es braucht dann nur einen kurzen Augenblick der Konzentration und schon ... tritt die Haemophage einfach ein. Von der falschen Seite, wenn man es so nennen will.«

»Was ohne diese Brücke nicht möglich wäre«, stellte Scarlett nüchtern fest und nickte. Sie zuckte mit den Schultern. »Warum hat er uns dann nicht einfach allen die Kehle im Schlaf durchgeschnitten?«

»Sie können zwar den dunklen Einfluss ihrer Präsenz auf die Umgebung wirken lassen«, sagte Zavah. »Aber ein echtes Berühren oder Eingreifen, so wie wir es verstehen und kennen, das vermögen sie nur in unmittelbarer Nähe zu ihrem Opfer.« Sie untermalte ihre Worte mit feinen Gesten. »Sie können das Nachtlicht neben deinem Bett auslöschen, deine Decke fortziehen und sogar dein Fenster öffnen, wenn sie mächtig genug sind. Sie können die Luft erkalten lassen, Worte flüstern – und, wenn sie durch keinerlei positive Energien in ihrer dunklen Absicht gestört werden, ja, dann können sie sich schließlich auch an ihren Opfern laben, als wären sie tatsächlich dort.«

Scarlett nickte. Langsam, fast schuldbewusst. Zavah schluckte einen bleiernen Kloß hinunter, der ihr in der Kehle saß.

»Dann war all das, was wir auf der *Persephone* gesehen haben, er?«, fragte Scott laut und lehnte sich ungläubig vor, als wäre er schwerhörig. »Die Albträume der Besatzung – unsere eingeschlossen? Die Stimmung an Bord, die Nervenschwäche – die Kratzspuren am Bug? Der verschwundene Mann?«

Zavah kämpfte Tränen nieder. Sie war sich sicher, dass Scott es bemerkte. Der junge Lord tat es wahrscheinlich als ihr übertriebenes Mitgefühl ab …

Die furchtbare Wahrheit war, dass sie sich kaum an die Überfahrt erinnerte. Das Fieber, das sie niedergestreckt hatte, war nur eines der vielen möglichen ersten Anzeichen dafür gewesen, dass sie sich veränderte. Allein der *Gedanke* daran, dass sie jemandem auf diesem Schiff etwas angetan haben könnte, war grausamer als alles, was sie je erlebt hatte.

»Es tut mir leid«, sagte Scarlett niedergeschlagen. »Wenn ich ihn besiegt hätte, dann hätten wir dieses Problem gar nicht erst. Und dieser Quartiermeister – zumindest wäre niemandem an Bord etwas geschehen.«

»Ich muss zugeben, Red, dass ich mich an den Gedanken wirklich immer noch gewöhnen muss«, sagte Scott überraschend einfühlsam.

»Wie meinst du das?«, fragte Scarlett.

Er schmunzelte aufmunternd. »Du bist in meiner Vorstellung immer unbesiegbar.«

Scarletts Mundwinkel wandelten sich für einen Augenblick lang zu einem Lächeln, doch es fiel schneller wieder von ihr ab, als es gekommen war. Sie schlug ihrem Bruder eine Faust an die Schulter.

»Autsch!«, protestierte Scott.

»Danke«, sagte seine Schwester leise. »Ich habe das auch geglaubt.« Sie sah ratlos ins Leere. »Hätte nie gedacht, meinen Meister ausgerechnet in einem Toten zu finden.«

»So oder so«, schloss Scott und rieb sich den Arm, »anscheinend ist der Kerl mächtiger, als wir dachten. Sehen wir zu, uns für die weiteren Nächte, so gut es geht, mit Schutzmaßnahmen einzudecken und gut aufeinander achtzugeben.« Er rieb sich abwesend das Kinn. »Mich würde noch immer brennend interessieren, wie oder ob er in das Verschwinden von Hamish involviert ist.« Er zog die Augenbrauen hoch. »Oder womöglich sogar in die prophezeite Rückkehr dieses Vampirlor…«

Unsicher kämpfte Zavah eine Gänsehaut nieder, die ihr über die Schultern lief und es ihr unmöglich machte, weiter zuzuhören. Die Haare auf ihren Unterarmen richteten sich auf.

Die Kutsche kam schlagartig zum Stehen. Zavah krachte mit dem Rücken gegen das Polster der Sitzbank. Der Kutscher stieß einen Schrei aus, dann keuchte er so laut auf, als hätte ihn hinterrücks ein Dolch getroffen, und murmelte etwas mit zitternder Stimme.

Scott zückte eine Pistole und sah zum Fenster, dann zu Zavah.

»Was hat er gesagt?«, forderte er.

Zavah spürte, wie sie bleich wurde. Scarlett knurrte grimmig, dann zog sie ihr Rapier.

»Wölfe«, murmelte Zavah. »Er hat gesagt: *So viele Wölfe*!«

Scarlett

Scarlett witterte die Tiere, noch ehe sie sich in einer fließenden Bewegung auf das Kutschendach schwang – und war überrascht darüber, Scott nur wenige Augenblicke später neben sich zu finden.

»Wo sind sie?«, fragte ihr Bruder und zielte unsicher in die nur notdürftig vom Mond beleuchtete Düsternis ihrer Umgebung.

Sie waren umringt von Tannen, zwischen denen flitzende Schatten ihr Unwesen trieben. Pfoten schossen über Tannennadeln und Moos, heiße Luft stieß aus spitz zulaufenden Schnauzen.

»Da, zwischen den Bäumen … Überall!«, gab Scarlett zurück. »Und es sind viele. Mindestens – nein, warte – dreißig? Vierzig?«

Der Kutscher wurde immer nervöser und murmelte wieder irgendetwas in seinen hochgestellten Kragen hinein. Silbernes Licht fiel auf die bebenden Rücken der fünf Pferde, die vor das Gefährt gespannt waren, ihre Mähnen wehten im Fahrtwind.

Scott kniff die Augen zusammen, dann riss er die Brauen hoch.

»Das sind außerordentlich viele Exemplare für ein Rudel«,

erklärte er, hob die Hand und wollte scheinbar vortreten, um dem Kutscher etwas zu sagen.

Doch noch im Luftholen wurde ihm das Wort abgeschnitten und zwei schwere Zügel peitschten in die Nacht hinaus.

Scarlett wäre beinahe gestürzt, als die Kutsche plötzlich vorwärtsschoss und sie sich mit Scott verhedderte.

»Nein!«, rief Scott. »Wenn er die Pferde jetzt antreibt, gehen sie sofort auf uns los!«

Scarlett knurrte und ging in die Knie. Äste sausten an ihr vorüber und geifernde Schemen schossen in der Dunkelheit hinter ihnen her. Und sie waren unheimlich schnell.

»Was jetzt?!«, rief sie.

»Zu wenig Kugeln für alle!«, gab Scott zurück.

»Besser so – ich will keine Tiere massakrieren!«

»Ich weiß – aber wir können auch nicht warten, bis sie die Pferde zerreißen!«

Blitzschnell wich Scarlett dem raunenden Arm einer verkrümmten Tanne aus und staunte nicht schlecht, als Scott es ihr mit nicht weniger Eleganz gleichtat. Als sie sich aufrichtete und sich dabei immer wieder mit den Erschütterungen der Kutsche einen Ringkampf um ihren festen Stand liefern musste, fiel ihr die Gabelung auf, die in etwa zweihundert Schritten vor ihnen am Waldrand erschien. Wenigstens wären sie bald auf offenem Feld – oder was auch immer in diesen vallachischen Bergen als *Feld* durchging.

»Nördlich ist eine Gabelung!«, rief Scarlett – ein Blitzlicht und ein Schuss ließen sie herumfahren. Scotts Duellierpistole rauchte.

»Sie lassen sich nicht einschüchtern!«, rief ihr Bruder über den Fahrtwind hinweg. »Ich verstehe das nicht!« Wieder feuerte er, direkt in die Erde vor einem der schlanken, schwarzfelligen Tiere. Der Wolf wurde von hochspritzenden Steinchen getroffen und schien es nicht einmal zu bemerken.

»Was zum –«, murmelte Scarlett.

»Scarlett!«, rief Zavah. »Die Gabelung – wir müssen unbedingt die rechte Abzweigung nehmen!«

»Was? Warum?«

»Die linke – sie – ich habe da ein ganz fürchterliches Gefühl!«

»Na großartig«, knurrte Scarlett.

Scott fuhr zu ihr herum und lud seine Pistolen nach – jede seiner Bewegungen waren die eines Meisters, der die letzten zehn Jahre seines Lebens jeden freien Nachmittag damit verbracht hatte, diesen Vorgang mit verbundenen Augen und in unter fünfzehn Sekunden vorzunehmen.

»Red!«, rief er. »Ich weiß, das hört sich vielleicht verrückt an ... aber kannst du vielleicht mit ihnen reden?«

Scarlett sah mit schlagendem Herzen in Richtung des heransausenden Waldrands.

»Wie stellst du dir das bitte vor?!«, rief sie zurück.

»*Du* bist hier die Bestia Enigma!«, antwortete ihr Bruder und fuchtelte mit den beladenen Händen herum. »Heulen, bellen, knurren, vielleicht ein höflicher Hinweis auf unseren Adelsstand?«

»Glaubst du ernsthaft, das interessiert die?«

»Die Gabelung!«, schrie Zavah.

Scarlett fluchte, dann fixierte sie eines der schnappenden Tiere, die bereits auf die Höhe der wild schnaubenden Pferde aufgeschlossen hatten. Sie suchte nach etwas, streckte eine unsichtbare Hand aus, so wie es Reynard einst getan hatte, als er ihr in Gedanken Worte hatte zukommen lassen ... doch da war nichts.

»Sie – sie schließen an der Flanke auf!«, rief Scott. »Sie drängen uns ab!«

Scarlett sah mindestens sechs oder sieben der Tiere mit spektakulären Hechtsprüngen an der Kutsche vorbeijagen. Die wild bellende Meute trieb die Pferde von der rechten Seite her ab – direkt auf die linke Gabelung zu – Mäuler verfehlten Hinterläufe – Krallen kamen so nah an Hufe heran, dass sie Kratzspuren hinterließen.

»*Festhalteeeen!*«, schrie Scott und warf sich auf den Bauch.

Die Kutsche brach aus dem Unterholz hervor, flog für den Bruchteil einer Sekunde gewichtslos durch die Luft und stieß so hart wieder auf, dass Scarletts Wirbelsäule sich von unten nach oben stauchte. Jaulend und japsend rauschten Aberdutzende Wolfsleiber mit ihnen eine weitläufige Böschung hinunter, die über und über mit scharfkantigem Geröll übersät war.

»Unsere Situation hat sich nicht gebessert!«, beschwerte sich Scott.

»*Ach, meinen Euer Durchlaucht?!*«, bellte Scarlett zurück.

»Da vorn!«, rief Zavah von unten. Die Seherin hatte sich mit aschfahlem Gesicht aus der Tür der Kutsche gelehnt und zuckte quietschend zurück, als ein pfeilschneller grauer Körper die Kutsche passierte und Geifer schleudernde Reißzähne nach ihrer Hand schnappten.

Was meint sie?, schoss es Scarlett durch den Kopf, dann sah sie es: Eine zerfledderte Hängebrücke, die schaukelnd eine Bergspalte überspannte, wartete anscheinend schon sehnsüchtig auf sie.

»Ähm«, machte Scott und deutete mit aufgerissenen Augen vorwärts. »Nach meinen Berechnungen könnte es mit an Sicherheit grenzender Wahrscheinlichkeit diffizil werden, diese Brück zu über…«

»Sag ihm, er soll anhalten!«, schrie Scarlett nach unten.

»Aber die Wölfe – !«

»Dann halten wir sie uns irgendwie vom Leib!«

»Nein! Das – das sind keine –!«, rief Zavah zurück, dann warf sich eines der Tiere wie tollwütig gegen die Kutschentür und es regnete Glasscherben.

Der Kutscher schrie so wild auf, dass Scarlett es im ersten Augenblick für ein Lachen hielt. Panik brannte sich in ihre Adern.

»Was jetzt?!«, schrie Scarlett an Scott gewandt.

»Mylady wiederholen sich!«

»Ich erwürg dich gleich!«

»Das würde zu lange dauern!«, gab Scott oberlehrerhaft zurück. »Ich habe eine Idee – aber das wäre Selbstmord!«

»Egal – raus damit!«

»Wir – wir müssen schneller fahren!«

»*Was?!*«

»Schneller!«

»Ich störe ja nur ungern!«, rief Zavah von der unbeschädigten Seite der Kutsche aus, trat mit dem Stiefel einen aufjaulenden Wolf von der Tür fort und steckte ihren Kopf Hilfe suchend hinaus. »Aber wir haben nicht mehr viel Zeit!«

»Nach vorn!«, schrie Scott. »Schwesterherz – du springst dem Zugpferd auf den Rücken – ich schnappe mir die Zügel!«

Scarlett sparte sich eine weitere Diskussion, sprang an dem aufkeuchenden Kutscher vorbei, tänzelte über das eiserne Gespann und landete gerade noch rechtzeitig genug auf dem Zugpferd, um einem heransegelnden Wolf den Knauf ihres Rapiers in die Schläfe zu hämmern. Ein Teil von ihr zuckte bei dem hohen Winseln zusammen, doch sie konnte auch nicht einfach zulassen, dass das Zugpferd sie mit einem festgebissenen Wolf um den Hals allesamt in den Abgrund riss.

Hinter ihr empörte sich der Kutscher und die Zügel wurden straff.

»Brüllen!«, rief Scott.

»Hä?«, antwortete Scarlett.

»Mach den Pferden Angst – so viel du kannst! Zavah: Die kleine rote Truhe bitte – sofort!«

»Hilft es wohl, wenn ich mich anschnalle?«, quiekte Zavahs Stimme, die zuvor noch irgendwelche seltsamen Worte in Dauerschleife geflüstert hatte.

Scarlett starrte schluckend geradeaus.

Der Abgrund raste ihnen entgegen.

Die Brücke taumelte schlimmer als ein Seefahrer bei Sturmflut.

Was sollte sie tun? Sich Krallen wachsen lassen? Beißen –

Ein metallenes – *ZAPING!* – erklang hinter ihr und weniger als einen Wimpernschlag später explodierten ein halbes Dutzend Punkte spitzen Schmerzes in Scarletts Rücken. Vulkanartig brüllte Scarlett auf, spürte ihre Augen aufleuchten und ihr Fell sprießen – als Scott eine weitere Ladung Kautschukwürfel aus der bretonischen Kupferschleuder auf sie abfeuerte.

»Bitte nicht persönlich nehmen!«, rief Scott. »Aber auf einer Skala von eins bis zehn – wie viele Schüsse muss ich noch –«

»*GRRRAAAAH!*«, explodierte es aus Scarletts Rachen – und die Pferde stießen ein derart angsterfülltes Leidgeräusch aus, dass Scarlett vor lauter schlechtem Gewissen schlagartig wieder zurücktransformierte. Der Wind riss jeden Laut mit sich, die Brücke, der Abgrund preschten ihnen mit nie da gewesener Geschwindigkeit entgegen – panisches Wiehern – winselndes Jaulen – und Scarlett fühlte Schwerelosigkeit.

Scott

Scott keuchte auf, während die Pferde haltlos durch die Luft preschten – und sein Herz ertrank in Adrenalin. Als würde die Zeit sich überdehnen wie eine zu lang gezogene Armbrustsehne, sah er vollkommen hilflos dabei zu, wie die haselnussbraunen Leiber der Zugtiere mitsamt dem Kutschenwagen unter seinen zitternden Füßen direkt an der Hängebrücke vorbeidonnerten. Der gähnende Abgrund unter ihnen riss sein pechschwarzes Maul auf, gierig auf die sich freiwillig stellende Mahlzeit aus Fleisch, Eisen und Holz. Scott fühlte, wie sich seine Lippen für einen panischen Schrei öffneten, wie sich die eiskalte Luft in seine Lungen sog, sich seine Augen aufrissen. Sein rasender Verstand kalkulierte die Masse der Kutsche, die Beschleunigung der Pferde, den Vektor des Sprungbogens, Einfluss von Wind, lateralem Momentum, Drehachse. Sein Magen wurde leicht, seine von seinem Zopf losgelösten Haarsträhnen schwebten an seinen Pupillen vorbei gen Nachthimmel.

Nicht … genug, stellte Scotts Gehirn nüchtern fest.

Dann sprang die Zeit zurück an ihren rechtmäßigen Platz.

Die Pferde segelten abwärts.

Die Kutsche folgte ihnen.

Das Zugpferd landete – Scarlett konnte sich kaum halten –

Scott fühlte das Hinterteil der Kutsche absinken – die anderen Pferde schepperten samt Geschirr auf der anderen Seite nieder – die Vorderräder kollidierten knirschend mit Erde und Stein – die Kutsche ächzte schief über dem Abgrund.

»Müssen – nach vorn!«, keuchte Scott und ließ die Zügel knallen. Ein brutaler Ruck riss ihn derart nach hinten, dass sein Hinterkopf gegen das Holz der Kutschenwand hämmerte.

Weißes Licht legte sich über alles, dann erklang ein hohes Pfeifen aus allen Richtungen gleichzeitig. Schmerz explodierte zwischen Scotts Schläfen –

Und die Melodie kehrte zurück.

Ein Teil von Scott nahm wahr, wie der Kutscher etwas in seiner Landessprache fluchte. Wie die Stimme seiner Schwester dumpf auf ihn einredete und ihn jemand auf die Beine zerrte, wie der kalte Wind seine Haare endgültig zerzauste.

Gehirnerschütterung, meldete Scotts Verstand. *Übelkeit. Desorientierung.*

»Die – die Wölfe?«, leierte er und suchte nach Halt, als die Welt um ihn herum langsam zurückkehrte. Die Melodie jedoch blieb, wollte ihn einlullen, in süße Watte packen. Gedankengänge klar zu erfassen, war wie mit Backhandschuhen auf einer Violine Tonleitern zu spielen.

»Immerhin folgen sie uns nicht mehr«, rief Scarlett. Scott riss sich mühsam aus seiner Trance und fuhr herum. Das enorme Rudel hatte sich vor der Hängebrücke versammelt und starrte ihnen aus Aberdutzenden bernsteinfarbener Augen hinterher. Einen Moment lang suchte Scott instinktiv nach Hinweisen auf eine Aura – dem Erkennungszeichen der Arcanis-Lupus-Werwolfklasse –, doch konnte beim besten Willen nichts erkennen. Entweder handelte es sich um eine ihm unbekannte Spezies oder die Wölfe in diesem Land hatten eine vollkommen neue Art der Jagd und des Soziallebens entwickelt –

Komm zu mir, flüsterte eine Stimme, die von überall gleichzeitig zu kommen schien. *Komm zu mir in die Finsternis …*

Scotts Blick zuckte zu seiner Schwester, in der Hoffnung, er könnte auf ihrem Gesicht einen Hinweis dafür finden, dass sie diese Stimme ebenfalls gehört hatte. Scarlett musterte ihn jedoch nur ernst.

»Seid Ihr in Ordnung, Euer Durchlaucht?«, fragte sie besorgt und suchte seinen Kopf nach Wunden ab. »Das war eine ordentliche Kopfnuss.«

»Alle frontalkortikalen Funktionen sind gestiefelt und gespornt«, stöhnte Scott mit erhobenem Zeigefinger, der ihm plötzlich doppelt, dann vierfach, dann wieder einfach vor seinem Auge erschien. Er runzelte die Stirn, während die Kutsche munter weiter ihren Weg fortsetzte, in schiefen Radachsen zwar, aber durchaus zielstrebig. »Ähm, glaube ich zumindest.«

»Geht es wirklich?«, antwortete seine Schwester und strich sich unruhig einige Strähnen hinter das Ohr. Scott schüttelte die Benommenheit ab, so gut es ging, blinzelte, kniff die Augen zusammen. Er nickte entschlossen.

»Ist schon in Ordnung, Red«, sagte er, sah zurück zur Schlucht und räusperte sich. »Es ist nur … für einen Moment lang dachte ich, ich hätte etwas gehört.«

»Ähm, Scott?«, rief Zavah, die den Kopf wieder aus der Tür gereckt hatte. »Scarlett? Das solltet ihr euch vielleicht ansehen!«

Scarlett zog die Augenbrauen zusammen und sah nach vorne – und jetzt erst erkannte Scott, wohin ihre neue Route sie bringen würde.

»Wo in aller Himmels Namen sind wir hier nur gelandet …?«, murmelte Scarlett, hörbar fassungslos.

Scotts Mund öffnete sich im selben Schneckentempo, in dem sein Zeigefinger in die Höhe wanderte und wieder hinabsank, doch er brachte keinen Laut heraus.

Der Pfad vor ihnen schlängelte sich an sonderbar verzaubert wirkenden Teichen entlang, in denen das Mondlicht badete wie spielende Najaden. Flüsternder Wind dirigierte eine Wolke blutrot leuchtender Ahornblätter in unsichtbaren Kaskaden über den sich windenden Weg, so als wäre dieser Ort die letzte Zuflucht eines sterbenden Herbstes vor dem einfallenden Winter. Und hoch oben, auf der gebrochenen Zinne des Berges, thronte über allem ein in Silberlicht gehülltes Schloss, so makellos düster und lockend wie ein frisch polierter rabenschwarzer Apfel.

»Ich habe da ein *ganz* mieses Gefühl bei«, raunte Scarlett.

»Das … wollte *ich* eigentlich gerade sagen«, pflichtete ihr Zavah bei.

»Es ist …«, begann Scott mit trockenem Mund, »wunderschön.«

Scarlett bedachte ihn mit einer hochgezogenen Augenbraue.

»Das ist der sicherste Ort für die Nacht«, erklärte der Kutscher, plötzlich in einem schweren Akzent. »Kommt, kommt. Ich treibe die Pferde noch einmal an. Der … Besitzer dieses Schlosses ist ein sehr großzügiger Mann. Sicher werden wir hier Obdach finden.«

Zavah sah überrascht und besorgt zu Scott und plötzlich wurde die Melodie in seinen Ohren wieder lauter.

Was hat das zu bedeuten?, fragte er sich im Verborgenen.

Scarlett runzelte die Stirn, dann lehnte sie sich zu Scott herüber und sagte: »Ist es möglich, dass man auf der Welt sehr viel häufiger Bretonisch spricht, als wir landläufig annehmen?«

Je höher sie den Pfad erklommen, desto zahlreicher wurden die Irrlichter, die um die titanengleiche Silhouette des Schlosses tanzten. Die Pferde waren restlos erschöpft, als der Kutscher das Gefährt vor der gewaltigen Pforte zum Stehen brachte, die Scott als ehemalige Zugbrücke erkannte.

Dieses Bauwerk muss mindestens mehrere Jahrhunderte alt sein, notierte er sich in seinem Hinterkopf.

Ihr eigentümlicher Reiseführer klatschte zufrieden in die Hände und stieg von seinem Platz, dann erklomm er die enormen Stufen hinauf zur Pforte.

»Kommen Sie! Kommen Sie!«, wiederholte er immer wieder aufmunternd.

Zögerlich wechselten Scarlett und Zavah einen Blick mit Scott. Er zuckte mit den Achseln, dann straffte er sich, band sich seinen Zopf neu und klopfte seine Kleidung ab.

Als Scarlett ihn mit einem abfälligen Ausdruck und einem entnervten Kopfschütteln maß, mahnte er sie mit einem strengen Blick und machte eine scheuchende Geste mit der Hand. Scarlett verdrehte die Augen, ordnete aber ebenfalls ihre Reisegarderobe. Zavah sah unschuldig lächelnd auf ihre nackten Füße hinunter, dann tippte sie sich spielerisch ans Kinn – und verwuschelte sich die Haare noch mehr als sonst. Scott verbarg sein Gesicht demonstrativ in seiner Hand.

»Sehen wir, ob jemand zu Hause ist!«, rief der Kutscher feierlich und erwartete sie auf der Schwelle. Kurz darauf hob er theatralisch seine Hand, schloss die Finger ineinander – und klopfte.

Jedes Mal, wenn seine Faust das Holz traf, lief ein derartiger Donner durch die scheinbar enormen Hallen dahinter, dass Scott die Schultern einzog.

Einige Herzschläge lang geschah nichts.

Dann näherten sich lauter werdende Schritte, ihre Echos so kraftvoll, so massiv, dass Scott instinktiv einen Schritt zurücktrat. Neben ihm taten Scarlett und Zavah es ihm gleich: Seine Schwester zog ehrfürchtig ihr Rapier und tat ihr Bestes, das Tor mit Blicken aufzuspießen, während Zavah wortlos und mit gerunzelter Stirn direkt durch die Pforte hindurchzusehen schien. Scott fühlte, wie sich seine Arme in das Innere seines Mantels stahlen, und kreuzte die Hände hinter dem Rücken.

Die Pforte öffnete sich so leise und unspektakulär wie eine frisch geölte Kammertür.

»Ja?«, hörten sie eine junge, warme Stimme, die trotz ihrer Fülle scheinbar so wenig Raum einnehmen wollte wie nur irgend möglich. Ein zierliches Gesicht mit großen, rehgleichen Augen erschien im Spalt zwischen den beiden massiven Toren. Das Mädchen, das kaum älter sein konnte als Scott selbst, trug eine streng nach hinten fixierte Kurzhaarfrisur und einen maßgeschneiderten Hosenanzug mit Lederverstärkungen, wobei ihr hochgeschlossener schneeweißer Kragen ihr rotblondes Haar fast golden wirken ließ. »Seid Ihr schon zurückgekehrt, Meister –«

Wer auch immer sie war, als sich Scotts und ihre Blicke trafen, hatte er das Gefühl, sie schon sein ganzes Leben lang zu kennen – so als hätte er die ganze Reise lang nur auf diesen Moment gewartet. Als er etwas sagen wollte, verlor das Gesicht des Mädchens schlagartig alle Farbe. Sie öffnete die Lippen und strauchelte, als ob sie ein unsichtbarer Schlag getroffen hätte.

Dann warf ihr der Kutscher seinen Mantel entgegen, und die Gestalt, die nun darunter zum Vorschein kam, entlockte Scarlett ein: »Was zur Hölle?!«

»*Renna!*«, herrschte der Kutscher das Mädchen an und schlug sich theatralisch den aufwallenden Umhang auf, den er scheinbar die ganze Zeit über unter seinem Mantel versteckt gehalten hatte. »Du faules Stück! Stehe da nicht so nutzlos herum und gaffe! Wir haben Gäste!« Sein glattes Haar fiel ihm bis auf den Rücken wie ein schwarzes Seidentuch. Seine buschigen Augenbrauen machten sein Gesicht noch kalkblasser, als es ohnehin bereits war – seine hohen, eingefallenen Wangen und sein leichter Überbiss ließen den hochgewachsenen Mann aussehen wie die Quintessenz eines Vampirs, während seine edle Gewandung den Inbegriff feinsten Adels des vorletzten Jahrhunderts darstellte.

Galant wirbelte er um die eigene Achse, verbeugte sich tief und sagte: »Willkommen, willkommen! Ich bin … Fürst Ganymed.« Er richtete sich auf, starrte sie mit viel zu weit geöffneten Augen an und winkte sie gruselig lächelnd ins Innere des Schlosses. »Tretet freiwillig ein … und lasst etwas von der Glückseligkeit hier, die ihr mit euch bringt.«

Scott wusste nicht, was er sagen sollte. Zavah blickte drein, als wäre sie versehentlich in einen Misthaufen getreten. Scarlett zog die Mundwinkel hinunter und die Augenbrauen nach oben, dann blinzelte sie, zuckte mit den Schultern und sagte: »In Ordnung, in Ordnung – ich gehe eben unsere Ausrüstung aus der Kutsche holen, damit wir ihn pfählen können. Dauert nur einen Moment!«

Hamish

Hamish Balthazar Porter war umschlungen von Finsternis.

Patsch … Patsch … Patsch …

In einer grauen Erinnerung erhob sich ein Gesprächsfetzen, eine Konversation mit einem Forscher des Ordens, der die Foltermethoden des Orients dokumentierte. Die sogenannte Tropfenfolter, so hieß es, war dafür gedacht, die Opfer nach und nach, Stück für Stück, in den Wahnsinn zu treiben.

Der alles durchdringende Gestank nasser Erde war überall. Käfer, Maden und Ungeziefer mit langen, schartigen Beinchen pressten sich in allen Richtungen an Hamishs Körper vorbei, und wenn er zu lange reglos war, in seine ruinierte Kleidung hinein. Die warme, vallachische Luft erneuerte sich gerade oft genug, um nicht in Ohnmacht zu fallen und zu ersticken, und wog so schwer auf Hamishs Lungen, dass sein immer schwächer werdender Atem von einem nassen Pfeifen begleitet wurde. Seine Stimmbänder brannten so unbarmherzig, dass er überzeugt davon war, sie mit all seinen verzweifelten Hilfeschreien zum Bluten gebracht zu haben. Es hatte lange gedauert, bis die Aussichtslosigkeit seiner Situation ihn weit genug gebracht hatte, einen Laut von sich zu geben – doch dann hatte selbst ihn, einen Butler, der stets die Contenance wahren musste, die Todesangst beschlichen.

Patsch … Patsch …

Hoffentlich geht es den Kindern gut, waberte ein Gedanke durch seinen Kopf. *Hoffentlich sind sie in Sicherheit …*

Er würde so nah am Ort seiner Geburt verdursten, ehe er verhungern würde, selbst mit dem stetig schrumpfenden Rinnsaal, irgendwo über ihm – kaum mehr als bittere Tropfen Brackwassers. Es war der einzig verbliebene Grund für sein Überleben und wurde jedes Mal zur Qual, sobald Hamish seinen Kopf wegen krampfender Muskulatur oder purer Erschöpfung nicht mehr weit genug in den Nacken legen konnte, um seine Lippen benetzen zu können. Stattdessen fiel das peinigende Nass ihm immer wieder auf die Stirn.

Patsch! Patsch! Patsch!

Hamishs Knöchel waren taub vom Schlagen, Pressen, Kratzen an unnachgiebigem, kaltem Stein. Seine berüchtigte Kraft verließ ihn mit jeder verstreichenden Stunde ein Stück mehr. Und doch durfte er nicht aufgeben – denn das Schicksal, das im Falle einer erfolglosen Flucht auf ihn wartete, war schlimmer als alles, was ihm hier in der Dunkelheit widerfahren könnte.

Zavah

»Und du bist dir sicher?«, wisperte Scott Zavah zu, während Fürst Ganymed und seine Laternen tragende Untergebene sie eine in Finsternis liegende Treppe hinaufführten, die genügend Platz für eine halbe Armee geboten hätte. »Ich will dir nicht zu nahe treten, aber … du hast – nun – ähm – schon einmal falschgelegen.«

»Erinnere mich nicht daran«, gab Zavah schwermütig zurück, obwohl es spielerisch klingen sollte. »Aber ja. Ich bin mir sicher. Dieser Mann ist einfach nur ein sehr, sehr exzentrischer Mensch – kein Vampir.« Es war die Wahrheit. Zavah hatte zwar erschrocken feststellen müssen, dass ihre Gabe, in der Aura eines Menschen zu lesen, sich ob der drohenden Dunkelheit in ihr zurückgezogen hatte, doch für diese eher simple Einschätzung reichten ihre Fähigkeiten noch immer aus. Zavah atmete laut ein und aus. Bei dem Gedanken daran, was gerade in ihr vor sich ging, wurde ihr das Herz bitter und schwer.

Scarletts Handrücken schlug an Zavahs Schulter.

»Und die da?«, raunte die Jägerin und deutete auf das verstört wirkende junge Mädchen, das sich als Ms Renna Enfield, persönliche Assistentin, vorgestellt hatte. Kaum hatte Scarlett die Worte ausgesprochen, schubste Ganymed das arme Ding ungeduldig in den Rücken. Die Assistentin stolperte und fiel auf ein Knie.

»Du bist schon wieder viel zu langsam!«, beschwerte sich der Fürst und machte eine huschende Geste mit den bleichen Händen. »Immer lässt du alle warten!«

»Ja, Meister«, gab Renna nur resigniert zurück und erhob sich wieder.

Zavah machte ein mitfühlendes Gesicht, dann sah sie Scarlett erklärend an. Die Jägerin verengte ihre Augen und ließ ihre angespannten Schultern langsam wieder sinken.

»In der Regel beliebt man seine Gastgeber nicht zu pfählen, wertes Schwesterherz«, gab Scott zu bedenken. Er runzelte die Stirn und sah Renna hinterher, die ihr Bestes gab, ihr Humpeln und ihren gequälten Gesichtsausdruck vor den Neuankömmlingen zu verbergen, dann schoss er einen Blick in Richtung Ganymed ab. »Auch wenn man manchmal geneigt sein mag, eine Ausnahme zu machen.«

Zavah seufzte und rieb sich die Augen. Alles an diesem Schloss wirkte vereinsamt, vergessen und doch auf so sonderbare Art und Weise … hoffnungsvoll. Es mochte dank der gewaltigen Spinnennetze über den endlosen Treppen oder den turmhoch gebauten Hallendecken zwar kalt und unbelebt erscheinen, doch darunter brodelte eine ereignisreiche Geschichte, deren Flüstern diesen Ort heimsuchte wie rachsüchtige Geister. Das Gemäuer war alt – älter noch als sogar Oaknight Manor. Die Echos, die Zavah aus seiner Vergangenheit wahrnahm, kündeten von chaotischem Schlachtenlärm, blutigen Familiendramen und prunkvollen Bällen.

»Gehört Euch dieses Schloss, edler Fürst?«, hörte Zavah sich fragen.

Fürst Ganymed lächelte übertrieben höflich, so als wäre der Satz ein schmeichelndes Kompliment gewesen.

»Sehr wohl, sehr wohl«, sagte er. »Ich erstand es vor einigen Monaten von einer uralten Edeldame, deren Geschlecht fest mit dieser Anlage verwachsen ist. Ich selbst – in aller Bescheidenheit – bin ebenfalls der letzte Nachkomme einer Adelsfamilie. Mein tatsächlicher Titel ist der eines *Boyar*, müsst Ihr wissen.«

Scott hob einen Zeigefinger. »Nicht *ganz* dasselbe wie ein Fürst.«

Ganymed verzog kurz das Gesicht, dann setzte er wieder seine Gastgebermiene auf. Scarlett und Zavah teilten ein Schmunzeln miteinander.

»Ihr verfügt über eine ausgezeichnete Allgemeinbildung, junger Lord«, gab Ganymed zurück, während er Renna beiläufig weiter vor sich her schubste. »Dieser Umstand dürfte Euch bei den vor Euch liegenden Aufgaben sicher nützlich sein.«

Scarlett wechselte einen Blick mit ihrem Bruder. »Aufgaben?«, fragte sie.

»Vor uns liegend?«, ergänzte Zavah misstrauisch.

»Ausgezeichnete Allgemeinbildung?«, wiederholte Scott selbstzufrieden.

Ganymed nickte. »Erweisen Sie mir die Ehre, heute Abend meine geschätzten Gäste zu sein und mir bei einem … *Dinner* Gesellschaft zu leisten.«

Scarlett blies ungeduldig die Luft aus und bedachte ihren Bruder mit einem vorwurfsvollen Achselzucken. »Also, ich habe den Pfahl *immer noch* in meiner Tasche –«, sagte sie, aber Scott unterbrach sie.

»Ihre Gastfreundschaft ist ein Geschenk«, erwiderte der

junge Adlige diplomatisch. »Doch scheint mir dieses Geschenk nicht ganz uneigennützig zu sein – wenn Ihr gestattet.«

»Ah!«, machte Ganymed zufrieden und öffnete seine Arme theatralisch. »Immer direkt den Kern der Sache benennen, sehr caledonisch von Euch! Das gefällt mir, gefällt mir! Ganz recht! Es gibt eine Angelegenheit, in der ich um Eure Hilfe bitten muss – aber mehr dazu dann beim Dinner.«

Zavah sah die Oaknightzwillinge vielsagend an. Unterdessen kam Renna auf der letzten Stufe an, drehte sich ihnen entgegen, stellte eine Laterne ab und machte einen hilflosen, höfischen Knicks.

»Ich werde mich sofort in der Küche an die Arbeit machen«, sagte sie kleinlaut. Zavah fiel auf, dass sie vermied, Scott anzusehen. Für einen kurzen Augenblick wusste sie nicht ganz, was sie davon halten sollte. »Soll ich die weiteren Laternen im Schloss entzünden, Meister?«

Ganymed gab ihr einen Klaps auf den Hinterkopf.

»Natürlich, du dumme Gans!«, herrschte er.

Renna tat ihr leid. »Ist – ist das wirklich notwendig?«, trug Zavah vor und schloss sie mit einer Geste ein. In den Augen der Assistentin loderten Panik und ein Ersuchen auf, noch ehe Zavah den Satz beendet hatte.

Ganymed blinzelte verwirrt.

»Aber Ihr seid doch sicher hungrig!«, sagte er. Zavah setzte zu einer klarstellenden Antwort an, doch Renna schüttelte hinter dem Rücken des Fürsten flehend den Kopf. Schweren Herzens seufzte Zavah und sagte dann missmutig: »Verzeiht, edler Fürst. Selbstverständlich sind wir hungrig. Gern sind wir heute Eure Gäste.« Rennas Gesicht verzog sich dankbar und kurz zuckte ihr Blick erwartungsvoll zu Scott herüber – dann wiederholte sie ihren unsicheren Knicks und verschwand in einem der angrenzenden Säle.

»Folgt mir, folgt mir, meine verehrtesten Gäste!«, lachte Fürst Ganymed und winkte sie abermals hinter sich her. »Ihr werdet Eure Entscheidung nicht bereuen! Dies ist ein sehr sicherer Ort, selbst in so unsicheren Zeiten wie diesen! Und glaubt mir, sobald Ihr eine stärkende Mahlzeit eingenommen und in diesen Gemäuern einen erholsamen Schlaf bestritten habt, so werdet Ihr sehen, dass es eine gute Entscheidung war.« Er warf einen vergnügten Blick über seine Schulter. »Fühlt Euch frei, dieses Schloss und die Gemächer darin zu erkunden – aber egal, wie sehr ihr auch den Wind durch diese alten Mauern heulen hört, haltet Euch fern von den Katakomben, versprecht es mir.«

»Warum?«, fragten Scott und Scarlett gleichzeitig.

Der Fürst grinste breit. »Man versicherte mir, dass es dort spukt.«

Scarlett

»Ich hoffe sehr, es mundet Euch«, sagte der Fürst und wies mit einer großzügigen Geste auf die lange Tafel, worauf sich die verteilten Laternen in den Silbertellern spiegelten. »Seid Ihr sicher, dass ich keinen Wein holen lassen soll?«

Scarlett rang mit ihrer inneren Bestia Enigma fieberhaft um die Kontrolle ihres Speichelflusses. Sie hatte sich fest vorgenommen, nun bei jeder sich bietenden Gelegenheit zu üben, ihre lykanthropischen Reaktionen abzukühlen. Irgendwo musste sie schließlich anfangen, wenn sie eine noch bessere Duellantin werden wollte – wenn sie nicht noch einmal erleben wollte, dass Unschuldige für ihren Mangel an Gefühlskontrolle leiden mussten.

»Allef hefo'agent, dwanke«, entgegnete sie mit halbvollem Mund und erntete dafür eine hochgezogene Augenbraue von ihrem Bruder.

Sie hatten sich vor ihrem Abendessen von dem Fürsten auf einer der Turmterassen die Aussicht auf das darunter liegende Tal zeigen lassen. Der von dichten Tannenwäldern umringte Ort, den man dort klar und deutlich erkennen konnte, war tatsächlich Bragoviszte – Hamishs Heimatdorf. Es sah für Scarletts hervorragende Augen aus der Ferne irgendwie finster und unheimlich aus, aber mit den vielen Sturmlichtern an den Häusern und den am Dorfrand flimmernden Schreinen verströmte es auch eine schräge Form von Gemütlichkeit. Am anderen Ende des Tals, wie ein Spiegel für das Schloss Ganymeds, erhob sich ein weiterer Berg, auf dessen Spitze die rabenschwarze Ruine einer nicht weniger alten Burganlage thronte – laut dem Fürsten rankten sich um diesen Ort mehrere dunkle Legenden, auf die ein gebildeter Adliger wie er nicht weiter eingehen wollte.

»Erlaubt mir eine Frage«, sagte Scott nachdenklich. »Wann gedachtet Ihr ursprünglich, Euch uns vorzustellen?«

»Neue Kunde reist in diesem Teil der Welt schnell, Lord Oaknight«, erwiderte Ganymed. »Und der Ruf Eurer Familie reiste Euch sogar voraus. Ich wollte mich vergewissern, dass Ihr eine gute Unterkunft für die Nacht habt. Daher habe ich mich Euch als Kutscher angeboten.«

»Das heißt, Ihr hattet überhaupt nicht vor, uns über den Pass nach Bragoviszte zu bringen?«, fragte Zavah misstrauisch.

»Doch, doch, selbstverständlich!«, antwortete Ganymed. Er lächelte. »Morgen.«

»Hm«, machte Scott und nickte nachdenklich. »Ihr *wart* der einzige Kutscher, der sich bereit erklärt hat, uns über den Pass zu bringen.«

»Ich fand den riesigen Schnauzbart des Gastwirts lustig, den wir zuerst gefragt haben«, schmatzte Scarlett und grunzte ungeniert – dann fiel ihr auf, dass sie sich mal wieder ungebührlich verhielt, und sie musste es unterdrücken, rot anzulaufen. Sie räusperte sie sich, richtete sich kerzengerade auf und tupfte sich mit einem Tuch die Mundwinkel ab. »Die Wölfe haben sich wirklich merkwürdig verhalten. So etwas habe ich noch nie gesehen.«

Ganymeds Ausdruck wurde ernst, als er nickte.

»Das waren keine normalen Wölfe«, stellte Zavah unheilschwanger fest und vollzog eine Geste des Schutzes.

»Das ist ein Teil dessen, warum ich Euch um Eure Hilfe bitten muss«, erklärte der Fürst.

»Worum geht's?«, fragte Scarlett aufgeregt.

Scott und Zavah lehnten sich gespannt vor.

»Ein ... *Vampir* geht in Bragoviszte um und verbreitet Angst und Schrecken«, sagte Ganymed leise und sah sich misstrauisch nach allen Seiten um.

Zavah wurde blass. Scarlett musterte den Fürsten unverfroren. »Was Sie nicht sagen«, antwortete sie mit gehobener Augenbraue. Dieses Mal war es zur Abwechslung einmal Scott, der ihr den Handrücken gegen die Schulter schlug.

»Fahrt fort«, sagte Scarletts Bruder, stützte die Ellenbogen auf die Tafel, faltete die Hände zusammen und legte hochkonzentriert seine Zeigefinger an seine Lippen.

»Es begann, kurz nachdem ich dieses wunderschöne Heim akquirierte«, erklärte Ganymed und lehnte sich verschwörerisch vor. »Man erzählte sich von glutroten Augenpaaren, die des Nachts unschuldigen Mägden und Knechten hinterherstarrten. Man nimmt so etwas hierzulande ausgesprochen ernst. Niemand würde es wagen, sich derlei Dinge für ein wenig schwindende Aufmerksamkeit zu erspinnen. Schon bald gab es die ersten Sichtungen, die ersten bedrohlichen Zeichen. Schreine diverser Schutzpatrone zersprangen unter plötzlich einsetzendem Frost. Vieh wurde krank. Die Eier kamen schwarz aus den Hühnern.«

Zavahs Gesichtsausdruck wurde bitter.

»Mittlerweile lässt man die Kinder nicht einmal mehr das

Dorf verlassen«, fuhr Ganymed fort, »aus Furcht, die widernatürlichen Wolfsrudel – genau die, die uns gejagt haben – könnten sie reißen.« Der Fürst biss angespannt die Schneidezähne aufeinander und schien mit sich zu ringen, ob er den nächsten Satz wirklich aussprechen wollte. Es war das erste Mal, das Scarlett überhaupt das Gefühl hatte, es nicht mit einem lauten, dramatischen Schauspieler aus einem Gruselstück zu tun zu haben. »Es hat Vorfälle auf den Friedhöfen gegeben. Es … es werden Leichen vermisst.« Der Fürst räusperte sich leise und schluckte. »Und man hat bereits einen Hauptverdächtigen.«

»Ich rate mal wild«, sagte Scarlett, hob die Augenbrauen und deutete langsam mit dem Finger auf Fürst Ganymed. Er senkte seinen Blick, als ihn die Geste traf.

»Das ist – wenn auch bedauerlich – sehr verständlich«, merkte Scott an. Er tippte sich ans Kinn. »Die Phänomene sind zeitgleich mit Ihrer Ankunft aufgetreten. Das sieht für ein abergläubisches Volk nicht nach Zufall aus.«

»Das tut mir leid«, sagte Zavah und sah den Fürsten mitfühlend an. »Was wollt Ihr jetzt tun?«

Ganymed lächelte höflich und vollzog eine unterwürfige Geste. »Wer könnte mit dieserlei Plage besser umgehen, wenn nicht die legendären Zwillinge des Mercurius-Ordens.«

»Welcher Orden?«, fragte Scott mit schlecht geschauspielerter Ahnungslosigkeit.

»Welche Zwillinge?«, fügte Zavah alarmiert hinzu.

»Legendär, hm?«, wiederholte Scarlett genüsslich grinsend.

Ganymed lachte unbeholfen. »Nun, sagen wir, der Orden ist an diesem Ort nicht unbedingt das, was man als ein Geheimnis bezeichnen kann. Vor vielen, vielen Jahren hat er Bragoviszte bereits in einer heiklen Angelegenheit zur Seite gestanden. Damals ging es ebenfalls um eine Vampirplage und die Menschen Bragovisztes und die Ordensleute mussten die Kreaturen gemeinsam zurück in die Finsternis schlagen.« Der Fürst sinnierte inbrünstig einer Erinnerung nach. »Die Narben, die dieses schon seit Jahrhunderten von Blutsaugern heimgesuchte Dorf im Laufe seiner Historie davongetragen hat, haben sich tief in das Seelengewebe seiner Einheimischen gebrannt.«

Scott trommelte grüblerisch mit einem Finger auf den Tisch, dann ließ er Scarlett einen vielsagenden Blick zukommen.

Er denkt an Hamishs Vergangenheit, verstand Scarlett und nickte ihrem Bruder zu, ehe sie das Wort ergriff. »Blöde Frage«, begann sie und tat so, als müsste sie dringend ihre Fingernägel studieren. »Aber warum sollten wir Ihnen helfen? Vielleicht sind wir ja aus ganz anderen Gründen hier in Vallachia.«

Ganymed deutete eine Verbeugung mit dem Kopf an, dann sagte er: »Selbstverständlich seid Ihr das. Dürfte ich fragen, worum es sich handelt?«

»Wir suchen einen Freund der Familie«, antwortete Scott nur.

»In Bragoviszte?«, erkundigte sich Ganymed. »Hat er Verwandtschaft dort?«

»Vielleicht«, sagte Scarlett und verschränkte die Arme. Während sie sich in ihrem übergroßen Stuhl zurücklehnte, erschien Renna mit einem antiken Tablettwagen aus einem der nahen Räume und machte sich daran, so unsichtbar wie möglich die Tafel abzuräumen. Dabei versuchte sie immer wieder, unauffällig zu Scott herüberzuschauen. Scarlett runzelte die Stirn, fing instinktiv mit der Nase ihren Duft auf. Sie roch nach dem Abendessen, nach Unmengen von Seife und den Lederkomponenten ihrer ungewöhnlichen Kleidung. Der zweiten Witterung nach, die häufig auch die unter der Oberfläche liegenden Emotionen eines Menschen mit sich trug, offenbarte leider nicht viel mehr: Die Assistentin schien andauernd unterschwellig nervös und übervorsichtig, was sich Scarlett bei einem derart furchtbaren Herrn als vollkommen normal vorstellte. Aber … da war noch etwas. Ein Geruch, den Scarlett sonst nur von Scott kannte. Alte Tinte. Staubige Seiten. Das eigenwillige Aroma von Buchbindungen.

»Ich verstehe«, erwiderte der Fürst nur, nachdem er einen missmutigen Blick auf seine abräumende Assistentin abgeschossen hatte. Dann, als wäre ihm gerade etwas eingefallen, fügte er hinzu: »Nun, ich verfüge über beträchtlichen Einfluss und Mittel. So habt Ihr mein Wort als Edelmann, dass ich alles in meiner Macht Stehende dafür tun werde, um Euch auf der Suche nach Eurem … Freund zu unterstützen. Wenn Ihr Bragoviszte von dieser schrecklichen Plage befreit.«

»Und wir Euch ganz nebenbei das Leben retten«, fügte Zavah hinzu.

Ganymed lächelte der Seherin mit einem merkwürdigen Funkeln in den Augen zu, dann sagte er: »Wenn das Schicksal es so vorsieht.«

Scott

Die junge Ms Enfield führte sie nach der Mahlzeit auf den Flur mit ihren jeweiligen Zimmern, die jedoch gefühlt einen halben Ortsteil auseinanderlagen. Scott bestand darauf, dass Scarlett und Zavah gemeinsam untergebracht wurden und dass seine eigene Unterkunft sich so nah wie nur möglich an der seiner Schwester und seiner besten Freundin befinden sollte. Es brachte die Planung der jungen Assistentin sichtlich durcheinander, doch sie tat, wie ihr aufgetragen wurde – nach einer Reihe von Entschuldigungen über jedwede Unannehmlichkeiten. Scott einigte sich mit seiner Schwester darauf, dass sie bei Anbruch des nächsten Tages nach Bragoviszte reisen würden, um ihre Ermittlungen für die Suche nach Hamish aufzunehmen, dann verabschiedete er sich für die Nacht.

Als er im Begriff war, seine eigene Zimmertür zu schließen – der Raum dahinter war eine großzügige Turmkammer mit frisch gemachtem Bett und einem Aussichtsfenster, vor dem Kerzen brannten –, hielt er inne, als er Ms Enfields Blick bemerkte. Sie sah aus, als wolle sie ihm noch etwas Wichtiges mitteilen, also wartete er.

»Ms Enfield?«, fragte er.

»Willst du – wollen Eure Lordschaft mich vielleicht noch in die Bibliothek begleiten?«, fragte sie. Scott wurde hellhörig und lächelte. »Eine Bibliothek?«, wiederholte er. »Verzeihung, aber ich dachte –«

Renna nickte aufgeregt. »... dass ein Ort wie dieser nicht gerade zu denen gehört, an denen man eine Bibliothek vermutet«, beendete die Assistentin des Fürsten schüchtern lächelnd. »Das verstehe ich.«

Scott grinste. »Worauf warten wir dann noch?«

»O-oh!«, machte Renna überrascht und versteckte ihr Lächeln hinter vorgehaltener Hand. »Bitte folgt mir!«

Als Renna ihn noch weiter durch das Innere des Schlosses führte, fragte Scott sich, wie man sich hier als Uneingeweihter überhaupt orientieren konnte. Viele Gänge glichen einander, bis auf die Spinnenweben, es gab keine Gemälde, keine Rüstungen, keine Wandteppiche. Die Assistentin führte ihn tiefer und tiefer in das Gemäuer, bis zu einer kleinen, mit Kupfer verzierten Pforte, hinter der Licht tanzte.

»Da sind wir schon!«, präsentierte sie freudig und machte sich augenblicklich wieder klein, als hätte sie Angst davor, für Gefühlsausbrüche jeglicher Art jeden Augenblick mit einer Bestrafung rechnen zu müssen. »Was denkt Ihr?«

Scott seufzte. Es war eine schöne Bibliothek. Klein und heimelig, geschmackvoll, abwechslungsreich, liebevoll gepflegt. »Es sollte mehr Orte wie diesen auf der Welt geben«, hörte er sich höflich sagen.

Er teilte ein stilles Lächeln mit Renna.

»Meine kleine Zuflucht«, erklärte die Assistentin scheinbar erleichtert.

Ihr Blick ruhte lang auf Scott.

»Bitte setzt Euch«, sagte sie plötzlich und bot Scott einen der Lesesessel an. Das Möbelstück war in einem ausgezeichneten

Zustand für sein offensichtliches Alter. »Ich – ich mache Euch einen Tee?«

»Gern!«, gab Scott zurück und setzte sich. »Earl Grey. Heiß.« Renna gab ein verzücktes Geräusch von sich, dann eilte sie zu dem kleinen Kamin nahe dem Eingang, bei dem bereits ein kleiner Dampfkessel stand, aus dem getrocknete Kräuter hervorschauten. Scott sah sich aufmerksam um, studierte Titel und Einträge. Gelegentlich huschte ein Schmunzeln über sein Gesicht.

»Eine beeindruckende Sammlung«, bemerkte er anerkennend. Er lugte um eine der Ecken. »Oh – was ist *das?*« Er heftete seinen Blick an etwas, das aussah wie ein exquisiter Webstuhl, doch anstatt Garn und Wolle schien dieses Konstrukt eine Reihe von gläsernen Tellern zu beinhalten, die nacheinander auf einer Drehvorrichtung aufgereiht waren. Es gab unter der Sitzgelegenheit zwei Pedale.

»Das – das ist meine Glasharmonika«, erklärte Renna abwinkend. »Aber ich spiele schon seit langer Zeit nicht mehr darauf. Der Fürst verbietet solcherlei Muße.«

Scott schüttelte verständnislos den Kopf. Es war nicht das erste Mal, dass er an diesem späten Abend Mitleid mit der Assistentin hatte. Seine Augen wanderten weiter, blieben an einem schier atemberaubend schönen Einband hängen.

»Ah«, sagte er genussvoll. »Sehe ich sogar eine althellenische Anthologie klassischer Mythen?«

»Ja! Mit der allerschönsten Übersetzung meiner liebsten Geschichte.«

»Die da wäre?«

Renna schmunzelte wie zu sich selbst. »Die von Orpheus und Eurydike.«

Scott hob eine Augenbraue. »Zwei durch den Tod getrennte Liebende, eine Reise in die Unterwelt und ein tragisches Ende – ungewöhnliche Wahl bei solch einer Menge an Klassikern, aber durchaus nachvollziehbar.« Er schloss die Umgebung in einer würdigenden Geste mit ein. »Gehört sie dem Fürsten?«

»Was?«, gab Renna zurück. »Oh, die Blibiothek, ähm, ja. Eigentlich. Ja. Sie gehört ihm.«

Scott verengte die Augen. »Er interessiert sich nicht im Geringsten für Bücher, nicht wahr?«

»Nein«, lachte Renna leise und schob ihr Haar zurück über ihre Schulter. Ihre Hände zitterten. »Er versteht nichts von Literatur. Oder Poesie. Oder Theater ...«

»Was mich zu folgender Hypothese führt«, begann Scott spitzbübisch.

Renna wurde hellhörig. »Die da lautet?«

Scott ließ sich einen genügsamen Augenblick Zeit, dann richtete er zielsicher einen Finger auf die Assistentin. »*Ihr* habt sie für ihn angelegt, damit er potenziellen Besuchern gegenüber damit protzen kann.«

Renna schien zu erschrecken, sah sich unsicher um. Dann kämpfte sich ein Schmunzeln in ihr Gesicht. Sie nickte sacht.

»Ihr habt – Verzeihung, darf ich dich Renna nennen?«, fragte Scott.

Die Assistentin schien Schwierigkeiten zu haben, Luft zu holen. »Ich – ich dachte schon, Ihr – du fragst nie«, antwortete sie. Ein unsichtbares Gewicht schien von ihren Schultern zu fallen. »Du – du wolltest sagen?« Ihre karamellfarbenen Augen leuchteten erwartungsvoll auf.

»Du hast eine wunderschöne Sammlung«, entgegnete Scott

ehrlich. Er erhob sich, trat an das nächste Regal und deutete auf eine beeindruckende Sammlung. »Shakespeare? Sind das –«

»Die ersten Abschriften des royalen Theaters«, sagte Renna stolz.

»Mit denen die Erstaufführungen geleitet wurden?«, fragte Scott entgeistert.

»Es war … schwer, sie zu ergattern.«

»Das glaube ich auf der Stelle!«

Renna schien in sich zu gehen, nach Worten zu suchen. Vorsichtig benetzte sie ihre trockenen Lippen und sah auf. »Magst du Shakespeare?«

»Ja«, antwortete Scott aufrichtig. »Ich halte ihn für …«

»Brillant.«

Scott stockte, dann nickte er. »Genau. Brillant. Exakt das Wort lag mir auf der Zunge.«

Scott überlegte einen Augenblick lang und setzte sich wieder, dann lächelte er höflich. Allein das schien auszureichen, um die Assistentin strahlen zu lassen. Meine Güte, sie musste derart vereinsamt sein – vermutlich war Scott der erste Mensch seit einer Ewigkeit, mit dem sie über ihre Interessen sprechen konnte … dann fiel der Groschen, und Scott lehnte sich ungläubig vor. »Einen Augenblick – das hier ist *dein Zimmer,* nicht wahr?«, sagte er.

Renna nickte aufgeregt.

Scott hob die Hand. »Renna, du lebst hier in der Bibliothek?«

»J-ja.«

»Du schläfst hier? Einfach auf dem *Boden?*«

Die Assistentin hielt inne. »Ja.«

»Warum? Du könntest doch jeden Raum in diesem Schloss haben – einen mit einem Bett, einer Badewanne –«

»Es ist kompliziert«, antwortete Renna und wandte sich wieder dem Tee zu. Geduldig begann der Kessel zu dampfen. »Aber, falls du es wissen möchtest, ich bin gerne hier. Manchmal bin ich nirgendwo lieber.«

Scott lehnte sich zurück, atmete laut aus und verschränkte nachdenklich die Arme.

»Jetzt bin ich aber gespannt«, sagte er ruhig. Die Schultern der Assistentin hoben und senkten sich langsam.

»Wie gesagt, es ist kompliziert«, wiederholte sie.

»›Kompliziert‹ bedeutet in fast jeder Instanz ›faszinierend‹«, entgegnete Scott.

Renna schmunzelte. »Ich – weißt du, ich sollte wirklich nicht so frei heraus sprechen, aber ... wenn ich zurückblicke, hat wohl alles mit dem Ableben meiner Eltern angefangen, warte – nein – das stimmt so nicht ganz – es war genau genommen früher, weil ...« – sie drehte sich verlegen zu Scott herum, mit bebender Unterlippe und ratloser Geste, dann lächelte sie – »Eine sehr lange Geschichte. Ich sollte dich nicht langweilen. Die wenigsten verstehen ohnehin, wie es sich anfühlt –«

»Beide Eltern zu verlieren«, hörte Scott sich sagen. Langsam, unendlich träge nickte er. »Oder wie ... wie sich das Loch anfühlt, das sie hinterlassen. Besonders, wenn ... wenn es nicht immer einfach war zwischen dir und ihnen.«

Renna hielt seinen Blick. »Wie die Zeit selbst sich plötzlich so anfühlt, als ob sie sich nicht mehr bewegen will, als wäre sie zu Eis erstarrt.« Sie sah zum Kessel herüber, der kaum hörbar zu pfeifen begann. »Die Kälte, die der Schatten des Vergangenen mit sich bringt.«

Kaum hatte sie diese Worte ausgesprochen, schob Scott diesen Teil von sich zurück in die Finsternis, der sich Gehör verschaffen wollte. Diesen Teil, den er auf dieser Reise ganz und gar nicht gebrauchen konnte. Erinnerungen an seine Eltern, seinen Vater.

»Glaubst du an Schicksal?«, wisperte Renna plötzlich, ihre Augen leuchtend, und riss Scott damit aus seinen Gedanken. Die Worte waren so leise, so sacht gewesen, doch nun schwebten sie zwischen all den uralten Büchern wie ein strahlender Geist. »Dass selbst die Mächte der Zeit ihren Fluss verändern können, wenn wir nur genug daran glauben?«

»Nein«, entgegnete Scott kühl, bildete sich jedoch ein, genickt zu haben.

»Warum nicht?«, fragte Renna. Sie klang verletzt.

»Was vergangen ist, ist vergangen. Nichts ist veränderbar. Wir müssen vorwärtsblicken.«

»Doch was, wenn ein Teil von uns … unwiederbringlich verloren erscheint? W-wenn wir diesen Teil von uns in der Vergangenheit verloren haben? Sollten wir dann nicht dafür kämpfen, ihn zurückzuholen? Was wäre es für ein halbes, unvollständiges Leben, das wir ansonsten führen würden?«

Scott kämpfte gegen den Kloß in seinem Hals. »Manche Dinge müssen begraben bleiben, Ms Enfield.« Er sah sich selbst dabei zu, wie er aufstand und sich höflich verbeugte. »Danke für den Tee. Ich wünsche Ihnen eine geruhsame Nacht.«

Scott verließ die Bibliothek, und das immer gequälter werdende Heulen des Dampfkessels verfolgte ihn durch das Gemäuer wie ein unbarmherziger Spuk, bis er wie durch ein vollkommenes Wunder allein sein Zimmer wiederfand und leise die Tür hinter sich schloss.

Zavah

Zavah schwitzte.

Wälzte sich in ihrem Bett hin und her.

Betete, dass sie Scarlett – oder schlimmer: Scott – im Nebenzimmer nicht aufweckte.

Die Kristalle um sie herum vibrierten und belegten dadurch die Finsternis mit kaum wahrnehmbaren, geistergleichen Singstimmen. Zavah konnte sehen, wie wild tanzender Dampf von ihrer Haut aufstieg. Nicht, weil ihr so warm war, o nein. Ganz im Gegenteil. Die alten Zeichen der um ihr Bett gezogenen Bannkreise und Schutzzirkel reagierten – auf *sie*.

Die Kälte, die sich zwar unendlich langsam, jedoch so unaufhaltsam wie ein Gletscher in Zavahs Brust ausbreitete, hatte nichts Natürliches an sich. Sie kündete schon jetzt von den namenlosen Dingen, die ihrer harrten. Immer und immer wieder summte Zavah die Lieder der Alten, hielt sich an ihnen fest wie an einer glitschigen Scherbe, die einst zu einem wunderschönen, strahlenden Glasmosaik gehört hatte. Sie rief sich nacheinander zum hundertsten Male die Gesichter ihrer Familien ins Gedächtnis, ihre blasser werdenden Augen, ihre schwindenden Umrisse, ihre verglühenden Stimmen …

Sie sah die nebelhaften Umrisse *seiner* Fratze in der Luft über dem Bett schweben. Sie hörte sein Lachen in ihren Ohren. Sie fühlte den Ruck durch ihren Körper gehen, als die Augen der Grimasse aufglühten, so als hätte jemand urplötzlich ihren Hals gepackt und würde gnadenlos zudrücken. Zavah krümmte sich, schlug hilflos nach ihren Kissen – riss die Augen auf und vollführte die *Anpah*, die kraftvollste Schutzgeste ihrer Großmutter. Augenblicklich verschwand der Druck von ihrem Hals, und sie bekam wieder Luft – doch Zavahs Lungen weigerten sich, sie anzunehmen, wenn auch nur für einen Moment. Den Atemzug zu vollenden, war, wie einen Grabstein mit ihren Rippen anzuheben.

Ein ersticktes Schluchzen entfuhr Zavahs Kehle, als sie sich ruckartig auf die Seite drehte und dabei ein Windlicht von dem Schemel vor ihrem Bett stieß. Erschrocken sah sie hinüber zu Scarlett – die Jägerin schnarchte laut, schien nicht das Geringste zu hören – und wartete auf das Zerschellen des Glases, doch die auseinanderspringenden Scherben verursachten nicht das leiseste Geräusch. Mit schweißnassen Strähnen auf ihren Wangen lehnte sich Zavah vorwärts und betrachtete das gebrochene Licht – dann überfiel sie eine Gänsehaut, und sie wusste, dass *er* die Laute rund um ihre Bettstatt herum erstickte wie zwei weiße Finger die Flamme einer Kerze. Zavah schrak zurück, umklammerte ihr Amulett und wollte reflexartig nach Scarlett rufen, doch obgleich sie spürte, wie sie den Schrei hervorpresste, so blieb er in ihren Ohren kaum mehr als ein stummer Druck und verließ nicht die Grenze ihres Bettes. Für einen bizarren Moment musste sie an Scott, ihren wundervollen Gelehrten, denken, daran, wie sehr es ihn entzücken würde, eine weitere der unendlichen Spielarten dokumentieren zu können, die eine hohe Haemophage zum perfekt angepassten Raubtier der Nacht machten. Er würde sich ein neues Wort dafür ausdenken, eines in der alten Sprache, die er so liebte. *Aphonie …*

Bei den Lichtern!, schoss es ihr durch den Kopf. *Wie nur, wie soll ich die nächsten Nächte überstehen? Ich bin allein, so unendlich allein, es ist so bitter-, bitterkalt …*

Nein! Da schlug Leben in ihr, helles, strahlendes Licht! Und sie war nicht allein, sie war *niemals* allein – auch wenn ihre Familie so weit entfernt war, sie alle lebten ebenfalls in ihrem Herzen.

Doch was, wenn es die Gründe für sein Schlagen vergisst?, flüsterte ein hehrer Zweifel. *Wenn du die Melodie deines Herzens verlierst? Was, wenn die lichtlose Kreatur …*

Entschlossen erhob sich Zavah, schüttelte widerspenstig ihr Haar und schlug die finstere Energie des Unholds aus der knisternden Luft. Die Silhouette von Tybalts Kopf löste sich in einer Mischung aus Eishauch und frustriertem Brüllen auf – aus dem Äther hallte der widernatürliche, falsche Un-Laut eines Übels aus der Dunkelwelt.

»Du bekommst meine Seele nicht!«, zischte Zavah. »Weder in dieser noch in irgendeiner Nacht!« Sie presste sich eine Hand ans Herz und funkelte bedrohlich den Fleck an, an dem sich noch kurz zuvor der Schatten befunden hatte. Sie war wütend, rechtschaffen wütend, fühlte sich aber auch hilflos – und war im Begriff, etwas zu tun, was ihr ihre Ebrâm einst strengstens verboten hatte. Ein Verbot, so alt, dass man den Tag vergessen hatte, an dem es das erste Mal von einem Lichtwächter ausgesprochen worden war. Zavah erschrak selbst vor ihrem Vorhaben, doch ihr aufpeitschender Hass auf das Ding, dieses ekelerregende, unheilige Ding –!

Ihr Zeigefinger streckte sich wie von allein. Ihr Atem ging

stoßweise. Sie schmeckte bitteres Salz zwischen ihren zusammengebissenen Zähnen.

»Höre meine Worte!«, spuckte sie, erschrocken über sich selbst. »Kreatur! Höre! Meine! Worte!« Nie, nie hatte sie solches Gift auf den Lippen getragen – nie eine Bosheit, nie auch nur Argwohn über ihre Zunge kommen lassen! Was im Namen der Lichter geschah mit ihr? »Ich habe den knöchernen Schleier zerrissen und habe dein Ende gesehen – möge es dich für all deine Verdammnis heimsuchen! Höre mich! Es wird dein Spiegelbild sein, das dich deinem Untergang weiht, es wird dein Spiegelbild sein, welches den letzten Stich in dein schwelendes Herz führt! Koche! Brenne! Lodere! Bittere Galle, totschwarzer Rabe und tiefschwarzes Herz – ICH – VERFLUCHE – DICH!«

Die Stille kam so schnell wie ein Herzschlag.

Kalte Luft mischte sich mit der aufsteigenden Wärme ihrer Haut.

Schwer atmend, noch immer mit ausgestrecktem Zeigefinger und einer vor Anspannung verkrampften Hand, saß Zavah aufrecht in ihrem Bett und blinzelte. Fast reflexartig bewegte sich ihre freie Hand zu ihrem Mund, um ihn zu verdecken – aus Scham vor dem, was sie soeben getan hatte, aus Schrecken darüber, welche Grenze sie soeben überschritten hatte –, doch mitten in der Bewegung hielt Zavah inne und senkte ganz ruhig ihren Arm.

Ja, sie *hatte* soeben einen Fluch ausgesprochen.

Ja, sie *hatte* ein heiliges Gesetz ihres Volkes gebrochen.

Aber was Zavah fühlte, war keine Schuld.

Es war grimmiger Triumph.

Sie hatte soeben eigenhändig einen machtvollen Vampir zurückgeschlagen, und es fühlte sich an, als hätte sie sich einen Teil dessen, was man ihr genommen hatte, zurückerrungen.

Und auf Gedeih und Verderb noch mal, dachte Zavah. *Niemals, niemals werde ich meine Seele ohne einen Kampf hergeben.*

»Jetzt weißt du, woran du bist, Monster«, flüsterte sie und nickte, erst zögerlich, dann hart.

»Alles in Ordnung?«, fragte Scarlett plötzlich von der anderen Seite des Zimmers. Zavah zuckte zusammen. Die Lykanthropin hatte sich nicht umgedreht.

»Ja«, sagte Zavah nur. »Ich ... ist schon in Ordnung.«

»Sicher?«

Zavah räusperte sich schwach und zog die Nase hoch.

»Ja. Schlaf jetzt, Jägerin.«

Scarlett grummelte eine Antwort, ohne sich zu bewegen, dann, nur wenige Momente später, erklang das leise Schnarchen wieder. Zavah schloss die Lider, legte den Kopf in den Nacken und rieb sich mit einem bebenden Seufzer über das Gesicht. Sie wischte ihre Tränen fort, stolz auf jede einzelne davon, aber auch traurig darüber, sie verloren zu haben. Dann fiel sie zitternd und kraftlos zurück auf ihr zerwühltes Bett und schlief das erste Mal seit Wochen auf der Stelle ein.

Scarlett

Irgendetwas flüsterte Scarlett, dass dies ein ganz, ganz mieser Tag werden würde.

Nach einem spärlichen Frühstück hatte Ganymed darauf bestanden, dass seine Assistentin Renna sie alle gemeinsam mit der Kutsche nach Bragoviszte brachte. Renna hatte den Befehl schweigend entgegengenommen und sie nach dem Packen einiger Ausrüstungsgegenstände mit großer Routine über einen nach Norden ausgerichteten, gut befestigten Gebirgspfad bis hinunter ins Tal gebracht – wenige Meilen vor dem Ort, lange nachdem die Pferde nicht mehr bergab hatten laufen müssen, hielt die junge Frau an und bat ihre Fahrgäste höflich darum, auszusteigen.

»Ab hier müsst ihr vorerst allein weiterreisen«, erklärte sie ausgelaugt und schenkte selbst Scott nur ein halbherziges Lächeln. Ihre Augen waren dunkel umrandet, ihr Gesicht noch blasser als am Abend zuvor. Scarlett hatte Rennas Stimme und die des Fürsten noch bis tief in die Nacht miteinander streiten hören. Der durch das Gemäuer spukende Ton, den das Gespräch vor allem gegen Ende hin angenommen hatte, war für Scarlett die Bestätigung dafür, dass so etwas nicht zum ersten Mal geschehen war.

»Warum?«, fragte Scarlett und kam damit einer erklärenden

Geste ihrem Bruders zuvor, während Zavah wie schon den restlichen Morgen davor ihre Zeit damit verbrachte, mit leerem Blick durch Scott hindurchzustarren.

Renna lächelte verlegen.

»Wenn man in Bragoviszte sieht, aus welcher Richtung und mit welchem Transportmittel ihr angereist seid«, erklärte sie, »wird man euch gegenüber besonders misstrauisch sein. Besonders jetzt, wo das Fest ansteht.« Sie räusperte sich matt. »Und das wäre eurem … Vorhaben sicherlich nicht zuträglich.«

»Ich fürchte, ich muss Ms Enfield recht geben«, bestätigte Scott und winkte Scarlett heran, um einen Teil ihrer Ausrüstung aus der Kutsche zu holen. »Wir sollten jeden Vorteil nutzen und uns nicht unnötig verdächtig zeigen. Es wird ohnehin schon schwer werden, das Vertrauen der Einwohner zu gewinnen – und das brauchen wir, wenn wir vernünftige Antworten auf unsere Fragen haben wollen.«

»Darin haben wir doch Übung«, feixte Scarlett und half ihrem Bruder. »Beim letzten Mal hat sich nur ein ganzes Dorf voller Werwölfe gegen uns verschworen!«

Rennas Augen wurden groß.

»Ein ganzes Dorf?«, wiederholte sie ungläubig. »Aber – sagt man nicht, diese Wesen wären ausgesprochen selten?«

Scarlett zog eine Augenbraue hoch. »Du hast ja keine Ahnung.«

»Nicht so selten wie Vampire«, ergänzte Zavah düster und funkelte Renna dabei warnend an.

Scarlett wunderte sich darüber, wie – für die Seherin – ungewöhnlich leichtzüngig sie das letzte Wort ausgesprochen hatte, wo sie doch sonst stets so übervorsichtig gewesen war. Vielleicht machte das ja, wenn man schon um die nächste Ecke eines von den Dingern vermuten musste, gar keinen so großen Unterschied mehr.

»Ich wünsche Ihnen viel Glück und Gelingen bei Ihrem Vorhaben«, verabschiedete sich Renna hölzern und schüttelte Scarlett die Hand, dann nickte sie Zavah merkwürdig langsam zu, um anschließend unsicher vor Scott innezuhalten. Ihre Mundwinkel spannten sich. »Ich werde heute kurz vor Sonnenuntergang, nach Möglichkeit, an diesem Punkt warten, damit wir gemeinsam ins Schloss zurückkehren können.«

»Was, wenn wir uns das Fest ansehen wollen?«, fragte Scarlett.

Renna lächelte steif. »Dann werde ich wohl oder übel nach Ihnen Ausschau halten müssen.« Sie räusperte sich und wandte sich erneut an Scarletts Bruder, der schon wieder in Gedanken zu sein schien. »Viel – viel Erfolg, Scott – Eure Lordschaft.« Sie setzte die Bewegung mindestens zweimal an, dann schenkte sie Scott eine unbeholfene Umarmung, die dieser nicht erwiderte.

Für einen Augenblick lang suchte Scarlett Zavahs Blick, um ihre Reaktion auf Scotts Verhalten zu erhaschen: In den Augen der Seherin schien sich ein Gewitter zusammenzubrauen.

»Danke für Ihre Hilfe«, erwiderte Scott sachlich und verbeugte sich zackig vor der Assistentin. »Wir werden von hier aus sicher allein nach Bragoviszte finden, wenn wir dem Pfad folgen.«

Nachdem Renna sich wieder auf den Kutschbock gesetzt und die Gruppe ihr hinterhergeschaut hatte, bis sie verschwunden war, fragte Scarlett: »Was war das denn bitte für eine sonderbare Aufführung?«

Scott richtete seinen Blick starr geradeaus. »Der Anfang unserer Ermittlungen, Schwesterherz.«

Der über Bragoviszte liegende romantische Zauber, den Scarlett bei Nacht vom Turm der Fürstenburg aus gesichtet hatte, wich unter Tageslicht einer eher düsteren, blaugrauen Ansammlung uralter Fachwerkhäuser, zwischen denen sich labyrinthartige Engpässe und Schleichwege verbargen. Der Boden war hart gefroren. Die Luft klirrte, raschelte und flüsterte. Man hörte Ziegen, Hühner und Hämmer auf Stein. Dass hier der sprichwörtliche Weltmittelpunkt der Kerzenmacher, Laternenschmiede und Lampentüftler zu sein schien, hätte man am Tag leicht vergessen können – dafür sah man jetzt die mannigfaltigen Alabasterschreine der Schutzpatrone deutlicher, die sich in das Dorf einfügten wie mitten in der Bewegung erstarrte Besucher aus vergangenen Zeiten.

Folgte man dem pittoresken Waldpfad ins Dorf hinein, führte eine Allee befestigter Häuser direkt zu einem halbkreisförmigen, zentralen Marktplatz, auf dem erstaunlich reger Betrieb herrschte – das hieß, bis zu dem Zeitpunkt, in dem die erste, an ihrem Fenster stehende alte Dame mit dem Finger auf die sonderbar gekleideten Neuankömmlinge wies und laut etwas rief, das Scarlett nicht verstand.

Es begann schneller, als sie gedacht hätte: Mehrere Menschen hielten inne, Augenpaare richteten sich auf sie, Kinder hörten auf zu spielen, irgendwo ließ jemand einen Krug mit Wasser fallen. Scarlett sah mit Holz verstärkte Fensterläden zuknallen, sah, wie mindestens ein halbes Dutzend Messer gezückt wurde, und roch eine hochdelikate Mischung aus Feindseligkeit, Sorge und Fluchtinstinkt in der Luft …

Und plötzlich reagierte die Bestie darauf.

Mit einem mehr als verstörenden Knurren im Bauch kämpfte Scarlett dagegen an, ihren Blick von ineinander verschwimmenden Beinen und Füßen zu reißen. Da war ein Teil von ihr, der sich frei machen wollte von dieser unpassenden Hülle, sich krümmen, um auf allen vieren in diesen umherzuckenden Haufen von bebenden Gliedmaßen zu rasen …

Scarlett kniff die Augen zusammen. *Was zum – ! Nicht … jetzt!*

Sie atmete durch. Das machte es noch schlimmer

Hrrgh!

Ihre anderen Sinne arbeiteten einfach weiter.

Stempelten Gerüche als Beute ab.

Ließen ihr das Wasser im Mund zusammenlaufen.

Flüsterten ihr von einem Festmahl direkt vor ihren Augen …

»Einfach weitergehen und freundlich lächeln«, mahnte Zavah zwischen zusammengepressten Zähnen hindurch und winkte einer Familie zu, die soeben überhastet eine kleine Schar Ziegen in ein Haus führte. »Tut mir den Gefallen, und macht nichts, was man als feindselig auslegen könnte.«

Scarlett rang ein tiefes Dröhnen aus ihrer Kehle nieder und verbiss ihre länger werdenden Schneidezähne ineinander.

»Hatte ich nicht vor«, murmelte Scott und gab hörbar sein Bestes, es der Seherin gleichzutun. »Red? Alles in Ordnung? Hast du – hast du etwas im Auge?«

»Ich«, begann Scarlett stockend und unterdrückte mühsam ein Knurren. »Sollte. Augen. Besser. Jetzt. Zulassen.«

Scott räusperte sich.

»Und – deine Hände hinter dem Rücken verbergen«, säuselte er eindringlich und grüßte anschließend im schlechtesten Valachisch der Welt mehrere Menschen aus Bragoviszte.

Scarlett erschrak, als sie spürte, wie sich ihre Krallen in ihre Handflächen schnitten. *Moment mal –*

»Da kommt jemand«, schob Scarlett zwischen ihren dicker werdenden Stimmbändern hervor. »Sie achten ihn. Hören auf ihn. Er will mit uns sprechen.«

»Sollen wir ... lieber gehen?«, hörte Scarlett Zavah fragen. »Du siehst nicht gut –«

»Istschoninordnung«, brummte Scarlett – und glitt mit einem gewaltigen Atemzug tief in sich hinein.

Bestie! Wir müssen reden.

HRRRWARUM?!

Das ist ein sehr, sehr ungünstiger Augenblick –

HRRVERBIETEST MIR, MICH ZU ZEIGEN!

Was? Verbieten? Ich –

LÄSST MICH NICHT RRAUS! DU – VERRRSTECKST MICH!

Das stimmt doch überhaupt nicht! Du bist ein Teil von mir und –

DU SAGST, ICH BIN EIN TEIL VON DIR! ALSO BIN ICH DU! UND DU BIST ICH! WARUM – GRRRH! – VERSTECKST DU DICH!? WARUM – VERSTECKT DU UNS?!

Das ... das tue ich überhaupt nicht ...

DOCH! VERSTECKEN! SPERRST DICH IN UNSEREN KÄFIG!

Ich muss das tun, du pelzige Totalkatastrophe! Ich kann doch nicht geifernd durch die Welt jagen und alles verschlingen, was nicht schnell genug vor mir davonlaufen kann!

KANNST MICH NICHT EWIG WEGSPERREN!

Mehr – kriegst – du – nicht! Ich komme auch ohne dich zurecht, hörst du?

Scharf atmete Scarlett ein und fand sich auf dem Bragoviszter Marktplatz wieder, als wäre sie aus einem Traum erwacht. Der Mann vor ihr konnte auf Zavah hinabsehen – er trug einen gewaltigen, geschwungenen Schnauzbart, eine Fellmütze, ein schweres Hemd und mehrere verschiedene Gürtel, an denen Werkzeuge, kleine Messer und drei silberne Abzeichen hingen.

Ist das gerade wirklich passiert?, fragte sich Scarlett wild blinzelnd und horchte perplex in sich hinein. Sie hätte mit dem Krachen verrosteter Gitterstäbe gerechnet, wütendem Geheul oder mit dem Geräusch scharfer Krallen auf dem Boden eines Käfigs. Aber da war nichts. Rein gar nichts.

Sie ... sie ist weg?, dachte Scarlett verblüfft. *Ist – ist sie nicht mehr da?*

»Er sagt, er ist der Bürgermeister«, erklärte Zavah zögerlich und musterte Scarlett aufmerksam. Der schnauzbärtige Mann verschränkte seine breiten, behaarten Arme vor der Fassbrust. »Und er würde sehr gern wissen, was wir hier in dieser lichtverlassenen Gegend verloren haben. Ob wir von weit her für das Fest der wandernden Funken hergekommen sind.« Zavah zögerte. »Ich fürchte, Letzteres war sarkastisch gemeint.«

»Ah, selbstverständlich«, eröffnete Scott konzentriert und legte in einer Geste, die wohl diplomatisch anmuten sollte, die Fingerspitzen beider Hände aufeinander. »Nun, zuallererst will ich dem Herrn Bürgermeister gegenüber natürlich meine absolute und zutiefst empfundene Hochachtung zum Ausdruck bringen, ihn in seiner Amtsfunktion be...«

Zavah nickte aufmerksam und freundlich, dann sprach sie genau zwei Worte auf Vallachisch und der Bürgermeister rümpfte schnaubend die Nase.

»Also«, entgegnete Scott zweifelnd und rieb sich mit den Knöcheln seiner Hand das Kinn, »entweder, meine liebe Zavah, bedienst du dich einer ausgesprochen ökonomischen Syntax, oder du hast *nicht ganz* das übersetzt, was ich –«

Scarlett hatte Schwierigkeiten, zuzuhören. Ein Kribbeln regte sich in ihrem Bauch, ein Flattern in ihrer Brust. Sie erlaubte sich zwar vorsichtshalber noch nicht das Gefühl eines Triumphs über ihre wilde Natur, aber ... die Gerüche um sie herum waren abgeschwollen. So als wäre ihre Nase einst eine scharf geschliffene Klinge gewesen, die nun blank und stumpf in ihrer Scheide ruhte, drangen nur noch oberflächliche, simple Eindrücke in ihre Wahrnehmung ein. Die Farben hatten an Leuchtkraft verloren – was dem Ort noch einmal zusätzlichen Charme nahm – und die Luft schmeckte einfach nur nach Luft anstatt nach einer in Flammen stehenden Parfümerie. Und über allem in Scarlett lag eine fast kühle, gar wunderbar seidene Ruhe und Stille.

»Warte«, hielt Zavah Scott an.

Die Seherin wechselte einige hastige Worte mit dem Bürgermeister, die von allerlei Gesten, Schutzzeichen und Handsymbolen begleitet wurden. Zavahs Miene – und es musste das allererste Mal überhaupt gewesen sein, meinte Scarlett – zeigte mühsam zurückgehaltene Frustration über ihren Gesprächspartner.

»Es ist eine gefahrenvolle Zeit«, übersetzte die Seherin. »Dieser Ort ist verflucht und für Fremde gibt es hier in solch schwarzen Zeiten normalerweise keinen Unterschlupf.« Sie atmete laut aus. »Niemand würde uns Zugang in sein Haus gewähren. Niemand, der noch ein schlagendes Herz hat, uns Vertrauen schenken. Eigentlich sollten wir gehen, solange wir noch können – wenn uns Leib und Leben lieb sind.« Zavah wechselte erneut einige Worte mit dem Mann, der sich nun mit abschätzendem Blick vorlehnte, seine Miene die eines hochernsten Richters, der darauf wartete, ein Urteil zu fällen.

»Doch diese Zeit, die der wandernden Funken, ist auch die Zeit der guten Omen. Er erwartet einen Beweis dafür, dass unsere Ankunft ein *positives* Zeichen ist.«

»Sag ihm, wir suchen nach einem Freund«, bat Scarlett innig.

»Hamish Balthazar Porter«, brachte Scott forsch hervor, jetzt nicht mehr der höfliche Adlige, sondern der fordernde Aristokrat, wie er manchmal tief in Scotts Schattenseiten schlummerte. »Por-ter.«

Der Bürgermeister spie aus. Scarlett befürchtete, dass sie ihre wenigen guten Karten soeben verspielt hatten.

»Wir kennen niemanden, der so heißt«, übersetzte Zavah und runzelte die Stirn, dann wandte sie sich mit geneigtem Oberkörper an Scott und Scarlett, ohne die Augen vom Bürgermeister zu nehmen. »Ich glaube nicht, dass das der Wahrheit entspricht. Ein großes Leid überfällt ihn, wenn er an diesen Namen denkt.«

Scarlett griff nach der Hand des Mannes – er reagierte entgegen Scarletts Befürchtung nicht feindselig, sondern verblüfft und berührt – und sah ihn flehend an.

»Bitte«, sagte sie und Zavah musste nicht übersetzen. »Bitte, wenn er hier ist, müssen wir ihn finden.«

Die Spannung auf dem Gesicht des Bürgermeisters verflüchtigte sich für einen Augenblick und machte aufrichtiger Überraschung Platz, dann legten sich seine Züge abermals in tiefe Falten. Er sah seitlich zu Boden, so als erinnere er sich an etwas. Sein Ausdruck wurde bitter, dann sah er auf und musterte Scarlett, Zavah und Scott so lange und durchdringend, als wolle er bis auf den Grund ihrer Seelen blicken. Er sprach ein Wort, dann deutete er nach Osten. Zavah stellte eine Frage, schien sich zu bedanken. Der Bürgermeister nickte und seine Falten glätteten sich ein Stück weit. Er brummte einige Sätze, machte kehrt und ging mit erhobenen Armen auf die Menschen am Marktplatz zu, dann sprach er ebenfalls mit ihnen. Zögerlich, aber ohne die Blicke von den Fremden zu lassen, nahmen die Anwohner Bragovisztes ihre Tätigkeiten wieder auf.

»Mich dünkt, wir wären nun so etwas wie geduldet an diesem Ort«, sagte Scott und wandte sich mit fragend hochgezogenen Augenbrauen an Zavah, dann ärgerte er sich sichtlich. »Wir haben versäumt, ihn nach den Vampirsichtungen zu fragen.«

Die Seherin seufzte, sah dem Bürgermeister hinterher und nickte dann betreten.

»Für drei Tage und drei Stunden dürfen wir in Bragoviszte bleiben«, erklärte sie und machte sich auf den Weg Richtung Osten. »Wir haben also noch genügend Gelegenheit dazu.« Scarlett sah von ihr zu Scott, dann folgte sie der Seherin. »Wir dürfen zwar Fragen stellen und uns frei im und um das Dorf herum bewegen, aber keine Herberge oder Bleibe aufsuchen.«

Scott runzelte die Stirn, kam dann staksigen Schrittes hinterher.

»Drei Tage und drei Stunden?«, wiederholte er. »Merkwürdig spezifisch, findet ihr nicht?«

»Das ist eine traditionelle Spanne«, erläuterte Zavah schulterzuckend. »Drei und sieben sind Schicksalszahlen.«

Scotts Augenbrauen schoben sich ineinander, und er wollte gerade den Zeigefinger heben, als Scarlett ungeduldig fragte: »Wo genau gehen wir hier gerade hin? Wusste er etwas über Hamishs Aufenthaltsort? Hat er ihn gesehen?«

Zavah holte sichtbar besorgt Luft. Sie schien abzuwägen, ob sie weitersprechen sollte.

»Was hat er gesagt?«, fragte Scarlett ungeduldig. »Spuck's schon aus!«

Die Seherin räusperte sich und fasste sich an den Hals, so als wäre ihre Kehle staubtrocken und sie hätte seit Tagen nichts mehr getrunken. Schließlich sah sie gramvoll zu Scott herüber. »*Friedhof*«, sagte sie und Scarlett wurde schlecht. Scotts Züge entglitten ihm. »Er hat gesagt, wir finden Hamish auf dem Friedhof.«

Renna

Vorsichtig benetzte Renna ihre Fingerspitzen in der Wasserschale neben sich, dann trat sie die erste Kurbel an – und die gläsernen Scheiben der Harmonika begannen, sich sachte zu drehen.

Hoffentlich bin ich nicht zu weit gegangen, sorgte sie sich.

Die einleitenden Töne hallten klar in ihrem kleinen Reich und fanden Wegbegleiter in ihrer ersten Harmonie, enthüllten Einsamkeit in herbeigelockten Akkorden, dann Sehnsucht, dann einen Silberstreifen am Horizont.

Schweig still, mein pochend Herz, mahnte Renna sich selbst. *Zügle dich!*

Renna nahm Wasser nach, wechselte den Fuß zum zweiten Pedal, während sie eine heimsuchende Melodie mit der freien Hand webte. Als ihre zweite Hand eine Gegenstimme zum Leben erweckte und die beiden widerstreitenden Kräfte sich umkreisten, baute sich Spannung auf, die sich nach endlich Loslassen, nach Erlösung sehnte, doch noch keinen Weg dafür gefunden hatte.

Nein, dachte Renna kopfschüttelnd. *Du musst standhaft bleiben – für ihn!*

Die ineinander verschlungenen Stimmen zerrten aneinander, doch anstatt sich in ungeahnte Höhen zu jagen, stürzten sie gemeinsam in die Tiefe und verbanden sich zur mächtigen Düsternis eines Mollakkords – doch die darin enthaltene Terz war der Beginn einer neuen, harmonischen Leiter.

Und doch … vielleicht würde ja dieses Mal alles anders sein …?

Der Tanz begann von Neuem, ein Wirbel zurück zum ewigen Anfang erfasste das Instrument, gefangen in der sich wiederholenden Tonfolge wie zu Beginn ihres Spiels – und Renna hielt abrupt inne. Sie nahm entsetzt die Hände von den Glastellern und lehnte sich zurück, während die Kurbeln an Schwung verloren, dann schlug sie das Instrument hastig wieder zu.

Scarlett

Der erste Friedhof im Osten Bragovisztes verdiente den Namen eigentlich kaum: Es war nicht viel mehr als ein vom Wald teilweise zurückerobertes, vergessen wirkendes Feld voller mit unfertigen Inschriften versehener Felsen und ungenutzter Gesteinsbrocken, an denen man Blumenkränze und zum Teil Dutzende Kerzen angebracht hatte – nicht gerade der atemberaubende Anblick einer Kryptenlandschaft, wie Scarlett sich ihn aufgrund von Arminius' Beschreibungen vorgestellt hatte. Auf ihrem Weg dorthin waren sie kaum jemandem begegnet.

»Er hatte eine große Familie«, sagte Scott neben Scarlett und wurde mit einem Mal sehr still. Der Wind fuhr durch die Haarsträhnen, die sich aus seinem Zopf gelöst hatten, und wehte sie ihm sanft über die Augen. Sein Blick wanderte stoisch über die verschiedenen Inschriften, schien nach Informationen zu suchen, die er verarbeiten konnte, doch da war ganz offensichtlich nicht viel, mit dem er etwas hätte anfangen können. Scarletts Bruder hatte sich den gesamten Weg lang in Schweigen gehüllt, doch sie hatte gesehen, wie seine Augen vor Grauen noch immer irrlichterten. Scarlett konnte es ihm sehr gut nachfühlen.

Der Gedanke daran, sie würden auf ihrer Suche nach Hamish *sein Grab* finden, hatte sie alle gelähmt wie ein schlei-

Mullo-Phänotyp

Gattung: Typisierung unklar
Nutzt häufig Hypnose und Manipulation
Heimsuchungssymptome: Abwesenheit, Vergesslichkeit, Apathie
Vorzeichen: Verdunkelung von Goldmünzen und Schmuck

chendes Gift, dessen Wirkung nur sehr langsam wieder abklang.

Panisch hatte Scarlett auf den Grabsteinen der Porters nach seinem Namen gesucht und letztlich erleichtert aufgeatmet, als ihre Suche ergebnislos geblieben war. Zavah war es ähnlich ergangen und soeben murmelte sie mit geschlossenen Augen Worte in einer für Scarlett fremden Sprache – doch die Bedeutung war offensichtlich.

Es war sonderbar: Scarlett hatte mit zwei, drei, höchstens vier Gräbern gerechnet, doch was sie hier sahen, waren mindestens drei Dutzend oder mehr. Es gab keine Herkunfts-, Geburts- oder Sterbedaten, so wie man es in Nova Caledonia bei Leichensteinen hielt, nur Namen. *Hippolyta Porter. Solanine Porter. Jakub Porter ...*

Scarlett fühlte einen merkwürdigen Stich in ihrer Brust. Instinktiv suchte ihre Hand die ihres Bruders und schloss sich langsam darum. Scott atmete leise aus und schien Anstalten zu machen, seinen Arm fortzuziehen, doch stattdessen sah er Scarlett für kaum mehr als einen Wimpernschlag in die Augen, senkte seinen Blick wieder und erwiderte den Druck so sanft, als würde er sich damit für etwas entschuldigen wollen.

»Verr-zeihung«, unterbrach eine raue Stimme mit schwerem Akzent. Scarlett drehte den Kopf und sah einen alten, in eine grauschwarze Robe gekleideten Mann, der mit einem durchgebogenen Spaten hoch oben auf einem der großen Geröllbrocken ganz in der Nähe saß. Seine Augen waren steingrau. Er war groß und breitschultrig, und seine Hände sahen aus, als bräuchte er seine Schaufel eigentlich nicht – er war die ganze Zeit über derart regungslos gewesen, dass man ihn aus den Augenwinkeln hätte sogar für eine Statue halten können.

Neben Scarlett hielt Scott inne, dann ließ er sie ruckartig los und machte einige Schritte auf den Mann zu – wie es aussah, um ihm die Hand zu geben. Der Alte wich mit dem Oberkörper zurück, bekam große Augen und hob abwehrend die Hände, wobei er immer wieder denselben Satz wiederholte.

Scott sah fragend zu Zavah, dann zu Scarlett herüber.

»Was hat er?«, fragte er und stoppte.

Zavah musterte den Mann aufmerksam, dann sagte sie in beschwichtigendem Tonfall: »Er ist … ähm, *Prahia* … – ein Aussätziger, der das Dorf nicht mehr betreten darf.«

Der Alte nickte ernst.

»Was bedeutet das?«, fragte Scarlett mit schiefem Kopf. »Ist er krank oder so etwas?«

»Nein«, antwortete die Seherin milde. »*Prahia,* das ist … eine Art Totengräber und Wächter. Er achtet darauf, dass Verstorbene auf die richtige Art und Weise begraben werden, die alte Art.« Sie zögerte. »Das hier ist ein Friedhof für … verlorene Seelen.«

»Wegen der Haemophagie?«, fragte Scott aufmerksam.

»Ja«, entgegnete Zavah bedeutungsschwanger. »Er wacht symbolisch über die Übergänge von dieser Welt und der nächsten.« Sie rieb sich die Unterarme und schüttelte sich die Hände energisch aus. »Man darf ihn nicht berühren und er darf auch niemand anderen berühren – seine Hände sind nur für die Toten gedacht.«

»Das macht das Leben in einem Dorf natürlich schwerer«, sagte Scarlett und runzelte die Stirn. »Aber – warum macht man das so?«

Zavah seufzte leise, als sie den Mann noch einen Moment lang betrachtete.

»In vergangenen Zeiten war das Leben als Prahia eigentlich eine Strafe«, sagte sie rätselnd. »Er … er hat diese Aufgabe aber von sich aus auf sich geladen.« Sie neigte den Kopf in Scarletts und Scotts Richtung, ließ den Alten dabei jedoch nicht aus den Augen. Der Mann schien ungeduldig darauf zu warten, dass sie fertig gesprochen hatte. »Ich glaube, es ist kein Zufall, dass wir ihn –«

»Ihr – ihr kenne – Fah-milie Porter?«, unterbrach sie der Alte und gestikulierte in Richtung der Grabsteine. Er klang sonderbar hoffnungsvoll. Den Familiennamen sprach er auf sonderbare Weise aus, die ihn viel mehr wie ein Geschöpf aus einem alten Kindermärchen klingen ließ als wie ein gängiges bretonisches Wort.

»In der Tat«, antwortete Scott. Er runzelte die Stirn. »Sprechen Sie gutes Bretonisch?«

Der Mann zog die Augen zusammen und lächelte verlegen.

»In … Tat?«, fragte er und machte eine ratlose Geste.

»Wir suchen jemanden, der hier als junger Mann gelebt hat«, kam Zavah Scott und Scarlett zuvor, ging fließend ins Vallachische über und beendete ihren Satz mit den Worten: »Hamish Porter.« Der Mann nickte aufmerksam, und seine Augen leuchteten auf, als er das Wort *Hamish* hörte. Seine Bewegungen wurden lebhafter. Er antwortete knapp, dann sah er zu Scarlett herüber.

»Ihr«, begann er schwerfällig, dann atmete er laut durch die Nase aus und raunte: »Freunde?«

Scarlett tauschte einen Blick mit ihrem Bruder, dann sagte sie:

»Familie.«

Der Mann schien zuerst widersprechen zu wollen, dann

hielt er inne, legte sich die breite Hand an das Kinn und nickte konzentriert. Er stellte Zavah eine Frage, auf die er die Antwort scheinbar schon wusste, seinem Tonfall nach zu urteilen. Die Seherin nickte freundlich und antwortete ihrerseits knapp, woraufhin der alte Mann ebenfalls hastig nickte. Seine Augen musterten sie still.

»Dürfen wir fragen, ob Sie ihn persönlich kannten?«, fragte Scott und verschränkte die Hände hinter dem Rücken. Zavah übersetzte. Der Alte sah einen Moment lang zu Boden, starrte ins Leere. Schließlich nickte er erneut.

»Jeder hier kennt ihn«, antwortete er durch Zavah.

»Warum behaupten dann alle das Gegenteil?«, warf Scarlett ein.

Der Mann deutete auf die Grabsteine, so als wolle er den Wind über ihnen mit dem Handrücken fortstreichen.

»Wegen der Geschichte, die seinen Schatten begleitet.«

»Seinen Schatten?«, wiederholte Scott ungläubig und sah beinahe vorwurfsvoll zu Zavah herüber. Die Seherin verzog den Mund. »Er hat es ausgesprochen wie – ich habe es Wort für Wort übersetzt«, sagte sie. »Entschuldigt bitte. Ich habe es vorher so noch nie gehört, obwohl diese Sprache meiner Zunge seit meiner Kindheit vertraut ist.«

»Ahh«, entgegnete Scott. »Ein Idiom.« Er nickte anerkennend. »Gemessen an der Historie dieses Ortes, durchaus adäquat.«

Scarlett hob eine Augenbraue und stemmte die Hände in die Hüften.

»Muss ich erst das Gesicht verziehen, die Zunge raushängen lassen und voller Inbrunst *›Häh?!‹* rufen, oder sagst du es mir so?«

»Eine *Redewendung*, verehrtestes Schwesterlein«, erklärte Scott. Ihr Bruder bedachte sie mit einer für ihn seltenen, sarkastischen Miene, dann hob er die Augenbrauen und streckte den Rücken durch.

»Es hat also mit Haemophagen zu tun«, sagte er und wandte sich an Zavah. »Genau die Art von Information, nach der wir suchen. Fragst du ihn bitte, ob er gewillt ist, uns mehr davon zu erzählen?«

Zavah sprach mit dem alten Mann für mehrere Minuten, wobei es für Scarlett beinahe wirkte wie eine hitzige Verhandlung. Schließlich sagte die Seherin einige Worte, die weder bretonischer noch vallachischer Herkunft zu sein schienen, und breitete Gesten in der Luft und über dem Stein aus, auf dem der alte Mann saß. Er klopfte seinerseits dreimal mit dem stumpfen Ende seiner Schaufel auf seine Sitzgelegenheit und grinste plötzlich zufrieden. Scarlett war sich mittlerweile ziemlich sicher darin, dass ihr neuer Gesprächspartner mindestens ein bisschen verrückt war.

»Die Porters waren angesehene Mitglieder unserer bescheidenen Gemeinde«, begann der Alte seine Erzählung. Es klang traurig. »Sie – sie waren gute, lichtvolle Menschen. Lebten in der Häuserreihe gegenüber der alten Kapelle, westlich vom Marktplatz.«

Scarlett zog eine Augenbraue hoch. »Lebten?«

Die Augen des alten Mannes flackerten auf wie die sturmumtoste See.

»Ich werde euch nur einmal von dieser Tragödie erzählen«, sagte er finster. »Also lauscht, ehe zu viele Ohren dazukommen.«

Zavah warf Scarlett und Scott einen flehenden Blick zu.

Schließlich zuckte Scarlett mit den Schultern und ihr Bruder nickte abgehackt.

»Der Schmied Ludmilon Porter heiratete eine Bauerstochter, Staszia«, fuhr der Alte mit schwer beladener Stimme fort. Er wiederholte den Namen auf merkwürdige Art für sich selbst, so als schmeckte dieser sonderbar auf seiner Zunge. Scarlett war sich sicher, dass seine Augen einen glasigen Schimmer angenommen hatten. »Beide waren alt – zumindest alt für ein Ehepaar. Aus diesem Grund feierte das ganze Dorf die Geburt ihres erstgeborenen Sohnes, Hamish. Und nur wenige Jahre später erblickte ebenfalls seine Schwester Solanine das Licht dieser Welt.« Scarlett konnte sehen, wie sich Zavahs Züge voller Mitgefühl glätteten – wer wusste schon, was sie dieses Mal mit ihren übersinnlichen Augen und Ohren wahrnahm.

Der alte Mann seufzte, schüttelte den Kopf. Sein Ton war stolz, doch seine Stimme brüchig. »Ein tüchtiger Junge. Stattlich. Bereits mit dreizehn Jahren war er stärker als jeder andere Mann in Bragoviszte!« Er streckte sich, hob in einer Geste die Faust und schüttelte sie. »Und wie sich herausstellen sollte, hielt das Schicksal schon bald eine schreckliche Prüfung für diese Kraft bereit.« Der Mann rieb sich plötzlich mit einer knotigen Hand die Brust, dann den Hals, so als hätte man ihn nur wenige Minuten zuvor gewürgt. »Eines Tages suchte die Finsternis diesen Ort heim. Viele tapfere Männer und Frauen mussten um Leib und Leben bangen und einige von uns verloren … sogar noch mehr. Es war in dieser dunklen Stunde, dass Hamish Porter sich als Verteidiger gegen die Unholde der Nacht hervortat – und, so erzählt man sich bis heute, damit die Aufmerksamkeit von sonderbaren Leuten aus dem Norden auf sich zog.«

Scarlett warf Scott einen vielsagenden Blick zu.

»Sie kamen zu Dutzenden. Sie nannten sich selbst Brüder und Schwestern des Mercurius und standen uns im Kampf gegen die Toten bei. Als die Gefahr gebannt schien, schlugen sie Hamish vor, sich ihnen anzuschließen; viele seiner Vorfahren hätten es ebenso getan, so sagten sie.« Der Alte seufzte. »Der Junge war eisern in seinem Vorhaben. Er wollte alles lernen, was er konnte – um seine Familie in Zukunft besser schützen zu können. Doch um das zu tun, musste er auch sein altes Leben hinter sich lassen.« Der Mann rieb sich das Gesicht, dann sah er auf. Die Falten zwischen seinen Augenbrauen vertieften sich. »Man *verlässt* Bragoviszte nicht einfach. Man verlässt die *Menschen* hier nicht einfach.« Er sah mit einem verständnislosen Kopfschütteln zu Boden. »Es gab Streit. Schlimmen, harten Streit. Mit seiner Mutter, die Lichter mögen ihre Seele erheben. Streit mit seinem Vater.« Scarlett sah zu Scott herüber, der den Alten fixierte wie eine Skulptur. »Aber … am schlimmsten stritt er mit seiner Schwester, die nicht verstand, warum er sie verlassen wollte.« Unruhig rutschte der Mann auf seinem Stein hin und her. »Es änderte nichts. Der Junge nahm sein Schicksal an.«

Als Zavah ihre Übersetzung beendete, herrschte bleiernes Schweigen über dem Friedhof. Selbst der Wind schien sich zurückgezogen zu haben.

Scarlett lehnte sich mit zusammengekniffenen Augen zu Scott hinüber. »Das – das ist alles?«, flüsterte sie. »Ich meine, klar, jetzt wissen wir, wie er zum Mercurius-Orden gekommen ist, aber –«

»Was hat er?«, fragte Scott Zavah. Die Seherin betrachtete den Alten mitfühlend, als er sichtbar mit sich rang und immer wieder umsah.

»Angst«, hauchte sie nur.

Sie sprach beruhigende Worte und der Alte nickte schwach. Er reckte schief einen zitternden Finger, dann murmelte er mit kratziger Stimme eine Handvoll Worte. Zavah zögerte, ehe sie übersetzte: »Er sagt, man sieht uns an, dass wir vom Orden kommen. Und dass das der einzige Grund ist, aus dem er überhaupt mit uns redet. Er hofft, dass wir dieses Mal nicht zu spät sind.«

»Was meint er damit?«, fragte Scarlett alarmiert.

»Es ist wie damals«, übersetzte Zavah sichtlich beunruhigt. Der Mann vollführte die gleiche Schutzgeste wie die Seherin zuvor.

»Wie meint er das?«, fragte Scott weiter. »Kann er uns etwas über die Haemophagen-Angriffe erzählen?«

Zavah übersetzte.

»Es gab noch keine Angriffe«, sagte sie überrascht und Scarletts Bruder schien ebenfalls mehr erwartet zu haben. »Aber die Zeichen und die Sichtungen werden immer intensiver.«

»Sichtungen?«, wiederholte Scarlett mit zusammengekniffenen Augen.

»Manche Bragoviszter meinen, sie hätten –«, begann Zavah, dann stockte sie. Sie fragte den Alten etwas. Er antwortete beinahe entschuldigend. Die Seherin sah verwirrt zu Scarlett und Scott herüber. »Eine finstere Frau. Sie sagen, sie hätten eine finstere Frau gesehen, mit dunklem Haar und hell leuchtenden Augen und –« Sie blieb mit leicht geöffnetem Mund stehen.

»Was ist los?«, hakte Scott nach.

Die Seherin schüttelte den Kopf. »Schon in Ordnung. Er hat noch – ich … es hörte sich irgendwie beinahe nach … nach … mir an.«

Scarlett hob eine Augenbraue. »Da mach dir mal nichts draus. Könnte genauso gut ich sein, im richtigen Licht – mit den langen Haaren und leuchtenden Augen.« Sie tätschelte ihr Rapier und deutete mit einem Nicken in Richtung Bragoviszte. »Und wenn die dir Ärger machen, passen wir schon auf dich auf.«

Scott hörte das alles mit konzentrierter Miene mit an und schien wieder einmal niemanden an seinen ach so geliebten Gedankengängen teilhaben lassen zu wollen.

»Was geschah dann?«, fragte er plötzlich.

»Ähm, wann?«, fragte Zavah überrumpelt.

»Mit Hamish«, antwortete Scott.

»Oh«, nickte Zavah. »Ja. Natürlich – wartet, ich frage ihn …«

»Viele Jahre vergingen«, erzählte der *Prahia* weiter. »Wir dachten, wir könnten vielleicht eines Tages Frieden finden. Doch wir irrten uns.« Der Alte schluckte und seine Augen glommen auf. »Ein … Schatten streckte abermals die Hand nach Bragoviszte aus. Und er griff nach dem Haus der Porters.«

Scarlett sah, wie sich Scotts Miene versteinerte und er die Arme verschränkte.

»Die Menschen im Dorf ahnten nichts vom drohenden Unheil«, erklärte der Mann weiter. Er rang mit den gewaltigen Händen, und die Art und Weise, in der er das tat, kam Scarlett sonderbar bekannt vor. »Langsam erhoben sich die Zeichen für die Anwesenheit eines Nachtwesens in Bragoviszte – zu spät erkannte man, dass nur diejenigen Familien Opfer zu beklagen hatten, die direkt im Umkreis der Porters wohnten.« Scott zog kühl eine Augenbraue nach oben. »Einer der ihren war zu einem Gefäß der Finsternis geworden. Sie war … sie war doch nur ein Kind.« Der Alte schleppte sich von Silbe zu Silbe, als er weitersprach. »Ludmilon – er – er war der unseligen Hoffnung anheimgefallen, das dunkle Geheimnis vor seiner Familie, vor Bragoviszte verbergen zu können.« Der durchdringende Blick des Mannes wanderte auf unangenehme Weise über Zavah, zu Scott und schließlich zu Scarlett hinüber. »Es war zu dieser schicksalhaften Stunde, in der Hamish Porter zum Ort seiner Geburt zurückkehrte, um reinen Tisch mit seiner Familie zu machen.« Der Alte nickte anerkennend. »Er kehrte als Vater zweier Kinder und als Ehemann einer Frau des fahrenden Volkes zurück … ohne zu wissen, auf welch entweihten Boden er seine Füße am Tage seiner Rückkehr setzte.«

Scarlett fluchte unter ihrem Atemzug, dann sah sie ungläubig zu Scott herüber, der sich unverständlicherweise kaum eine Regung anmerken ließ.

Manchmal würde ich ihn am liebsten packen und die Gefühlsregungen aus ihm rausschütteln …

»Hamish hat *Kinder?*«, flüsterte sie perplex. »Und eine Frau – warum hat er uns nie davon – ich meine, was zur Hölle ist passiert?«

Zavah, die Luft für eine weitere Übersetzung holte, lief eine Mischung aus Überraschung, plötzlichem Verstehen und Schrecken über das Gesicht.

»Er war es, der es schließlich herausfand«, berichtete der Alte, als sei er in diesem Augenblick persönlich vor Ort gewesen. »Natürlich tat er es.« Er schüttelte das Haupt und senkte es. »Natürlich. Es – es gab keinen Weg mehr, es zu leugnen.«

Als er weitersprach, hielt Zavah inne. Ihr Gesicht hatte in den letzten Tagen ohnehin schon an Farbe verloren, doch nun muteten ihre Wangen fast gräulich an, fand Scarlett.

»Was?«, fragte Scarlett. »Was hat er gesagt?«

Zavah schien sie kaum zu hören. Sie stellte dem Mann mehrere Fragen, die er beteuernd beantwortete. Tränen liefen aus seinen Augenwinkeln. Die Seherin trat an ihn heran, wie um ihm eine Hand auf die Schulter zu legen, doch er schüttelte vehement den Kopf und wich vor ihr zurück.

»Bei den Lichtern«, sagte Zavah schließlich, ohne den Mann aus den Augen zu lassen. »Die jüngste Tochter der Familie, Solanine – Hamishs Schwester –, hat nach und nach alle anderen Familienmitglieder verwandelt, nachdem sie sich an ihren Nachbarn gelabt hatte. Bis auf Ludmilon selbst waren alle im Haus zu Haemophagen geworden …«

»Was?«, hauchte Scarlett. »Seine – seine ganze Familie? Und er hat – wie hat Ludmilon das alles geheim halten können?«

»Absolut unverantwortlich«, ergänzte Scott mit bitterer Miene. »Er hat das ganze Dorf gefährdet.«

»Wartet –«, machte Zavah, kräuselte die Stirn und übersetzte weiter. »Er – er sagt, Hamish hat sich der Sache persönlich angenommen, als er es damals herausfand. Er hat seine Frau und seine Kinder fortgeschickt, damit sie sich in Sicherheit bringen konnten, das Dorf mobilisiert und dann … dann *Jagd auf seine eigene verwandelte Familie gemacht.*«

»Das – das glaube ich nicht«, hörte Scarlett sich sagen. Sie schüttelte den Kopf so vehement, dass ihr Zopf sich löste. »Nein. Nicht Hamish.«

»Es war das einzig Richtige«, sagte Scott und sah ihr kühl in die Augen. »Und das weißt du.«

Scarlett blinzelte und öffnete und schloss den Mund immer wieder, um etwas zu sagen, doch die passenden Worte entflohen ihr. Schließlich sagte sie leise: »Natürlich weiß ich das – aber – kannst du dir – kannst du dir das vorstellen? Wie grausam das für Hamish gewesen sein muss? Wie er sich dabei gefühlt haben muss, nach all den Jahren zurückzukehren, vielleicht sogar mit der Hoffnung darauf, hier ein neues Leben mit seiner Familie beginnen zu können?«

»Das ändert nichts daran, dass er richtig gehandelt hat«, tat Scott ab und schien mit seinem Blick ein imaginäres Stück Dreck von seinem Oberarm zu schubsen. »Der Kontext macht es höchstens noch beeindruckender – dass er die dafür notwendige Vernunft aufbringen konnte.«

Scarlett konnte nicht fassen, was ihr Bruder da redete. »Was zum Teufel stimmt nicht mit dir?«, hörte sie sich kommentieren und erschrak kaum einen Augenblick später darüber, dass sie es im selben Ton getan hatte, mit dem ihre eigene Mutter sie so oft verletzt hatte.

Scott erwiderte nichts, weder Blick noch Wort. »Was geschah dann?«, fragte er abermals an Zavah und den Alten gewandt.

Zavah kräuselte die Stirn und funkelte Scott erschrocken, aber auch mahnend an. Als er ihr auffordernd zunickte, wollte sie etwas sagen, doch schüttelte schließlich nur den Kopf und drehte sich zu dem alten Mann. Die Seherin atmete tief durch und schloss die Augen, dann nickte sie wie zu sich selbst, setzte ein mitfühlendes Gesicht auf und sprach erneut einige Worte auf Vallachisch mit dem *Prahia.*

»Die Jagd dauerte drei Tage und drei Nächte lang. In der letzten dieser Nächte war nur noch jenes Geschöpf übrig, das im – mit dem Körper von der kleinen Solanine in die Krypta der Familie geflohen war, an den Ort, den wir den ›Alabastergrund‹ nennen. Von allen Blutsaugern, die diese unselige Zeit hervorbrachte, war sie die Grausamste, Gerissenste und Tödlichste, und das halbe Dorf hatte sich mit Fackeln, Mistgabeln und angespitzten Besenstielen um den heiligen Ort versammelt.« Der alte Mann hörte auf zu sprechen und sah ins Nichts. Scarlett bildete sich ein, unausgesprochene Worte auf ihm lasten zu sehen, die seine Schultern bis ins Erdreich hinabzupressen schienen. Zavah fuhr fort zu übersetzen: »Nur Hamish selbst war mutig genug, sich Solanine in der Krypta zu stellen. Ludmilon, sein Vater, dem er wortlos die Schuld an allem gab, grub flehend seine Hand in Hamishs Ärmel … doch er riss sich los. Mit eisernem Gesicht trat Hamish in das Gewölbe ein, und schon bald waren tanzende Schatten und das unruhige Glühen seiner Fackel alles, was wir noch ausmachen konnten. Dann herrschten Stille und Finsternis.«

Scarlett spürte, wie sich alle Muskeln in ihrem Körper spannten, so als würde sie selbst mutterseelenallein in die Tiefe eines Mausoleums hinabsteigen müssen. Sie stellte sich vor, wie die nasse Erde an diesem Tag gerochen haben musste, wie der Geschmack von Fackelzunder und verbranntem Stoff sich auf ihre Zunge legte. Sie suchte Scotts Blick, doch fand ihn nicht. Der Mund ihres Bruders hatte sich zu einem blutleeren Strich verzogen.

Zavah wischte sich mit den Handrücken über die Augenwinkel, ehe sie heiser weitersprach: »Nach einer Ewigkeit, in der ein jeder von uns den Atem angehalten hatte, erscholl der erste Schrei durch das Mark des regenkalten Gesteins und ließ uns das Blut in den Adern gefrieren – ein Laut, so fürchterlich, dass ihn kein Tier und kein Mensch jemals hätte ausstoßen können. Ein Poltern und ein Krachen wurden laut, und viele von uns schworen noch später Stein und Bein, sie hätten den Staub von den umstehenden Säulen regnen sehen. Es muss …

es muss ein schrecklicher Kampf gewesen sein. Doch als abermals Stille einkehrte und wir Hamish mit Tränen auf den Wangen zurückkehren sahen, sahen, wie er die Krypta hinter sich verschloss – da wussten wir, dass die Gefahr nun gebannt war.« Der alte Mann schien plötzlich in sich zusammenzusinken, wie ein aufblähender Umhang, aus dem sich der Wind zurückgezogen hatte. Er schüttelte den Kopf. »Das war das letzte Mal, dass ich – dass wir ihn gesehen haben. Er hat kein einziges Wort mehr gesprochen, mit – mit niemandem von uns. Nach dieser Nacht hat er Bragoviszte verlassen … und ist nie wieder zurückgekehrt.«

Scott

»Das Ergebnis ist«, seufzte Scott, presste stirnrunzelnd die Augen zusammen und rieb sich mit den kalten Fingern die Nasenwurzel, » dass wir noch immer nicht wissen, ob er hier ist oder nicht.«

Sie folgten jetzt bereits eine ganze Weile einem am Waldrand verlaufenden Pfad zurück in Richtung Dorfmitte und steuerten einen weit gefassten Brunnen an, an dem mehrere mit Schals und Tüchern vermummte Kinder spielten.

Schweigend hatte Scott seine Zeit damit verbracht, über die aktuellsten Informationen nachzudenken, und dabei geflissentlich darauf geachtet, den Austausch erschütterter Worte zwischen seiner Schwester und Zavah auszublenden – bewusst gab er sich dabei nicht die Erlaubnis, zu viel oder zu lang über der Tatsache zu verweilen, was Hamish widerfahren war. Ebenso vermied er es, Scarletts und Zavahs erwartungsvolle Blicke zu erwidern.

Während sie sich dem Brunnen näherten und nun die ersten Kinder auf sie aufmerksam wurden, sah Scott auf und sagte in ernstem Tonfall: »Und noch immer hat dieser Ort hier mit der Heimsuchung durch eine Haemophage zu kämpfen.« Er vollführte eine resignierte Geste und hob die Augenbrauen. »Fürderhin haben wir zusätzlich noch dieses kleine Problem mit der Wiederauferstehung einer gewissen Geißel der Finsternis, ihr erinnert euch?«

»Lord der Dunkelheit«, leierte Scarlett mit erhobenem Zeigefinger und hängenden Schultern.

»Meister des Blutes«, pflichtete Zavah bei und rieb sich das blasse Gesicht.

»Wir werden – und müssen – weiter Augen und Ohren nach Hinweisen auf Hamishs Verbleib offen halten«, schloss Scott. »Aber für den Augenblick sollten wir uns auf das konzentrieren, was hier vor Ort geschieht.« Er sah mit müder Versöhnlichkeit zu seiner Schwester herüber, die sie ihm mit unterschwelligem Brodeln in den Augen erwiderte. »Vielleicht bringt uns das weiter.« Er sah zu Zavah. »Vielleicht ist tatsächlich all das miteinander verbunden. Eventuell waren die Wölfe, die uns verfolgt haben, sogar genau die Haemophage, die einige Dorfbewohner in dieser Gestalt einer finsteren Frau gesichtet haben wollen. Wenn ja, muss es sich zwangsläufig um eine hohe Haemophage handeln, die der Änderung ihrer Gestalt mächtig ist.« Er zwirbelte seinen nicht vorhandenen Bart. »Die verschiedenen Omen könnten andererseits aber auch genauso gut daher stammen, dass unser lieber Meister des Blutes bereits seine untoten Griffel nach der physischen Welt ausstreckt – wenn ich ehrlich bin, habe ich sogar darüber nachgedacht, ob wir die Bürger Bragovisztes irgendwie dazu überreden können, den Ort zu verlassen, falls wir nicht rechtzeitig herausfinden, was in Himmels Namen hier vor sich geht.« Er rieb sich nachdenklich die Stirn, frustriert darüber, dass sich das bruchstückhafte Bild der Situation noch immer nicht vernünftig zusammenfügen ließ. »In was sind wir hier nur hereingeraten?«

Die Seherin starrte ihn einen Moment lang abwesend an, sah beinahe durch ihn hindurch, dann blinzelte sie, als erwache sie aus einem Traum, und rieb sich die Hände, als wären ihre Finger taub.

»Wie – wie machen wir jetzt weiter?«, fragte Zavah.

Scott hob eine Augenbraue, als er sie mit neuer Aufmerksamkeit musterte.

»Verstehe das bitte nicht falsch«, sagte er stirnrunzelnd. »Aber … du siehst furchtbar aus. Geht es dir nicht gut?«

»Ich sterbe vor Durst«, seufzte die Seherin, dann fuhr sie sich unsicher mit der Hand über die Stirn. »Außerdem – mich – mich hat die Geschichte über Hamish doch schon ziemlich mitgenommen.«

Scott nickte verständnisvoll. »Es ist nur … du bist zumeist diejenige, die wir fragen, wie es weitergeht, und nicht diejenige, die diese Frage stellt.«

Zavah setzte ein beinahe verlegenes Lächeln auf und hielt sich dann den Kopf, so als würde er sie schmerzen.

»Ich – es war keine gute Nacht für mich«, sagte sie entschuldigend.

Scarlett legte ihr eine Hand auf den Arm. »Also *ich* habe auch hundsmiserabel geschlafen«, erwiderte Scotts Schwester. »Möchte nicht wissen, wie es an diesem Ort für *dich* ist.« Sie klatschte der Seherin den Handrücken an die Schulter. »Wenn du eine Pause brauchst … ehrlich gesagt, ich könnte jetzt eine kleine Herde Schafe verdrücken.«

»Und ich einen halben Brunnen austrinken«, entgegnete Zavah dankbar, linste dabei aber sonderbar zu Scott herüber.

Als sie den Brunnen erreichten, hatten sich die meisten der Kinder tuschelnd zurückgezogen, einige von ihnen hatten sich aufgeregt in einer Reihe naher Büsche verschanzt und beobachteten sie nun mit einer Mischung aus Neugierde und Scheu. Nur eine Nachzüglerin, eine in Tücher gehüllte junge Frau mit einem Holzeimer, bewegte sich jetzt noch auf die Wasserquelle zu und schien mit ihren Gedanken zu sehr bei sich zu sein, als die drei sich nähernden Fremden zu begutachten. Scott nickte ihr trotzdem höflich zu und deutete eine flüchtige Verbeugung an, als ihn Zavah überraschend überholte.

Die Seherin erreichte den Brunnen als Erste und trat müde lächelnd an die Frau heran, die scheinbar erst jetzt auf sie aufmerksam wurde. Anstatt jedoch innezuhalten und mit weit aufgerissenen Augen zu fliehen, trat sie einfach an Zavah vorbei.

Scott revidierte seine Alterseinschätzung, als die Frau mit beiden Händen eine abwehrende Geste machte und entschieden mit dem Kopf schüttelte, so als wolle sie hier einfach nur ihr Wasser holen und dann möglichst schnell wieder verschwinden. Sie war kaum älter als er, höchstens ein oder zwei Jahre, schätzte Scott – ihre feinen Züge, der bedächtige Schwung ihrer dunklen Brauen und ihre kantige Gestalt ließen sie auf den ersten Blick deutlich älter wirken, als sie wahrscheinlich war.

»Nur ein wenig«, sagte Zavah und hielt dem Mädchen mit den steingrau melieren Augen ihre zu einer Schale geformten Hände hin. Ihre Stimme klang trocken. »Bitte.«

Das Mädchen musterte die Seherin sichtbar verärgert und mit zusammengekniffenen Augen, dann schüttelte sie energisch den Kopf, ehe sie sich weiter daranmachte, nach dem Seilzug für den Eimer zu angeln, so als wären Zavah und die anderen gar nicht anwesend.

Scarlett wechselte einen Blick mit Scott.

»Möchtest du sie nicht auf Vallachisch fragen?«, sagte Scott und trat an Zavah heran. »Ist wirklich alles in Ordnung mit dir?«

Wenn Zavah ihn gehört hatte, so ließ sie es sich zumindest nicht anmerken. Sie sprach einige Worte Vallachisch und der Gesichtsausdruck des Mädchens erstarrte für einen Moment. Sie erwiderte etwas – offenbar eine Frage – und wies auf Scott und seine Schwester. Zavah rang sich ein Lächeln ab und schien zu antworten, woraufhin das Mädchen schnaubend ausatmete, die Seherin schweigend musterte und schließlich ein resigniertes Nicken andeutete.

Als sie schließlich das Seil über dem Brunnen ergriff und ächzend begann, daran zu ziehen, schienen Zavah wortwörtliche Steine von den Schultern zu fallen. Die Lippen der Seherin, die normalerweise eher lavendelviolett schimmerten, waren auffällig trocken und blutleer – gute Güte, sie musste ja geradezu dehydriert sein, warum machte sie erst derart spät darauf aufmerksam?

»*Antanasia*«, sprach das fremde Mädchen mit einer Hand auf der Brust. Ihre Stimme war beinahe rauchig, als sie Zavah zögerlich einen wachsamen Blick schenkte. »*Brâ thu?*«

»Zavah«, antwortete die Seherin mit hörbarer Dankbarkeit und die beiden begannen ein leises melodiöses Gespräch.

»Ich kann es immer noch nicht glauben«, sagte Scarlett plötzlich, nachdem sie dem Mädchen einen misstrauischen Blick zugeworfen hatte.

Scott wandte sich seiner Schwester zu, die sich mit dem Rücken an die hohen Brunnensteine lehnte und die Arme verschränkte. »Wenn ich gewusst hätte, was Hamish alles durchmachen musste, ehe er zu unseren Eltern gekommen ist –« Erwartungsvoll blickte sie ihn an.

Scott verschränkte die Hände hinter dem Rücken und hob eine Augenbraue, während Zavah mit sichtbarer Ungeduld auf ihr Wasser wartete. »Was möchtest du von mir hören, Red?«

»Weiß nicht. Vielleicht, was du fühlst.«

»Fühlen? Bezüglich was?«

»Wegen vorhin. Hamish. Du hast kaum ein Wort darüber verloren.«

»Du willst wissen, was ich darüber denke.«

Scarlett runzelte die Stirn. »Ich weiß, was du darüber *denkst.*«

»Wieso fragst du mich dann?«

Scarlett sah aus, als würde sie jeden Augenblick zu einer saftigen Ohrfeige ausholen wollen.»Vielleicht, weil du mein ach so geliebtes Bruderherzchen bist?«

»Glaubst du, ich weiß nicht, worauf du hinauswillst?«

»Es mag Euch schockieren, Eure Durchlaucht – aber trotz der eindrucksvollen Birne, die Ihr auf Euren ach so schmalen Schultern umherkutschiert, kann man sich da so manches Mal nicht wirklich sicher sein.«

»Willst du meine Meinung hören?«, fragte Scott und machte eine wegwerfende Geste. »Darüber, was ich denke, was dich *tatsächlich* an der Geschichte schockiert hat?«

»Nein«, antwortete Scarlett finster. »Eigentlich nicht.« Sie hielt seinen Blick.

»Dass Hamish ein Leben vor Oaknight Manor hatte, hättest du dir denken können«, fuhr Scott unbeeindruckt fort. »Sicher, es war eine Überraschung – und ja, ja, auch für mich.« Er stieß die Luft durch die Nase aus. »Natürlich war es das.« Abgehackt schüttelte er den Kopf und fixierte seine Schwester. »Aber das ist es nicht. Es ist die Tatsache, wozu er in der Lage war, als es darauf ankam. *Das* ist es, was dich aufwühlt.«

Scarlett riss ihre Arme voneinander. »*Weil es*... es ... das war grausam! Eiskalt seine eigene Schwester ...!«

»Was hätte er tun sollen?«, entgegnete Scott schmucklos. »Dieselben Fehler machen wie sein naiver Vater? *Gefühle* sind *nicht immer* von Vorteil, Red!« Er hätte diese Worte aus einem Grund, dessen Bedeutung er von sich fortschob wie ein verdorbenes Abendmahl, am liebsten geschrien – und dass er sie so kühl hervorbrachte, wie er es soeben getan hatte, erschreckte einen vergrabenen Teil von ihm tief. »Hamish hat das einzig Richtige getan – oder würdest du lieber unschuldige Menschen für deine persönliche Gefühlsduselei mit ihrem Leben bezahlen lassen?«

Scarlett sah aus, als würde sie ihn jeden Moment anfallen wollen, doch plötzlich trat ein sonderbar tiefer Glanz in ihre Augen. Sie öffnete den Mund, wie um etwas zu sagen, dann atmete sie durch und starrte neben sich auf den Boden. Ihre geballten Fäuste lösten sich. Sie sah auf und blickte Scott durchdringend, aber überraschend sanft an. »Und wenn *du* in seiner Situation gewesen wärst?«, fragte sie leise. »Wenn *deine* Schwester zu einem Monster geworden wäre, das unschuldige Leben auf dem Gewissen hat?« Sie suchte, wühlte so sehr in Scotts Augen, dass es beinahe wehtat. »Hättest du es genauso getan, wenn die Zeit gekommen wäre?«

Scott fühlte sich zögern. *Nein,* antwortete er in Gedanken. *Niemals.*

Er dachte an Hamish. Daran, was ihr liebevoller, beschützender, höflicher Hamish hatte tun müssen.

Ihm wurde schlecht.

»Ja«, hörte Scott sich dennoch schließlich sagen. »Ja, das hätte ich getan.«

»*Drakku!*«, durchschnitt ein Fluch die nebelkalte Luft.

Zeitgleich mit Scarlett fuhr Scott herum – und sah Blut.

Teil V

Hoffnung

Scott

Das Mädchen, das sich am Halteriemen seines Eimers geschnitten hatte, steckte sich säuerlich den Daumen in den Mund und funkelte Zavah entnervt an. Überrascht und stutzig beobachtete Scott die Seherin dabei, wie sie sich indes daranmachte, den randvoll gefüllten Wasserbehälter zu leeren und sich dessen Inhalt dabei beinahe über das Gesicht zu schütten.

Hätte ich ihr gar nicht zugetraut, mit ihren dünnen Ärmchen, dachte Scott.

»Alles in Ordnung?«, fragte er reflexartig und kam damit seiner Schwester zuvor, die soeben einen Schritt auf Zavah zugemacht hatte.

»Wenn eure tollpatschige Begleiterin nicht so eine vermaledeite Saufziege wäre, vielleicht ja!«, gab das Bragoviszter Mädchen zurück. »Müsst gar nicht so glotzen! Ja, ja, ich spreche eure Sprache – zufrieden?«

»Tut mir – ngh – schrecklich – ngh – leid!«, entschuldigte sich Zavah, noch immer dabei, ihren Durst zu stillen. Ihr Blick schoss immer wieder zum Daumen des Mädchens herüber, dann blinzelte sie heftig und trank weiter.

»Nun bin ich interessiert«, wandte sich Scott an das Mädchen und vollführte eine einladende Geste. »Der Name war Antanasia, habe ich das zuvor richtig vernommen?«

Antanasia musterte ihn misstrauisch und umwickelte ihren Daumen mit einem Stück Stoff, welches sie sich aus einem ihrer Schals gerissen hatte.

»Nein«, gab das Mädchen zurück und verdrehte die Augen. »Dieser Name ist nur eine Tarnung, die ich mir soeben spontan überlegt habe. In Wirklichkeit bin ich jemand ganz anderes.«

Scott fand sich schmunzeln.

»Lord Scott Oaknight«, sagte Scott und deutete eine Verbeugung an.

Antanasia erwiderte die Bewegung süffisant. »Und ich bin die hochheilige Fürstin Isabella von Basilea, Eure Lordschaft.« Sie lachte bitter auf, dann spie sie aus. »Kannst dir deine Versuche sparen, Eindruck zu schinden. Als ob ein Adliger sich dazu herablassen würde, sich unters dreckige, einfache Volk zu mischen.« Sie beendete ihren improvisierten Verband und verzog das Gesicht, als sie ihn festmachte. »Also, wer seid ihr wirklich? Stimmt es, was man munkelt? Dass ihr vom Orden seid?«

»Ähm, nicht direkt«, antwortete Scott mit gehobener Augenbraue. »Aber wir *sind* Adlige.«

»Seid ihr jetzt vom Orden oder nicht?«

»Wir kümmern uns um euer kleines Problem«, erwiderte Scarlett und tauschte einen Blick mit Scott. »Außerdem suchen wir jemanden.«

Jetzt grinste Antanasia. »Macht ihr Fortschritte?«

»Du sagst das, als wüsstest du die Antwort bereits«, sagte Scott. »Darf ich mich danach erkundigen, woher du dein – wie ich anmerken darf – vorzügliches Caledonisch hast?«

Antanasia musterte Zavah mit einer Mischung aus Anerkennung und Missgunst. »Fertig, Liebes?«

Zavah lief rot an und setzte still den Eimer ab, dann blickte sie betreten zu Boden.

»Hui«, sagte sie und lächelte verlegen. »Das war wohl bitter nötig.«

»Scheint so«, erwiderte Scarlett stirnrunzelnd.

»Darf ich meine Frage wiederholen?«, schloss Scott auf und wandte sich an Antanasia.

Das Mädchen blies frustriert die Luft aus. »Fragt der einem immer Löcher in den Bauch?«, sagte sie trocken.

Scott wollte empört den Zeigefinger heben, als er sah, wie sich ein Schmunzeln auf dem Gesicht seiner Schwester ausbreitete, ließ es dann allerdings bleiben.

»Du bekommst schon noch deine Antworten, Quasselbacke – ich bin die Tochter einer Frau des fahrenden Volkes.« Antanasia beäugte Scott missmutig. »Das kommt wohl dabei heraus, wenn eine Jägerin des Mercurius-Ordens sich in einen lokalen Bauern verliebt.«

»Du – du bist die Tochter von Zamarah?«, meldete sich Zavah zu Wort. »*Unserer* Zamarah?« Als Scott sie fragend ansah, schob sie nach: »Es gab nur eine von uns, die sich dem Orden angeschlossen hat – aber – aber sie ist vor Jahren gestorben.« Ein sonderbar hoffnungsvolles Lächeln breitete sich auf ihrem Gesicht aus, als sie Antanasia ansah. »Das bedeutet, wir sind Schwestern.«

Antanasia sah die Seherin an, als hätte sie sie beleidigt. »Hätte meine Mutter wahrscheinlich auch so gesehen«, sagte sie nur.

Zavah hielt ihren Blick für einen Moment lang mit trauervollen Zügen, dann nahm sie drei Finger an ihre Stirn und deutete eine Verbeugung an. »Mögen die Lichter ihre Seele erheben«, bezeugte die Seherin ihr Mitgefühl. Bildete sich Scott das ein, oder hatte er soeben ein kaum wahrnehmbares Zischen vernommen, als ihre Fingerspitzen ihre Haut berührt hatten? »Wie – wie ist sie gestorben?«

Antanasia zuckte mit den Schultern. »Vampir.«

»Unser aufrichtiges Beileid«, sagte Scarlett ruhig und nickte dem Mädchen zu, dann stieß sie Scotts Schulter mit ihrer Faust an. »Die Geschehnisse hier in Bragoviszte rufen sicher keine besonders angenehmen Erinnerungen für dich wach.«

»Ganz ehrlich?«, antwortete Antanasia mit einem merkwürdigen Unterton in ihrer Stimme. »Manchmal wünsche ich mir die guten alten Tage zurück.« Plötzlich grinste sie. »Ich habe keine Angst vor der Kreatur, die mir alles genommen hat. Ich lebe in einer Hütte am Waldrand, ganz hier in der Nähe, und ich komme *sehr gut* allein zurecht.« Zum ersten Mal maß sie Zavah mit einem Blick, den man als versöhnlich hätte bezeichnen können. »Ich weiß nämlich, wie man sich schützt.«

Scott nickte. »Mit dem Wissen von einer Jägerin des Ordens *und* einer weisen Frau des fahrenden Volkes? Das kann ich mir vorstellen.«

Hm, dachte er bei sich. *Dieser Umstand könnte sich als überaus nützlich erweisen.*

»Du könntest uns helfen«, warf Scarlett ein, bevor Scott es tat. Seine Schwester hob und senkte die Schultern, dann sah sie ihn fragend an. »Eigentlich ist das perfekt. Sie spricht unsere Sprache, kennt sich im Ort aus und weiß anscheinend, wie man mit Haemophagen umgeht.«

Antanasia pustete mit aufgeblasenen Wangen die Luft aus und hob resigniert die Augenbrauen, während Zavah sie mit hoffnungsvoll klimpernden Augen anlächelte und ermutigend nickte. Das Bragoviszter Mädchen stöhnte entnervt und rieb sich mit den Händen das Gesicht und die Schläfen. Man konnte sie sich hervorragend in einigen Jahren als verschrobene alte Dame vorstellen, die sich ständig darüber beschwert, wie dumm sich alle in ihrer Nähe verhalten. »*Ugh* – meinetwegen – lasst ihr mich danach dann wieder in Ruhe?«

»Selbstverständlich!«, versicherte Scott.

»Oh, was für ein Lichtblick«, fügte Zavah hinzu, faltete fröhlich ihre Hände zu einer Geste der Dankbarkeit zusammen. »Danke, Antanasia.«

»Ja, ja«, winkte Antanasia ab, während sie erneut ihren Eimer füllte. »Könnt mir ja 'nen hübschen Blumenstrauß aufs Grab legen, wenn all das hier vorbei ist.« Sie sah misstrauisch in die Runde. »Jetzt guckt nicht so, ehe ich es mir noch anders überlege. Also, was braucht ihr?«

»Nun«, begann Scott und legte die Fingerspitzen seiner beiden Hände aneinander. »Zuerst einmal Informationen.«

»Häh?«, machte Antanasia. »Ist das nicht *eure* Aufgabe, die zu haben?«

»Hinweise«, ergänzte Scarlett mit einem unterdrückten Lachen. »Wir suchen nach Spuren, die uns weiterhelfen können.«

Antanasia kratzte sich ungeniert das Hinterteil und kräuselte die Nase. »Keine Ahnung. Ich habe zumindest nichts von den Wölfen oder irgendwelchen unheimlichen Gestalten mitbekommen, von denen hier immer alle munkeln.« Sie rümpfte nachdenklich die Nase. »Die Kräuter sind mir aber eingegangen, das kann ich euch wohl sagen! Und meine Hühner hat's getroffen, ich hab jetzt schon seit Tagen keine Eier mehr zum Frühstück gegessen! Und meinen Brunnen kann ich seit Jüngstem auch vergessen – warum sollte ich sonst überhaupt herkommen? Wisst ihr, wie schwer so ein voller Wassereimer werden kann, wenn man ihn so einen Weg schleppen muss?!«

»Hast du wirklich – also außer diesen wirklich wichtigen Omen –«, sagte Zavah, »nichts Übersinnliches wahrgenommen? Oder gesehen?«

Antanasia verzog das Gesicht. »Übersinnlich? Seh ich aus wie ein verdammter Geisterseher?«

»Hm«, entgegnete Scott. »Wenn du abseits lebst und dich tatsächlich hervorragend zu schützen weißt – dann kann ich mir vorstellen, dass du nicht sonderlich viel gesehen oder gehört hast.«

»Gehört?«, wiederholte Antanasia und kräuselte die Stirn. »Hm. Na ja. Gehört hab ich die Wölfe auch. Nie gesehen, allerdings.« Sie hob die Augenbrauen, als würde ihr etwas einfallen, dann nickte sie vehement. »Aber da war dieser … dieser Knall.«

»Knall?«, wiederholten Scott und Scarlett gleichzeitig.

»Ja. Hat richtig gescheppert. Gar nicht weit von meiner Hütte.« Antanasia zuckte die Achseln, dann machte sie sich daran, ihren Eimer erneut zu füllen. »Könnte von der Alabasterstätte gekommen sein. Hab jetzt keine Gänsehaut bekommen oder so was. Fand's nur ungewöhnlich.«

Scott drückte triumphierend den Rücken durch und war mit einem Male hellwach und hochmotiviert. Er hob den Zeigefinger gen Himmel.

»Ha!«, machte er.

»Gesundheit«, murmelte Antanasia.

»Das ist definitiv eine verfolgenswerte Information!«, deklarierte Scott feierlich. »Auffällige Störungen oder Anomalien in bekannten akustischen Mustern – das sind Dinge, mit denen sich immer etwas anfangen lässt!«

Scarlett seufzte. »Was mein Bruder damit sagen will –«

»Pfff«, machte Antanasia und lachte kurz auf. »Du bist tatsächlich mit dem verwandt? Mein Beileid.«

»Ja«, antwortete Scarlett resigniert.

»Kannst du uns dorthin führen?«, fragte Zavah und tauschte einen zuversichtlichen Blick mit Scott. »Zur Alabasterstätte?«

Antanasia blies die Luft aus.

Scott sah sie mit glitzernden Augen an, während das Mädchen unter seinem Blick immer ruheloser wurde. »Oh, meinetwegen!«, gab sich die kratzbürstige Bragoviszterin schließlich geschlagen. »Na gut, dann mal mir nach – und kommt mir ja nicht auf dumme Gedanken, wie mir hinterrücks einen Pflock durchs Herz zu treiben oder solchen Unsinn, verstanden?«

Tybalt

Welch schrecklich Nacht, ein' Fluch zu tragen.

Tybalt erinnerte sich noch immer an diesen Ort – an die Gestalt, die dieser einst getragen hatte, an die glanzpolierte Scheibe des kleinen Teiches, an weiße Blütenblätter, so rein und kraftvoll, dass sie winzige Sonnen in sich tragen konnten, an den einsamen Baum, seine Krone ein Wechselspiel sattgrünen Leuchtens und dem Himmelsblau der Engel.

Sein alter Meister, der Dichter, hatte Tybalt einst, vor langer Zeit, gelehrt, wie man so einen Platz nannte. *Locus amoenus.*

»Ein Ort für Liebende«, hörte Tybalt ihn sagen, ein Widerhall vergangener Spannen. *»Ein Ort, an dem unsere lichtvollsten Erinnerungen und wahrsten Bindungen geschmiedet werden.«*

»Ein Ort, an dem man sein Herz verschenkt«, flüsterte Tybalt.

Hier war es geschehen. Hier waren sie einander begegnet. Und er war, von Anfang an, verloren gewesen …

Er ließ sich mit dem Rücken an der schwarztoten Haut des Baumes hinuntersinken. Der winterkalt-schneidende Wind biss nach den Strähnen seines offenen Haars. Tybalts Blick fiel auf die münzenhafte Form des Teichs, der kaum einen Schritt entfernt von ihm durch einen Ring ergrauter Grashalme eingeschlossen wurde. Wehmütig lächelte er, atmete weißen

Nebel aus – als ihm plötzlich klar wurde, dass er nicht hier sein durfte. Die Person, der er so blind die Macht über sich geschenkt hatte, würde es nicht billigen. Oh nein. Ganz und gar nicht würde sie das tun.

Tybalt drehte sich der Oberfläche des Wassers entgegen, stützte sich auf einen Arm und lehnte sich so weit vornüber, dass sein Bauch beinahe den Boden berührte.

Er wusste nicht, was er erwartet hatte. Natürlich sah er nichts. Selbstverständlich tauchte dort in der Spiegelung kein Gesicht auf, das hätte zurücksehen können. Alles, was sich vor seinen Augen abzeichnete, war der Umriss seines eigenen Schattens, den die blutrot werdende Abendsonne über seine Gestalt hinweg auf die Oberfläche des Wassers warf.

Sein ausgestreckter Zeigefinger berührte das Wasser – und löste eine sanfte Welle aus Ringen aus, die sich ans Teichufer fortsetzten und eine Erinnerung preisgaben.

»Ich habe dir etwas mitgebracht«, hörte er das Echo ihrer Stimme. *»Hier, mach es auf!«*

»Eine ganze Truhe?«, antwortete Tybalt lachend. *»Für welchen Schatz?«*

»Jetzt plappere nicht so geschwollen daher – öffne sie endlich!«

»Na gut – was – ist das ein … ein Spiegel?«

»Ja! Sieh nur, wie fein er gearbeitet ist!«

»Das sehe ich –«

»Er ist etwas ganz Besonderes!«

»Nicht so besonders wie du, meine kleine Brediczka.*«*

»Du hörst nicht zu – er ist ganz anders gearbeitet als ein normaler Spiegel.«

»Solcherlei Dinge nützen mir nichts.«

»Du Dummkopf«, spottete sie. *»Ein* alter *Spiegel nützt dir nichts.*

Aber im neuen Handwerk nutzt man keine hauchdünne Schicht aus Silber mehr für das Innenstück – hier, nimm ihn, er soll das Herz deiner Sammlung sein!«

»Aber – ich kann mich darin – warte! Wie! Wie ist das möglich?«

»Ich will, dass du dich so sehen kannst, wie … wie ich dich sehe.«

»Das … das kann ich nicht annehmen. Nein. Ich –«

»Shhh. Doch. Und du wirst.« Sie rückte näher an ihn heran. *»Für immer.«*

»Für immer.«

Einige Momente verstrichen. Süß. Wehvoll.

»Und was schenkst du mir?«

»Die Ewigkeit.«

»Wie willst du mir denn bitte Ewigkeit schenken?«, lachte sie. Es klang wie Gesang.

»Du könntest für immer so sein wie jetzt – alles könnte für immer so bleiben wie jetzt. Nichts müsste sich je ändern.«

»Dann schenke mir doch lieber noch etwas dazu, was ich anfassen kann.«

»Dann werde ich dir die Ewigkeit schenken und noch etwas Angemessenes beifügen – und es dir in genau dieser Truhe darreichen, meine kleine Brediczka.«

Sie lachte finster. *»Wieder dieses Wort – was bedeutet das überhaupt?«*

»Geliebte der Nacht«, hörte Tybalt sich jetzt über der Wasseroberfläche laut aussprechen, das Trugbild seiner Erinnerung plötzlich gebrochen. Seine Hand lag über seiner Brust. Seine Fingerspitzen tasteten über die Knöpfe seines Hemdes, suchten den Raum dazwischen und fanden seine tote, kalte Haut. So viele Schnitte, Stiche und Hiebe, so viele Splitter und Kugeln hatte sein Körper ohne jeden Makel überstanden, war sogar mit jeder todbringenden Wunde nur noch unerträglich schöner geworden – doch diese eine Narbe war niemals verheilt.

Unruhig stützte er sich auf, drehte sich fort vom Teich und lehnte sich zurück an den Baum. Er sah in die hohe Ferne, sah die Ruinen der verbrannten Burg, sah, wie der schwarze Winter kam. Vielleicht ein allerletztes Mal.

Für das, was dieser einst schöne Ort inzwischen war, hatte sein alter Meister, der Dichter, ebenfalls einen Namen genannt – und ihn ihm an dem Tag, an dem Tybalt ihn vernichtet hatte, verraten.

Er sah sich um, betrachtete diesen *locus terribilis,* der einst die heimliche Bühne einer verbotenen Liebe gewesen war. Auch das, so mahnte er sich, vielleicht ein allerletztes Mal. Er nickte, still, zu sich selbst.

Fürwahr, dachte Tybalt. *Welch schrecklich Nacht, ein' Fluch zu tragen.*

Scott

Die »Alabasterstätte« erinnerte Scott an einen der vielen Kupferstiche in seinen Historienbüchern, die den Tempelhügel von Roma Magna darstellten, nur in kleiner Ausführung: Es gab viele weiße Säulen, meisterlich gefertigte Statuen und Heiligenfigurinen sowie eben zahlreiche Familienkrypten, die anmuteten wie besagte Tempel. Dass dieser geweihte Ort von einem sorgsam zurückgehaltenen Wald eingezirkelt wurde, verlieh der mit Vogelgesang durchsetzten Stille hier eine sonderbare, unberührte Andacht.

»Wie viele Friedhöfe *hat* dieser Ort?«, flüsterte Scotts Schwester ungläubig. »Sieh mal, die vielen Eingänge – und jeder davon führt unter die Erde?«

»Nicht alle«, sagte Antanasia. »Ein paar sind nur hier, um hübsch auszusehen.« Scott war sich nicht wirklich sicher darüber, ob es sich bei der Äußerung der Bragoviszterin um Sarkasmus handelte oder nicht.

»Eine kleine Nekropole«, murmelte er für sich, traf Zavahs beunruhigten Blick mit dem seinen und bückte sich, um etwas aufzuheben, das ihm aufgefallen war: Er drehte das kleine weiße Steinchen – ein winziges Bruchstück – in den Fingern; eine der Flächen war poliert. Er fühlte, wie sich seine Stirn in Falten legte und sein Geist damit begann, Puzzlestücke für ein

Porträt zu sammeln, dessen Motiv für seinen bewussten Verstand noch unter einem Schleier lag. Scott sah sich um und blendete aus, was Scarlett, Zavah und Antanasia an Worten wechselten. Seine Blicke zuckten über den Ort. Fanden zwei weitere Bruchstücke. Ein winziges inmitten eines Kranzes aus schwarzen Rosen auf einem Grab, kaum eine Handvoll Schritte von ihm entfernt. Ein grobes, das zusammen mit einem Stück Baumrinde vor einer Eiche mit einer Kerbe lag, etwa zwanzig Meter entfernt. Scotts Blick wanderte über die Baumwipfel. Er nahm die Spitze seines Zeigefingers in den Mund und hielt seine Hand in die Luft, um die Windrichtung zu prüfen. In seinem Hinterkopf erhoben sich ein halbes Dutzend Hypothesen, die nun immer lebhafter übereinander stolperten, hin und wieder in Reih und Glied standen, dann wieder auseinanderfielen und sich erneut formierten, einander gegenseitig verfeinerten.

Die Menschen hier nehmen ihren Ahnenkult und die Grabpflege ernst, hallte es in seinem Kopf. Seine Augenbrauen schoben sich zusammen. Keine beschädigten Totensteine, Statuetten oder Schreingiebel, wohin das Auge reichte. Es gab Hinweise auf mindestens ein Unwetter in den letzten sechs Wochen. *Selbstverständlich haben sie danach ihre Beigaben erneuert, die Sturmlichter ausgetauscht … und doch liegen hier – wenn auch für ein weniger aufmerksames Auge als meines – kaum wahrnehmbar Spuren von beschädigtem Alabaster.*

»Schwesterherz?«, sagte Scott, kniete nieder und nahm den winzigen Steinsplitter aus dem Kranz. Wieder drehte er das Fundstück zwischen seinen sensiblen Fingern.

»Euer Durchlaucht?«

»Riechst du irgendwas Auffälliges hier?«

»Was meinst du mit auffällig?«

»Schießpulver? Schwefel? Blut?«

»Ähm. Wir – wir sind – ähm … Also, hier riecht es echt stark nach Bäumen.«

Scott hob eine Augenbraue und wandte sich um. Antanasia musterte ihn feixend, während Scarlett mit beinahe übertrieben in die Hüfte gestemmten Händen versuchte, zu schnüffeln.

»Pfff«, gab Antanasia belustigt von sich und verschränkte die Arme. »Was soll das denn werden?«

»Sie – sie hat eine wirklich gute Nase«, erklärte Zavah mit trockener Stimme.

»Eine wirklich gute Nase«, wiederholte Antanasia und klimperte dabei mit ihren langen Wimpern, so als wolle sie der Seherin neben sich jeden Augenblick sanft den Kopf tätscheln und ihr erklären, dass es keine Butzemänner und Feen gab.

»Red?«, wiederholte Scott fragend. Seine Schwester zuckte mit den Schultern, spielte mit ihrer Unterlippe und schüttelte den Kopf.

»Ähm. Nein. Der Wind steht – steht ungünstig.« Sie räusperte sich. Scott seufzte.

»Zavah?«, fragte er und hob die Augenbrauen. Sehr zu seiner Überraschung reagierte die Seherin beinahe mit derselben Körperhaltung und Mimik wie kurz zuvor noch seine Schwester und räusperte sich verlegen.

»Ich?«, fragte sie. »Hm. Ah, ja. Mhm. Genau. Ich – ähm.« Sie lächelte unbeholfen, dann nickte sie und klatschte ihre Hände an ihre Oberschenkel. »Die Konstellationen stehen gerade ungünstig – mh – hier – hier kann ich wenig wahrnehmen.«

»Die *Konstellationen*?«, wiederholte Antanasia mit großen Augen. »Was für'n merkwürdiger Ordenshaufen seid *ihr* denn?«

Scott hob eine royale Augenbraue. »So viel zu meiner kollegialen Unterstützung«, murmelte er missmutig und erhob sich. »Meine Damen, wenn hier irgendetwas Außergewöhnliches –«

Antanasia hob die Hand, als wäre sie die Erste in ihrer Schulklasse, die die Antwort auf die Frage ihres Lieblingslehrers wusste.

Scott kniff die Lippen zusammen, rang sich ein höfliches Schmunzeln ab und blinzelte. »Ja, bitte?«, sagte er.

»Zählt so was auch?«, sagte Antanasia und deutete lässig mit einem Daumen auf eine der Krypten.

»Wie meinen?«

»Da, hinter dem geschmacklosen Brocken da vorne, ja – der mit den potthässlichen Dornenbüschen – die Krypta mit den Stufen vor ihrem Eingang –«

»Sehe ich nicht«, fiel Scarlett stirnrunzelnd ein.

Antanasia verdrehte die Augen. »Da, Lady Blindschleiche«, fügte die Bragoviszterin hinzu.

Scott lief einige Schritte, bis er hinter die ausladende Krypta sehen konnte. »Oh«, machte er. »Das ist definitiv außergewöhnlich.«

»Was meinst du?«, fragte Zavah und trat neben ihn. Scott machte einen kleinen Schritt von ihr fort und stolperte um ein Haar, dann deutete er auf den weit offen stehenden Eingang einer unscheinbaren Krypta. Sie stand so nah am Waldrand, dass sie nur dann einsehbar war, wenn man bewusst darauf zuging.

»Bei den Lichtern«, murmelte Zavah.

Jemand hatte die massive Steinpforte aufgebrochen.

Ganymed

Fürst Vladislaus Ganymed wandelte durch das Halbdunkel, denn er war auf dem Weg hinab in das einstige Verlies seines Schlosses. Sein meterlanger Nachtumhang schleifte hinter ihm her, während er immer und immer wieder denselben Kreis lief, den ausgetretenen Treppenstufen folgend.

Als er sein Ziel erreichte, hielt er inne. Eine Säule aus Licht fiel durch einen Riss hoch oben im Gemäuer, schnitt durch die Schatten und erleuchtete eine gigantische Wandmalerei voller stilisierter Wurzeln, Äste und Blätter … und Namen.

Ganymed lauschte den verhallenden Echos seiner Schritte, den Blick hoch erhoben auf das vielleicht Wertvollste, was dieses Gemäuer vor der Außenwelt verbarg. Er dachte an seine zahllosen Reisen. An die akribische Arbeit, die er verrichtet hatte. Daran, wie zahlreich und wie oft viel zu knapp seine Begegnungen mit den Männern und Frauen des Mercurius-Ordens verlaufen waren.

Er hegte inständig die Hoffnung, dass alles nach Plan verlaufen würde – die nächsten Stunden mochten sich daher als die wichtigsten überhaupt erweisen. Tatsächlich, es mochte ein Wink des Schicksals sein, dass ausgerechnet zur Zeit des Festes der wandernden Funken so viele Fäden zusammenlaufen würden.

Seine Position – zum rechten Zeitpunkt an rechter Stelle zu sein – war absolut entscheidend.

Sonderbar.

Ein Teil von ihm vermisste diesen Ort jetzt schon.

Scarlett

Scarlett staunte nicht schlecht, als sie sah, was man mit der Pforte des Familiengrabs angerichtet hatte.

»In Ordnung – *das* ist definitiv etwas, das wir uns näher ansehen sollten«, sagte sie und verzog anerkennend den Mund.

Antanasia hingegen schien von dem Anblick nicht sonderlich beeindruckt zu sein. Falls sie es war, so gelang es ihr gut, es zu verbergen.

Scott räusperte sich und nahm die Hände hinter den Rücken. »Das war dann wohl besagter Knall, der unsere werte Lokalexpertin geweckt hat«, schloss er.

Scarlett und Antanasia schlossen zu ihnen auf.

»Tja«, gab das Mädchen nur von sich. Plötzlich schien sie ein Prusten unterdrücken zu müssen, dann hielt sie an sich und schüttelte schmunzelnd den Kopf. Ein sonderbar sadistisch wirkender Zug umspielte für kaum mehr als einen Moment lang ihre Augen, dann sagte sie: »Ich denke, wenn ihr irgendwo nach ›Spuren‹ suchen möchtet, dann wohl dadrin!«

Scarlett trat das Gefälle hinab, in dessen Zentrum die Krypta erbaut worden war. Als sie die lateinische Inschrift über dem Eingang las, schoss sie einen vielsagenden Blick zu ihrem Bruder ab, dann nickte sie kaum sichtbar in Richtung des Säulenbogens über der Grabstätte. Scott kniff die Augen zusammen, hielt für den Bruchteil einer Sekunde inne und schenkte ihr dann zwei gehobene Augenbrauen.

HIC IACENT OSSA CUSTODEM PORTARUM.

»Was … was bedeutet das?«, fragte Zavah leise.

»Ist es das, was ich glaube?«, fragte Scarlett augenblicklich und ignorierte den kalten Stich in ihrer Brust. »Mein Latein ist zwar ein wenig eingerostet, aber …«

»Ich fürchte ja«, antwortete Scott. »Das ist die Gruft von Hamishs Familie.«

Renna

Renna durchsuchte aufgeregt die Waffenkisten, die sie noch immer für die Oaknights in der Kutsche lagerte. Ihre Hände zitterten. Es war lange her, dass sie von den alten Dietrichen hatte Gebrauch machen müssen.

Hoffentlich war ich nicht wieder zu ungeschickt, schalt sie sich in Gedanken. *Hoffentlich habe ich nicht wieder alles ruiniert …*

Ihr Blick flog von Seite zu Seite, Notiz zu Anmerkung, Aufzeichnung zu Niederschrift. In einer plötzlichen Welle der Frustration schlug sie mit der flachen Hand auf den Kistendeckel. Nichts. Sie presste die Augenlider aufeinander und mahlte mit den Kiefern. Das wäre auch zu einfach gewesen …

Fein säuberlich legte sie alles zurück an den angestammten Platz. Dann schloss sie die Kiste, wuchtete sie zurück in das dafür vorgesehene Kompartiment der Kutsche, stieg auf den Bock und machte sich mit flirrender Hoffnung auf den Weg zu den erwachenden Lichtern von Bragoviszte.

Die lockende Melodie, die sie dabei auf ihren Lippen trug und die wie ein alter Zauber in der Erde und den Bäumen widerhallte, bemerkte sie nicht.

Scott

»Aber warum liegen dann so viele seiner Verwandten –«, erhob Scarlett Einspruch, dann blieb ihr Mund einen Moment lang offen stehen. »Oh.«

Zavah nickte finster. »Genau über solcherlei Dinge wacht der Prahia.«

»Warum zur schwarzen Hölle bricht jemand in eine Krypta ein?«, sagte Antanasia mit verständnislos verzogenem Gesicht und grinste. »Was für ein Idiot macht sich so eine Arbeit?«

Scott stand im Eingang und betrachtete die angebrochenen Angeln der massiven Steinpforte, dann ihren Korpus, der wie ein gefällter Gigant vor ihnen lag und damit aussah wie eine Brücke ins Jenseits.

»Innen«, murmelte Scott und stieg auf die Pforte wie auf eine Treppenstufe. Er sah zu seinen Begleiterinnen zurück. Zavah sah aus, als wäre sie lieber an einem anderen Ort. Antanasia war das Grinsen aus dem Gesicht gefallen, als er das letzte Wort gesprochen hatte.

»Hm?«, machte Scarlett und sah Scott an. »Du guckst schon wieder so.«

»Wie denn?«

»Als ob du im Kopf gleichzeitig ein Buch rückwärts- und vorwärtsschreibst.« Scott trat seitlich von der Pforte hinunter, bückte sich und tastete den Rand ab, der zum Boden zeigte. Er war klamm und kalt. Die Oberseite war staubtrocken. Auf der Höhe, auf der die Pforte in ihrer Angel gestanden haben musste, fehlte ein etwa handgroßes Stück im Stein.

»Wir werden hier gerade an der Nase herumgeführt«, sagte Scott laut und erhob sich ruckartig.

Hamish

Hamish hatte es aufgegeben, zwischen Realität und Halluzinationen zu unterscheiden.

Dehydrierung, schleppte sich ein Gedanke durch seinen morastigen Geist.

Schreckliche Erinnerungen hatten ihn heimgesucht.

Bilder seiner geliebten Kinder.

Minerva. Mithras. Ich werde euch wiedersehen …

Seiner geliebten Frau.

Soteira. Ich flehe dich an, verzeihe mir für den Preis, den ich gewillt war, zu zahlen …

Bilder aus jener unheilvollen Nacht.

Solanine. Es tut mir so leid, so unendlich leid …

Eindrücke aus einem Leben, das so unendlich weit in der Vergangenheit zu liegen schien: Die Flure und Geheimgänge Oaknight Manors waren ihm in seine Wachträume gefolgt sowie Impressionen seines Studierzimmers, ehe ihn der vielleicht größte Fehler seines Lebens endgültig eingeholt hatte. Er bildete sich nun sogar ein, die Stimmen von Lord und Lady Oaknight vernommen zu haben, so als würde ihn das Schicksal verspotten. Er hustete schwach. Bewegte schmerzvoll seine halb vertrocknete Zunge, zerrte seine taub gewordenen Lippen auseinander. Rief etwas. Irgendetwas. Brachte nichts hervor …

Die letzte ihm verbliebene Kraft zog er aus der irrsinnigen Hoffnung, dass man ihn doch noch im allerletzten Augenblick befreite, ehe das Monster zurückkehrte … doch Hamish wusste nur zu gut, wie gefährlich Hoffnung sein konnte, wenn Dinge nah waren, die sich daran labten.

Scott

»Red? Deine Nase, wenn ich bitten darf?«

Verwirrte Blicke wurden gewechselt.

»Ich – ähm – das geht gerade leider irgendwie schlecht«, sagte seine Schwester. »Weiß auch nicht, warum.«

Scott hob eine Augenbraue. »Madame?«

»Ja?«, meldeten sich Zavah und Antanasia gleichzeitig – und blinzelten einander überrascht an.

»Es tut mir wirklich leid«, beteuerte Zavah. Sie wirkte kränklich. »Die Reise hat mir doch einiges abverlangt. Ich weiß nicht, ob ich momentan mit hilfreichen spirituellen Einsichten dienlich sein kann.«

»Ein Jammer«, entgegnete Scott mit einem Hauch Frustration. »Warum …«, er trat tiefer in den mit leblosen Fackeln ausgestatteten Raum hinein, in den das Sonnenlicht gerade weit genug hineinfiel, um eine in die Tiefe führende Treppe aus der Finsternis zu schälen, »… sehe ich hier keine Wasserbecken? Oder ein Loch im Dach?«

Seine Schwester verschränkte die Arme.

»Magst du uns langsam mal einweihen, du Genie?«

»Danke«, entgegnete Scott abwesend und schielte abermals nach draußen, auf den Boden vor dem Eingang der Krypta. Während er das tat, drehte sich Antanasia mit einer steifen Bewegung herum und schien Ausschau nach etwas zu halten, was Scott nicht sonderlich überraschte. Hätte sie jemand bei dem, was sie im Begriff waren zu tun, beobachtet, wäre es mit der Gastfreundschaft wahrscheinlich vorbei gewesen. »Meine Damen, warum ist die Innenseite dieser Pforte noch feucht? Regen in diesem Gemäuer ist doch eher unwahrscheinlich, nicht wahr?«

»Keine Ahnung«, antwortete Scarlett schulterzuckend. »Vielleicht ist die Luft hier drin feucht?«

»Kein schlechter Punkt«, gab Scott zurück und sah hinunter zum Ansatz der Treppe, auf dem sich Spinnenweben tummelten. Ein Schauer überlief seine Schultern. »Nächste Frage: Warum liegen dann aber winzige Bruchstückchen ebendieser Pforte auf der anderen Seite des Friedhofs?«

Antanasia musterte ihn mit einem schwer zu interpretierenden Gesichtsausdruck, als Scott sich eine der Fackeln nahm und sie mithilfe seines Miniatur-Prototyps eines Döbereiner-Feuerzeugs entfachte – ein mehr als nützliches Mitbringsel aus dem Armamentarium. Das Mädchen verschränkte die Arme, nachdem er Scarlett und Zavah ebenfalls einen der uralten Lichtspender entzündet hatte.

»Mir ist nichts aufgefallen«, sagte sie nur.

»Mir allerdings schon«, gab Scott zurück, umgeben von einem flackernden Lichtkranz. »In diese Krypta wurde *nicht* eingebrochen.«

»Ähm«, machte Scarlett, warf die Hände über den Kopf und deutete dann ruckartig mit beiden Armen auf die mitten im Vorraum liegende Pforte. »Hast du das hier übersehen? Es wurde auf jeden Fall eingebrochen!«

»Nein«, murmelte Scott finster. »Aber wir – nein, *alle* in diesem Dorf, die es früher oder später gesehen hätten – sollten genau das glauben. Das wäre nämlich die beruhigende Erklärung gewesen.« Sein Verdacht festigte sich und die Geschichte dahinter wurde mit jedem verstreichenden Augenblick verstörender. Es bestand die Möglichkeit, so musste er sich eingestehen, dass sie alle die vor ihnen liegende Situation vollkommen falsch eingeschätzt hatten.

Ludmilon

Ludmilon Porter weinte still, als er die Lieder seiner Heimat vernahm. Jene, die gesungen wurden, wenn das erste Licht des Festes die Häuser erfüllte …

Was gäbe ich doch nur dafür, betete seine innere Stimme, *dich noch einmal zu sehen – dich noch einmal in meine Arme schließen zu dürfen!*

Die bereits im Untergehen begriffene Sonne wurde von einem sonderbaren dunklen Fleck auf ihrer Form begleitet, der ihrem Licht ein noch leuchtenderes Rubinstrahlen gab als sonst zu dieser Jahreszeit üblich. Ihr Schein tauchte das Innere seiner schäbigen Hütte, die schief in der Mitte seines Friedhofs stand, in schmelzendes Kupfer.

Dann geschah plötzlich etwas, das in Bragoviszte noch nie geschehen war.

Jemand klopfte an die Tür des aussätzigen Totengräbers.

Ludmilon verharrte einen Augenblick lang, da er überzeugt davon war, sich das Geräusch nur eingebildet zu haben. Doch dann wiederholte sich das Klopfen. Ob sein Gehör ihm nicht doch einen Streich spielte? Unschlüssig erhob sich der alte Mann, wankte auf geschwollenen Füßen zur Tür und öffnete sie.

Er blinzelte, nahm die Hand vor die Stirn. Ungläubig, fassungslos teilten sich seine Lippen. Ein Schatten warf sich auf den Boden vor ihm. Sein ganzer Körper zitterte, als er seine Stimme wiederfand.

»Du?«, entfuhr es seiner Kehle.

Scott

»Was – was hast du vor?«, keuchte Zavah hinter Scott, als er allen voran die Treppe hinuntereilte.

»Ich muss mich einer Sache vergewissern!«, antwortete er und trat in ein geisterhaft schönes Gewölbe, dessen Decke – voller Meisterwerke stilisierter Rosenskulpturen aus knochenfarbenem Alabaster – verschleierte Totenmasken, vermummte Sensenmänner und fließende Engelsfiguren darstellte.

»Whoa«, machte Scarlett ehrfürchtig.

»Sucht nach Kampfspuren!«, befahl Scott.

»Nach *was?!*«, rief seine Schwester zeitgleich mit Zavah und Antanasia. Vor ihnen gingen vier Gänge auf der rechten und vier Gänge auf der linken Seite ab.

»Das gefällt mir aber gar nicht, wie sich das gerade entwickelt«, beschwerte sich Antanasia in tadelndem Ton.

»Zavah – darf der *Prahia* seinen Friedhof verlassen?«, fragte Scott.

»Was?«, entgegnete die Seherin. »Nein! Selbst wenn er es versuchen würde, wenn ihn jemand aus dem Dorf dabei sähe, würde man ihn verbann…«

Scarlett fiel ihr ins Wort. »Scott! Worauf zur Hölle willst du hinaus?«, beschwerte sie sich.

Scott antwortete nicht gleich, sondern lief in den ersten

Gang – dessen Wände waren von Alkovengräbern unterbrochen, in denen je drei einst feierlich gewandete Skelette übereinander aufgebahrt waren – und suchte die zwei Pforten ab, die sich ebenfalls darin befanden. Fieberhaft tastete er, durchforschte Staubschichten und Spinnennetze, hielt Ausschau nach Beschädigungen, doch fand nichts.

»Scott?! «, rief Scarlett ihm nach. »Rede mit mir!« »Zuerst dachte ich …«, keuchte Scott und machte auf dem Absatz kehrt, um den nächsten Gang des Gewölbes in Beschlag zu nehmen. Als er dabei an seinen drei verwirrten Begleiterinnen vorbeihuschte, winkte er sie hinter sich her. »Warum sollte jemand in die alte Krypta von Hamishs Familie einbrechen? Ich meine, was gibt es hier schon, außer alten Knochen und eine exorbitant hohe Anzahl von Arachniden?«

Er erreichte den nächsten Gang und wiederholte sein Vorgehen. Ergebnislos – weiter!

»Auf die Gefahr hin, mich zu wiederholen«, kommentierte Antanasia und wandte sich mit verstörter Mimik von Scott ab. »Aber redet der immer so merkwürdiges Zeug?«

»Warte, warte«, sagte Scarlett und tänzelte ihrem Bruder aus dem Weg. »Hast du nicht vorhin noch gesagt, wir werden an der Nase rumgeführt? Von wem denn?«

»Denk nach, Red!«, antwortete Scott und lief einen Bogen um die nun vollkommen verwirrte Zavah. »Die Pforte dieser Krypta wurde nicht von außen aufgestoßen, sondern von innen!«

»Von *innen?!*«

Scott fluchte, als der nächste Gang schon wieder keine Spuren aufwies. »Überlegt nur«, hastete er weiter. »Wieso hat der *Prahia,* auf den wir getroffen sind, so emotional gewirkt, als er uns die Geschichte über unseren Freund erzählt hat? Warum wusste er so viele Details? Warum hat er sich diese Aufgabe ausgesucht?«

Scarlett blieb wie angewurzelt stehen und klatschte sich die Hand vor die Stirn.

»Na klar!«, rief sie. »Er ist –«

»– Hamishs Vater!«, vollendete Zavah mit großen Augen. Neben ihr starrte Antanasia Scott hinterher, als ob er ihr auf den Fuß getreten wäre.

»Habt ihr einen genauen Zeitplan, wie lange ihr hier unten noch zwischen alten Gerippen herumhüpfen wollt, oder …«, sagte sie mit ratlos erhobenen Händen.

»Seit der Tragödie um Hamishs Rückkehr –«, erklärte Scott, »– war niemand je wieder hier unten! Die verwandelten Familienmitglieder – sind hier nie bestattet worden!«

»Aber das –«, keuchte Zavah.

»O ja«, bestätigte Scott und nickte ihr zu. »Genau *das* bedeutet es.«

Tybalt

Tybalt beobachtete von der Spitze seines alten Turmes aus, wie sich im Ort die ersten Kerzenzirkel entzündeten. Wie man die Schreine mit Kristallen und bunten Scherben schmückte und verdunkelte Herzen mit symbolischer Hoffnung.

Ein schöner Brauch, dachte er. *Er hat mich einst in deine Arme gelockt ...*

Er überraschte sich selbst mit einem Schmunzeln, dann verscheuchte er den bitteren Beigeschmack, den diese Erinnerung ihm brachte. Entschlossen presste er die Lippen aufeinander. Er trat in die Schatten und sein eiskalter Körper löste sich auf, zerriss sich in Aberdutzende, Gestalt gewordene Gefäße der Finsternis – seine kleinen Flügel sichelten die Luft, seine nahezu blinden Augenpaare und seine umgestülpten Ohren nur dem Lied seiner eigenen Stimmen folgend.

Als seine Hülle sich nach einem kurzen Flug wieder zusammensetzte, ließ er seine toten Fingerspitzen über die rostigen Stäbe eines ekelerregend stinkenden Käfigs gleiten.

»Du armes, einsames Ding«, schnurrte er. »Shhh, shhh. Ich weiß, ich weiß. Die drei Schwestern sind fort. Ihr Verlust schmerzt auch mich, ja, das tut es.« Ein höllenfeuerrotes Augenpaar erwachte in der Dunkelheit. Tybalt seufzte. »Wenn es nach *mir* ginge, wärst du längst schon Schmutz und Staub.« Er strich der widerwärtigen Ungestalt mit dem Handrücken über den blutverkrusteten Hals. »Aber noch haben wir Verwendung für dich.« Ein Lachen bäumte sich in Tybalts Kehle auf, platzte hervor und erstarb wieder. Sein Echo wurde vom Tal empfangen und ließ Vogelschwärme, Nagetiere und Insekten in wilder Panik fliehen. »Und heute Nacht wirst du mehr bekommen, als du dir vorstellen kannst.«

Zavah

Zavah schlug sich beide Hände vor den Mund.

»Bei den Lichtern!«, rief sie. Eine Gänsehaut überkam sie. »Hamish hat sie nicht vernichtet! Er hat sie *eingesperrt!*«

»Er – er hat was?!«, rief Scarlett.

Scott hielt vor seiner Schwester an, packte sie an den Schultern und schenkte ihr – für einen verschwindend kleinen Augenblick – ein versicherndes, bestärkendes Lächeln.

»Schwesterherz«, sagte er. »Er konnte es nicht – *er konnte es nicht.*«

Scarlett schien im ersten Moment nicht zu wissen, was sie sagen sollte. Ihre Augen schimmerten, sie nickte, dann riss sie panisch die Augen auf, als sie endlich verstand, worauf Scott die ganze Zeit hinauswollte.

»Mo-mo-moment mal«, schaltete sich Antanasia ein. »Reden wir hier gerade über *den* Hamish? Der Kerl, der so gut wie seine gesamte Familie unter die Erde gebracht hat, nur um danach für immer aus Bragoviszte zu verschwinden?«

»Nicht alle«, widersprach Scott und wies Zavah und Scarlett mit Gesten dazu an, die nächsten beiden Gänge zu durchsuchen.

Zavah nahm den zu ihrer rechten und hörte, wie der junge Adlige weitersprach:

»In einem davon müssen Kampfspuren zu finden sein – oder eine offene Steintür!« Seine Stimme hallte durch das unheimliche Gewölbe. »Wenn sie es nach all der Zeit geschafft hat, sich irgendwie zu befreien, durfte sie nicht sofort die Aufmerksamkeit auf die Krypta richten – es kamen zwar ohnehin schon keine Familienmitglieder mehr her, um die Grabanlage zu pflegen, aber eine herausgebrochene, halb auf dem Friedhof liegende Pforte würde definitiv für falschen Gesprächsstoff im Dorf sorgen, die Art von Gesprächsstoff, die den Orden aufs Spielfeld bringen würde! Wohin also damit? Ganz einfach!«

Zavah bog ab, sich sicher, dass sie nun etwas von dem finden würde, wonach Scott sie suchen ließ … doch scheinbar hatte ihre Intuition bereits damit begonnen, sie zu verlassen. Sie stand in einer Sackgasse ohne Türen oder Portale.

»Sie wuchtet das Prachtstück zurück in den Eingang, wo es irgendwann entweder durch den Wind oder von selbst umstürzt, und zwar nach innen – das war der Knall, den Antanasia gehört hat!«

Zavahs Augen zuckten hin und her, durchkämmten jede Handbreit Gestein, suchten nach verborgenen Fugen, Griffen und Hebeln.

»Und wer so mühelos eine derart schwere Pforte bewegen kann«, fuhr Scott fort,»für den ist dann eine Metalltür unter einem uns allen bekannten caledonischen Herrenhaus wohl kaum ein Hindernis … besonders wenn es um persönliche Rache geht! *Was in aller –*« Seine Stimme brach ab.

»Scott?«, rief Zavah erschrocken. »Scott?!«

Für einen Moment herrschte Schweigen, dann rief Scott: »Red?«»Zavah?«

Zavah atmete erleichtert auf.

»Nichts!«, meldete sich Scarlett. »Nur Gräber und makellose Türen. Bei euch?«

»Es tut mir leid!«, antwortete die Seherin und ihr fiel ein Stein vom Herzen, dass Scott nichts geschehen war. »Hier ebenso!«

»... aber das – das ist unmöglich!«, rief Scott aus der Dunkelheit, und Zavah sah förmlich vor sich, wie sich seine Stirn in tiefe Falten legte. »In einem dieser Gänge muss Hamish sie festgesetzt haben – es muss noch weitere Spuren ihres Ausbruchs geben! Kratzer auf dem Boden oder Schleifspuren! Wenn sie nur in der Haupthalle gefangen war, hätte sie schon sehr viel eher ausbrechen können!«

»Hey!«, rief Scarlett plötzlich. »Ich – ich habe hier vielleicht doch etwas!«

Zavah fuhr herum und folgte ihrer Stimme mit einem mehr als mulmigen Gefühl im Bauch. Ihre sonst so mit den Mysterien des Äthers verbundene innere Stimme war dumpf, kaum verständlich, nur ihr zutiefst beunruhigter Ton war wahrzunehmen – und reichte vollkommen aus, um in Zavah alle Alarmglocken schrillen zu lassen, obwohl es keinerlei Anzeichen für eine unmittelbare Gefahr gab.

Nur wenige Sekunden später versammelte sich die Gruppe um die Jägerin, und alle richteten wie gebannt den Blick auf das, was sie in ihrer Hand hielt: einen Manschettenknopf mit dem Familienwappen der Familie Oaknight. Scarlett hielt ihn mit glasigem Blick Scott entgegen, dessen Miene auf der Stelle versteinerte. Zavah nahm ihr das Kleinod sanft aus der Hand, begegnete der aufkeimenden Hoffnung in ihren Augen, wartete auf eine Eingebung – doch es geschah nichts. Sie hasste Tybalt ohnehin schon – doch nun mehr, als sie je für möglich gehalten hätte ...

Antanasia verzog ihre Miene und sah verwirrt von einem Gesicht zum nächsten.

»Sag mir bitte, du hast das nicht von 'ner Leiche«, kommentierte sie.

»Irgendetwas«, hauchte Scarlett fragend und musterte Zavah erwartungsvoll.

»Es – es tut mir leid«, antwortete sie, gab den Manschettenknopf zurück und sah bestürzt zu Boden. »Es … tut mir leid.«

»Bruderherz?«, rang sich die Jägerin ab.

Scott starrte unentwegt auf ihre Hand hinab. »Das – ich –«, brachte er hervor, dann runzelte er die Stirn, räusperte sich krampfhaft. »Ich verstehe das nicht. Alle Szenarien, die ich im Kopf durchspiele, die das hier erklären würden – nichts davon ergibt einen Sinn, Red.«

Er sah sich intensiv in dem Gang um, in dem sie standen, untersuchte die beiden Steinpforten mit seinen feinen Händen. Er atmete hörbar aus.

»Hier – hier muss irgendwo –«, murmelte er kaum hörbar, strich mehrere Male über den verstaubten Stein. Seine Augen wurden immer leerer. »Und ihr – ihr könnt mir beide keine … keine weiteren hilfreichen Details vorlegen?«, fragte er leise.

Zavah und Scarlett konnten ihn nur reumütig ansehen, dann wechselten sie beide einen beschämten Blick miteinander.

»Aber – aber warum?« Scott nahm die Hand von der Wand, hob sie ziellos und ließ sie wieder fallen, so als wäre sie halb eingeschlafen, torkelte sogar einen Schritt. Der junge Adlige sah in diesem Moment nicht aus wie ein gewohnheitsmäßiger Besserwisser von kaum anderthalb Jahrzehnten – er sah aus wie ein kleiner, verlorener Junge, der vom Weg abgekommen war. »Wa – warum nicht?«

Zavah war kurz davor, Scott zu umarmen und an sich zu drücken, wollte ihm Halt geben, doch es gab kaum etwas, das nun weniger weise gewesen wäre. Nein. Nicht, wenn es schon so schwer genug war, nicht immer wieder auf seinen blassen, makellosen Hals zu starren. Ihre gekrümmten, verzerrten Finger wieder zu lockern …

»Scott«, hörte sie sich sagen. Er starrte sie an, wankte, fing sich. Zavah rang sich ein erschöpftes Lächeln ab. »Das … das bedeutet, dass wir jetzt wissen, dass er hier ist. Hier war, hier in Bragoviszte! Und es vielleicht immer noch ist.« Sie streckte die Hand nach der seinen aus, nahm sie auf halbem Wege wieder zurück. »Das bedeutet, es gibt noch *Hoffnung*!«

Epilog

Scarlett

Bericht- und Beweisbestand des Mercurius-Ordens, Standort Cordoba

Fundstück:
[abgerissene Seite eines Diariums; Vallachia; Bragoviszte – zwei Tage nach den Ereignissen der Sonnenfinsternis]

Kommentar: Schriftführender Meister der Geheimnisse; Hieronymus von Altstein

Es handelt sich hierbei aller Wahrscheinlichkeit nach um den Auszug eines Tagebuchnachtrags; Urheberschaft wurde nach Schriftvergleichen Lady Scarlett Oaknight zugeordnet.

[...]

Ich weiß nicht mehr, was ich schreiben soll.
Nein, warte – ich weiß nicht mehr, was ich fühlen soll.

Weißt du … es ist mehr als nur die Tatsache, dass wir nun Dinge über Hamish erfahren haben, die ihn so – so anders erscheinen lassen – so … menschlich. Eben nicht wie jemanden, der seit meiner und Scotts Geburt einfach zu Oaknight Manor gehört und schon immer gehört hat.

Es ist das Wissen darüber, was für schreckliche Dinge er erleben musste. Was für unmögliche Entscheidungen er treffen musste.

Ein Teil von mir will einfach auf der Stelle in die Vergangenheit reisen, zurück in eben jene unheilvolle Nacht, um ihn – irgendwie – zu retten, zu bewahren, zu schützen.

Unserem Hamish, meinem Hamish, darf einfach nichts so Schreckliches geschehen sein!

Und er ist noch immer fort.

Vielleicht verletzt.

Allein. Verlassen.

Oder – und ich will eigentlich nicht darüber nachdenken, aber ich kann einfach nicht anders – es ist noch schlimmer.

Er ist nicht allein und man tut ihm in diesem Augenblick Unaussprechliches an. Vielleicht hat er sogar schon jegliche Hoffnung aufgegeben. Mein Kopf spuckt mir ein schauriges Bild nach dem nächsten aus – doch das finsterste Schicksal, mit dem er mich quält, ist beinahe noch schlimmer als die anderen.

Mein Hamish, der mit den gleichen leblosen Augen wie einst Desdemona Nightingale in einen Himmel hinaufstarrt, in dem die Sonne vom Mond verdeckt wird – und sich dabei langsam in eines eben der Wesen verwandelt, die ihm seine Familie genommen haben. Und

»… vielleicht ist das der größtmögliche, furchtbarste Fluch von allen«, beendete Scarlett flüsternd ihren letzten Eintrag.

So wie meiner.

Mit der kratzenden Schreibfeder zog sie eine letzte Linie und schloss ihr Tagebuch, ehe sie in der einsamen Ecke am Rande der Alabasterstätte, die sie sich als Rückzugsort auserkoren hatte, mit der Stirn an die halb gefrorene Rinde einer Eiche sank. Sie schloss ihre Augen und blinzelte die Tränen fort, die sich dabei in ihre Wimpern pressten, biss so fest mit den Zähnen aufeinander, dass es knirschte.

Wir finden dich, Hamish, schwor sie in Gedanken. *Wir holen dich zurück …*

Danksagung

Vampire zu jagen ist Team-Arbeit.

Deshalb folgen hier – ganz ähnlich wie beim letzten Mal – die Namen der lieben Menschen, die mich mit ihrer Zeit, Arbeit und Hingabe geehrt haben und ohne die ich bei meinem nächsten Abenteuer unter der Sonne schon längst als blutleere, blasse und angekokelte Hülle geendet wäre (das heißt, noch blutleerer, blasser, und angekokelter als sonst).

Für meinen Rundum-Sonnenschutz und Bronce-Glow sorgten wie immer meine Testleser/Zuhörer/Seelsorger/Da-Seier/AwesomePeepz Daniel, Tom, Tim, Angelina, Anneke, Daggi, Christina & Norbert.

Mom und Dad, die meine knoblauchigen Tippereien immer gleich vier- oder fünfmal hintereinander durchlesen. :-)

Meine Pflock-Agentin Rosi, meine Haemophagium-Lektorin Anja, selbstverständlich auch Nicola, Frauke und Sabine, Lea, Julia und Tomas, Frau Queißer sowie natürlich der ganze restliche liebe Haufen beim Coppenrath Verlag, der meinem exquisiten Namensgedächtnis zum Opfer gefallen ist.

Frau Alina Schubert, für ihre unermüdliche Suche nach einem hervorragenden Hörbuchsprecher.

Frau Sabine Conrad für ihre großartige Arbeit am Satz sowie Frau Claudia Pastors für ihr messerscharfes Augenpaar beim Korrekturlesen.

Ma dude Helge – Deja Vu, fam! Hast mit deinen mad dope & lit af Illustrationen den Oaknight Chroniken wieder einmal das Sahnehäubchen aufgesetzt, insane vibes, no cap, fr fr! Danke! :-)

Meine geliebte Valariel, dessen Aiden ich sein darf und für immer sein werde.

Du, der du diese geheime Inschrift entdeckt hast!

Dir danke ich von Herzen für dein Vertrauen, deine Geduld und deine Zeit – lass uns zusammen Abenteuer erleben. :-)

André Leinkenjost wurde am 4. Juli 1988 in Münster geboren. Seit seiner Kindheit gehört sein Herz epischen Heldengeschichten, klassischen Abenteuern und der modernen Nerdkultur. Selbst Geschichten zu erzählen, bedeutet für ihn, der Welt etwas von der Freude, dem Glück und der Erkenntnis zurückschenken zu dürfen, die ihn selbst als begeisterten Leser, Zuschauer und Zuhörer jeden Tag aufs Neue begleiten. Derzeit arbeitet er für dich fleißig am dritten Teil der Oaknight-Chroniken.

Helge Vogt wollte als Kind Paläontologe werden. Irgendwann wurde ihm aber klar, dass er die Dinosaurier und Monster lieber zeichnet, als sie auszugraben. Er arbeitet als Illustrator (z.B. Percy Jackson), Comiczeichner (Alisik) und Autor für zahlreiche Verlage.
www.trickwelt.com

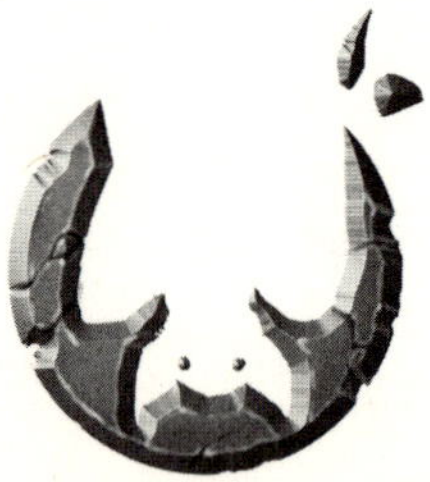